LA PYRAMIDE
DE GLACE

Jean-François Parot

LES ENQUÊTES DE NICOLAS LE FLOCH, COMMISSAIRE AU CHÂTELET

LA PYRAMIDE DE GLACE

Roman

JC Lattès

Couverture : Bleu T
Illustration : © DeAgostini / Leemage.

ISBN : 978-2-7096-4616-1

À Jean Labib

LISTE DES PERSONNAGES

NICOLAS LE FLOCH : marquis de Ranreuil, commissaire de police au Châtelet

LOUIS DE RANREUIL : vicomte de Tréhiguier, son fils, lieutenant aux carabiniers à cheval de Monsieur

AIMÉ DE NOBLECOURT : ancien procureur

MARION : sa gouvernante

POITEVIN : son valet

CATHERINE GAUSS : sa cuisinière

PIERRE BOURDEAU : inspecteur de police

BAPTISTE GREMILLON : ancien sergent du guet, son adjoint

PÈRE MARIE : huissier au Châtelet

TIREPOT : mouche

RABOUINE : mouche

GUILLAUME SEMACGUS : chirurgien de marine

AWA : sa gouvernante

CHARLES HENRI SANSON : bourreau de Paris

LA PAULET : tenancière de maison galante et devineresse

SARTINE : ancien lieutenant général de police et ancien ministre

LE NOIR : lieutenant général de police

AMIRAL D'ARRANET : lieutenant général des armées navales

AIMÉE D'ARRANET : sa fille

TRIBORD : leur majordome

LA BORDE : fermier général, ancien premier valet de chambre du roi

THIERRY DE VILLE D'AVRAY : premier valet de chambre du roi

ANTOINETTE GODELET, LA SATIN : mère de Louis de Ranreuil, agent du secret français à Londres

DUC DE CHARTRES : prince du sang, de la maison d'Orléans

PHILIPPE DE VAINAL : président à mortier au Parlement de Paris

JEAN BOUEY : son majordome

HERMINE VALLARD : sa servante

CHARLES LE BŒUF : architecte
JEANNE LE BŒUF : sa femme
SUZON MAZENARD, dite « Voit la mort » : magicienne
LA GAGÈRE : fille galante
MADAME TRUCHET : revendeuse à la toilette
LOUISON RAVET : servante au Palais-Royal
MAÎTRE VACHON : tailleur
TRISTAN BENOT : ouvrier à la Manufacture de Sèvres
DENIS COQUILLER : marchand de porcelaines

I

HIVER

« Je ne sache pas qu'il ait existé un hiver semblable à celui-ci. »

Le Journal de Paris, 25 janvier 1784

Lundi 23 février 1784

Il gelait à pierre fendre rue Montmartre. Nicolas essuya la buée sur la croisée. Il colla son front sur la vitre pour mieux distinguer une sorte de tunnel traversé par quelques silhouettes spectrales. Certaines, dans la neige et la glace, paraissaient reculer. On ne comptait plus à l'Hôtel-Dieu et dans les hôpitaux les chalands blessés à la suite de chutes. Beaucoup de voies, en dépit des injonctions répétées du lieutenant général de police, n'étaient pas nettoyées et favorisaient les accidents. Le silence pesait sur la rue si habituellement animée au crépuscule. Où étaient, en ce temps de carnaval, les chienlits, les masques et les farandoles excitées ?

Nicolas recula et tira le lourd rideau de damas grège. Il se retourna et le spectacle qu'il découvrit le charma. Au pied du fauteuil de Noblecourt, Aimée d'Arranet, assise sur un carreau, brodait. Le vieux magistrat, en robe de chambre bordée de fourrure, tenue qui rappelait ses anciennes fonctions, parlait d'abondance, le visage plissé de sourires. La jeune femme relevait parfois la tête et ce mouvement était aussitôt imité par Mouchette et Pluton, allongés à ses côtés.

Nicolas rejoignit une table à jeu et poursuivit une partie d'échecs. Il aimait cette confrontation avec lui-même et changer de rôle, en oubliant la prise en compte précédente. Devait-il avancer sa dame ou dégager un cavalier ? Il paraissait réfléchir alors que son esprit le portait bien loin du problème. Les pièces, l'une après l'autre caressées, ne seraient pas de sitôt engagées. Le commissaire revivait les derniers mois après le dénouement décevant d'une affaire dans laquelle la raison d'État avait, une nouvelle fois, entravé l'action approfondie de la justice. Ce n'était, hélas, que routine... La fin d'une année difficile avait été paisible. Juste avant que l'hiver ne s'installât, Nicolas s'était rendu à Saumur pour voir son fils Louis à qui il avait fait présent de Bucéphale. Les biens du vicomte de Trabard saisis au profit de la Couronne, il avait pu racheter l'étalon. Louis, parangon des enseignements de l'école française, avait la main et le caractère pour séduire un animal que les bons traitements multipliés avaient calmé. La race avait confirmé son vif et son aimable. Louis, fou de joie, avait sauté au cou de son père et, sur-le-champ, fait connaissance avec sa nouvelle monture, laquelle, au senti de la douceur et de la fermeté de la conduite, avait adopté son cavalier. Le cheval rejoignit celui offert par Monsieur. Puis Nicolas avait passé Noël à Fontevraud auprès de sa sœur Isabelle et regagné Paris pour le jour de l'an.

Selon Semacgus, neige, froid et glace dont le royaume était accablé résultaient de la persistance des brouillards mortifères qui, l'année précédente, avaient recouvert l'Europe à la suite de l'éruption d'un volcan islandais. Les températures se maintenaient largement en dessous de zéro. Le lieutenant général de police avait dû gérer les conséquences de cette exceptionnelle situation, tout en se conciliant M. de Breteuil, nouveau ministre de la Maison du roi et de la Ville, réputé atrabilaire et de commerce malaisé. Dans cette entreprise, Le Noir avait été aidé par Nicolas qui avait connu à Vienne l'arrivant, alors ambassadeur du roi auprès de Marie-Thérèse. Le diplomate, de caractère fort crêté et d'une autorité sans conteste, le tenait en haute estime. À l'inverse de l'inaction d'Amelot du Chaillou, son prédécesseur, il n'avait eu de cesse depuis sa nomination de presser la vieille machine des bureaux. Il s'était aussitôt précipité à la Bastille et à Vincennes et témoigné l'horreur que lui inspiraient les prisons d'État, faisant aussitôt éloigner les prisonniers de la seconde, réputée malsaine et meurtrière.

Inspiré des mêmes principes prônés jadis par M. de Malesherbes et en accord avec Le Noir qui, de tout temps, ne s'était résolu qu'à contrecœur aux actes d'autorité despotique, Breteuil souhaitait voir diminuer le recours aux lettres de cachet avant leur éventuelle extinction. Pour l'heure, le ministre de Paris était obsédé par la propreté de la ville et son approvisionnement en vivres et, surtout, en bois.

Nicolas, qui était debout, vit soudain son reflet en pied dans le trumeau qui lui faisait face. Un étrange sentiment le poignit; cette silhouette lui parut à la fois étrangère et proche. Jamais auparavant, il n'avait à ce point mesuré combien il ressemblait à son père, le marquis de Ranreuil. Jusqu'alors, ce n'était que chez son fils Louis qu'il retrouvait l'allure et les traits de son père. En fait, Louis était le reflet de Nicolas, lui-même vraie réplique du marquis. Des fils blancs dans sa chevelure brune, de plus en plus nombreux, le visage désormais sculpté par les épreuves de la vie, la stature toujours redressée et militaire, cette maturité concourait à accentuer cette similitude. Il en éprouva une douce nostalgie et le regret renouvelé d'un lien qui s'était trop tôt et si mal rompu.

Il sentit une main qui s'appesantissait sur son épaule, elle le tira de sa méditation.

— À quoi songe notre ami Nicolas? Vous paraissez, mon cher, bien mélancolique.

Le vieux visage plissé de rides et de bienveillance de Noblecourt le fixait avec intensité. L'intéressé ne répondit pas de suite, encore en proie à l'émotion que déclenchait toujours l'évocation de son père.

— À ce que le froid entraîne de soucis, de malheurs et d'accablements.

— Il ne faut point garder ces soucis au cœur, contez-moi donc la chose. J'entends beaucoup de rapports, et certains des plus étranges.

Aimée fit un mouvement de tête encourageant.

— Le froid demeure si rigoureux qu'on est contraint de faire des feux sur les places publiques et, quoiqu'on soit de plus en plus soucieux de son approvisionnement, on distribue du bois aux plus pauvres familles qui, sans cette aide, périraient.

— Ne dit-on pas, reprit Noblecourt, que la durée excessive de la froidure enchérit les denrées les plus nécessaires ?

— Le conseil a décidé de faire conduire le bois assemblé sur les rives en amont par voie de terre, le fleuve étant impraticable. Il est question aussi de favoriser sa fourniture aux boulangers afin que le peuple n'ait point à gémir d'une augmentation forcée du prix du pain.

— Et, ajouta Aimée, qui avait posé son ouvrage, chacun s'efforce à multiplier les actes de charité. Des amies, presque des sœurs...

Elle regarda l'ancien procureur, qui cligna de l'œil.

— ... ont tenu à offrir leur argent et leurs bijoux aux curés afin de soulager les pauvres. On rapporte que la marquise de Querohen nourrit, dans son hôtel rue des Vieilles Thuilleries, plusieurs centaines de pauvres et distribue du bois, du pain, du lait et de la farine pour faire de la bouillie aux enfants.

— Pardi, s'écria Nicolas, quand l'exemple vient de haut ! Les gens riches ne font que suivre l'impulsion de bienfaisance qui leur est donnée par leurs Majestés. La reine a adressé douze mille livres au Contrôleur général et le roi a ordonné que des sommes considérables soient dégagées pour soulager la détresse du peuple.

Un silence méditatif s'ensuivit. Nicolas revoyait le roi s'enfuyant du château, sans gardes du corps, accompagné du seul commissaire aux affaires extraordinaires. Appelé dans les petits appartements, il le trouvait engoncé dans une pelisse de fourrure. Sans un mot, avec un bon sourire, il envoyait une bourrade à Nicolas et l'entraînait pour un tour des villages avoisinant Versailles à bord d'une voiture banale. Louis XVI surgissait et répandait avec des gestes de simple bonhomie, plus à l'aise dans les chaumières que sous les lambris du palais, le contenu de sa bourse à de pauvres familles médusées. Le roi, morose depuis des mois et soucieux de l'état des finances, recouvrait dans ses escapades charitables la gaîté du jeune homme qu'il demeurait.

— Il paraîtrait, reprit Noblecourt, que les neiges ayant chassé les loups de leurs forêts, ceux-ci surgissent en grand nombre dans nos campagnes et, même, aux portes de Paris. La gazette rapporte qu'un enfant a été dévoré dans une ferme et qu'un soldat au régiment du Médoc a été affreusement blessé en ayant voulu se porter à son secours.

— Guillard, mon intendant à Ranreuil, me signale dans sa dernière lettre qu'en Bretagne les lieutenants de louveterie ont ordonné des battues générales. Le froid qui persiste depuis le 7 décembre a favorisé leurs méfaits. Il suscite d'ailleurs bien d'autres drames. Savez-vous que la malle-poste de Calais à Paris a été entraînée par un torrent formé par la fonte subite des neiges entre Amiens et Abbeville ? Le courrier n'a dû son salut qu'à une branche providentielle à laquelle il s'est suspendu. On poursuit les recherches pour retrouver la malle des lettres.

— Cela signifierait-il un dégel proche ?

— La nouvelle lune opère en général un changement de temps.

Une voix grave s'éleva après que les échos d'un pas lourd dans l'escalier menant à l'appartement de Noblecourt avaient révélé une présence. Le docteur Semacgus, le teint animé par le froid, apparut se frottant vigoureusement les mains.

— Dégel, dégel, dégel ! Je vous le confirme, dans les prochains jours ce sera la débâcle après de fortes pluies.

— Je craignais, dit Noblecourt, que le temps ne vous empêchât de vous joindre à nous.

— Ah! Diantre, je dois avouer que ce ne fut pas une partie de plaisir. La voiture dérapait et nous avons vingt fois failli verser. Heureusement j'avais fait ferrer à glace. Cependant, je crains devoir vous demander l'hospitalité pour la nuit.

— Peu importe, nous vous logerons plutôt deux fois qu'une. C'est «*Marly*» rue Montmartre, nous accueillons aussi Mlle d'Arranet. Que dit le commensal des savants de ce temps exécrable?

— Je dis que nous payons les suites de ce maudit volcan islandais. Considérez tout ce qui nous accable. Le courrier ordinaire de Calabre retardé dans sa marche par la quantité de neige. Plusieurs secousses de terre ont été ressenties. Une tempête affreuse a poussé les flots de la mer à l'intérieur. La côte de Sicile depuis le cap Pechino jusqu'à Peloro a subi, elle aussi, l'irruption des eaux. Leur fureur a détruit le nouveau môle du port de Catane. Et même dans notre royaume...

— *Pylade, qui sommes-nous? En quels lieux t'a conduit*

Le malheur obstiné du destin qui me suit?

— Vous voici, Noblecourt, citant votre contemporain[1]. Je constate avec plaisir votre mémoire intacte.

— Peuh! Cette mécanique-là fonctionne toujours. Mais quelles calamités souhaitiez-vous évoquer?

— Non des calamités, mais des événements surprenants qui marquent le dérèglement de la nature. Déjà l'an dernier on avait noté des spermatiques[2] échoués sur nos côtes. Imaginez qu'à Audierne, en Bretagne, les fidèles réunis pour la messe ont entendu s'élever de la plage des hurlements épouvantables. Le temps était à la tempête et la terreur les a saisis.

— *A-drez ar mor hag an douar*
E kav an diaoul e bar

— Ne manquait plus que le bas breton! Que nous chante-t-il là?

Aimée éclata de rire et sa gaîté déclencha les graves aboiements de Pluton et des miaulements plaintifs de Mouchette.

— Je disais, reprit Nicolas qui s'étranglait de joie, que *sur terre et sur mer, le diable trouve son pareil.* Mille regrets, Guillaume, de vous avoir interrompu.

— Certains plus courageux coururent à la côte. Ils découvrirent dans un petit étang trente-deux cachalots qui venaient de s'y échouer par l'effet d'un vent d'ouest impétueux qui avait poussé le flot au-delà de ses bornes habituelles. Le jusant les retint prisonniers.

— Et que devinrent-ils?

— Ils sont morts, mais n'ont pas été d'un bénéfice aussi considérable qu'espéré. Leur rapide putréfaction n'a point permis de récupérer leur huile. C'est l'Amirauté qui a tiré profit de l'aventure : en vertu du droit de varech qu'elle exerce au nom du roi, elle avait sans tarder vendu les cachalots à des particuliers.

— J'admire, dit Nicolas, que vous ayez pu nous rejoindre. Monsieur Le Noir regarde aujourd'hui la propreté des voies publiques comme impossible. On a calculé que, sur la surface de cette capitale, quarante-huit lieues de rues sont à nettoyer. Il y faudrait une multitude de bras, de voitures, et de chevaux qui dépasse l'imagination.

— La ville est devenue un cloaque, répondit Semacgus. La neige durcie entassée le long des maisons forme deux murs qui étrécissent le passage. Et je ne parle pas des masses de neige et de glace qui tombent des toits non dégagés.

— Reste, dit Noblecourt, qu'on doit applaudir le zèle avec lequel la police a veillé aux deux points les plus essentiels, la subsistance et la sûreté. Il ne m'apparaît pas que les voleurs et les assassins ont fait plus de méchants coups de main en ce temps plus favorable pour leurs menées que dans tout autre. Enfin, les vivres sont toujours venus en abondance, comme vous le prouvera le souper que nous a préparé Catherine. Je vois d'ailleurs Poitevin qui me fait signe pour que l'on passe à table.

— Monsieur est servi, chevrota l'intéressé.

Une table ronde avait été dressée près de la bibliothèque. Chacun y prit place. Catherine apparut, l'air important d'une grande prêtresse avant l'office.

— Alors, dit Noblecourt, qu'en est-il de notre pitance pour la frairie de ce soir? Nous sommes tout ouïe.

La cuisinière se rengorgea.

— Il fait bien froid. Un bon potache pour vous réchauffer ouvrira le menu.

— Soit. Et de quelle nature?

— Ce n'est point une raison pour autoriser les vieux procureurs goutteux à se livrer à de dangereux excès.

— Comment, comment, ne voilà-t-il pas qu'il veut me couper l'appétit en m'insultant. Au diable la faculté! Alors, Catherine, nous sommes suspendus à vos lèvres.

— Monsieur, je fous propose un blat de chez moi, qui vous ragaillardira et vous ouvrira l'abbétit.

— Et de quoi s'agit-il?

— De la ponne soube au vin. Il y faut du vin rouge généreux à quantité suivant le nombre de convives. On y bat quantité d'œufs et on verse cette bréparation sur des morceaux de pain grillé et l'on tourne sur un feu doux en ajoutant des ébices, des lardons fumés et, enfin, on dresse le potache sur des tranches de pain blanc et des raisins de Corinthe.

— Voilà une perspective gouleyante qui ne peut servir de péristyle qu'à un repas de haute futaie.

— Le reste n'est point pon pour fous, monsieur.

Ce jeu était habituel entre les deux complices et chacun s'esclaffa devant la mine contrite du vieux magistrat.

— Oh! fit Semacgus, la table est son autel et son ventre son Dieu, mais ce temps si redoutable autorise quelque indulgence, sans excès cependant.

— Ah! Merci, mon ami. Entendez-le, Catherine, la froidure l'a ameubli.

La cuisinière bougonna, les poings sur les hanches.

— Et, demanda Nicolas après ce préambule, ma belle, que nous proposes-tu?

— Voilà, lui sait me parler. Ensuite un plat de quasi-maigre.

— Comment, s'indigna Noblecourt, du quasi-maigre! Nous ne sommes pas encore en Carême.

— Taisez-vous, vieux gourmand, lança Semacgus.

— Ah! Non. Goutteux peut-être, gourmand peut-être, vieux certainement pas. Et pourquoi pas goulu, glouton ou goinfre?

— Vous êtes ici le plus jeune, dit Aimée, se penchant langoureusement sur le vieux magistrat que le geste calma aussitôt, quelque feint qu'avait été son éclat.

— J'insiste, reprit Semacgus. Poète des fables, viens à mon secours et soutiens mon plaid.

Vous ne connaissez pas encore le Noblecourt
C'est un païen, c'est un vautour
Qui tout dévore,
Happe tout, serre tout : il a triple gosier.

Donnez-lui, fourrez-lui, le glout demande encore :
Le roi lui-même aurait peine à le rassasier.

La gaîté fut générale. Noblecourt finit par pouffer.
Catherine pleurait de rire dans les plis de son tablier.

— De fait, dit Semacgus, notre hôte s'apparente aux
quarante de l'Académie : il est promis à l'immortalité.

— Je préfère cela !

— Comment se porte votre ami, le maréchal de
Richelieu ? demanda Nicolas. Il y a bien des rumeurs...

— Hélas, fort doucement, je le crains, répondit
Noblecourt, hochant la tête. Il y a quelques mois, il
a voulu se promener aux Tuileries paré comme un
petit-maître, mais sa vieillesse, malgré l'art qui la
déguisait, fut reconnue et humiliée. Il avait fait plusieurs tours, se faisant gloire de se montrer sans être
soutenu à la génération présente, comme s'il n'était
pas un vestige du passé. Bref, fatigué, il a voulu s'asseoir mais sa faiblesse l'a trahi et il allait chuter si on
ne l'avait pas retenu ! Il semble qu'il veuille témoigner
à sa jeune épouse un amour printanier et, ce faisant,
risque de changer ses myrtes en cyprès. Je suis allé au
bout de l'an au pavillon de Hanovre lui présenter mes
vœux et l'ai trouvé fort diminué. C'est à peine s'il m'a
reconnu. Hélas ! Cette ruine vivante attriste l'âme en
même temps qu'elle l'élève, en présentant à la fois le
spectacle de notre grandeur et celui de notre misère.

— En deuxième plat, des œufs en matelote à ma
façon qui ne font pas fous reconnaître si l'on tarde
trop, dit Catherine qui s'impatientait.

— Des œufs ? C'est bien léger !

— Deux ponnes brassées de petits oignons fondus
au beurre, puis mouillés de bouillon triple. Je bré-
pare des languettes de pain rassis frits à la poêle.
Dans un autre boêlon, je fais chauffer de l'huile et j'y

casse huit œufs à verzer d'un seul coup pour qu'ils restent combacts. Une fois le blanc coagulé, je retire ces mignons avec l'écumoire et je les bose sur un plat. Enfin j'achoute des filets d'anchois aux oignons et une cuillère de câpres d'Italie. Je débose les œufs sur les languettes, le ragoût zur et tout autour, le tout salé et poivré.

— Voilà un quasi-maigre presque gras ! fit remarquer Semacgus.

— Ouf, dit Nicolas, voilà un délice qui va nous ouvrir l'appétit. Et pour nous achever ?

— Yo, yo ! C'est la surprise, dit Catherine, s'esquivant en prestesse.

— Ah ! La gueuse ! La démone ! Elle nous abandonne, nous laissant sur notre curiosité.

Poitevin commença à servir du vin de Champagne dont plusieurs flacons attendaient dans un rafraîchissoir.

— Comment se porte notre roi, Nicolas, demanda Noblecourt, vous qui souvent avez l'honneur de l'approcher ?

— Monsieur, je ne le vois que lorsqu'il m'appelle. Je le trouve fort soucieux du déficit qui croît. Et cela d'autant plus qu'il ne peut, par le temps qu'il fait, satisfaire sa grande passion de la chasse. Elle est telle que, dans ses cabinets, j'ai pu admirer des tableaux avec l'état de toutes ses chasses, soit quand il était dauphin soit, depuis qu'il est roi, avec le nombre, l'espèce et la qualité du gibier tiré pour chaque mois, chaque saison et chaque année de son règne.

— Il me semble, dit Semacgus avec ironie, que bien d'autres détails devraient aujourd'hui passionner notre souverain.

— Son âme est plus sensible que vous ne l'imaginez. Je l'ai entendu répliquer vertement à un courtisan qui observait que les chasses du printemps risquaient de n'être pas aussi satisfaisantes que celles de l'an dernier, à cause de la grande quantité de gibier qui a péri par les neiges : *Eh quoi! Vous parlez d'animaux qui périssent dans les campagnes et les forêts, tandis que des hommes, vos semblables monsieur, expirent de froid et de faim.* Et par ailleurs son souci du détail n'intéresse pas que la chasse. Il se souvient à merveille des quantités et des chiffres, en particulier pour les dépenses de l'État. Il a bronché jusqu'à la colère, devant un article où il avait décelé un double emploi avec l'année précédente. Vérification faite, il avait raison.

— Vous l'aimez, dit Semacgus. Bourdeau dirait que l'adulation à l'égard du souverain est une sorte de conjuration à l'égard des sujets.

— C'est *mon* roi. Je l'ai connu fort jeune. Quoi que l'on puisse dire, c'est notre maître.

— Je n'en disconviens pas, mais vous auriez à peser son caractère, que diriez-vous ?

— Nous sommes entre amis. Je puis compter sur votre discrétion.

— Cela va sans dire.

— C'est un honnête homme en double exemplaire : celui qui *connaît* et celui qui *veut*. Mais le second, celui qui veut, ne sait pas ordonner dans les grandes affaires. L'homme raisonnable sait discerner dans la variété des avis de son conseil celui qui est le meilleur, mais jamais il n'aura la force d'imposer sa préférence et d'en ordonner l'application.

— Si tel est le cas, dit Noblecourt sentencieux, cela augure bien des malheurs pour le royaume.

— Pour l'heure, dit Nicolas qui n'aimait pas la pente que prenait la conversation, la grande préoccupation du roi c'est un vol de porcelaines.

— Que dites-vous là, mon ami ? intervint Aimée. Un vol ? Mon Dieu, et en quel endroit ? Au château ?

— Hélas, oui ! Dans la salle à manger « aux salles neuves » qui sous le feu roi fut créée en réunissant le grand cabinet avec l'une des antichambres de Madame Adélaïde. Les soupers du roi s'y tiennent et à Noël les plus belles porcelaines de l'année y sont présentées. Sa Majesté y prélève nombre de ses étrennes pour ceux qu'Elle souhaite distinguer. Or, plusieurs pièces y ont été dérobées et le roi m'a chargé d'enquêter...

Il hésita un moment à poursuivre.

— ... soucieux qu'il est de la réputation de la cour.

— Vous suggérez, dit Semacgus, qu'il soupçonne des courtisans d'être les voleurs ?

— Oh, l'aimable candeur ! Auriez-vous, cher Semacgus, un préjugé favorable envers ceux dont le régent d'Orléans disait *que cette espèce devait pour réussir n'avoir ni honneur, ni humeur* ?

— Que répondre à ce réquisitoire, Monsieur le Procureur ?

— Il reste, reprit Nicolas, que la question de Guillaume est légitime. Qui mieux qu'un courtisan peut avoir un accès aisé à ces pièces de collection disposées sur une table ?

— Ami, il me semble que vous oubliez les serviteurs, dit Aimée, la maison et tous ceux qui, en tenue requise, sont, à cette occasion, autorisés à pénétrer dans les appartements royaux.

— Je rends les armes. Mais cette possibilité n'a pas été omise lors de l'enquête que j'ai diligentée. Avec l'aide de mon ami Ville d'Avray, premier valet de chambre de Sa Majesté, nous avons introduit au château quelques mouches dirigées par Gremillon, tous vêtus comme des garçons bleus.

— Et pour quel résultat ? demanda Noblecourt.

— Nul ! L'exposition a pris fin, aussi n'y avait-il plus moyen de surveiller la visite.

— Quels sujets ont-ils été dérobés ?

— Un plateau à trois pots pour les confitures, des gobelets à anses étrusques et diverses pièces d'un service riche en couleur et or, le tout provenant de la Manufacture de Sèvres.

— Voici la soupière, s'écria joyeusement Noblecourt. Qu'on la surveille !

Catherine posa la porcelaine sur la table et, prenant l'initiative, se mit à emplir les assiettes d'un mélange fumant et odorant.

— Si Monsieur me le permet, dit Poitevin, je conseillerais de ne point boire de vin de Champagne avec ce potage monté au vin rouge. Il faudra attendre le prochain service, après s'être rincé la bouche avec un peu d'eau.

— Voilà qui est de bon conseil.

— Ce potage, fit remarquer Aimée, mêle le velouté et la puissance dans un équilibre parfait. Il nous réchauffe et nous invite à la joie.

— La reine, poursuivit Nicolas, ne décolère pas qu'un de ses services ait pu être ainsi dépareillé. Elle m'a déjà appelé trois fois pour m'interroger sur l'enquête. Chaque audience est une déception pour elle, car je n'ai aucun élément nouveau à lui soumettre. Nous surveillons les receleurs, les usuriers et même les petites annonces de journaux dans le cas, peu vraisemblable, où des pièces seraient proposées à la vente. La Manufacture nous a fourni des reproductions des porcelaines disparues. M'est avis que désormais seul le hasard pourrait nous mettre sur la piste des voleurs.

— C'est en effet un précieux auxiliaire de justice, dit Noblecourt, je l'ai maintes fois observé.

— Ce n'est pas tant la valeur, certes importante, des pièces qui comptent, mais bien le lieu et les circonstances du vol.

On n'entendit un moment que le tintement des cuillères.

— Pour l'heure, reprit Aimée, je suis surprise du calme du peuple, pourtant si tourmenté et harcelé de misères.

— Ne vous y trompez pas, ma belle enfant, dit Semacgus. Paris est une bouteille de guêpes, mais personne ne bronche pour l'instant; on a trop faim et trop froid...

Il soupira, soudain sérieux.

— ... Il suffirait d'un rien. Il y a quelques jours une personne de qualité qui traversait les Tuileries a glissé sur la glace avant de tomber sur les genoux et de se fracasser la rotule. Elle fut mise sur un brancard et portée par des gardes-françaises jusqu'au Palais-Royal. Il fallut écarter la foule immense et menaçante qui s'était rassemblée et menaçait de lui faire un mauvais parti.

— Et la raison, monsieur, de cette animosité?

— La rancœur contre les riches, répondit Noble-court, prenant le dé de la conversation. C'est le tribut de la misère. Il est facile de l'aimer, ce peuple si aimable et cependant si prompt à s'enflammer. Ses réactions sont alors du dernier cruel. Dans mon jeune âge, à l'époque du régent d'Orléans, la banqueroute de Law et ses conséquences furent édifiantes à cet égard. On avait fait d'épouvantables découvertes; des ducs, des ministres et même un prince du sang avaient gagné des millions. Le chancelier d'Argenson fut remercié. Il en mourut et la haine que lui portait Paris éclata. On s'attaqua à son cercueil et l'on traîna son cadavre dans le ruisseau. Des traitants, des banquiers, des financiers et tous ceux qui ressemblaient au contrôleur général des finances furent mis en pièces par la populace. Ce peuple est terrible. Ne vous fiez pas aux apparences. Il passe en un instant du bon mouvement au mauvais qui lui vient de ce qu'il voit ou de ce qu'il entend. Que Dieu nous épargne le retour de telles journées !

Nicolas n'écoutait plus la conversation. Les yeux dans le vague, il avait posé sa cuillère, son assiette à moitié pleine. Les signes de connivence qu'avaient échangés Aimée et Noblecourt quelques instants auparavant l'avaient attristé, non qu'ils lui eussent appris ce qu'il ignorait, mais bien parce qu'ils confirmaient ce qu'il avait fini par découvrir. L'expression *sœurs* utilisée par Aimée, il savait fort bien ce qu'elle signifiait.

Quelque temps auparavant, il avait par pur hasard vu Aimée entrer dans une maison de la rue de Tournon. Lui-même, tapi dans un fiacre, surveillait un étranger soupçonné d'exercer un chantage sur un commis des bureaux de la guerre. Aimée était censée être en service ce jour-là auprès de Madame Élisabeth. Il avait tenté d'oublier la chose sans y parvenir, présentant à son esprit mille hypothèses plus innocentes les unes que les autres. Se connaissant, il tentait d'éviter de retomber dans les travers d'une jalousie dont il avait éprouvé les périlleuses conséquences lors de sa liaison avec Mme de Lastérieux[3].

Qu'allait faire Aimée vêtue en bourgeoise dans cette maison ? Pourquoi avait-il eu l'impression d'une attitude furtive ? N'avait-elle pas jeté des regards inquiets, à droite et à gauche, avant de franchir la porte qui s'était ouverte après qu'elle avait par trois fois soulevé son marteau ? Elle n'avait pu l'apercevoir et il avait dû quitter la rue de Tournon avant qu'Aimée

sortît de la demeure en question. Pendant plusieurs
jours, il avait tenté de chasser de son esprit les interrogations qui se pressaient comme une obsession. Il
n'y parvenait pas et, chaque fois que dans l'activité du
jour elle se faisait oublier, elle ne tardait pas à resurgir lancinante et plus ardente à le tourmenter. Il avait
fait son examen de conscience. Sa liaison avec Aimée
durait depuis des années. Ils avaient traversé bien des
épreuves sans que jamais ce lien se trouvât menacé
et rompu, chacun fermant les yeux sur les incarta-
des de l'autre. Ils se passaient leurs fantaisies. Nicolas
n'oubliait pas que sans excès de remords il avait, à
maintes reprises, cédé à de passagères tentations et
qu'Aimée, de son côté, avait pu, sans qu'il en éprouvât
de particuliers tourments, s'abandonner aux fugiti-
ves légèretés du siècle. L'amiral d'Arranet vieillissant
aurait désiré qu'un mariage pût conclure heureusement cette longue liaison. Ni Aimée ni Nicolas ne le
souhaitaient. Ils étaient satisfaits d'une situation qui
les laissait libres et cependant attachés. Quand Nicolas plongeait au fond de ses sentiments, il découvrait
que ce refus du mariage était de sa part comme une
volonté de n'insulter ni le passé, ni l'avenir et, quoi
qu'il en eût, la pensée d'Antoinette, mère de Louis,
continuait, de loin en loin, de s'imposer.

Malheureusement, et plein de mépris pour lui-
même, il avait fini par s'abandonner à sa frénésie et
à obéir à sa jalousie. Ce qui l'avait blessé c'était l'attitude d'Aimée qui, d'évidence, voulait dissimuler cette
visite dans la demeure de la rue de Tournon. Il avait
chargé Rabouine, dont la loyauté à l'égard de son chef
était totale, de surveiller Aimée et de lui rendre compte
précisément de ses déplacements. La mouche n'avait
pas été longue à exposer le résultat de son enquête.
Aimée, usant de mille précautions, se rendait chaque

mardi rue de Tournon. Quelques conversations bien orientées de Rabouine avec ses confrères du quartier, notamment avec l'inspecteur attaché au commissariat du quartier, avait finalement résolu l'énigme : l'hôtel de la rue de Tournon accueillait une loge de maçonnerie féminine.

Cette découverte avait intrigué et inquiété Nicolas. Il se savait entouré, du moins le supposait-il, de maçons. Sartine, Le Noir, Saint-Florentin jadis, nombre de commissaires parisiens, appartenaient au Grand Orient de France dont, de notoriété, le grand maître était le duc de Chartres. Qu'un prince du sang, réputé corrompu, puisse diriger un groupe qui, disait-on, prônait les notions d'universalité, de raison et de fraternité, révulsait Nicolas. Parfois, lui-même avait été l'objet d'avances et de sollicitations qu'il avait toujours repoussées. Fort de ce qu'il venait d'apprendre, il avait écumé les dossiers et les archives intéressant les loges parisiennes. Il avait ainsi parcouru l'histoire de la maçonnerie depuis son apparition dans le royaume. Longtemps, le pouvoir s'était méfié de ses activités. La police sous le feu roi signalait les dangers que faisait courir à la monarchie *une société dans laquelle étaient admises des personnes de tous états, conditions et religions*. La présence dans ses rangs de la haute noblesse avait limité la répression et la condamnation du pape Clément XII était restée lettre morte dans le royaume.

Avait surgi ensuite une forme féminine qui prenait le nom de maçonnerie d'adoption, dont la grande maîtresse était la duchesse de Bourbon-Condé, sœur du duc de Chartres. Nicolas se souvenait d'une de ces conversations libres, entendue dans le cercle de la reine à Trianon. Marie-Antoinette évoquant l'appartenance de Mme de Lamballe à cette loge la décrivait

*comme une société de bienfaisance et de plaisir et que
l'art du gouvernement importait de laisser s'étendre.*
Elle refusait de croire qu'il pût s'agir d'un groupe
d'athées déclarés *puisque Dieu y était dans toutes les
bouches*.

Ce qui intriguait Nicolas, c'étaient les raisons qui
entraînaient Aimée à dissimuler son appartenance
maçonne alors que tant de femmes de qualité ne
cachaient nullement leurs activités dans ce domaine.
Était-ce la fuite d'une jeune femme romanesque soucieuse de conserver à part soi un aspect secret de son
existence? Il se leurrait en tentant d'avancer telle
ou telle explication. Ce qui le meurtrissait, c'était le
manque de confiance que cette dissimulation signifiait
à son égard. Soulagé que sa jalousie n'ait pas eu d'aliment à se développer, il était retombé dans des affres
différentes mais tout aussi douloureuses. La voix de
Noblecourt le tira une nouvelle fois de sa réflexion.

— Qu'a donc notre Nicolas, ce soir? On vous a
retiré votre potage à peine entamé et vous voilà l'air
hostile devant ces œufs délicieux.

— Pardonnez-moi. Le froid m'engourdit l'esprit.

— Point chez moi, monsieur, point chez moi, dit
Noblecourt, désignant la cheminée ronflante où
rougissait un amoncellement de bûches.

Semacgus vint au secours de son ami.

— Ces petits oignons sont un délice. Il me vient
l'idée qu'à l'automne on pourrait les remplacer par
des grains de raisin.

— Restent les pépins, dit Aimée faisant la moue.

— Bourdeau dans ses terres de Chinon possède
quelques arpents d'une vigne qui produit du raisin
sans pépins.

— Eh bien, en temps voulu, nous lui en demande-
rons.

— Aimée, dit Noblecourt, Madame Élisabeth court-elle la campagne en traîneau comme tant d'autres de nos belles ?

— Elle estime que les rigueurs de l'hiver ne sont pas de nature à en tirer profit. Pour elle, les calamités du temps ne sont pas des prétextes à rire et à s'amuser.

— Pieuse et généreuse personne !

— De fait, dit Semacgus, ces courses attirent un public nombreux qui n'attend qu'une chose, c'est que les traîneaux versent.

— La mode en est passée, ajouta Nicolas. Désormais on préfère un spectacle plus nouveau et plus piquant. On court admirer à la halle les poissardes en bottes, culottes, et cotillons retroussés jusqu'au nombril, exerçant leur métier dans cette espèce de mascarade, jacassant et criant quolibets et propos grivois. Le duc de Chartres, fort populaire chez ces dames, est allé les féliciter de braver la rigueur du climat.

— Avez-vous lu, dit Semacgus, l'annonce distribuée à mille et à cent sur les appartements à louer et les maisons à vendre sur le pourtour du Palais-Royal ? Notre duc de Chartres ne s'en tire pas indemne.

Il tira un papier de la poche de son habit, chaussa ses besicles et se mit à le lire :

On avertit que l'on n'y recevra que des filles, des brocanteurs, des libertins, des intrigants, des escrocs, des faiseurs de projets, des chefs de musée, de lycée, des inventeurs de ballons et des fabricants de gaz inflammable, comme plus en état de s'y plaire et de bien payer.

— Oh, oh ! s'écria Noblecourt. Voici un bon raccourci de notre époque. Cela, ajouta-t-il alors que chacun s'esclaffait, nous change du froid et des engelures de l'âme. La satire rejoint la vérité et Chartres est bien servi !

— Et avez-vous lu cette annonce parue dans la gazette, à la rubrique des effets perdus : *M. le comte de Ganache offre une forte récompense à ceux qui lui rendront son honneur perdu depuis son procès avec le comte de Malderé.*

— On parle de l'honneur comme s'il pouvait être mis à l'encan ! soupira Nicolas.

— Ne prenez pas cela au pied de la lettre, ce n'est pas tant qu'il le soit, c'est qu'on en arrive à supposer qu'il puisse l'être. Quelle est aujourd'hui la chose qu'on est le plus disposé à vendre quand on ne l'a plus ? C'est assurément l'honneur.

— Le nombre de méchancetés qu'on publie et qu'on répand, dit Aimée, est extraordinaire. Nous avons pris connaissance...

Nicolas se demanda ce que justifiait ce *nous* mystérieux.

— ... d'une publication, *Suite des lettres curieuses et édifiantes*, dans laquelle on trouve le détail effrayant de la puissance de l'Église, près de trois cent mille évêques, curés, chanoines, vicaires, habitués, séminaristes, moines et religieuses. Il est rapporté le mot d'un moine à des évêques : *vous tirez aujourd'hui, nosseigneurs, sur la prêtraille et la moinaille ; prenez garde, on tirera un jour sur vous à mitraille.*

— Il y a aujourd'hui dans tous les états de la société un grand malaise. Les uns souffrent de plus en plus, et les autres les oppressent sans pitié. Mais las, nous voilà retombés dans les affres du temps. Heureusement, voici Catherine et sa surprise.

Poitevin venait d'installer une petite table desserte sur laquelle la cuisinière posa une immense terrine.

Elle considéra, rieuse, la compagnie, les mains sur les hanches.

— Je vous brésente ma boularde en mousseline, recette que j'ai lue dans le livre de Marin[4] que Monsieur m'a offert en étrennes.

— Peuh ! murmura Semacgus. Voilà un présent bien intéressé.

— Paix, le médicastre ! Écoutez la suite.

— Au vrai, j'ai un beu amélioré la recette.

— Et quelle est-elle ? demanda Aimée qui, le nez froncé et les yeux fermés, semblait humer les senteurs appétissantes répandues dans la pièce depuis l'entrée de Catherine.

— Il me faut une belle et groze boularde que je m'en vas farzir avec du persil, de la ciboule, des échalotes auxquels j'ajoute le foie, le cœur et le gésier finement hachés. Pour barfaire la chose, je mélange du foie gras, de la moelle de bœuf et deux jaunes d'œufs. Che sale et je boivre. Le tout est fourré dans la bête qui est recousue en retirant le croubion et en étalant la beau du cou. J'avais en prévision demandé à mon marchand de beurre de la mousseline dans laquelle j'enveloppe la volaille.

— Et le pourquoi de cet usage ?

— Il s'agit, Monsieur, de garder la volaille en forme. Je pose le tout dans la terrine avec jatte de bouillon de volaille. Je ferme avec la pâte de farine.

— Ce qui s'appelle *luter*, dit Semacgus sentencieux.

— Je le sais bien, mais je craignais que le mot ne vous soit étranger. Je boursuis. La terrine est laissée, quasi abandonnée, pendant huit heures dans le four du botager, à feu insignifiant. Juste avant la fin de la cuisson, je jette dans le chus une poignée de lamelles de truffes sans du tout les bleurer…

Elle prit un air modeste.

— ... C'est mon abbort à la recette.

Catherine sortit la poularde, la démaillota de sa mousseline. La chair se découpait à la cuillère. Elle plaça chaque morceau dans les assiettes que Poitevin lui tendait, les arrosant de la sauce réduite et les recouvrant des truffes et des morceaux de farce.

— Je craignais, commenta Noblecourt alors que Pluton, une patte quémandeuse sur la cuisse du vieux magistrat, gémissait sourdement, que la chose fût un peu courte...

— Fi, le glouton!

— ... mais je constate que, vu la taille de la poularde et la richesse de sa farce, la préparation suffira pour nous quatre. Il faut bien se préparer à entrer en Carême!

Un silence religieux s'établit alors que chaque convive se concentrait sur son assiette.

— La chair est fondante à merveille, dit Aimée. La sauce onctueuse nappe délicatement chaque bouchée. Il faut pour mieux apprécier le tout y faire ajout d'un peu de cette farce de haut goût qui exalte encore le croquant et le parfumé de la truffe! Merci, chère Catherine.

L'intéressée baissa la tête, l'air modeste.

— Je ne suis bas la seule responsable. Marion m'a aidée de ses conseils avisés.

— Comment va-t-elle? demanda Semacgus. J'irai la visiter.

— Ses douleurs l'empêchent de se lever. Elle en était toute marrie.

— Elle souffre, reprit le chirurgien de marine, d'un rhumatisme chronique propre aux vieillards. C'est un mal souvent opiniâtre. Rester debout dans une atmosphère humide, et les cuisines ne sont pas des lieux favorables, prédispose à son apparition. Je lui ai prescrit de la crème de tartre prise dans de l'eau de gruau dont j'ai souvent éprouvé les bons effets. Toutefois je l'ai trouvé plus efficace quand on y joint de la gomme de gaïac. Si les douleurs se font par trop sentir, j'userais pour les soulager d'emplâtres de poix de Bourgogne.

— Et la saignée ?

— Jamais, jamais, jamais ! Elle tue les malades. Il y a belle lurette que j'y suis opposé. Demandez à Nicolas[5].

— Les hivers sont durs à son âge. J'en ai pris mon parti. Je ne me soucie plus de ce qui adviendra et entends profiter du reste de ma vie. Depuis quelque temps, j'ai changé de pratiques. Je pleurais sur mes livres, mes objets, mon cabinet de curiosités et sur la nécessité, mes amis, de vous quitter un jour...

Aimée lui prit une main et la baisa.

— ... Désormais, foin des regrets et des craintes. Je jouirai du passé, du présent, sans redouter l'avenir. J'existerai enfin jusqu'au bout. J'acquiers derechef livres rares et objets comme si j'avais vingt ans. Ils vivront après moi rappelant ma mémoire, et ceux qui les verront encenseront ma gloire.

— L'heureux homme, dit Semacgus. Rimeur octogénaire, il poursuit ses chimères et parle en alexandrins, comme Monsieur Jourdain faisait de la prose sans le savoir.

— Fi, l'insolent ! Ne voici pas qu'il me traite de bourgeois gentilhomme ? Sachez que je ne suis ni l'un ni l'autre.

— Il rajeunit, c'est véridique, dit Nicolas sortant de son mutisme, je l'ai conduit en janvier à la représentation de *La Caravane du Caire* de Grétry. La première avait eu lieu devant Leurs Majestés à Fontainebleau en octobre. La reine, qui protège le compositeur, m'y avait convié. Eh bien, notre procureur, contempteur acharné de Gluck et des nouveautés musicales, s'est dressé d'enthousiasme pour acclamer le musicien. J'étais pourtant persuadé que ce spectacle l'irriterait, me réjouissant à l'avance d'une polémique probable avec notre ami La Borde.

— Oui, je le confesse, jeune homme, j'ai aimé et pris du plaisir à cet opéra. Un vieillard ne doit pas s'accrocher à ses nostalgies, il doit s'accrocher à son siècle. Vous m'avez fait l'honneur de me présenter à Monsieur Grétry, homme aimable qui a eu la bonté de m'écouter et de me développer ses idées.

— Nicolas, mon ami, je vous en veux de ne point m'avoir conviée à cette première. J'aurais avec joie accompagné Monsieur de Noblecourt.

— Mon amie, je ne vous dis pas toujours tout et vous dissimule bien des choses, comme vous-même sans doute.

Cet échange jeta un léger froid que Semacgus s'empressa de dissiper.

— L'œuvre fait fureur et déjà une parodie a été jouée en janvier, *Le Marchand d'esclaves*. *Le Journal de Paris* et *Le Mercure* s'étranglent d'enthousiasme. Et malgré la cabale des Piccinistes, le succès est énorme. Mais Monsieur, que vous a dit l'heureux auteur ? Certains spectateurs auraient-ils été réticents devant la représentation de la vente des esclaves ?

— Eh, quoi ? Ne doit-on pas montrer la réalité ? Monsieur Grétry souhaite faire entrer la comédie lyrique dans l'opéra. Il est persuadé que le public est lassé des grandes machines à tragédies dans lesquelles la danse en particulier ne tient plus qu'un rôle accessoire.

— Mais vous voilà marcher à rebours de ce que vous aviez si souvent soutenu !

— N'ai-je point le droit de changer si mon cœur est touché par la beauté et la gaîté de cette œuvre, drame complet qui emprunte à tous les genres. J'y admire une palette extraordinaire de tableaux. Je suis transporté dans des pays exotiques où se succèdent scènes de foules, combats et scènes comiques. Aimée, je vous y invite, j'aurais plaisir à revoir cet opéra et votre présence à mes côtés doublera mon agrément.

— Voyez, Monsieur le marquis, dit Aimée moqueuse, comment il faut parler aux femmes.

Semacgus à nouveau relança le cours de sa conversation.

— Savez-vous que la fameuse Gourdan, la mère maquerelle la plus réputée à Paris, a péri il y a peu d'une mort subite au sortir d'un souper ? Les rapports qu'elle avait noués avec tant de gens d'importance la mettaient dans le cas de se faire beaucoup d'amis et autant d'ennemis. Aussi a-t-on supposé qu'elle aurait pu être empoisonnée.

— Des confrères s'y étaient attelés et des scellés avaient été posés chez elle. Mais la nouvelle était fausse et sa mort était naturelle. Je l'ai bien connue dans sa maison rue des Deux-Portes-Saint-Sauveur[6] avant qu'elle ne soit bannie en 1775.

— Mais elle était revenue assez vite.

— Oui, en 1776, grâce à ses hautes protections, puis elle reprenait son négoce avant de faire banqueroute. Au demeurant, elle laisse une belle succession. On y a recensé près d'un millier de bouteilles de sa cave, tout en vin rouge et champagne. Parmi les meubles, d'une richesse confondante, un lit de forme carrée en bois sculpté et doré a été prisé deux mille livres. Il était garni de quatre glaces en dedans sans compter... celle du ciel.

— À quoi cela pouvait-il bien servir ? ricana Semacgus. Chacun jabote à son sujet. Elle aurait compté, parmi sa clientèle, les ducs de Chartres et de Lauzun, les princes des Deux-Ponts et de Conti.

— Et, dit Noblecourt en riant, une bonne centaine d'ecclésiastiques qui entraient par la porte de derrière et qui, couchés, voyaient le ciel !

— Et comment savez-vous cela ?

— C'est de notoriété, Nicolas. Et de surcroît, la mémoire vous fait défaut, car c'est vous qui m'avez jadis conté la chose !

Semacgus se mit à rire.

— Ah ! Monsieur le commissaire, comme le disait Molière, *c'est avoir bien de la langue que de ne pouvoir se taire sur ses propres affaires.*

Il se frappa la tête.

— Il me vient un souci auquel je n'avais point songé : que faire de mon cocher que, par ce temps, je ne peux décemment pas renvoyer ?

— Ne vous en préoccupez pas, Poitevin l'installera dans la chambre au-dessus de l'écurie. Voilà ce que c'est de rouler en équipage !

— Vous-même...

— C'est vrai ! Et ne parle-t-on pas de taxer les portes cochères, les carrosses, les cabriolets et le luxe d'avoir des domestiques ?

— Peuh ! Ce projet de loi somptuaire a tant de fois été mis en avant qu'il n'aboutira pas plus cette fois-ci que les autres. L'administration de nos finances est un labyrinthe inextricable dont les termes sont inintelligibles à qui n'en a pas la clé. Les aides[7] sont la partie la plus honteuse de la ferme. Ses commis, ceux que l'on nomme si justement *rats de caves*, perquisitionnent continuellement nos réserves et fixent ce que vous êtes en droit de boire dans l'année.

— Oui, poursuivit Noblecourt. Si vous en buvez trop, ils vous feront payer le *trop-bu* et moins vous devrez régler le *trop-plein*, quelle que soit la dimension de votre famille !

— On crée toujours des impôts nouveaux, remarqua Aimée. Pourquoi n'en supprime-t-on pas ?

— Ah ! Ma mie, dans le cas où le contrôleur général parlerait de supprimer un impôt, soyez assurée qu'il aurait projet d'en établir deux ou trois autres !

Catherine apparut avec le dessert.

— Encore une recette de Monsieur Marin, dit-elle. Le riz meringué. Cuit dans un lait orangé, il est enrichi de jaunes d'œufs avant son bassage au four et zervi avec une goulée de garamel sur un lit de débris de magarons.

— Pour le coup, dit Semacgus, trop riche pour notre hôte qui n'a que trop abusé ce soir de cette maigre pitance.

— J'y consens, répondit Noblecourt, qui semblait fatigué, je me contenterai de quelques débris.

Après que la compagnie eut savouré le dernier chef-d'œuvre de Catherine, Semacgus fut conduit en cortège jusqu'à la chambre préparée pour lui et qui naguère était destinée à un enfant longtemps espéré. Nicolas conduisit Aimée dans les appartements de la maison voisine qu'un passage ouvert reliait à l'hôtel de Noblecourt. Aimée observait son amant qui se déshabillait lentement. Elle s'approcha, mit ses mains sur ses épaules et plongea ses yeux dans les siens. Elle le sentit crispé, presque tremblant.

— Qu'avez-vous, mon ami ? Sans les efforts de nos amis, la soirée aurait pris un ton funèbre. Vous avez à peine touché aux plats. Notre hôte s'en est aperçu et n'a pas insisté, mais je crois que vous l'avez peiné.

Nicolas ne savait que répondre. S'ouvrir à **Aimée** de ce qui le hantait eût été reconnaître qu'elle avait été, sur son ordre, espionnée. Il imaginait ce qu'elle ressentirait et la fêlure qui en résulterait, aux conséquences sans doute irréparables. Le silence était la seule voie raisonnable. Elle l'entraîna sur le lit, attira sa tête dans son giron, lui caressant doucement les cheveux ; il réprima un sanglot. Elle se serra contre lui dans une espèce de désespoir. Le parfum de jasmin l'enivra. Amour reprit espoir et retendit son arc... Mouchette sauta de la couche et quitta la chambre, la queue en point d'interrogation. Un bruit étrange le surprit au milieu de la nuit. Il pleuvait, oui, il pleuvait et le dégel annoncé ne tarderait plus.

Mardi 24 février 1784

— Nicolas, vous éveillerez-vous à la fin ?

Elle l'embrassa sur le front et cet effleurement le fit sortir de son rêve.

— Que se passe-t-il, mon amie ?

— Bourdeau est à côté à l'office. Il vous attend avec impatience. Une affaire grave requiert votre présence.

À nouveau la fragrance de jasmin l'enveloppa ; les chimères de la veille se dissipèrent pour un temps.

II

DÉGEL

« La glace emprisonnait les ombres douloureuses. »

Dante

Nicolas abandonna Aimée, alanguie sur son lit, pour s'apprêter en toute hâte. Il renonça à son ablution à la pompe de la cour et Catherine vint lui apporter un broc d'eau chaude. Il choisit une vieille paire de bottes qui ne craindraient pas la boue délétère des rues. Il rejoignit dans l'office Bourdeau et Semacgus, attablés devant une montagne de brioches chaudes. La boulangerie du rez-de-chaussée les fournissait gracieusement à l'hôtel de Noblecourt dont les occupants auraient eu du mal à résister aux odeurs alléchantes qui montaient chaque matin du fournil. Nicolas s'assit auprès de ses amis et Catherine lui servit sa tasse habituelle de chocolat mousseux.

— Alors, Pierre, quelle affaire revêt une telle importance qu'elle réclame ma présence le matin où justement j'aurais aimé faire la grasse matinée ?

— De moi-même, j'aurais hésité à te déranger. Il a fallu que Le Noir surgisse comme un diable d'une boîte dans le bureau de permanence...

— Au Châtelet ?

— Comme je te le dis ! Et cela, il y a deux heures à peine. Tu sais qu'il ne dort plus depuis ce grand froid, trop anxieux de l'état de la ville.

— Mais ce n'est pas le jour de son audience publique ! Quel événement d'importance a pu ainsi déranger des habitudes si ancrées ?

— La chose était si extraordinaire que ton confrère présent sur les lieux avait préféré en référer au lieutenant général de police, incertain qu'il était des suites de l'affaire.

— Mais, à la fin des fins, de quoi s'agit-il ? Tu me parles en énigmes.

— D'une mort dont les conditions invraisemblables défient l'imagination.

— Allons, ne me fais pas languir davantage et expose-moi les circonstances, dit Nicolas, engloutissant tout de go une brioche entière.

— Tu vas t'étouffer ! Avale, bois, et je jase.

Nicolas se brûla avec son chocolat et jura de douleur et d'impatience.

— Tu connais ces obélisques de neige et de glace qu'un peuple reconnaissant de leur bienfaisance érige dans divers endroits de la ville, chargés d'inscriptions en l'honneur du roi et de la reine ?

— Oui, et alors ?

— Imagine qu'une femme, enfin c'est ce qui semble apparaître peu à peu, pour être plus exact son cadavre, se trouve prise dans une pyramide de glace. Du fait du dégel, celle-ci fond et son contenu attend de t'être présenté.

— Un accident?

— Curieux accident! Une femme dévêtue nichée au centre de l'édifice provisoire.

— Nue! Cela change le point de vue. S'agirait-il d'un meurtre?

— L'hypothèse se soutient dans l'évidence. L'éventualité d'un accident n'est qu'un échafaudage culbuté : difficile à imaginer qu'elle se soit placée d'elle-même là où elle a été découverte!

— Et où ce drame a-t-il eu lieu?

— Sur le boulevard du Midi, entre la rue de Sèvres et la rue Plumet.

— L'endroit est peu fréquenté, souvent désert, fit remarquer Semacgus, le public préfère les boulevards du nord plus animés.

— Surtout, ajouta Bourdeau, que la population y est plus nombreuse sur des voies pour ainsi dire renfermées dans la ville avec deux vastes faubourgs au-delà.

— Bien! Et le pourquoi de cette volonté de Le Noir de m'y voir opérer?

— C'est sans doute qu'il juge le cas extraordinaire. Il a aussitôt été informé de l'émotion qu'il suscite dans la population. La foule a en effet afflué au point que, ayant poussé une pointe jusque-là et au vu de la situation, j'ai fait immédiatement dépêcher sur place exempts et gardes-françaises pour éloigner les curieux et interdire qu'on piétine l'entour de la pyramide. Gremillon y veille au grain.

Nicolas opina. On pouvait toujours compter sur Bourdeau pour prendre sans tergiverser les mesures appropriées.

— Alors, pressons-nous d'y aller. Mais...

Il regarda Semacgus.

— ... Peut-être que Guillaume aimerait observer ce cas étrange et nous éclairer, par son savoir et son expérience, sur les causes du décès de cette femme ?

Le chirurgien de marine s'inclina.

— Je suis tout à vous. Mon équipage suivra le vôtre. Ne tardons pas. L'affaire exige de la célérité car le dégel annoncé s'est encore accru par l'importance des pluies de la nuit. Je suppose que l'on transportera le cadavre à la basse-geôle pour examen. Je souhaiterais y prêter mon aide.

Au-dehors la confusion était à son comble et la circulation plus que difficile. Les chevaux des attelages avançaient au pas et piétinaient au milieu d'une foule qui empruntait le mitan des voies. Ce faisant, les passants cherchaient à éviter l'eau que vomissaient les échenets[1], mais surtout les blocs de glace qui se détachaient des toits et chutaient brusquement. Plus redoutables encore s'avéraient les aiguilles, poignards effilés par le dégel, qui s'effondraient comme autant de meurtrières stalactites. Au reste, la surface des rues découvrait peu à peu un abominable torrent de fange et de gadoue. Le réchauffement faisait resurgir l'accumulation des immondices, des eaux croupies, du sang des tueries de bestiaux, du fumier des écuries et des étables, des matières fécales, de l'urine et du contenu des égouts béants, longtemps dissimulés par les neiges glacées. Le moindre pas dans cette tourbe provoquait de noires éclaboussures encore aggravées par les cendres répandues. Les roues des voitures faisaient gicler des crachats de boue ; ce risque augmentait encore le désordre chez les chalands qui, pour éviter le danger, s'écartaient, se bousculaient, glissaient et tombaient dans le bourbeux. À cela s'ajoutaient les cris des cochers,

le claquement des fouets, les hennissements des chevaux et les injures échangées. Une âpre et écœurante
odeur montait de la chaussée.

— Décidément, dit Bourdeau, c'est en pareilles circonstances qu'on apprécie les fâcheuses habitudes
de nos Parisiens de jeter par les fenêtres, et de jour
comme de nuit, leurs ordures et le contenu de leurs
pots de chambre. Voyez le résultat !

Nicolas soupira.

— Il n'y a pas que cela. L'un des prédécesseurs[2] de
Le Noir avait établi une taxe des boues...

— Encore une taxe ! Mais quel est ce royaume où
l'on estime que tout problème doit être réglé par une
taxe !

— ... Sans grand succès, même si les amendes
furent multipliées.

— Il y a pourtant obligation de balayer le devant
des portes.

— Cela est peu obéi, quand on ne pousse pas l'ordure dans la maison voisine.

— À cela s'ajoute aussi que l'enlèvement des neiges
et des glaces n'est guère respecté. L'audience de police
du Châtelet, nous le savons, ne cesse de condamner
des récalcitrants. On a même tenté de former des
compagnies de balayeurs de la cité.

— Et, répondit Nicolas, tu sais que le remède a été
pire que le mal. Elle a persuadé le bourgeois que le
balayage n'était plus une obligation. Il paraît s'en
laver les mains puisque la police se chargerait de
tout !

— On a tout de même mis sur pied un service de
voirie payé par des taxes, encore. Des tombereaux
opèrent deux fois par jour.

— Justement ? dit Semacgus, en voilà un qui nous
croise.

Les trois amis se penchèrent vers le côté gauche et observèrent une voiture emplie de boue liquide dont les oscillations faisaient redouter que le charroi redistribue en détail ce qu'il avait reçu en gros.

— Admirez l'ensemble, dit Bourdeau, les ouvriers, les pelles, les balais, les chevaux, tout est de la même couleur, et ne croirait-on pas qu'il aspire à imprimer la même teinte à tous ceux qui le croisent ?

Une longue giclée noirâtre souilla la glace. Surpris, ils se reculèrent.

— Et toute cette gadoue, où est-elle portée ? demanda Semacgus.

Il mit son mouchoir sur son nez.

— Peste ! Cela sent plus mauvais que naguère sur les galères.

— Hélas ! Double problème. Elle est conduite dans des voiries situées aux alentours et, même, à l'intérieur de la ville. De là mille inconvénients et les plaintes incessantes d'habitants incommodés par les mauvaises odeurs, les rats et les maladies qui en résultent.

— Vous allez dire que je palinodise[3], dit Bourdeau, il faut mettre la chose à nu et que tous ces bourgeois, qui jouent à cligne-musette avec la loi, cessent d'en ignorer la lettre ! Ils exigent des droits, mais quel que soit le souci que prenne l'administration pour le nettoyage des rues, qu'importe la dépense consentie, si le public n'y concourt pas avec elle, jamais elle ne parviendra à le rendre efficace. Un citoyen se doit de respecter la loi, une loi égale pour tous.

— J'ai lu, dit Nicolas, dans un mémoire soumis à Le Noir que depuis le remplacement des gouttières saillantes par des tuyaux qui descendent le long des maisons, les rues sont plus sales. Chaque gouttière nettoyait plusieurs toises de pavé devant la maison au bas de laquelle elle jetait ses eaux.

Nicolas avait intimé de prendre par l'extérieur afin d'éviter les inconvénients de la débâcle du centre de la ville. Leurs voitures gagnèrent donc le quai des Galeries, le long de la terrasse des Tuileries, puis empruntèrent le Pont-Royal. En son milieu, le commissaire fit arrêter son fiacre pour contempler un moment l'étonnant spectacle qu'offrait Paris depuis ce point de vue privilégié. La neige couvrait encore la cité : ses coupoles, ses tours, ses clochers et l'ensemble des toits. Tout paraissait figé et, seules traces de vie, d'innombrables fumées montaient, noires et verticales, des cheminées. La pluie avait cessé, mais le ciel plombé de nuages sombres et bas laissait percer par instants les rayons d'un soleil blafard ; ceux-ci frappaient en oblique les immenses blocs de glace que charriait le fleuve et qui, lentement, dérivaient. Ils apparaissaient soudain illuminés de l'intérieur d'une lueur bleuâtre qui les rendait presque transparents. Parfois, l'astre disparaissait et ces blocs se transformaient, s'obscurcissant dans un dégradé du gris au noir. Nicolas, qui avait sauté sur la voie, sentait dans son corps les chocs sourds qui ébranlaient le monument quand ses piles étaient heurtées.

— Pourvu, dit-il se retournant vers ses amis, que les ponts résistent à ces assauts répétés. Le pont Saint-Michel s'est plusieurs fois effondré par le passé dans des conditions identiques.

— Le pire, ajouta Semacgus, ce sont les ponts chargés d'habitations.

Leurs voitures qui souvent dérapaient dangereusement gagnèrent ensuite le quinconce des Invalides pour s'engager sur le boulevard du Midi. Toute cette partie de la cité ressemblait davantage à une vaste campagne qu'aux confins d'une grande ville. La neige accentuait cette impression d'immensité et de solitude. Pourtant, à l'approche de la rue Plumet, Nicolas, s'étant penché à la portière, constata qu'un grand attroupement bloquait la chaussée.

— Nos Parisiens sont comme les mouches qu'une ordure attire. Ils sont avides du moindre drame et plus celui-ci est sanglant, plus ils accourent en nombre.

— Et pourtant, dit Bourdeau, le quartier a la réputation d'être tranquille et peu populaire.

Un garde-française arrêta la voiture. Nicolas se fit reconnaître. Ils descendirent du véhicule, aidés par le soldat qui, à coups de crosse, leur frayait un passage à travers la masse compacte des curieux. Nicolas, qui avait l'usage des foules, nota que la majorité d'entre eux n'étaient que des oisifs que l'événement rassemblait, mais que d'autres marquaient d'évidence fureur et impatience.

— Qu'ont-ils donc à gronder ainsi ? demanda Nicolas au soldat qui s'évertuait à dissocier les rangs serrés du public.

— Je l'ignore, Monsieur, mais certains sont de plus en plus menaçants.

Ayant atteint la partie plantée d'arbres du boulevard, ils furent accueillis par un Gremillon soulagé de les voir.

— Ah, Monsieur ! dit-il. Il était temps que vous paraissiez et preniez la situation en main. Ce ramas de populace est de plus en plus irrité et menace de nous faire un mauvais parti.

— Et pourquoi cette colère ? Après qui en ont-ils ?

— Le spectacle, que beaucoup ont approché, est si désolant et effrayant qu'il a suscité les plus folles rumeurs. Elles alimentent une peur irraisonnée. Ce dur hiver a pétri les esprits au point de les rendre malléables à merci et ouverts aux plus irréelles folies. On parle de buveurs de sang. On accuse des nobles d'être à l'origine du drame. On cherche des coupables et l'on juge avant que de savoir !

— Examinons, dit Nicolas.

— Je vais faire enlever la bâche dont j'ai fait recouvrir l'objet.

Il lança un ordre et le monument jusqu'alors masqué se dévoila. Les cris et les vociférations de la foule redoublèrent. Il y eut un mouvement en avant et Nicolas craignit un instant qu'ils ne fussent débordés. Il prit une nouvelle fois conscience que cette assemblée déchaînée n'était pas seulement l'addition d'hommes et de femmes, mais que son irritation la métamorphosait en une sorte de monstre unique, une bête enragée. Certes la raison permettait quelquefois de convaincre et de maîtriser un seul individu, mais celui-ci réuni à ses semblables devenait sourd et aveugle. Arrêter un tel mouvement imposait de faire peur et de manifester les gestes de menace ou d'user d'une influence supérieure. Il donna ordre aux gardes-françaises de former un cordon protecteur, de croiser les baïonnettes et de marcher au pas vers la foule. Lui-même se retourna afin de haranguer la vague qui montait. Dès son arrivée sur place, il avait noté le mélange de curieux placides avec d'évidents meneurs issus de la lie du peuple, venus du faubourg. Il s'interrogea. Comment cette partie-là avait-elle été aussi vite informée de la découverte de la pyramide macabre ? Qui l'avait mise au courant et incitée à se rendre boulevard du Midi ? Si la multitude hargneuse l'emportait et les submergeait, elle s'emparerait du corps, l'emmènerait et aucune enquête ne serait alors possible. Il demanda à Gremillon, solide gaillard, de lui prêter main-forte et de l'élever de telle sorte que chacun pût le voir et l'entendre. Comme il avait coutume de le faire en de telles occurrences, il ôta lentement son tricorne et, d'un geste large, il salua la foule qui, devant ce spectacle inattendu, se tut et écouta. D'une voix puissante, il prit la parole :

— Moi, Nicolas Le Floch, commissaire du roi au Châtelet, je vous salue. Monsieur Le Noir, votre *Magistrat* que vous connaissez bien, m'a envoyé ici. Il comprend votre émotion et vous donne sa parole que tout sera mis en œuvre afin d'élucider cette affreuse affaire. Maintenant, laissez votre police agir et, au nom du roi, veuillez vous disperser.

Cet appel déclencha des mouvements divers. Il y eut un murmure d'approbation, quelques vivats pour le souverain et nombre de malédictions. Il sembla cependant à Nicolas que ses paroles avaient porté et que le monstre se dissociait, chacun redevenant lui-même. Certains enragés tentaient bien d'enrayer la tendance, mais l'élan contraire ayant été donné, ils n'y parvinrent pas. Aussitôt, par petits groupes, la foule se dispersa. Peu à peu le boulevard du Midi retrouva sa paix et sa solitude.

— Tu as décidément la main avec le peuple, dit Bourdeau goguenard, jusqu'au jour où ta parole ne suffira plus.

Nicolas approuva. Le défi était toujours risqué. Il avait une première fois mesuré son ascendant sur une multitude lors de l'affaire du cimetière des Innocents[4]. Il avait alors calmé l'effervescence d'un peuple dont les manifestations de peur, d'exaspération et de rage étaient de plus en plus fréquentes et inquiétaient les autorités.

La bâche fut complètement ôtée et une pyramide dont la pointe s'était effondrée apparut. La neige accumulée pour édifier cette sorte de mausolée avait gelé et un carcan de glace enveloppait en son milieu un corps replié sur lui-même. On distinguait une femme dénudée dont la tête, tombée sur la poitrine, était dissimulée par la chevelure dénouée. Aucun indice n'était visible. Le commissaire fit le tour de la pyramide en scrutant le sol.

— Aucune trace, dit Gremillon. Et y en aurait-il eu que le piétinement de ce matin après la découverte les aurait effacées. J'ai seulement recueilli cela.

Il tendit à Nicolas une planchette de bois sur laquelle on distinguait l'inscription suivante :

Reine dont la bonté surpasse les appas,
Près d'un roi bienfaisant occupe ici ta place.
Si ce monument frêle est de neige et de glace
Nos cœurs pour toi ne le sont pas.

— Elle était fixée par quatre clous que voici.

— Ce quatrain, dit Bourdeau s'apparente à ceux que l'on relève sur les autres obélisques dressés à Paris.

— Oui, mais les autres sont sculptés dans la glace. Le temps a sans doute manqué à son architecte. Cependant une chose me frappe, c'est le deuxième vers et son ambiguïté. Que tend à signifier cet *occupe ici ta place* ? Ne laisse-t-il pas supposer que, loin d'encenser la souveraine, c'est une menace de mort qu'il contient ?

— Ton imagination prend le mors et tu vas bien loin dans tes suppositions. Dans l'immédiat, que décides-tu ?

Nicolas fixa Bourdeau, le regard vague.

— Guillaume, votre avis pour le corps ?

— J'hésite à me prononcer. Je préconise de procéder avec douceur, mais sans trop attendre. D'abord dégager le corps …

— Et par quel tour de souplesse ? demanda Bourdeau en donnant un coup de pied dans le flanc de la pyramide.

— Surtout éviter d'enfiler une fausse route. À vrai dire je songe à faire appel à un menuisier ou à un tailleur de pierre qui, grâce à leurs bons instruments, seront à même de découper le bloc intéressé. Nous ferions porter le tout avec précaution dans le caveau de la basse-geôle où il dégèlerait en lenteur et se désagrégerait, libérant ainsi sa prisonnière. Le plus délicat suivra, il faudra attendre le ramollissement du corps nécessaire à son ouverture et examen, dans un délai restreint car la corruption risque alors de s'accélérer.

— Recherchons l'artisan idoine, reprit Bourdeau. Le plus approprié serait d'utiliser un outil, une scie à dents comme celles dont se servent ceux qui travaillent les pierres tendres.

— Gremillon, prenez le fiacre et mettez-vous en recherche dès maintenant.

Nicolas se retourna vers le chirurgien de marine.

— Ne pourrait-on pas, Guillaume, accélérer le dégagement pour la récupération du corps en le plaçant auprès de braseros ?

— Et l'eau chaude ? suggéra Bourdeau.

— Le risque serait trop grand dans le deuxième cas ; les indices risqueraient de disparaître. Les braseros un peu éloignés, pourquoi pas ? Je demeurerai près du cadavre aussi longtemps qu'il ne sera pas dégagé de sa gangue.

Comme un chien à l'arrêt, Nicolas se remit à inspecter le sol piétiné. Il hocha la tête en soupirant.

— Il n'y a plus rien à trouver. Cependant, une question essentielle me vient à l'esprit. À quel moment, je n'ose dire à quelle date, a-t-on édifié cette pyramide ? Il faut trouver des témoins.

— J'imagine, dit Bourdeau, que la chose n'a pu s'accomplir que de nuit. C'était le moment propice. Un soir il n'y avait rien et le lendemain matin l'édifice était là.

— Et, j'ajouterais, dit Nicolas, qu'un homme seul n'a pas suffi à la tâche. Les coupables devaient être plusieurs. Sans compter l'aspect très précis des contours ; ce n'est pas un tas de neige, mais une masse soigneusement taillée.

— J'estime, dit Semacgus, que l'époque doit se situer fin janvier ou début février, au moment où la température a encore baissé et que la neige a été la plus abondante.

— Reste que les coupables devaient espérer que le dégel n'interviendrait pas trop vite de telle sorte que leur forfait serait longtemps dissimulé.

— En tout cas jusqu'à la nouvelle lune qui souvent change les conditions du temps. Pour eux c'était la certitude d'une tranquillité assurée et la certitude de brouiller les pistes.

Nicolas approuva les paroles de Semacgus.

— Il nous faut, je le répète, découvrir, en interrogeant le voisinage, le moment d'apparition de la pyramide. Le cadavre sera-t-il en mesure de nous éclairer et d'apporter des informations à ce sujet ?

— Certainement pas, dit Semacgus. Le froid est un conservateur éminent. Sauf si l'édification était très récente, ce dont je doute, il faut au moins deux ou trois jours pour parfaire un état de congélation et rendre un corps dur comme pierre.

Nicolas donna des ordres aux exempts présents et aux gardes-françaises de protéger et d'interdire l'accès à la pyramide que surveillerait aussi Semacgus dans l'attente du retour de Gremillon. Pensif, Nicolas contempla un instant le boulevard du Midi maintenant déserté. Accompagné de Bourdeau, il se dirigea vers l'angle de la rue Plumet, où se dressait une petite maison, perdue au fond d'un grand jardin, qui tenait tout à la fois du relais de chasse et de la folie. S'en étant approchés, ils trouvèrent une grille munie d'une poignée servant d'évidence à sonner une cloche. Après l'avoir actionnée, ils attendirent un long moment avant qu'un homme âgé, vêtu en livrée, ne leur ouvre la porte et ne s'enquière des raisons de leur venue.

— Messieurs, que désirez-vous? Mon maître est absent.

— Monsieur, je suis commissaire de police et j'enquête sur un fait extraordinaire dont le boulevard a été le théâtre à quelques toises de votre pavillon. Nous voudrions savoir à quel moment la pyramide marquant la reconnaissance du peuple à Leurs Majestés a été édifiée?

— Hélas, messieurs, je n'en ai nulle idée. Je me fais vieux et, par ce temps, je ne me risque plus à sortir de crainte d'une chute qui, à mon âge, serait fatale. Mais peut-être que la cuisinière en saura plus long que moi à ce sujet et pourrait vous être de quelque utilité.

— À qui appartient cette maison?

— À Monsieur Philippe de Vainal, président à mortier au parlement. Mais...

Nicolas perçut une sorte d'hésitation dans les propos du domestique.

— ... il n'habite pas ici. C'est pour lui une maison de plaisir où il se montre quelquefois. C'est en son hôtel de famille qu'il loge habituellement, rue du Long-Pont, paroisse Saint-Gervais.

Une sorte de réprobation se lisait sur le vieux visage fatigué. Bourdeau donna un coup de coude à Nicolas.

— Auriez-vous l'obligeance de quérir la cuisinière?

L'homme soupira et repartit en claudiquant vers la maison.

— M'est avis que cet homme-là n'est point heureux dans son état.

— Il témoigne en effet d'éloquentes réticences.

Le majordome revenait, suivi d'une jeune femme, se retournant tous les trois pas pour l'encourager à avancer.

— Voici Hermine Vallard, la cuisinière, et femme de chambre à l'occasion, dit-il d'un ton ironique.

Nicolas demeura un moment silencieux, frappé par l'apparence de la nouvelle venue. Taille moyenne, chevelure ramenée en chignon sous une charlotte de dentelle, visage fin aux yeux clairs, une bouche laissant apparaître une denture parfaite, tout cela constituait un ensemble séduisant. Cependant l'attitude générale ne reflétait pour le moment qu'une sorte d'agacement excédé. Comme un nuage passant devant le soleil assombrit l'aspect d'un paysage, son apparent ressentiment laissait entrevoir une succession de sentiments multiples et contradictoires. Nicolas estima que la vêture ne correspondait en rien à celle, habituelle, d'une cuisinière ou d'une femme de chambre. Ses fonctions non précisées au préalable, une confusion était possible avec la maîtresse de maison.

Maître Vachon, son tailleur, lui eût confirmé que la damoiselle par sa tenue élégante et soignée suivait étroitement la mode du temps. Elle portait une redingote sur le modèle de celle des hommes. La nuance en était superbe, florence bleu d'ardoise foncé. Le buste était séparé du corps par deux larges boutons de nacre appliqués de chaque côté sur les hanches. Un fichu non croisé et pendant laissait entrevoir un gilet de couleur rose. Parfois, la jeune femme baissait la tête et surveillait ses pieds chaussés de souliers à talons plats, en taffetas de couleur semblable à celle de la redingote; sans doute redoutait-elle de les voir souillés par la neige fondue. Elle tourna un moment la tête et Nicolas constata que son chignon, plutôt un catogan, était noué très bas par le ligament de fer bronzé qu'on nommait *épingle de Cagliostro*. Décidément son allure et sa tournure appartenaient davantage à une *belle* à la mode qu'à une domestique. Elle regardait successivement les deux policiers et cette insistance aurait pu passer pour de l'effronterie. Ses lèvres s'étaient étrécies dans une sorte de rictus moqueur.

— Le président est-il attendu aujourd'hui? demanda Nicolas s'adressant au majordome.

— Je l'ignore, Monsieur le commissaire, il n'a point paru, à ce que je crois, depuis plusieurs jours.

Bourdeau toussa.

— Et sa femme?

— Il n'est point marié.

La moue qui accompagnait cette précision ne laissait pas d'en dire long sur le sentiment que cette situation inspirait au vieux serviteur.

Nicolas se tourna vers la prétendue cuisinière.

— Bien. Ainsi, mademoiselle, vous n'avez, pour l'heure, guère d'occupation.

Il s'interrogeait. Était-ce une servante-maîtresse, position courante dans la haute société?

— Monsieur entend que je reste à sa disposition dans le cas où il viendrait à l'improviste avec des amis. Aussi tout le nécessaire est-il toujours prêt pour les recevoir. En quoi puis-je vous être utile?

— Monsieur... Monsieur? Il interrogeait le majordome.

— Jean Bouey.

— M. Bouey a dû vous informer du but de mes recherches.

— Je ne me serais pas permis d'en dévoiler la raison.

Nicolas décida de ne pas éclairer totalement la cuisinière et d'éviter de faire allusion au cadavre.

— Allons, mademoiselle, nous avons quelques questions à vous poser. Sortez-vous quotidiennement?

— Je me rends habituellement chez des fournisseurs, rue de Babylone.

— Empruntez-vous pour ce faire le boulevard du Midi?

— Que voudriez-vous que je fasse d'autre? C'est le chemin le plus court. Je tourne à droite sur le boulevard pour rejoindre la rue de Babylone.

— Voilà qui est parfait! Auriez-vous remarqué, à l'angle de la rue Plumet et du boulevard, à quelques toises à gauche sous les arbres, la présence d'une pyramide de glace et savez-vous, par hasard, le moment de son édification?

La pluie ayant redoublé, le majordome les invita à entrer dans la maison. Il passa outre à la réticence marquée de la cuisinière. Les policiers durent dissimuler leur surprise devant la splendeur des lieux. La modestie extérieure de la maison n'augurait en rien le luxe recherché de ce nid des voluptés. L'ensemble laissait imaginer les goûts du maître de l'endroit. La décoration du vestibule et du salon déployait tout ce que l'opulence pouvait offrir en matière de confort et de raffinement. Porcelaines de Sèvres, flambeaux d'argent, vases d'albâtre et de céladon montés en bronze doré, colonnes de marbre abondaient au milieu de scènes amoureuses figurées en biscuit. Mais ce qui frappait le visiteur était la profusion obsédante de dessins et d'estampes sous verre qui couvraient les murs et présentaient au regard des évocations propres à exciter les sens les plus blasés.

Le mobilier n'était pas en reste avec ses encoignures ornées de bouquets polychromes. Mais ce qui accentuait le caractère particulier de la demeure, c'était la surabondance, à l'exclusion de tout fauteuil, d'une réunion de canapés, lits de repos, sofas, ottomanes, veilleuses à la turque, paphoses, turquoises, gondoles et causeuses, tous meubles issus de l'imagination sans limite des ébénistes et des marchands. Bourdeau attira l'attention de Nicolas sur une collection de tabatières, bonbonnières et boîtes à mouches disposée dans une vitrine sculptée de bois doré, ornée de guirlandes de nœuds, de perles et de lauriers. Toutes ces pièces précieuses, la plupart en or guilloché, étaient décorées d'onyx, d'agate, de lapis et de cornaline. Leurs couvercles présentaient de petits tableautins lascifs.

Leur stupéfaction semblait ne pas avoir échappé au majordome. À la vue du sourire énigmatique qui plissait le visage de leur guide, Nicolas supposa que celui-ci n'était pas mécontent de leur avoir dévoilé le véritable aspect de la demeure du président à mortier. Le commissaire se tourna vers la femme de chambre et reprit son questionnement.

— J'attends votre réponse, mademoiselle.

Sous le regard réprobateur du vieux domestique, l'intéressée s'était à moitié allongée sur un sofa dans une attitude qui, derechef, contrastait étrangement avec sa qualité.

— À moindre d'être aveugle, on ne pouvait manquer de la voir.

— Bien. Serait-il possible de déterminer le moment, ou le jour, où elle a été édifiée? Le savez-vous?

— Il y a deux jours.

La réponse avait été si rapide qu'elle suscita chez Nicolas le malaise ressenti chaque fois qu'un témoin ne prenait pas le temps de réfléchir à une question qui lui était posée.

— Dans ces conditions, cette maison étant la plus proche du boulevard, ou plus exactement du site de la pyramide, vous l'avez remarquée il y a deux jours, le matin ou le soir ?

— Le soir, répondit-elle aussitôt.

— Donc, si je calcule bien, cela ne fait pas tout à fait deux jours, mais un peu plus d'un jour et demi.

Elle haussa les épaules.

— Peu importe, je vous ai dit ce que je savais. Et d'ailleurs, pourquoi m'interrogez-vous ?

Il était temps, songea Nicolas, qu'elle s'en préoccupât.

— La pyramide abrite le corps d'une femme que nous supposons avoir été assassinée.

Il observait sa réaction. Elle fit une sorte de moue dégoûtée.

— Quelle horreur, par ce froid ! Mais ce n'est pas mon affaire et la chose ne risque pas de me mettre en cruelle[5].

— Soit, dit Nicolas. Nous vous savons gré de votre obligeance. Peut-être aurons-nous à vous poser, à tous deux, des questions complémentaires. Si quelque chose vous revenait, adressez-vous au Grand Châtelet et demandez le commissaire Le Floch.

Le majordome les raccompagna jusqu'à la rue Plumet. Au moment où il allait refermer la grille d'entrée, il mit sa main sur le bras de Nicolas.

— Ne comptez plus sur moi, je vais bientôt quitter le service du président.

Il respirait difficilement et semblait ému au dernier degré.

— ... Monsieur le commissaire n'a pas été sans remarquer la nature de l'endroit. Je n'en puis plus... J'ai servi le père du président. Lui, le fils, je l'ai quasiment élevé. Il mène une vie dissolue qui ne me convient pas. Il n'écoute plus mes objurgations. Aussi ai-je l'intention de me retirer en Bourgogne d'où je suis originaire. Je crains et, hélas, je crois que Monsieur m'a imposé de tenir cette maison, justement parce que ma critique l'excède et le dérange et qu'il envisageait ainsi de me lasser de son service... Lui que j'ai connu enfant...

La grille se ferma sur les larmes du majordome.

Ils pressèrent le pas; verticale, la pluie tombait, leur projetant des giclées de boue noirâtre. Ils se réfugièrent dans la voiture de Semacgus. Celui-ci fumait sa pipe et les accueillit avec plaisir.

— Je me languissais de jouer les sphinx auprès de cette pyramide.

— La glace fond-elle?

— Hélas, fort lentement.

— Une question, Guillaume. Selon vous, l'édifice pourrait-il avoir été élevé il y a un jour et demi?

— Impossible. Pour acquérir solidité et dureté il faut beaucoup plus que cela. Avez-vous découvert quelque chose?

— La *petite maison* d'un président à mortier.

— Une de celles, dit Bourdeau, dans lesquelles les gens qui se prétendent de qualité s'inventent un refuge pour pouvoir commettre à la dérobée ce qu'ils rougiraient de faire chez eux!

— La pratique infecte même le sommet de l'État...

Ses deux amis le regardèrent, surpris d'une telle sortie si peu habituelle dans la bouche du commissaire du roi.

— ... Le comte d'Artois a loué naguère au bout du faubourg à Bel-Air une maison pour abriter ses frasques. Il dépense mille deux cents livres par an pour cette fantaisie.

— Sa folie de Bagatelle ne lui suffit pas ? Et le déficit, il s'en gausse ?

— Le boulevard du Midi, reprit Semacgus, soucieux de changer le cours de la conversation, n'est pas le plus réputé dans ce domaine.

— Oh ! L'état des *petites maisons*, que j'ai eu l'heur de consulter récemment, en décompte plusieurs entre Vaugirard, la rue du Cherche-Midi et le faubourg Saint-Jacques.

— Il n'est que trop vrai que ces *petites maisons* exigent la discrétion, l'éloignement et le calme champêtre. Et que trouvâtes-vous dans celle-ci ?

— Un vieux serviteur malheureux et une servante-maîtresse à ce qu'il paraît, vêtue à la dernière mode. Maison modeste d'apparence à l'extérieur et d'un luxe immodéré à l'intérieur.

— À ce point ?

— Vous n'imaginez pas ! dit Bourdeau. Chargée de tous les stigmates du dévergondage. Et encore, nous n'avons vu que le salon. Je n'ose imaginer les chambres... le théâtre sans doute de la dépravation la plus débridée !

— Un rapport avec notre affaire ?

— À part une déclaration ambiguë sur la date d'érection de notre pyramide, rien de plus que des impressions. Et y en aurait-il, comment imaginer que les possibles coupables se soient hasardés en audace au point de dissimuler un cadavre quasiment à leur porte ?

— Ou alors, dit Bourdeau, il faudrait concevoir une manigance effrontée. Je place le cadavre devant chez moi et par conséquent je n'ai rien à voir avec cet assassinat.

— C'est vrai ! Et une présomption trop évidente ne peut emporter la conviction et ne prouverait plus rien.

— Un détail pourtant me tracasse, reprit Bourdeau. La maison n'est pas petite en dépit de la qualité qu'on lui prête. Qui l'entretient ? Ce ne peut être cette Hermine dont la vêture n'est appropriée ni au travail de la cuisine ni à celle du ménage. As-tu remarqué ses mains blanches et soignées ?

— Il y a le majordome.

— Souviens-toi de son état, il ne tient pas debout et n'est d'évidence pas capable de tels efforts.

— Un brave homme ?

— Le type même du vieux serviteur, fidèle à une famille. Il a quasiment élevé le président. Il réprouve son genre de vie, sa débauche, et entend s'y soustraire en se retirant en province. Il semble que son maître ait tout fait pour l'y inciter par de successives humiliations.

Bourdeau hocha la tête d'un air excédé.

— Nos commissariats sont de plus en plus témoins de la mésentente croissante entre maîtres et serviteurs. Les prétextes sont multiples, questions de gages, de service, de fidélité, d'honneur, de morale. On ne compte plus les abus...

— Souvent des deux côtés. Chaque partie a des arguments à faire valoir...

— Sauf, Nicolas, que le maître est toujours cru sur parole. Un jour cette forme d'esclavage s'effondrera et l'égalité de tous réduira à quia cette honteuse dépendance.

— Pierre, tu es injuste. En 1761, tout jeune, j'ai eu connaissance de l'affaire du chevalier de la

Billiarderie, officier nommé à Saint-Martin. Son domestique refuse de le suivre si loin. Devant le refus de faire campagne avec lui, le chevalier le chasse et lui retient ses gages, prétextant des infidélités. Sartine saisit Monsieur de Saint-Florentin, qui exige une enquête. Il en appert que le maître était violent et emporté. Le ministre ne donne pas lieu à sa plainte et ordonne le paiement des gages.

— Une exception ne confirme pas la règle. Ah! Mais voici Gremillon qui revient avec un quidam.

Ils sortirent de la voiture. Un homme, le visage dissimulé par un capuchon et le corps engoncé dans une peau de mouton retournée, s'approchait, une longue scie sur l'épaule. Un petit compagnon tout emmitouflé l'accompagnait. Âgé tout au plus d'une douzaine d'années, il tremblait de froid et frappait ses mains l'une contre l'autre.

— Voici, dit Gremillon, un scieur de pierre que j'ai débauché sur le chantier d'un hôtel en construction rue de Sèvres. Le froid avait interrompu le travail. Le dégel a fait sortir le loup du bois et il était venu pour préparer le retour au travail.

Nicolas se tourna vers l'homme et avec cette compassion dont il ne se départait jamais et qui, de tout temps, facilitait ses rapports avec ses semblables, le salua et lui tendit la main. L'homme, surpris, la saisit avec gaucherie après un temps d'hésitation.

— Bonjour, mon ami, selon vous le dégel va-t-il se poursuivre?

— Si j'en croyons mes douleurs, c'est la pluie qui va continuer dru et, avec elle, ce foutu dégel et toutes ses sales éclaboussures.

Il désigna Gremillon d'un mouvement de la tête.

— Ct'homme m'a dit que vous étiez de la pousse[6] avec le besoin de ma scie pour tailler de la glace proprement. J'en soyons très capable, à votre service.

Il toucha d'une main son capuchon, comme pour saluer derechef. Le commissaire désigna la pyramide débâchée par Gremillon. Le scieur, apercevant ce qu'elle contenait, recula effrayé et se signa, tandis que le petit compagnon se réfugiait derrière les jambes de son aîné.

— C'est-y c't ouvrage que vous me commandez ? J'savions point si...

— Comprenez-moi. Il ne s'agit pas de toucher au corps. Nous souhaitons le récupérer intact.

— Oui, poursuivit Bourdeau, c'est seulement le bloc qui le contient qu'il convient de dégager. Le sommet de l'édifice s'est effondré et il suffit d'achever le travail et ensuite de s'attaquer en symétrie aux quatre parois et à la base.

L'homme hésitait. Nicolas sortit sa bourse, y prit quelques louis et les lui tendit. La vue de l'or emporta les réticences.

— D'accord, pourtant il me faudrait des pelles pour dégager ce que nous taillerons.

— Qu'à cela ne tienne, dit Gremillon. Vu le temps, le fourgon des exempts en possède plusieurs. Nos hommes peuvent aider au déblaiement.

Il lança des ordres et aussitôt une petite équipe était prête à aider le scieur de pierre dans son travail. Les débuts furent maladroits. Pour découper le haut de la pyramide, manier la scie était difficile et il fallait lever les bras en perdant par ce mouvement toute force dans l'effort. Le commissaire réfléchit un moment au problème et intima d'approcher les deux voitures afin de permettre aux scieurs d'être haussés à la bonne hauteur, en montant près des cochers. La suite se déroula sans difficulté si l'on excepte que le grincement aigu de la scie, en entamant la glace, mit à rude épreuve les dents des assistants. Enfin, la gangue fut dégagée.

— Voici, dit Bourdeau, un quartier de glace beaucoup plus grand que ceux que débite aux Tuileries la glacière réservée aux privilégiés, car pour le peuple, les regrattiers suffisent qui revendent au petit détail la glace à rafraîchir, sale et peu saine. Encore une fois, les pauvres qui achètent trop cher des produits de première nécessité ne bénéficient que du rebut. L'homme riche achète à bien meilleur marché !

— Il trouve prétexte à tout, dit Nicolas en riant.

— Pour la glace, ajouta Semacgus, que chacun fasse à mon exemple. Catherine a suivi mon conseil et s'en porte bien et notre gourmandise aussi. Une petite glacière personnelle au fond de son jardin. Il suffit d'une fosse en briques, d'un peu de paille et de fumier sans compter un couvercle en bois.

— Encore faut-il posséder un jardin ! Chacun regarde à sa porte sans se préoccuper du bien public, celui qui serait commun à tous !

— Bon, dit Nicolas agacé, trêve de discours. Qu'on porte ce morceau dans le fourgon et hue dia, au grand trot au Châtelet ! Guillaume, s'il le veut bien, suivra le cortège et veillera au grain pour l'installation...

Semacgus acquiesça. Cependant, avant de monter dans sa voiture et après avoir réveillé son cocher qui, enveloppé dans son manteau de toile cirée, piquait du nez, endormi sur son siège, il envisagea le petit compagnon. Celui-ci regardait ses mains et paraissait souffrir. Le chirurgien l'appela et l'interrogea.

— Mon garçon, qu'as-tu à faire ainsi la grimace ?

Apeuré, l'enfant regarda son aîné qui, bourru, l'engagea à répondre.

— Jase donc puisqu'on t'interroge.

— C'est que, Monsieur, j'ai fort mal aux mains; elles me piquent et me brûlent.

Il les présenta à Semacgus; elles étaient enveloppées de linges sales.

— Voilà de belles engelures! Et des linges fort sales!

Il se tourna vers Nicolas qui contemplait la scène.

— Les enfants sont sujets aux engelures par grand froid. Petit, as-tu plongé tes mains dans l'eau chaude?

— Oui, dans le pot qui chauffait sur le brasero du chantier.

— Voilà ce qu'il ne faut jamais faire. Ce sont les alternatives de froid et de chaud qui occasionnent de tels maux. Désormais, agite tes mains et leur applique des cendres chaudes qui assèchent les suppurations.

Il sortit une mine de plomb de sa poche et écrivit l'ordonnance sur un papier.

— Cours acheter du marc du baume de Monsieur Chomel chez l'apothicaire. Prends cet écu et soigne-toi.

— Il s'achètera plutôt du pain, dit Bourdeau, ému.

— Non, Monsieur, dit le scieur, j'y veillerons. On ne croise pas si souvent des gens comme vous.

Nicolas posa sa main sur l'épaule du chirurgien.

— Voilà pourquoi je vous aime, Guillaume.

Bourdeau grommela quelque chose d'indistinct et les serra dans ses bras.

— Monsieur le commissaire, dit Gremillon. En parcourant le quartier, j'ai rencontré un mien ami qui habite rue Rousselet, près des Incurables. Il est persuadé avoir remarqué, il y a environ quinze jours, cette pyramide. Il avait été surpris de découvrir cet édifice dans un endroit aussi solitaire que désert.

— Peste! dit Bourdeau. Voici un point éclairci et un nouveau mystère à élucider. Pourquoi cette godelurette nous a-t-elle affirmé le contraire?

III

DÉBRIS

« Rien n'est sûr que la chose
incertaine. »

Villon

Cahoté par les ressauts de la voiture, Nicolas méditait. Franchi le Pont-Royal, il avait ordonné qu'on
gagnât l'hôtel de police, désireux de rendre compte au
plus vite à Le Noir des événements de la matinée. Il souhaitait surtout démêler les raisons de l'attention portée
par le lieutenant général de police à une affaire, certes
étrange, mais de peu de fond par rapport aux difficultés du moment, multipliées par la longue période de
froid et, maintenant, par un dégel brutal. Il s'évertuait
à ne pas trop réfléchir sur le mystère du boulevard du
Midi, conscient de ne pas détenir encore les éléments
suffisants pour bâtir une hypothèse cohérente.

Parfois des plaques de glace non encore fondues
déportaient la caisse du fiacre et il était précipité sur

Bourdeau qui, encoigné contre la glace de la portière, s'était endormi. La fâcheuse rumination dont
il avait été la proie lors du souper chez Noblecourt,
le reprit soudain avec une insistance renouvelée. La
veille, l'attitude d'Aimée exempte de tout reproche lui
donnait mauvaise conscience ; seuls les plaisirs de la
nuit avaient un temps chassé sa tristesse et son obsession. Il mesurait l'inanité de sa mauvaise humeur
tant les reproches qu'il adressait à sa maîtresse lui
apparaissaient, par instants, infondés et, au fond,
la suite obligée d'une crise première de jalousie. Il
tenta de se l'expliquer. Était-ce une stupide question
d'amour-propre ? Lui-même rendait-il exactement
rapport à Aimée de tous les événements de sa vie et
de son office ? N'avait-il pas dissimulé quelques écarts
qui outrepassaient les bornes tacitement fixées entre
eux dans leur relation si peu commune ? Ne souf-
frait-il pas d'un accès si propre aux hommes de tout
temps qui ne tolèrent pas au beau sexe une licence
ou, pour mieux dire, une liberté égale à celle dont
ils bénéficient eux-mêmes ? L'exquise galanterie largement dispensée n'était-elle en réalité qu'un voile
gracieux jeté sur une permanente dépréciation des
femmes ? N'avait-il pas, d'ailleurs, remarqué combien
Aimée goûtait de soulever, avec véhémence, soutenue
en cela par Semacgus et Bourdeau, que le concours
des femmes était indispensable à l'avènement d'une
société plus juste ? Elle maintenait que celles-ci, de
plus en plus nombreuses, étaient parties prenan-
tes du bouillonnement des idées, se saisissant de la
parole non plus dans le déduit mondain des salons,
mais désormais partout.

Jusqu'à présent Nicolas s'amusait de ces contro-
verses sans parvenir à comprendre leurs raisons profondes tant cela lui semblait, à lui pourtant si ouvert

aux Lumières, comme une fantaisie dérivée d'une mode passagère pour le bon plaisir de la cour et de la ville. Qu'Aimée participât à des réunions occultes avec ses *sœurs* dans des lieux secrets appelait chez lui une inquiétude tenace. Il ne pouvait choisir qu'entre deux attitudes : la tolérance propre à son caractère et l'irritation que suscitait le manque de loyauté de sa maîtresse.

Il soupira, peinant à fixer son sentiment sur ce qu'il éprouvait. Une seule certitude le submergeait, la force assurée de son amour pour Aimée. Face à une situation odieuse et, cependant, inévitable, il valait mieux en prendre son parti, en ignorer le déplaisir et en apprécier au pire les conséquences, seuls biais qui lui permissent de supporter la chose. Il rit de lui-même à la pensée de cette conclusion en labyrinthe.

La voiture s'arrêta dans la cour boueuse de l'hôtel de police. Même dans cet endroit de pouvoir, nota-t-il, on ne nettoyait pas. Bourdeau, éveillé, s'ébroua en maugréant. M. Le Noir leur offrit un spectacle pitoyable. Sans perruque, pas rasé, vêtu à la diable, il hurlait des ordres à tout va. Apercevant les deux policiers, il chassa la petite foule de commis qui encombrait son bureau et se laissa tomber dans son fauteuil. Il leur fit signe de s'asseoir et prit aussitôt la parole.

— Un mois, messieurs, un mois, que je ne dors qu'une à deux heures par nuit. Tout remonte à moi ! Tout ! Et de surcroît me voici plusieurs fois par semaine à Versailles. Rassurer Sa Majesté, faire ma cour à la reine et, le pire, cajoler Monsieur de Breteuil. Nous allons regretter la nullité bonasse qui le précédait... Mon Dieu ! Quel homme ! Quelle brutalité de caractère ! Je ne disconviens pas de sa valeur, quoique... Il exige en permanence, avec quelle vigueur ! Vous le connaissez, Nicolas[1]. Il me chante chaque fois vos louanges, ce qui me donne quelque répit.

Il reprit son souffle.

—À peine a-t-il ordonné que tout se doit d'être accompli. Les meilleures qualités, sens de la justice et souci du bien public, le disputent aux pires. Beaucoup lui dénient le fond d'idées vraies et de connaissances justes qui forment son esprit.

Il baissa le ton.

—À vous, je puis bien l'avancer, il m'effraye. De plus c'est un libertin et je le crois d'une dangereuse ambition. Il ne fait jamais de révérence qu'à dessein d'en tirer parti.

Nicolas mesura le désarroi de M. Le Noir à sa litanie de paroles. Certes, il leur faisait confiance, mais à ce point...

—Nettoyage, approvisionnement des vivres et du bois et j'en passe, je suis usé et accablé de toutes parts et ne voilà-t-il pas que le dégel aggrave encore mon souci? Les intendants m'assaillent de rapports. Ils m'alertent sur les dangers qu'il nous fait encourir. On craint la débâcle. Les eaux dégagées risquent d'affluer de l'amont vers Paris et d'emporter les ponts. Déjà les nouvelles les plus alarmantes me parviennent de Picardie et de Champagne[2], de l'Oise, de l'Aisne. Menaces partout, à Soissons, à Rethel. Il faut pourvoir à tout, et maintenant cette affaire. Que m'apportez-vous de pire, Nicolas?

—Monseigneur, vous savez pouvoir compter sur nous.

Le Noir agita sa main comme s'il chassait une mouche importune.

—C'est un réconfort pour moi. Dites, dites...

Nicolas rendit compte avec cette capacité rigoureuse d'aller à l'essentiel.

— Si je comprends bien, il nous faut attendre que ce cadavre nous ait révélé quelque chose le cas échéant. Autre chose, quel diable vous a poussé d'aller enquêter rue Plumet chez un parlementaire ? N'avez-vous aucune idée de la capacité de nuisance de cette engeance-là, toujours par le travers des volontés du roi ? Nous aurons, enfin moi, quelques ennuis de ce côté-là, car vous ignorez, ce me semble, la position et le rôle particulier de Monsieur de Vainal.

Il se leva et passa devant son bureau contre lequel il s'adossa. Il poursuivit dans un murmure :

— Il a le même âge que le duc de Chartres. Ce sont des amis d'enfance. Désormais, un habitué des parties de Monseigneur à Mousseaux et à Bel-Air quand ce n'est pas au Palais-Royal même, que le duc d'Orléans a offert à son fils...

Nicolas admirait qu'au milieu de tant de soucis et de responsabilités divers on pût ainsi feuilleter le lieutenant général comme une sorte d'*Almanach royal*. Il prit conscience de la masse de travail et d'efforts de mémoire que cela supposait.

— ... Chartres est le centre autour duquel se rassemblent des mécontents, le point de ralliement de tous ceux qui conspuent la cour. Oh, non pour le bien de l'État, en dépit de leurs déclarations sur une constitution à l'anglaise, mais en vue de leur intérêt propre. Depuis l'affaire d'Ouessant, vous y étiez et vous savez la fausseté des accusations de lâcheté qui furent prodiguées contre lui, et le refus de le nommer grand amiral, le torchon brûle. Il est à l'origine de libelles infâmes contre la reine. De plus, le duc a des dettes, énormes ! L'opération du Palais-Royal le ruine peu à peu. Il y loue des boutiques ! Oui, des boutiques, au point que sa Majesté lui a lancé en public : *Puisque vous ouvrez boutique, mon cousin, on ne vous verra*

donc plus que le dimanche. Par l'intermédiaire de
diplomates anglais, il emprunte à Londres où le roi
George lui a concédé un palais à Portland Place!
Monsieur de Vainal a partie liée à ces arrangements
financiers du dernier douteux. Je vous laisse juges,
mes amis, de la situation et du guêpier dans lequel
vous vous êtes jetés sans rien qui le justifiât.

— Ceci reste à voir, Monseigneur. Cette maison était
la plus proche du lieu où a été découvert le cadavre de
la pyramide. Il était habituel et normal de s'enquérir
auprès du voisinage.

— Bon, bon, je comprends bien, mais attendez-vous
à des réactions, je vous aurai prévenus. Pardi! C'est
moi qui serai à la manœuvre pour... pour habiller vos
faux pas.

L'amène Le Noir fusilla du regard Bourdeau qui,
d'évidence, bronchait dans son fauteuil.

— De plus le bruit court de mon prochain remplacement. Le prétexte serait de me récompenser d'avoir
affronté la pire période qu'un lieutenant général ait
eu à subir depuis des lustres...

— C'est vite oublier la Guerre des Farines, dont
vous fûtes la première victime, Monseigneur.

— ... Certes, certes. Donc on m'accable, que dis-
je, on m'enterre, sous les compliments. Le tout évidemment pour mieux m'étouffer. J'aurais, dit-on
encore, l'espérance glorieuse d'un autre département. Mes amis, vous avez, comme toujours, le
champ libre, mais veillez à ne pas accroître l'étendue
de mes préoccupations. J'ajoute que le froid est une
chose, le dégel en est une autre et qu'il ne manquerait
plus que le feu soit mis aux poudres à cause de cette
étrange affaire. J'ai réussi à éviter la disette, je ne sais
si je serais capable d'éteindre une émotion populaire
fondée sur une telle horreur. Et cela d'autant plus

que, selon vous, Nicolas, certains paraissent avoir intérêt à soulever l'indignation du peuple.

Il les congédia, l'air crispé.

— Avec des pincettes, mes amis, avec des pincettes.

Dans le fiacre qui les ramenait au Grand Châtelet les deux policiers demeuraient cois, soit pour digérer le propos de Le Noir, si étonnamment prolixe, soit pour envisager avec inquiétude les suites incertaines d'une enquête aux débuts à ce point hypothétiques.

— Plus j'y réfléchis, dit Bourdeau en rompant le silence, et plus je crois que nous avons eu le nez creux de visiter l'hôtel de la rue Plumet. Crédié, il y a du louche dans ce bouge-là !

— Soit ! Mais la suite, avec des pincettes. Avec des pincettes ! Envoyons nos mouches butiner[3] dans les alentours et également dans la demeure-mère, rue du Long-Pont.

— Ah ! exulta l'inspecteur, jouant sur le mot, ce seront des mouches à miel.

Nicolas ne releva pas, de nouveau plongé dans sa réflexion. Il frappa du poing sur son genou.

— Impossible en vérité de ne point envisager une rencontre avec le président de Vainal, quoi qu'en puisse clamer Le Noir. Nous jouerons les niais, tout en avançant nos pions, en l'interrogeant sur la rue Plumet. *Monsieur, il se trouve que votre hôtel si charmant est situé au plus près d'un drame incroyable qui... qui... etc., etc.*

— Bah ! Il faudra que le commissaire joue les marquis. Ces gens-là sont sensibles aux manières et aux qualités qui, à la montre, leur en imposent.

— Il ne sera peut-être pas dupe.

— Tu sais avoir la façon, loyaliste qui *caméléone* à merveille. Il suffit de prendre son temps. Il lui échappera bien, s'il y a du suspect, quelque parole imprudente dont nous ferons notre miel.

— Encore une abeille !

Ils riaient alors que leur voiture entrait sous la voûte du Châtelet. Sautant à terre, Nicolas aperçut Tirepot réfugié sous le porche. À son côté, Yves, son aide, grelottait derrière leur attirail.

— Ma foi, voici mes frères de Pontivy et d'Elven. Que faites-vous donc là ?

— On se protège de la pluie, Nicolas. Avant, nos *matières* gelaient dans les seaux, maintenant la pluie tue le négoce. Regarde le pauvre Yves, *deus da gac'hat tachoi* (Il a froid à chier des clous) !

Le commissaire fouilla dans ses poches et en retira quelques liards qu'il leur jeta.

— Allez prendre du vin chaud, mais en toute hâte. J'ai du travail pour vous. Guère loin, derrière l'Hôtel de Ville, rue du Long-Pont.

— Vous tournoierez autour de la maison du président de Vainal. Qui sait ? La moisson pourrait être féconde.

Ils descendirent aussitôt à la basse-geôle où ils trouvèrent Semacgus et Sanson, le bourreau, en train de deviser. Sur la grande table en chêne, on devinait sous une bâche le bloc de glace apporté du boulevard du Midi ; une mare se formait au pied du meuble. Des braises disposées aux quatre coins de la salle dispensaient une chaleur qui peu à peu se chargeait d'humidité.

— Comment les choses se présentent-elles ? Pourriez-vous opérer assez vite ?

— Sanson et moi estimons qu'en fin d'après-midi nous serons à même d'examiner la surface du corps. Pour le reste, il faudra attendre un jour ou deux.

— J'ai proposé au docteur Semacgus de le libérer. J'ai déjà dîné et je veillerai ici au grain. Je suis assuré qu'une faim de loup vous tenaille; il est une heure de relevée.

— Ami, merci, dit le chirurgien. Je vous invite tous deux. Savez-vous que je mangerais un bœuf.

Il les entraîna au plus près, dans leur repaire favori, rue du Pied-de-Bœuf. L'hôte, comme Bourdeau natif du Chinonais, les accueillit joyeusement et les conduisit à leur table habituelle, leur apportant aussitôt un pichet de vin et des verres. Après l'échange de nouvelles des familles et amis restés au pays, Bourdeau s'enquit avec gourmandise de ce que l'hôte pouvait leur proposer.

— Du simple, du gras et du réchauffant, dit le tavernier en faisant avec sa bouche un bruit de clapot qui se voulait engageant. J'ai des petits jarrets de porc.

— Voilà qui nous convient, dit Semacgus. Point trop petits, j'espère? Et comment les traites-tu, ces mignons?

— Dessalés, puis des heures à petit feu dans un bon bouillon sur le coin du potager, avec des épices. Hélas, point de racines, il n'y en a pas, vu le temps qui nous accable! Je les place une fois bien refroidis et affermis dans une large terrine, noyés de bière emmiellée, avec force poivre, grains de genièvre et une poignée de cumin. Le plat, non couvert, est exposé au feu de la cheminée, lentement afin qu'il caramélise et préserve ainsi le moelleux de la viande.

— Ah! L'eau m'en vient à la bouche. Ta description ne manque pas de ragoût. Et avec cela, que sers-tu?

— De bons gros haricots de Soissons, de quoi par ce temps tenir au corps. Surtout sans les faire gonfler dans l'eau; cela ne sert à rien et ne fait que les abîmer. Cuits à la gentillette, sans sel, avec un oignon, après la deuxième eau. Enfin une louche de saindoux sur le tard de la cuisson avec le sel pour les nourrir.

Ce programme mit en joie les trois amis qui se réchauffaient au feu de la cheminée.

— C'est effrayant, dit Nicolas, la température est remontée, mais ce froid humide est pire que le froid sec que nous avons supporté ces derniers mois.

— Froid sec! Froid sec! Tu oublies les chutes de neige.

— Nicolas n'a pas tort, dit Semacgus, la neige assèche l'atmosphère. Nous avons discuté de la question à l'Académie des sciences.

— Nous auriez-vous celé que vous en faites partie?

— Que non, Nicolas, je n'en suis qu'un modeste correspondant. C'est ainsi que je prends part à certaines réunions. Tenez, à la fin de l'année, j'ai été convié à Chaillot chez Benjamin Franklin, savant, philosophe et plénipotentiaire du nouvel État américain.

— Oh! s'écria Bourdeau. Ce n'est point l'ami de Nicolas. Ne le voyez-vous pas changer de visage à l'énoncé de ce nom? Sachez que Naganda lui a révélé une face obscure de ce personnage si à la mode. Une certaine expédition guerrière et massacreuse contre nos alliés indiens, lors de l'avant-dernière guerre avec l'Angleterre, à l'issue de laquelle nous avons abandonné la Nouvelle-France.

— Il n'y a pas que cela, dit Nicolas sombrement, nous avons éprouvé en d'autres circonstances son caractère double. Il y a du pharisien chez cet homme-là!

— Il m'a paru, reprit Semacgus, fort bonhomme, disert, savant et humaniste féru des Lumières.

— Au point de faire massacrer femmes et enfants, bougonna Nicolas.

— J'ai conversé avec lui en compagnie d'un autre invité, un Vénitien des plus érudits dont le bagout m'a sidéré.

— Comment se nomme-t-il ?

— Ma mémoire n'est plus si agile qu'autrefois. Barnova… Carmona… quelque chose d'approchant.

— Ne serait-ce pas Casanova ?

— Voilà ! Le connaîtriez-vous par hasard ?

— C'est un souvenir de mes débuts aux côtés du commissaire Lardin. J'avais participé à son arrestation. Choiseul le protégeait et un de ses dupes avait payé sa caution. Il était à l'époque accusé d'avoir démenti le montant d'une lettre de change.

— Cet homme est d'une prodigieuse culture. Il se déclare grand lecteur de Pic de la Mirandole et disciple de Paracelse. Il paraît féru de chimie, d'occultisme et d'alchimie. Il nous a décrit de mystérieux grimoires emplis de recettes et de rituels qui, selon lui, permettent de découvrir les trésors cachés et d'avoir emprise sur les esprits de tous ordres.

— Et qu'en disait Franklin ?

— Rien, il souriait benoîtement.

— Ah ! le bon apôtre. Quant à Casanova, croyez-moi, Guillaume, si j'en juge par les dossiers qui le concernent et que j'ai par la suite consultés, de ces pratiques il a tiré souvent profit. Ayant escroqué une vieille folle, d'ailleurs riche à millions, il a été banni du royaume par une lettre de cachet en 1767. Rassurez-vous, pourvu d'un passeport de Choiseul qui continuait à le protéger.

— Il est vraisemblable qu'il s'agisse d'un espion qui mange à tous les râteliers et se trouve affidé à ces organisations maçonnes.

Semacgus ne releva pas le propos de Bourdeau.

— Est-il toujours à Paris ? Je n'ai pas noté de rapports à son sujet récemment.

L'hôte posa sur la table les jarrets couleur d'ambre et les haricots fumants.

— Il logeait, nous a-t-il précisé, chez son frère Francesco et cherchait à Paris un emploi qu'il ne trouvait pas. Il s'apprêtait à gagner l'Autriche et la Russie afin d'y proposer ses services.

— L'homme n'est pas sans me faire songer à Cagliostro. Il possède, selon ce que chacun rapporte, même faconde, don de séduction et identique usage d'une prétendue magie fondée sur l'étude et la pratique des sciences ésotériques.

— Et celui-là, l'avez-vous revu récemment ?

— J'observe de loin son activité. Nos mouches et nos regardeurs de la ville nous en informent. Il a mis en place un étrange culte, déviation de la maçonnerie et son rival. Le *grand cophte*, comme il se présente lui-même, entretient une loge où se pratique ce qu'il nomme *l'évocation de la colombe*, le tout dans un salmigondis de croyances. Au cours de séances divinatoires, il utilise une jeune fille innocente, censée avoir reçu la consécration divine. Je crois que ces deux chevaliers d'industrie, ces *crocs* mondains, pratiquent, sur des voies parallèles et par des moyens similaires, d'innombrables friponneries.

— Ces haricots fondent sous la langue et n'ont d'égaux en délice que le croustillant de la couenne du jarret. J'adore le genièvre et j'en croque les baies avec délectation.

— Et il ne répute rien du vin de chez moi ! dit Bourdeau faussement dépité, vidant d'un trait sa chopine.

Ils se consacrèrent un moment à satisfaire leur gourmandise avant que de reprendre le fil de leur propos.

— Au sujet de l'affaire qui nous occupe, dit Bourdeau, plusieurs points ne laissent pas de m'intriguer. Je n'y rencontre aucune explication.

— Pierre, nous t'écoutons.

— Tout est question de chronologie. Divers témoignages m'apprennent que la pyramide, qui s'effondrait sous l'effet du dégel, a dévoilé son contenu. À qui? Le soleil se lève un quart d'heure avant sept heures. Enfin se lève, c'est un grand mot pour un effet incertain. Il pleuvait et le ciel était bas et nuageux; de ce fait, il a fait nuit et sombre jusqu'à près de huit heures. Or à sept heures et demie, matinal comme de coutume, j'arrive au Châtelet et aussitôt on me vient prévenir de la découverte d'un corps enchâssé dans la glace. Par conséquent, compte tenu du délai nécessaire au trajet entre le boulevard du Midi et le Châtelet, dont la durée ne pouvait qu'être allongée par la débâcle, la découverte se place au mieux bien avant sept heures. Nuit noire, sans lune! Or presque aussitôt et sans qu'on sache qui l'a prévenue, une foule excitée commençait à se rassembler autour de la pyramide.

— Sait-on qui a avisé le guet?

— Impossible de le déterminer. Les agents consultés affirment qu'ils ont été alertés par un groupe d'hommes indistincts sans qu'on y puisse élire aucun individu particulier pour l'interroger. Aussi, je le répète, deux questions sans réponse. Qui a découvert le cadavre? Qui a prévenu le guet? Je dirais même trois : qui a déclenché le rassemblement du peuple et son émotion?

Sur ce, l'inspecteur vida une nouvelle chopine que Semacgus venait de lui verser.

Le spectre de la maçonnerie que Nicolas avait lui-même développé après que Bourdeau l'avait évoqué le replongea soudain dans son anxiété. Se combattaient en lui le chagrin de la dissimulation d'Aimée, son peu de sincérité auquel il ne parvenait pas à trouver d'explication satisfaisante et la cruauté de la voir impliquée dans une société plus ou moins secrète. Certes il savait que certaines loges féminines rassemblaient en leur sein les plus grands noms de France, comme la duchesse de Bourbon et la princesse de Lamballe, mais en dépit de toutes les bonnes raisons qu'il alignait, son souci persistait.

— Et pourquoi, dit-il, sortant de sa prostration, cette fille nous a-t-elle trompés sur la date de l'édification de la pyramide ?

— La question enfante la réponse, dit Bourdeau. Soit il s'agit d'un manque d'attention de sa part : la pyramide est sous les arbres du boulevard et il peut être malaisé de l'apercevoir depuis le coin de la rue Plumet.

— L'explication ne convient guère au su de ce qu'elle nous a affirmé : il n'y avait que deux jours que la pyramide avait été édifiée. Donc, elle l'avait remarquée !

— Donc, deuxième hypothèse : il y a un intérêt particulier à ce qu'on ignore qu'elle existait auparavant, ce que nous a confirmé le témoin que Gremillon a interrogé. Et sans doute nous en trouverons d'autres pour recouper ses dires.

— De plus la donzelle a appuyé sa déclaration en disant qu'il fallait être aveugle pour ne point voir la construction de glace. Était-elle consciente de cette contradiction ?

— Ce faisant, tente-t-elle de protéger son maître d'une éventuelle inquisition au sujet de sa responsabilité proche ou lointaine dans cette affaire ?

— Et cela d'autant plus qu'elle a garanti qu'il n'avait point paru rue Plumet depuis plusieurs jours. Un entretien avec le président de Vainal me semble de plus en plus indispensable. J'attendrai toutefois de tenir le rapport de Tirepot avant de sortir du bois.

— Nul doute que le bougre fera bonne pêche. Il est habile à cela et nous l'a souvent démontré. Lui sait ce qu'il a à faire[4].

Les trois amis éclatèrent de rire à cette saillie de Bourdeau.

— Rien n'est plus éloquent que la surveillance étroite et minutieuse d'une maison. Tout peut être profit : allées et venues, habitudes et rumeurs du voisinage apparaissent comme autant d'indications précieuses, en particulier de ce qui serait dissimulé.

— Vous oubliez la momie de la pyramide, dit Semacgus. Comptez sur moi pour la mettre à la question ! Holà, maître tavernier, le feu s'éteint. On gèle ici.

L'hôte accourut, l'air accablé.

— Hélas, Monsieur, c'était la dernière bûche de la demi-voie de bois à laquelle on est limité. La disette qui court sur cette matière nous condamne à cela.

— Pourtant, dit Nicolas, Le Noir s'est évertué pour faciliter cet approvisionnement essentiel.

— Personne, grogna Bourdeau, ne conçoit comment Monsieur de Caumartin, prévôt des marchands, n'a pas pris davantage de précautions, la même difficulté s'étant posée l'an dernier. Le parlement a voulu être informé de la question sans pourtant réprimander le prévôt dont le peuple voit avec plaisir la fin du mandat. Chance pour lui d'avoir eu Le Noir à la lieutenance générale et d'éviter d'avoir à affronter la disette qui aurait pu transformer en émeute le mécontentement populaire.

— Et cela d'autant plus, dit Semacgus, au moment où le charbon de terre, que pourtant le peuple ne goûte pas, mais qui commençait à prendre et à suppléer le bois, vient aussi à manquer.

— Enfin, le dégel est là, qui va nous ôter ce souci-là.

Nicolas soupira d'aise.

— Voilà un dîner qui met un pendant satisfaisant au festin d'hier soir. Comment avez-vous trouvé Noblecourt?

— Dans un état qui me contente grandement. Son teint vermeil, son œil clair, sa bonne humeur, tout me tranquillise sur sa santé et me rassure. Il y a peu, il était assailli d'idées noires et semblait se désintéresser de tout ce qui, jusqu'à présent, avait animé ses passions.

— C'est ce que j'avais observé, inquiet, au début de l'an dernier.

— Maintenant, il s'est mis à acheter derechef de belles éditions et agrémente son cabinet de nouvelles acquisitions. La goutte, dont les accès étaient fréquents, semble avoir cédé à ce renouveau... D'ailleurs, hier soir, je n'ai pas voulu le limiter dans sa gourmandise; souvent dans ces matières l'excès de précaution peut avoir des résultats contraires.

— Bien! dit Nicolas qui venait de consulter sa montre, il est sans doute temps d'aller constater le résultat de la fonte.

À leur retour, la basse-geôle avait changé d'aspect. La mare s'était élargie au point qu'un aide de Sanson jetait de la sciure afin de la mieux étancher. Le bourreau tira les bâches et le cadavre apparut, blafard et affaissé sur lui-même, tel que, sans doute, il avait à l'origine été disposé. Il le frappa d'un coup de lancette qui rendit un son mat.

— Comme prévu, nous sommes maîtres de la surface, mais il faudra attendre encore un peu pour la suite de l'ouverture. Tel que vous le voyez, le corps non encore atteint de rigidité était ployé sur lui-même, comme à genoux, le torse effondré, la tête baissée dissimulée par la chevelure.

— Selon vos premières constatations, mon ami, êtes-vous à même de conclure dès à présent sur la date de mise dans la neige de ce corps ?

— Impossible. La glace conserve et n'altère qu'au bout d'une longue période. C'est au minimum huit jours compte tenu de la dureté du corps et, au maximum, deux mois. Nous savons en effet quand ont débuté les chutes de neige et les températures au-dessous de zéro.

— Avez-vous, mon cher confrère, dit Semacgus avec cette fraternelle courtoisie dont il usait toujours avec Sanson, relevé déjà quelques indices troublants ?

— Autant que ce corps gelé le permette, oui, en surface. Deux points m'intriguent.

Il saisit le corps à deux mains et le fit pivoter comme une statue afin d'exposer le dos à la lumière des torches.

— Remarquez, poursuivit-il, désignant l'emplacement avec sa lancette, cette trace violacée qui barre la partie basse des reins.

Bourdeau chaussa ses besicles et examina ce que le bourreau leur montrait.

— Est-il possible que cette marque ait été produite après le décès ?

— Je n'en jurerais pas ; tout semble indiquer qu'elle a saigné. Considérez les coupures et les ecchymoses.

— Et qu'en concluez-vous ? Ce ne peut être la cause de la mort.

— Non, mais cette marque nous éclaire sur les circonstances qui l'ont précédée. Elle peut uniquement confirmer que la victime était déjà morte lorsqu'elle a été ensevelie dans la pyramide.

— Existe-t-il d'autres marques, dit Nicolas, qui, ajoutées à celles-ci, établiraient un tableau plus vaste de ces dites circonstances et alimenteraient des suppositions plus précises ?

— Mon cher Nicolas, dit Sanson en souriant, je reconnais bien là votre habituelle sagacité. Elle est secondée par une intuition qui ne laisse pas de vous faire deviner ce qu'il y a de plus caché. Or donc à l'examen...

Il fit à nouveau pivoter le corps.

— ... j'ai remarqué des excoriations au niveau des épaules.

— Que signifient-elles ?

— Hum... Je suis sceptique sur mes propres constatations. Cependant, avec toute l'expérience acquise dans ce domaine au cours d'un demi-siècle d'examens et de connaissance du corps humain, j'ai le sentiment que cette femme a été maintenue par les épaules d'une manière très violente.

— Aurait-on essayé de l'étrangler ?

— Il n'y a pas présomption. Il se peut qu'elle ait été brutalement précipitée, par exemple sur une table, d'où les marques au bas des reins. Violée ? Je précède votre question. Nous ne le saurons que quand l'état du cadavre permettra de le déterminer.

— C'est beaucoup déjà, reprit Bourdeau qui, par habitude des lieux, avait allumé sa pipe alors que seules les fumées résineuses des torches troublaient pour l'instant l'atmosphère de la basse-geôle. Vos remarques ouvrent des voies sans doute fructueuses.

Nicolas n'avait cessé de tourner autour de la table, examinant chaque partie du corps dont la chevelure dissimulait toujours le visage. Il souleva les boucles qui recouvraient la nuque et poussa une exclamation de surprise.

— Remarquez cette bosse violacée à la base du crâne. Il me semble... oui... Il me semble qu'elle contient quelque chose.

Trois regards convergèrent vers l'endroit qu'indiquait le doigt du commissaire.

— C'est que Nicolas a raison! dit Semacgus intrigué. Sanson, veuillez me passer le scalpel et une pince. Il y a là quelque chose qu'il convient d'extraire.

Semacgus tomba la veste et enfila le tablier de cuir que lui tendait Sanson. Après avoir débridé la protubérance, il en sonda l'ouverture et, après plusieurs efforts vains, la pince retira un long fragment effilé que le chirurgien jeta dans une cuvette emplie d'eau que l'aide du bourreau avait approchée. L'objet y fut nettoyé avec soin. Un reflet doré scintilla. Ce fut Nicolas qui le premier prit la parole, le visage figé de stupéfaction.

— Mes amis, il s'agit d'un morceau de porcelaine de Sèvres. Une partie brisée du service à l'étrusque de la reine, qui a récemment été dérobé à Versailles!

— Es-tu certain qu'il s'agit bien de la même porcelaine?

— Il n'y a pas plus rare; le service en question est unique. La Manufacture a reçu aussitôt commande de mettre en chantier les pièces qui ont été dérobées.

Semacgus continuait à examiner la plaie à la nuque.

— Messieurs, dit-il soudain grave. Le doute subsiste. La victime a-t-elle été précipitée sur un meuble avec la volonté de la tuer ou sommes-nous en face des conséquences d'un accident fatal?

— Quel est votre diagnostic? demanda Bourdeau.

— Hélas, je connais fort bien ces blessures au cou. J'en ai observé de nombreuses lors de combats navals lorsque volent les espars.

— Ces éclats de bois font du ravage, remarqua Nicolas, je l'ai pu constater lors du combat d'Ouessant.

— La présence d'un instrument piquant dans la plaie complique les effets de la blessure. Il suffit parfois de l'extraire pour déterminer la mort presque aussitôt.

— Est-ce le cas ?

— Il ne semble pas qu'on ait essayé. Lorsque la moelle épinière a été profondément piquée dans sa partie supérieure, la mort ne tarde pas.

Il saisit le fragment de porcelaine, l'éleva à hauteur des visages attentifs.

— Mesurez sa longueur. Elle est plus que suffisante pour atteindre ce point vital.

— Ainsi, reprit Nicolas, on peut se figurer la scène. Cette femme a été agressée, saisie aux épaules, précipitée contre un meuble qui lui a entamé les reins alors que sa nuque brise une porcelaine dont un morceau aigu la blesse mortellement.

Semacgus réfléchit un moment.

— C'est ainsi en effet que j'imagine la chose.

— Reste à déterminer, dit Bourdeau, après s'être environné de fumée, si cette agression avait pour but d'assassiner la victime ou, au contraire, n'est que la cause involontaire d'un accident mortel.

— La suite de l'ouverture devrait nous en apprendre davantage. Je constate que la scène s'est déroulée alors que la victime était dénudée, ce qui laisse pendantes certaines conjectures sur les circonstances.

— Peut-être serait-il temps d'examiner le visage de cette femme ? Sanson, veuillez relever la chevelure qui nous le dissimule.

Le bourreau usa d'un chiffon pour essuyer les cheveux dégouttant d'eau et les écarta. Le commissaire s'approcha, se pencha et, avec une exclamation d'horreur, recula, la main sur la bouche.

— Qu'avez-vous, mon ami ? dit Semacgus interdit. Vous semblez avoir contemplé la face de la méduse !

— C'est bien pire. Considérez ce visage. Ne voyez-vous pas à qui il ressemble ?

— À celui d'une fort jolie femme, plaisanta Bourdeau.

Nicolas se rendit compte qu'à la réflexion ses amis ne pouvaient relever une ressemblance avec une personne qu'aucun d'entre eux n'avait approchée de près, contrairement à lui qui en avait eu le privilège souvent répété.

— Eh bien, Nicolas ! Nous direz-vous à la fin des fins ce qui vous émeut tant ?

— Mon Dieu, messieurs, ce visage...

— Oui, et alors ce visage ?

— Il s'agit trait pour trait de celui de la reine.

— De la reine ! Que dites-vous là, mon ami ? C'est un faux air sans doute.

Nicolas était revenu de son émotion.

— Certes, l'effet extraordinaire d'une coïncidence. J'ose espérer que cette ressemblance n'a pas de rapport avec le drame sur lequel nous enquêtons.

— Son visage semble paisible.

— Nous n'en tirerons pour le moment aucune conclusion.

— D'autres constatations ?

— J'ai remarqué, répondit Sanson, que nous sommes en présence d'une personne d'un certain rang. Sa propreté, la finesse et l'état de ses mains, les soins dont elles sont l'objet, tout cela justifie mon hypothèse.

— La description qu'en fait mon confrère, dit Semacgus, n'exclut pas qu'il puisse s'agir d'une courtisane, d'une fille galante. Les conditions de sa mort plaident en faveur de cette possibilité. La suite devrait nous en apprendre plus.

— Cela n'explique pas qu'on ait rameuté le peuple à cette occasion.

— Tout est prétexte par les temps que nous vivons pour exacerber la susceptibilité populaire.

— L'impression est pour moi troublante. J'approche la reine depuis près de quinze ans et son arrivée à Compiègne.

— Mais, Nicolas, que devrions-nous conclure de cette coïncidence ? demanda Semacgus.

— Je l'ignore, encore que je ne croie guère aux coïncidences. Une coïncidence soit, trois je m'interroge.

— Et quelle est la première ?

— Le contenu de ce quatrain cloué sur la pyramide et ce vers ambigu *Près d'un roi bienfaisant, occupe ici ta place*. Si nous ajoutons à cela la quasi-concomitance de la découverte du cadavre et de l'attroupement populaire. Cela fait, ma doué, beaucoup trop ! Et enfin, plus étrange encore, le fragment d'une porcelaine de Sèvres exposée à Versailles et dérobée depuis dans des conditions non encore élucidées. Ainsi je compte bien trois coïncidences ayant une relation avec la personne de la reine. Coïncidences, oui, j'y consens, mais le mot est bien vite lancé.

— De grâce, évitons cette espèce de divagation trop féconde en illusions. Voilà seulement une femme qui ressemble à la reine. Vous l'affirmez, nous vous croyons, n'ayant pas, comme vous, l'usage de la cour.

Et Semacgus, agacé, claqua sa main sur le tablier de cuir.

— Soit, Guillaume, je me rends. L'avenir nous apprendra si mon intuition était la bonne. Reste que nous ne pouvons pas dédaigner ce fait qui se doit d'être gardé en mémoire.

— Je crois, dit Bourdeau, que, sans te suivre dans le cheminement peu convaincant de ta pensée, ce que tu viens de constater est en mesure, en évitant d'en extrapoler les conséquences, de nous aider dans notre enquête.

— Et de quelle manière envisages-tu la chose ?

— Ma foi, s'il y a dans Paris une femme qui ressemble à ce point à Marie-Antoinette, nul doute que le vulgaire doit la connaître et que cette réputation a dû alerter la vigilance de nos mouches.

— Le *vulgum pecus* n'est pas plus que nous apte à reconnaître la reine !

— Certes oui, docteur, mais le peuple l'a vue défiler à de nombreuses occasions. Pour en revenir à ma proposition, ce sera un moyen pour retrouver l'identité de la victime. Et dans ce cas l'enquête s'élargira et nul doute qu'elle aboutira.

— Tu as raison, dit Nicolas. Je me suis laissé emporter par mon imagination. Ce sont, ajouta-t-il en riant, nos propos sur les magies et les sortilèges de nos Italiens qui m'ont entraîné aux marges de la raison. Il faut me comprendre, ce visage m'a saisi d'émotion. Quoique...

— Bourdeau parle d'or. S'il y a une Marie-Antoinette sur le marché, nous le saurons, il y a bien une fleuriste, qu'on nomme *la reine de Hongrie*, pour sa ressemblance avec l'impératrice Marie-Thérèse.

— Sauf que justement c'est la reine qui a été frappée de cette ressemblance avec sa mère lors d'une audience accordée aux dames de la halle.

L'examen de surface se poursuivit longuement sans qu'aucun détail ne vînt compléter le tableau désormais établi de ce que le cadavre pouvait révéler. Nicolas trouva utile de faire dresser par Bourdeau, sous la dictée des deux praticiens, un premier procès-verbal qu'il destinait à M. Le Noir. Il s'interrogea. Devait-il y mentionner la ressemblance de la victime avec la reine. Il s'y résolut finalement en dépit de la mine dubitative de l'inspecteur qui craignait que, le rapport échappant au secret des bureaux de police, sa divulgation gênât de discrètes recherches et allumât de fâcheuses rumeurs. Nicolas constata avec une secrète satisfaction que le doute qu'avait exprimé Bourdeau semblait céder à l'intérêt du policier qui, désormais, entendait prendre en compte l'extraordinaire ressemblance avec la souveraine et en mesurait plus étroitement les éventuelles conséquences.

La nuit était tombée quand la séance s'acheva. L'ouverture se poursuivrait dès que l'état du corps l'autoriserait. Le valet du bourreau demeurerait sur place pour surveiller le dégel du cadavre et alimenter les braseros. Semacgus reprit sa voiture pour rejoindre Vaugirard. Bourdeau souhaitait rester un moment au Châtelet afin de consulter les rapports du jour et préparer les recherches nécessaires. Nicolas le pria de lancer dès le lendemain une enquête auprès de la manufacture de Sèvres afin de récupérer un modèle de la pièce détruite.

Le fiacre de police reconduisit Nicolas rue Montmartre. Le bruit des roues sur le pavé et les plaques de glace le disputait au crépitement acharné de la pluie qui redoublait. Ici et là, des silhouettes isolées et crottées, menacées par les longues giclées de boue noirâtre qui jaillissaient au passage de la voiture, se serraient effrayées contre les murailles. Les ornières succédaient aux ornières. Le commissaire, lassé d'une fatigue à la fois physique et morale, mesurait combien la débâcle, loin de soulager l'esprit, ajoutait encore à l'angoisse que, depuis des mois, l'accumulation de la neige, son mortel silence et son accablement persistant avaient suscitée en lui. Il était important de retrouver le havre protecteur et apaisant de l'hôtel de Noblecourt.

À l'office, il déclina la proposition de Catherine de lui préparer à souper ; Noblecourt s'était mis à la diète et à la tisane de sauge pour, disait-il, compenser par l'abstinence le festin de Lucullus de la veille. Profitant du dégel, Aimée avait regagné Fausses-Reposes et reprendrait son service auprès de Madame Elisabeth, sœur du roi, dès le lendemain. Dans son appartement il trouva sur le secrétaire de sa chambre un mot de sa main :

> *Nicolas,*
> *Puisse ce message vous trouver serein, rasséréné et aimant comme je vous aime. Vous m'avez peinée hier soir au souper. Vous n'étiez ni avec vos amis ni avec moi. Ne pensez pas que je puisse être indifférente à ce qui vous soucie. J'ai trop d'estime pour vous pour le dissimuler. À bientôt, cher amant. Aimée.*

Cette attention l'attendrit sans pour autant dissiper le poids qui l'oppressait. Il gagna la chambre de Noblecourt qui paraissait assoupi, Mouchette sur les genoux et Pluton à ses pieds ; la joie bruyante que manifesta le dogue à la vue de son maître lui fit ouvrir les yeux.

— Prenez un siège, Nicolas, je ne dors pas. Avez-vous soupé ? Non ? Comme moi. Contez-moi votre journée.

Nicolas commença par le récit du dîner rue du Pied-de-Bœuf, dont le détail mit en joie le vieux magistrat, puis fit relation des événements de la journée.

— Trois coïncidences c'est trois de trop, je suis de votre avis. Il convient d'avancer et de tenter d'établir le lien qui les relie les unes aux autres. Le tao dit que *le vrai sage n'est pas déterminé à agir ou à ne pas agir; c'est la convenance des choses qui le conduit.* Vous avez décidé d'agir dans le sens convenable. Poursuivez, poursuivez! Dans cette affaire, un fait me frappe telle une évidence : par quel diabolique travers a-t-on eu l'idée de placer ce cadavre dans la neige, à cet endroit précis? Il n'était pas difficile d'imaginer que le dégel inévitable le ferait découvrir. Ne pouvait-on s'en débarrasser d'une autre manière, plus définitive? J'y sens le relent d'une tragédie fortement pourpensée dont on aurait prévu le dénouement sinon l'épilogue. Écartez tout scrupule, car si l'on commence à douter de la justice et de ses actes, il n'y a plus qu'à se retirer dans l'impuissance et l'abstention.

— Toutes les instructions nécessaires ont été données et je vais courir sus au président de Vainal.

— Méfiez-vous des parlementaires. J'en parle en connaissance de cause...

— Le Noir m'a prodigué le même conseil.

— Et pour le peuple, l'étonnement me saisit de son étrange *concertement*. Dans les temps de disette et d'épreuves, lorsqu'il éprouve les terreurs du besoin et ne peut espérer aucun recours, il arrive que son imagination exacerbée le dévoie et le précipite dans de hasardeuses voies.

— Parfois je ne le comprends pas.

— C'est un curieux animal longtemps cantonné dans cette ville, dans ses vieilles rues, dans ces sombres quartiers, autant de barrières et de clôtures qui claquemurent chacun dans sa paroisse, sa corporation ou sa misère...

Il soupira, pensif.

— Je vous l'ai maintes fois signalé, sans être assuré que vous y prêtiez attention. Le roi est aimé avec commisération, la reine est vilipendée avec haine. La noblesse et la finance se disputent l'impudence et tombent dans le mépris public. Regardez et écoutez, Nicolas, ce désir passionné de changement. Hélas, il est par trop diversifié dans son objet et dans ses causes, à l'infini de chaque état de la société! Changera-t-il un jour le sort de chacun? Fallacieuses illusions ou, peut-être...

Il considéra Nicolas avec attention.

— Holà, jeune homme, je vois cette ride horizontale sous la petite cicatrice de votre front. Vous êtes soucieux. Allons, elle vous aime et rien n'est plus essentiel que la confiance.

C'est pourvu de ce viatique que Nicolas monta se coucher.

IV

RENCONTRES

> « Il faut bien des fils, il me semble,
> pour tisser la grande toile à laquelle
> je travaille. »
>
> *L'Arioste*

Mercredi 25 février 1784

Il était encore tôt quand Nicolas prit à pied le chemin de l'Hôtel de Ville, derrière lequel se trouvait la rue du Long-Pont. Autant la maison de la rue Plumet dissimulait au premier abord l'objet pour lequel elle était destinée, autant la vieille bâtisse haute et penchée était à l'image de la vieille magistrature parisienne, celle qui depuis des siècles hantait les quartiers de la Cité et du Marais. Le commissaire avait approché plusieurs présidents à mortier lors des audiences de la Tournelle, chambre d'appel des procès criminels dans lesquels la peine prononcée n'était pas pécuniaire. Ces magistrats imbus de leur supériorité tenaient pour peu les gens du banc du roi, lieutenant, civil et criminel, procureur, lieutenant général de police et avocats de la couronne. Cette supériorité du parlement se manifestait de manière des plus humiliantes la veille de l'Assomption, lorsque le parlement tenait séance au Châtelet pour éventuellement interroger les gens du roi si quelque plainte était portée à leur encontre. Nicolas avait vu Sartine grincer des dents de rage et torturer sa perruque au cours de cette séance annuelle.

Quelle que fût la propreté de la façade, d'évidence entretenue, dans son apparence la maison respirait l'austérité. Au vrai, rien n'indiquait que le président de Vainal y vécût. N'était-ce pas plutôt un point de chute ostentatoire et utile à la montre ? Ayant pris en compte les conseils dispensés, Nicolas se promit de procéder avec prudence, en donnant même l'impression lisse d'une naturelle candeur. Il rit à cette pensée d'un Le Floch naïf jouant cette nécessaire comédie. Il n'arrivait pas rue du Long-Pont sans munitions en poche. Il s'était au préalable rendu au Grand Châtelet où Bourdeau attendait Sanson et Semacgus pour la suite de l'ouverture du cadavre de la pyramide. Sous le porche, alors qu'il quittait la vieille forteresse pour se rendre à la Grève, Tirepot avait jailli pour lui parler à l'oreille.

— Mon Nicolas, j'ai laissé le gamin sur place. Hier soir, une fille bien vêtue est entrée dans la maison. Tu connais ton Tirepot. J'ai tiré les vers du nez au cocher. Elle avait pris la voiture boulevard du Midi à hauteur de la rue Plumet, d'où elle venait sans doute. J'y retourne.

Le commissaire l'avertit que lui-même s'y rendait et qu'il prît garde de ne pas se compromettre en l'approchant de trop près. Il devait poursuivre sa surveillance et rendre compte au fur et à mesure qu'interviendraient de nouveaux événements.

Nicolas fut introduit chez le parlementaire par un jeune valet. L'intérieur de la demeure semblait en pleine révolution et il surprenait M. de Vainal au milieu des plâtres et de la poussière, surveillant d'évidence d'importants travaux. Ceux-ci auguraient la richesse probable des transformations engagées.

— Mon valet vous annonce comme commissaire de police au Châtelet.

— C'est, en effet, ma fonction.

— Et la raison de votre présence ici ?

Le ton était rude et le regard froid.

— Vous prier de bien vouloir concourir à une enquête de police.

— Vraiment ! Une enquête de police ? En voilà bien une autre ! Savez-vous à qui vous avez affaire ?

La froideur avait rapidement laissé la place à l'impolitesse.

— Il se trouve qu'un cadavre a été découvert près de votre demeure de la rue Plumet. Pour le reste, Monsieur le Président, votre éminente position n'implique pas le refus d'aider les magistrats du roi. Dans le cas où vous refuseriez votre collaboration, j'aurais le regret de m'en ouvrir à Monseigneur d'Aligre, premier président, que j'ai l'honneur de bien connaître.

Il ne mentait pas, ayant naguère assisté chez Sartine à un souper au cours duquel le premier président avait exhalé tout son ressentiment contre les réformes de Necker. Il avait saisi le commissaire d'un vol domestique. Le silence qui suivit devint pesant. Nicolas en profita pour mieux dévisager M. de Vainal. Il ne correspondait pas à l'image d'un président à mortier, un de ces chats fourrés qui, prétendant protéger le droit et les libertés communes, multipliaient depuis longtemps d'aigres remontrances aux édits du roi. De taille courte, mince jusqu'à la maigreur, M. de Vainal compensait cette disgrâce par un continuel hausse-ment de talons, si marqué qu'il paraissait toujours prendre son élan. Le visage étroit, aux traits fins, était sillonné d'une multitude de rides qui, de près, vieil-lissaient un aspect presque juvénile. L'étroitesse du personnage était encore aggravée par une élégante vêture très ajustée. Les yeux indéfinissables rappelè-rent à Nicolas la couleur de ceux de Mauval, tué par lui au *Dauphin couronné* au début de sa carrière. Ce souvenir le poursuivrait-il toujours ?

— Ah, vraiment ! Un commissaire de police frayer avec Monsieur d'Aligre. Voilà qui ne manque pas de surprendre...

Nicolas éprouva comme une brûlure de l'âme. Il entendait de nouveau Balbastre et le comte de Ruis-sec user du même terme dépréciant, il y avait de cela bien des années. Il se défendit, pour le moment, d'en tirer avantage et d'exciper de ses titres et quali-tés pour faire rentrer dans la gorge du président ces impudentes paroles.

— Passons... Si je reprends votre propos, je n'y relève qu'un hasard de circonstances. Il serait plus exact d'avancer, avec la prudence voulue, que ce cadavre a été découvert à l'intérieur d'une pyramide de glace édifiée sur le boulevard du Midi.

Cette présentation des faits plut à Nicolas. Pour le moins, M. de Vainal n'avait pas feint d'ignorer ce qu'il savait.

— Que puis-je vous dire de plus ? Vous me dérangez sans raison. Considérez le désordre de ma demeure. J'ai l'intention d'en modifier le meuble et le décor.

— À l'image sans doute de votre maison de la rue Plumet ?

Le regard se fit plus acéré et les lèvres se pincèrent.

— La visiter sans en être prié vous a-t-il comblé ?

— J'en ai admiré avec intérêt les particularités et, notamment, la variété des collections qu'on y voit.

— Je ne doute pas que l'ensemble vous a intrigué. Je suis un amateur.

— Le mot est inexact. Il a suscité en moi une émotion... disons esthétique. Cet ensemble m'a aussi suggéré bien des questions, de celles que pose toute œuvre d'art.

L'échange sur le sujet n'appelait pas d'autres remarques et le président, d'évidence sur la défensive, marquait par un redoublement de haussement de talons son souci de voir le commissaire déguerpir.

— Pour reprendre le fil de mon propos, reprit Nicolas, cette pyramide, ne l'aviez-vous pas remarquée auparavant ? On ne pouvait en effet traverser le boulevard du Midi sans l'apercevoir...

Il toussa, sortit de sa manche un mouchoir, s'essuya la bouche et la tapota longuement. Une ruse d'enquêteur.

— Je ne l'avais pas vue, n'ayant pas visité ma demeure depuis plusieurs semaines.

— Pourtant sa nature prouve qu'elle s'y trouve depuis longtemps, autant que l'on en puisse juger par les conditions de conservation du corps qui s'y trouve enfermé. Votre...

Nicolas laissa encore traîner son propos quelques instants.

— ... Votre servante prétend contre toute raison qu'elle n'est là que depuis deux jours, ce qui est impossible selon les constatations opérées. Soit elle parle de bonne foi et a prétendu l'impossible, soit elle ment. Pour quelles raisons le ferait-elle ?

— Je ne l'imagine point capable de mentir sur un objet aussi médiocre.

— Médiocre ? Comme vous y allez pour un meurtre aussi extraordinaire ! La nouvelle ne va pas tarder à courir et la cour et la ville. Gazettes et nouvelles à la main vont s'en donner à cœur joie et renchérir d'hypothèses. Déjà le peuple gronde. Et le roi si friand des nouvelles de Paris s'interrogera.

— Et qui viendrait troubler Sa Majesté avec un fait aussi ignoble ?

— Mon Dieu, le lieutenant général de police lors de son audience hebdomadaire ou, ajouta-t-il avec simplicité, moi peut-être lors de la prochaine chasse que le redoux permettra.

Le président leva les yeux et fixa Nicolas sans dissimuler sa stupéfaction.

— Les commis de police seraient-ils désormais invités à courre ?

Un rire intérieur secoua Nicolas, qu'il dut refréner. Toujours cette cascade de mépris venant souvent de ceux qui auraient dû s'en abstenir. Il avait oublié la brûlure. Il valait mieux s'en amuser et jouer sur une double appartenance. Elle lui servait à bousculer les orgueils les mieux ancrés et à s'affranchir des dédains les plus établis.

— Le commissaire Le Floch, non, mais le marquis de Ranreuil, oui.

La précision déclencha une sorte de haut-le-cœur chez le magistrat.

— Ah, certes ! Le bruit m'était parvenu d'un noble de province, d'origine douteuse, tombé commissaire. La chose, ma foi, est peu banale et prêterait à sourire si elle n'offrait une dérisoire image de notre société.

— Libre à vous, monsieur, d'en éprouver matière à divertissement. Sachez seulement que des suspicions pèsent sur vous et vos serviteurs du fait de l'extrême proximité du lieu de crime avec votre hôtel de la rue Plumet. Vous demeurez donc dans l'œil de la justice dont vous êtes, comme moi, le serviteur. La police examinera en conséquence tous les éléments susceptibles de confirmer ou d'infirmer que vous n'êtes, ni de près ni de loin, partie à cette affaire criminelle. Monsieur, j'ai l'honneur de vous saluer.

— Un instant, j'imagine, monsieur... monsieur? À qui donc je m'adresse? Monsieur le marquis ou le commis?

Cherchait-il à provoquer? Nicolas demeura impassible.

— ... J'imagine par conséquent, monsieur, que vous ne croyez pas que je vais en rester là. Le parlement est un pouvoir qu'on ne brave pas impunément, surtout depuis qu'il a heureusement été rappelé par notre souverain.

— Dois-je considérer cela comme une menace?

— Peu m'importe. Un président à mortier...

Il se caressa les revers de son habit comme s'il avait été revêtu de sa simarre de pourpre et d'hermine.

— ... ne se traite pas ainsi qu'un vulgaire vide-gousset des rues. L'usage, les traditions, mes privilèges me protègent d'inquisitions trop poussées. D'ailleurs le peuple ne tolérerait pas que l'on s'attaque à ceux qui le défendent.

— Libre à vous, monsieur, de prendre de haut une démarche si habituelle. Je vous laisse le soin d'y réfléchir. Serviteur, monsieur.

En sortant, Nicolas repéra en face de la maison Tirepot et son aide, bien en place pour assurer la surveillance. Il remonta la rue du Long-Pont jusqu'à l'église Saint-Gervais toute proche. Il y entra, pensif, en fit le tour et demeura un moment devant le tombeau en marbre blanc du chancelier Le Tellier. Son esprit vagabondait. Cette caste de parlementaires, lors de la Fronde au siècle dernier, avait mis à feu et à sang la capitale du royaume. Quels qu'aient été les coups de caveçon des trois derniers rois face à leur continuelle opposition, leur orgueil n'avait pas cessé de croître alors même qu'ils avaient tout à se faire pardonner. Le président d'Aligre, à qui il avait eu l'occasion de rendre un service signalé, demeurait populaire au parlement comme chef de l'opposition aux réformes. Devenu le défenseur obtus des prérogatives de l'institution, il n'en poursuivait pas moins avec une obstination de fourmi d'importantes spéculations financières dont les intérêts s'ajoutaient à ceux que lui procuraient ses fonctions : il était associé en tant que président du parlement à toutes les affaires comportant des épices[1]. Nicolas avait jeté ce nom illustre dans le débat, tout en sachant que les loups ne se dévoraient jamais entre eux. Quant au président de Vainal, il était conforme à l'image de cet ordre à la marge de la haute noblesse, aspirant à plus d'influence et de pouvoir dans la conduite de l'État. Nicolas demeurait perplexe. Que savait l'intéressé, qu'il avait celé au commissaire ? Était-il la victime innocente de circonstances fortuites ? Pourquoi sa servante avait-elle soutenu au mépris de toute évidence cette contre-vérité au sujet de l'édification de la pyramide ?

Il sortit de l'église et par les rues du Monceau, du Martroi, la place de Grève, immense champ de boue, rejoignit le Grand Châtelet au débouché de la rue de la Tannerie. À son arrivée il remarqua une voiture de cour qui attendait sous le porche. Le père Marie lui indiqua que Bourdeau était descendu à la basse-geôle et qu'une visiteuse attendait le commissaire dans le bureau de permanence.

Il y découvrit une dame au visage dissimulé. Dès son entrée dans la pièce, elle releva sa mantille et il reconnut Mme Campan, première femme de chambre de Marie-Antoinette. Depuis longtemps, il entretenait avec elle de confiantes relations. Il appréciait son dévouement pour la reine et la sincérité dont elle avait usé avec lui en plusieurs délicates circonstances. La bonne dame tourna autour du pot avant d'aborder le sujet qui, par extraordinaire, l'avait conduite à cette démarche au Grand Châtelet.

— Monsieur le marquis, je ne sais plus à quel saint me vouer tant l'affaire qui m'amène est délicate. Je ne trouve pas de mots pour l'aborder.

— Par le début, Madame, par le début.

— Voilà. Depuis des mois, une femme, une intrigante sans doute, se prétend du sang des Valois et entête les entours de la reine afin de pouvoir l'approcher.

— Pour dire le fait, c'est de la comtesse de la Motte qu'il s'agit.

— Ah! Vous la connaissez. Vous me retirez une épine. Je souhaitais recueillir votre sentiment sur cette personne. Vous savez qu'au château le public, à l'exception des gens mal vêtus de la dernière classe du peuple, entrent librement dans la galerie, dans les grands appartements et dans le parc.

— Et qu'elle a déjà tenté d'approcher Sa Majesté.

— Ah! Vous n'ignorez pas le fait. Cela me rassure.

— Je sais même que Madame, belle-sœur du roi, protégerait cette femme. Elle lui aurait fait accorder une petite pension de quinze cents francs.

—On dit aussi que son frère, en apparence bon sujet, aurait été placé dans la marine.

Elle hésita avant de se lancer dans un débit de paroles précipitées.

—Il peut y avoir péril pour la reine. Toujours pitoyable et attendrie par la misère, elle ne laisse pas d'écouter son bon cœur au détriment de sa réputation. C'est cela qui m'obsède, et rien d'autre. Je fais des rêves affreux. Autant la reine aime à se replier dans ses retraites et multiplie les ordres afin qu'elles ne soient pas envahies par la foule, en particulier les jardins du Trianon, autant, au château, elle demeure à la merci du premier venu.

—Ces précautions, chère Madame Campan, rejoignent celles du roi, toujours soucieux de la sécurité de sa famille.

—Ce que je vous demande, c'est de m'aider à protéger la reine...

Elle sourit.

—... qui a toujours compté sur le dévouement du *cavalier de Compiègne*.

—Elle peut en être assurée.

—D'aider la reine, disais-je, à se garder des menées de cette intrigante. Puis-je vous prier de m'éclairer ? Que savez-vous sur elle ?

—Elle descend d'un bâtard d'Henri II. Le juge d'armes de la noblesse, d'Hozier de Sérigny, a certifié exacte sa généalogie. C'est bien une Saint-Rémy de Valois. Enfance et jeunesse misérable. Recueillie et protégée par Madame de Boulainvilliers, elle fut mise en condition chez une couturière du faubourg Saint-Germain avant d'aller de place en place et d'épouser un gendarme, Monsieur de la Motte. Le cardinal de Rohan, qu'elle approche au château de Saverne, s'en entiche et il s'ensuit ce qu'il faut bien appeler une sorte de liaison. Je l'ai rencontrée chez mes amis La Borde à un souper où elle tenta successivement de faire intervenir en sa faveur la femme de notre hôte, lectrice de la reine, et votre serviteur. En vain, je vous le laisse penser. Elle était accompagnée de ce mage, Cagliostro, qui chantait ses louanges. Tout ce que j'ai appris d'elle depuis cette soirée est loin de plaider en sa faveur. Nombreuses dettes qu'elle solde de la manière que je vous laisse imaginer.

Il se retourna et fouilla dans un cartonnier d'où il tira une feuille.

— Je lis le rapport d'une de nos mouches : *Militaires et gens de robe se font un plaisir de lui rendre visite et de leur laisser des marques de leur générosité tandis que le mari part en promenade afin de laisser le champ libre.*

— Et c'est cela qui veut approcher notre reine ! Que faire, mon Dieu, que faire ?

— Si vous m'en croyez, rien pour le moment. Vous avez eu raison de venir me trouver. Nous continuerons de la faire surveiller et vous de faire en sorte que Sa Majesté ne puisse être approchée. Il y a dans tout cela un relent d'industrie[2] inquiétant qui impose de mobiliser tous les vrais serviteurs de la reine. À l'occasion, parlez-en à Monsieur de Ville d'Avray, le premier valet de chambre du roi. Il peut être de bon conseil.

— Monsieur le marquis, vous me rassurez et je vous rends mille grâces de votre appui. Aurons-nous le plaisir de vous voir à la cour ?

— Depuis des semaines les aléas du temps m'en ont empêché. Vous devez imaginer le souci que nous a donné l'administration de la ville, sa sécurité et son approvisionnement. J'ai seulement, à trois reprises, accompagné le roi dans ses visites de charité dans des villages autour de Versailles.

— Sa Majesté vous tient en haute estime. Je m'enfuis, j'ai profité du dégel et de l'absence de la reine partie visiter Madame Élisabeth à Montreuil[3].

Mme Campan rajusta sa mantille et disparut à petits pas, accompagnée du père Marie qui, lanterne à la main, la guidait vers le grand escalier. Nicolas gagna la basse-geôle où il trouva, au milieu du nuage de fumée que dispensait la pipe de Bourdeau, ses amis en grande discussion.

— Reste à déterminer, disait Semacgus, si les irritations constatées proviennent d'un ou de plusieurs déduits.

— Cette question, mon cher confrère, touche l'essentiel de notre ouverture. Mais voici le commissaire. Éclairez-le sur l'état de notre recherche.

Ce disant, Sanson jeta une couverture sur le corps étalé et ouvert de la femme de la pyramide.

— Nous vous épargnons le spectacle, qui n'est pas ragoûtant et qui ne vous apprendrait rien de plus que ce que nous allons vous décrire. Sanson, à vous la parole.

— Cette femme a bien péri d'une atteinte au cou profonde et mortelle, due à ce fragment de porcelaine brisée. Mais il y a autre chose dont l'importance ne saurait vous échapper.

— Que voulez-vous dire?

Semacgus reprit la parole :

— Nous dirons que cette femme, avant de périr dans les conditions constatées, a subi un ou plusieurs déduits.

— Encore une de ces parties de libertins dont sont remplies les notes de nos inspecteurs.

— Peut-être, dit Sanson. Peut-être pas. Car vu l'état des organes examinés il ne peut s'agir que d'un viol brutal et criminel, d'une séquence à plusieurs partenaires ou, pire encore, d'un viol collectif. Voyez que tout cela n'est pas sans conséquence sur la suite de votre enquête. Tant de scènes se présentent à nous : accident involontaire, chute de la tête sur une porcelaine fragile, ou agression et peut-être assassinat au moyen de cette pointe effilée d'une pièce du service de la reine, dûment utilisée pour faire accroire précisément à un vulgaire accident.

Nicolas hocha la tête, perplexe.

— Voilà qui ne nous facilite guère la tâche. Nous devons trouver un fil conducteur, un indice qui nous permette de prendre la voie. Or pour le moment, seul un faisceau de circonstances qu'aucune preuve ne relie entre elles se présente à notre réflexion. C'est insuffisant. Êtes-vous sûr de votre diagnostic ? Comprenez-moi, je ne mets pas en cause votre compétence, mais je veux votre aval assuré pour poursuivre à partir d'une base ferme.

— Hélas, dit Sanson approuvé par Semacgus, il y a bien quelques meurtrissures aux seins, aux cuisses, aux bras, sans qu'on puisse en déduire autre chose qu'une agitation propre à certains ébats. Notre jugement ne peut être que vague et les altérations relevées n'ont pas de corrélation obligée avec une cause déterminée. Il est rare que des lésions de cette nature, pouvant résulter d'une maladie des organes, surviennent chez une femme qui pratique habituellement des plaisirs répétés.

— Mais, dit Nicolas, ce que vous exposez là si savamment me paraît en totale contradiction avec ce que vous venez, tous deux, d'avancer. Sur quel pied dois-je m'appuyer ?

— Permettez, permettez, intervint Semacgus. Il y a deux positions c'est vrai. La première est notre sentiment, ce que vous appellerez intention, que nous vous avons présentée, d'ailleurs avec beaucoup de prudence et de restrictions pour vous aider à nourrir les voies de votre enquête.

— Et la seconde, dit Sanson, s'applique à définir l'avis motivé et contingent de la science qui, à l'instar de toute connaissance humaine, demeure imparfaite et incertaine de ses conclusions.

— Eh! dit Bourdeau hilare. C'est du Noblecourt tout craché. Tout est dans tout. Le vrai est incertain et le certain peut être faux. Avec cela nous irons loin. Je crois qu'il vaut mieux s'en tenir à quelques points totalement assurés. Au cours d'un déduit amoureux, cette femme a péri blessée par une pointe de porcelaine. Qui est-elle? Quand et où le drame s'est-il déroulé? D'où provient cette porcelaine volée à Versailles? Y a-t-il corrélation entre ces éléments et la proximité de la demeure du président de Vainal, rue Plumet?

Après avoir remercié le bourreau d'une aide qui s'avérait souvent décisive, les deux policiers et Semacgus remontèrent dans le bureau de permanence.

— Plusieurs points, dit Nicolas, me poursuivent et ne laissent pas de m'intriguer. Quelles sont les raisons qui ont poussé le ou les auteurs du crime, ou les témoins d'un éventuel accident fatal, à ensevelir le cadavre dans une pyramide de glace?

— Ne serait-ce pas, dit Bourdeau, que la terre gelée ne permettait pas de recevoir un corps?

— Tout paraissait agencé, remarqua Semacgus, de telle manière que le tombeau fût comme signalé et voué à la curiosité publique.

— C'était le moyen de préserver l'ensemble. Il ne serait venu à personne l'idée de détruire un monument consacré à chanter les louanges du couple royal et sa charité à l'égard du peuple.

— Soit, Nicolas. Mais que penser de la situation du président de Vainal par rapport à cette mise en scène?

— Nous l'ignorons. Est-il simplement le voisin innocent d'un lieu maudit sans que, pour autant, cette proximité le compromette outre mesure? Le mensonge d'Hermine n'était-il que fallace de fille légère protégeant, sans savoir pourquoi, son maître qui est sans doute son amant?

— Et, dit Bourdeau, on demeure toujours dans la curiosité de relier les vers de la dédicace de la pyramide à son contenu.

— Ce fait m'indispose. Que peut-il signifier? À bien y réfléchir, on est contraint d'imaginer une scène terrible. Dégel, découverte du corps, le tout en présence de malfaisants stipendiés pour animer le drame. Le corps d'une femme ressemblant à la reine, découvert sur le boulevard, nu dans la glace. Il importe peu que ce ne soit pas elle. Le scandale fabriqué, oui fabriqué, eût été retentissant.

— D'autant, ajouta Bourdeau, que la reine n'est pas si populaire qu'elle puisse souffrir une telle injure. Qu'elle ait donné un fils à la France ne suffit pas à dissiper une détestation générale. Ses relations avec un bel officier suédois alimentent les rumeurs de la cour et de la ville.

Nicolas se taisait, ne voulant pas relancer l'inspecteur dans une voie qu'il n'avait que trop tendance à emprunter. Que pouvait-il ajouter? L'an dernier, la reine lui avait présenté le comte de Fersen. Tout cela figurait un tableau redoutable.

Restait aussi la question du fragment de porcelaine de Sèvres. Accident? Suite hasardeuse d'un viol? Pièce ayant constitué une arme pour une blessure mortelle? Comment retrouver les morceaux manquants qui compléteraient la pièce ? Le hasard avait bon dos. N'y avait-il pas là un geste machiavélique et voulu pour faire peser la culpabilité du meurtre sur celui – ou celle – qui possédait la pièce à l'étrusque du service de la reine ? Comment, se désespérait-il, mettre la main sur un indice propre à le conduire dans ce labyrinthe compliqué ?

— Tu as l'air bien songeur, dit Bourdeau.

— C'est que je ne vois pas comment m'y prendre et où commencer une enquête sur si peu d'informations éloquentes.

Nicolas décida d'aller consulter les fiches de police concernant le président de Vainal. Le bureau de permanence conservait des copies de toutes celles qui étaient colligées à l'hôtel de police. Peut-être y rencontrerait-il quelques renseignements susceptibles de le mettre en éveil. Pendant ce temps, Bourdeau tâcherait de faire le point avec le réseau des mouches sur l'existence d'une femme ressemblant trait pour trait à la reine. Enfin, instructions furent dispensées à Sanson de conserver le corps découvert dans la pyramide en état en vue, dans la mesure du possible, d'une reconnaissance ultérieure.

Plongé dans un océan de papiers, le commissaire s'était attelé au dépouillement attentif des rapports des inspecteurs, semblables à ceux qui, jadis, permettaient au lieutenant général de police d'alimenter la chronique scandaleuse au profit du feu roi qui goûtait si fort les distrayantes nouvelles qu'on lui soumettait chaque semaine. Il y passa des heures avant qu'enfin le nom du parlementaire apparût assez souvent.

2 avril 1779
La fille Bodard, dite la Fossette, est allée réclamer
à M. de Vainal, président à mortier, une rente à vie

pour l'avoir quittée. Il avait dépensé pour elle plusieurs milliers de livres avant de s'apercevoir de son guerluchonage[4] avec un sieur Jacquier qu'elle n'a pas quitté depuis.

13 août 1782
Le président de Vainal a soupé avec plusieurs de ses confrères chez la Malève, au faubourg Poissonnière. Le duc de Chartres les a rejoints fort tard. Les filles Beton, Tuchard et Gagère, toutes trois figurantes dans les ballets de l'Opéra, peuvent se vanter d'avoir été fourragées d'importance, la débauche ayant été poussée jusqu'au matin.

29 novembre 1783
Souper à Mousseaux. Le duc de Chartres y recevait ses proches parmi lesquels le président de Vainal. À minuit, une fille inconnue dont le mystère était entretenu par un masque et une cape a rejoint la compagnie. Il a été impossible de connaître d'où sortait cette fille qui s'est éclipsée dans la nuit, échappant à nos mouches.

6 décembre 1783
On rapporte que la fille Hermine, soi-disant servante chez le président de Vainal, installée en maîtresse dans sa demeure de la rue Plumet, lui servirait de maquerelle et fournirait à ses plaisirs des filles qu'il renvoie dès qu'il en est lassé.

Note éparse sans date :
Le président de Vainal est réputé proche du duc de Chartres avec lequel il partage, outre des soirées de débauche et une affiliation maçonne, des entretiens politiques auxquels sont conviés d'autres membres du parlement.

La récolte était-elle fructueuse ? Elle apportait les habituelles informations sur les dérèglements des ordres supérieurs d'une société dans laquelle l'argent, la corruption et le libertinage constituaient les errements les plus communs. Parfois il était tenté d'approuver les sorties de plus en plus critiques de Bourdeau sur le tableau du siècle. Demeuraient deux éléments en mesure de susciter des interrogations. Qui était cette mystérieuse visiteuse du soir participant aux soirées du duc de Chartres à Mousseaux, et de quelle nature étaient les réunions qu'il tenait avec des parlementaires ? Vu la permanente opposition de la famille d'Orléans aux décisions royales, il n'était pas malaisé de deviner la nature de ces rencontres. Nicolas constata pourtant que tout cela ne le mènerait nulle part.

Au moment où il s'apprêtait à replacer une liasse dans un tiroir de classement, un document en tomba. Il s'agissait, lecture faite, d'un engagement à l'Académie royale de musique au bénéfice de la demoiselle Béatrice Gagère, en date de l'année 1780, document contresigné par le duc de Richelieu, premier gentilhomme de la chambre du roi. Celui-ci et l'intendant des Menus exerçaient l'étroite surveillance des théâtres et des opéras. Nicolas savait bien dans quelles conditions une fille sans talent, mais de bonne mine, pouvait échapper à la tutelle de ses parents et n'avoir d'autre perspective que la chaussée ou l'Opéra. Il suffisait d'être exposée aux yeux des amateurs vêtue de la lévite des chœurs ou parée des tenues des vestales surnuméraires pour monter sur scène, l'orner sans un mot pendant cinq actes. Encore, il l'avait constaté depuis le foyer de l'Opéra dans ses permanences de soirée, ces riches atours n'étaient-ils que de faux-semblants ; toujours les mêmes habits de panne piqués de larges points d'Espagne. Ces costumes vétustes et barbares appartenaient davantage à l'inventaire du fripier qu'aux splendeurs suggérées. La coupe de ces zoripeaux était déplaisante, semée sans ordre de franges et de paillettes défraîchies. Pourtant, vu de la salle, cela créait l'illusion nécessaire. Ainsi une fille pouvait parvenir, sans parler, en sortir comblée d'éloges, poursuivie de désirs que, de loin, elle avait allumés. Le miracle s'opérait rapidement. On était vu, cela garantissait la suite. Et pourtant, la plupart du temps, il était impossible à ces filles d'accéder à l'avant-scène, d'y *tricoter* le moindre pas. Il leur revenait seulement de défiler dans des mouvements d'ensemble, à l'arrière-garde des ballets. Comme la toile de fond représentait souvent des rochers ouverts sur la mer, Nicolas avait entendu jadis son ami La Borde, fort amateur avant son mariage de ces gracieuses apparences, les nommer avec ironie «*les garde-côtes*».

Certaines pourtant arrivaient à s'embarquer vers le grand large. Une figurante muette pouvait fixer les regards d'un adorateur. On lui disait qu'elle plaisait, elle le croyait, on lui proposait de *se donner à bail* pour quelques mois, elle y consentait; on discutait des conditions et l'on marchandait; le prix du sacrifice enfin fixé, elle était en droit de se présenter désormais comme une demoiselle entretenue. Elle ne sortait plus que dans l'équipage du monsieur et voilà que la célébrité s'établissait pour l'amant et pour la belle. Le bénéficiaire d'ailleurs n'était qu'un homme d'habitude qui, prenant bientôt le ton du mari, en essuyait aussitôt le sort au bénéfice d'un greluchon.

Voilà une piste à saisir. Il fallait retrouver cette fille qui ne dissimulerait rien à la police, de peur de perdre son négoce. Peut-être avait-elle participé à d'autres soirées particulières en compagnie du président de

Vainal? Le maréchal de Richelieu, qui n'avait jamais pris à la légère son autorité sur les théâtres, pourrait, peut-être, dans un moment de lucidité, lui en conter plus long. La Paulet, chroniqueuse attitrée du Paris de la débauche, serait aussi de bon conseil. Enfin on devrait retrouver sans difficulté l'adresse de la jeune femme. Au moment où il allait mettre ses projets à exécution, une voix bien connue le fit sursauter.

— Mon cher Nicolas, que je suis aise de vous voir. Imaginez que, passant devant le Châtelet, l'envie m'a pris de monter vous saluer. Trop de liens nous attachent pour que je n'éprouve pas un peu de déréliction de notre éloignement. Vous avez des occupations, moi les miennes. Hélas, elles ne coïncident pas toujours au point de nous faire nous rencontrer.

Ce disant, M. de Sartine ôta le manteau à col de petit-gris qui l'emmitouflait, exposant un habit noir à boutons d'argent et libérant une immense perruque, semblable à celles à la mode au début du siècle, dont les ailes en oreilles d'épagneul retombaient jusqu'à la taille. Surprenant le regard amusé que Nicolas portait sur sa coiffure, l'ancien ministre en fit valser d'un geste souple les pans laineux.

— N'est-elle pas magnifique? Et chaude, je vous l'assure, par ces temps effroyables. Elle me préserve le col des vents coulis et de la froidure. Vous savez comme je suis délicat de ce côté-là!

Il pirouetta sur lui-même et, à son habitude, se mit à arpenter le plancher du bureau de permanence, lorgnant la cheminée éteinte et jetant un regard de biais sur les papiers épars que Nicolas n'avait pas eu le temps de ranger.

— Tiens, tiens, des notes, des rapports... Anciens, à ce qu'il me semble.

Il se pencha pour mieux lire.

— Point de mon temps, cela. Déjà du Le Noir. J'imagine que vous voilà lancé sur une nouvelle affaire. Oh! Ce n'est pas une question, rassurez-vous. Juste une certitude.

Il fit silence, tout son visage se plissant dans une sorte de grimace sarcastique.

— Enfin croire que j'imagine, c'est fort mal me connaître. Au fait, je sais. Cadavre ressemblant à la reine enseveli au milieu d'une pyramide de glace, boulevard du Midi.

Les deux mains sur les hanches, il observait la réaction de Nicolas qui possédait trop la pratique de ce diable d'homme pour lui offrir le plaisir de son étonnement. De tout temps, il avait été frappé par la capacité de Sartine de tout savoir à tout moment et à bon escient. Lorsqu'il était lieutenant général de police ou ministre, cette aptitude s'expliquait par la disposition à son profit d'une police omniprésente, elle intriguait davantage depuis son apparente retraite. Le passé avait maintes fois montré que son activité nouvelle, bien que plus discrète, bénéficiait d'autres moyens de nature à le maintenir, sous diverses couvertures, au fait des affaires les plus secrètes du siècle.

— Que me reste-t-il à vous apprendre, Monseigneur?

— Monseigneur, monseigneur! Vous êtes bien urbain, la chose allait avec les fonctions. Cela ne tient plus qu'au passé. Je suis à l'écart du monde. Un vieux pensionné qui mène une vie familiale dans sa campagne de Viry.

Pourquoi fallait-il, songeait Nicolas, qu'il se complaise à jouer ce jeu qui ne trompait personne? Fausse humilité, fausse ignorance. Pour le plaisir d'un jeu sans enjeu dont il détenait les clés, quoi qu'on en pût?

— Tout, tout ? C'est vite dit. Un président à mortier qui vous intrigue, sa servante, enfin servante je m'entends, qui vous affole. Madame Campan qui perd la tête et vient à conseil. Et d'autres pantins surgissant à qui mieux mieux, parlementaires et un prince, un prince du sang que vous connaissez bien depuis le combat d'Ouessant. Un plat bien alambiqué en vérité ! Pour vous qui, c'est selon, pratiquez ou l'ouverture ou la cuisine comme jadis le feu roi, il convient de retrouver la recette Au fait, cela fera bientôt dix ans qu'il nous a quittés, le bon sire.

Il arrêta un moment le flot précipité d'une parole débitée sur le ton de mordante ironie qui lui était propre. Un nuage de tristesse l'assombrit soudain tandis que sa bouche se serrait, s'amincissant à l'extrême. Pourtant peu de choses étaient capables d'émouvoir M. de Sartine, hormis son allégeance à Choiseul et sa fidélité adamantine au souvenir de Louis XV, servi longtemps avec amour et passion. Il se passa la main sur le front comme pour chasser une trop pénible pensée.

— Un plat bien quintessencié, disais-je, qui mêle trop d'assaisonnements divers. Un salmigondis, un entremêlas de choses disparates au sein desquelles il convient de déceler un fil conducteur.

— Peut-être, Monseigneur, seriez-vous à même d'aider votre humble serviteur ?

Il esquissa une révérence.

— Que voilà un bon apôtre, humble et déférent à souhait. Qui souhaitez-vous tromper, Monsieur le Commissaire ? Que n'étiez-vous ainsi jadis ? Un étalon fougueux et rétif, oui !

— Oh ! La longe n'étant jamais brisée ni les étrivières bien éloignées !

— L'ingrat ! Le reflet de la menace, tout au plus, et pour mieux stimuler votre indolence, vous qui, à vos débuts, me paraissiez tout perclus de scrupules. Mais assez badiné, nous nous égarons. Puis-je vous aider ?

Il parut réfléchir. Était-ce encore de l'affectation ?

— J'en sais autant que vous, mais pour tout vous avouer, pas davantage…

Pour le coup, Sartine semblait sincère.

— … tout me revient. Et très vite, vous le savez bien. Je ne peux que vous mettre en garde.

— Vous n'êtes pas le premier.

— Le Noir, je suppose. Il est aussi raisonnable que je le suis. Il sait parfaitement où peut mener une affaire qui se présente comme celle du boulevard du Midi. Elle contient tous les éléments susceptibles de mettre le feu aux poudres. Quelles poudres, me direz-vous ? Je ne suis pas là pour refourbir avec vous les conclusions auxquelles vous êtes déjà parvenu. Elles obscurcissent le tableau plus qu'elles ne l'éclairent. Elles pointent les lumières sur des aspects qui, pris séparément, ne signifient rien et, considérés en un tout, n'enfantent qu'incohérence. Le seul conseil que je vous puis donner, c'est d'être prudent dans vos démarches, d'avancer pas à pas, en épuisant tous les indices les uns après les autres sans rien bouleverser et en observant ce qui résultera de vos avancées. Et, à l'occasion, parlez-m'en. Sur ce, cher Nicolas, je vous salue.

Il revêtit son manteau en le resserrant frileusement, s'approcha de Nicolas, lui mit la main sur l'épaule et sourit. Il allait sortir quand il se retourna et lança à voix basse une phrase sibylline :

— La nudité vaut parfois un trésor. C'est selon.

Que signifiait cette dernière flèche ? Ses saillies avaient cela de particulier qu'elles ressemblaient aux mots de Noblecourt. L'intérêt de ces sentences obscures résidait dans l'immensité du champ qu'elles ouvraient. Plus tard, elles découvraient souvent des vérités cachées. La visite de Sartine laissait Nicolas dans le malaise ; elle n'avait pas apporté grand-chose sinon des encouragements et des conseils de prudence. Restait que sa présence seule, et le souci pris de venir trouver son ancien adjoint aux affaires extraordinaires, faisait événement. Une seule probabilité justifiait l'intérêt porté à cette affaire : la raison d'État était en cause. Était-ce la ressemblance de la victime avec la reine ou l'inquiétante silhouette du duc de Chartres se profilant à l'arrière-plan ? C'était pousser le raisonnement bien loin à partir de pauvres indices et d'incertitudes multipliées. Il soupira, las de tourner en rond et de toujours aboutir au même point de départ. Il décida de profiter du redoux et de se reposer l'esprit par une de ces marches qui, souvent, l'aidaient à mettre en place le disparate de ses idées. Il irait flâner le long de la rivière au risque de patauger dans la boue noirâtre qui éloignerait les chalands et le laisserait à sa méditation. Il regarderait défiler les glaces d'amont libérées. Au moment où il surgissait du porche de la vieille forteresse, un fiacre, qui paraissait attendre, s'approcha et s'arrêta près de lui. Le cocher, ayant serré son frein à manivelle, descendit du siège, ouvrit la portière et l'engagea à monter.

— Je suis chargé, Monsieur, de vous conduire en un lieu où une personne vous attend.

Nicolas hésita un moment. La caisse était vide et le phaéton, gros joufflu à la mine enluminée, paraissait innocent et pacifique. Que risquait-il ? Était-ce un rendez-vous galant ? La curiosité le saisit. Il serait toujours temps d'aviser arrivé à destination. Il se hissa donc dans la voiture. La portière claqua, l'attelage s'ébranla dans le hennissement du cheval et le bruit humide des éclaboussures. Le commissaire s'amusait de l'aventure. Avait-elle un rapport avec son enquête ? Assurément, il le découvrirait bientôt.

Tout en relevant l'itinéraire qu'empruntait le fiacre, il se consacra à imaginer le sens que pouvait receler la dernière phrase de Sartine. Appartenait-elle à ces *nudis nominibus,* ces propos à mots découverts ? Fallait-il y chercher un sens caché et ne point la prendre au pied de la lettre ? Il se perdait derechef en conjectures. De quel trésor s'agissait-il ? Un authentique trésor sonnant et trébuchant ? Il savait que Sartine, personnage complexe, pouvait dissimuler sous une apparence austère des montagnes de malice. Outre cela, il le connaissait latiniste érudit, citant à tout propos les bons auteurs. À plusieurs reprises, il avait orienté la suite d'une enquête par des citations qui s'avéraient riches de sens. Nicolas sourit et se souvint d'une formule apprise chez les jésuites de Vannes : *Quoties aliquid abditum quaero ille thesaurus est,* quand quelque chose d'obscur m'interroge, il est pour moi la ressource. De qui était-ce ? Il chercha un moment, amusé par cette distraction. De Cicéron, ou de Pline le Jeune ? Lui aussi aimait cette belle langue latine si ramassée dans sa précision capable de tout exprimer dans la clarté. Parfois, le soir, quand le sommeil tardait à venir, il se plongeait dans un vieux recueil d'Horace, le dégustant dans le texte. Il partageait le goût de cet auteur avec Monsieur, comte de Provence, frère du roi, et jouait parfois avec lui à un jeu de paume littéraire à coups de citations.

Les rues étaient encombrées de voitures et de marcheurs. Chacun profitait du dégel et animait les artères d'une ville longtemps engourdie et comme paralysée par le froid et la neige. Il s'aperçut bien vite que l'itinéraire emprunté était fort simple et suivait la rue Saint-Denis. Il se retrouva bientôt, et la lumière se fit dans son esprit, dans un lieu bien connu, l'hôtel du Grand Cerf où, depuis des années, Aimée et lui avaient leurs habitudes pour des rencontres improvisées qui les jetaient hors des errements et ranimaient une passion qui ne s'était jamais éteinte, même si le cours de leur vie avait pris par moments de dangereuses traverses. Il fut accueilli par Gaspard, ancien garçon bleu à Versailles, désormais maître des lieux, et conduit dans son appartement habituel, où Aimée, en déshabillé de dentelles, se jeta pantelante dans ses bras.

— Enfin vous voilà! Je craignais qu'on vous manquât.

— Mais, mon amie, par quel étrange hasard?

Elle le repoussa, boudeuse.

— Comment, hasard? Ne voyez-vous pas que tout cela a été conçu et organisé de main de maître?

— De maîtresse plutôt.

— Je ne plaisante pas. Sommes-nous donc dans un conte des Mille et une Nuits pour que j'apparaisse ainsi après avoir frotté la lampe et supplié le génie de vous tirer du Châtelet?

— Ce n'est pas ce que je voulais dire, mais la surprise trouble ma parole.

— Vous attendiez-vous à trouver ici quelque péronnelle de cour avide de rendez-vous galant avec un ténébreux marquis? Dites tout de suite que je dérange vos plans.

— Au vrai, je pensais rencontrer un informateur au sujet de l'affaire qui pour l'heure me tient.

— C'est bien ce qui me fâche! Depuis quelque temps, vous êtes étrange, Nicolas, sombre et d'évidence tracassé. Est-ce moi qui vous contrarie?

Que pouvait-il lui répondre? Les mots nécessaires semblaient collés au fond de sa gorge.

— Vous demeurez bien silencieux. Il va falloir que je débride la plaie puisque que, décidément, vous vous acharnez à demeurer coi. M'estimez-vous si sotte pour croire que je n'ai pas remarqué le manège de votre balourd de Rabouine qui m'a suivie et surveillée depuis des semaines? L'amour et l'estime que je vous porte méritaient-ils pareil traitement? Je vous le demande. Expliquez-vous.

Balourd? Balourd, voilà bien le dernier qualificatif dont il eût affublé Rabouine, la meilleure et la plus habile mouche de Paris. Ou alors... Le compère aurait-il pris parti pour Aimée? Certaines remarques lui revenaient en mémoire; Rabouine lui rendant compte de sa filature s'évertuait à minimiser les informations rapportées dans une sorte de plaidoyer. Dans son affection pour le commissaire, sans doute essayait-il de bonne foi de rapetasser le lien qu'il jugeait essentiel entre les deux amants. Dans cette hypothèse, rien d'étonnant qu'il eût volontairement laissé transparaître sa présence de telle sorte qu'Aimée la remarquât et qu'elle pût en faire son profit, le pot aux roses éventé.

— Ainsi vous ne parlez point? Je vais donc devoir développer avec ma féminine finesse ce que suggère votre lourde démarche. Monsieur, vous êtes un jaloux. Non! Plus un mot...

— Me tais-je et vous me tympanisez; veux-je parler et vous m'imposez silence. Choisissez!

— Ah! Le don des hommes pour se donner le beau rôle! Jaloux, jaloux, jaloux au point de me faire espionner! Avec raison on peint Cupidon aveugle. Des ailes, point d'yeux et pas de discernement! C'est un enfant qui se trompe souvent dans ses choix. Et vous?

— C'est que je vous aime, et ne veux point vous perdre.

Le ton était si lamentable qu'elle le considéra éperdue, lui prit la tête et la baisa.

— Au début, j'avoue que c'était de la jalousie, ensuite quand j'ai su ce qu'il en était vraiment, j'étais écartelé entre l'inquiétude de vous savoir engagée dans cette maçonnerie et la tristesse de me l'avoir celé. Pardonnez-moi, j'étais troublé et stupide.

— Promettez-moi désormais de ne me rien cacher de vos soucis à mon sujet et je m'engage à mon tour à tout vous révéler de ce qui pourrait vous inquiéter.

Ils s'étreignaient quand on gratta à l'huis. Gaspard entra, portant un plateau chargé.

— Voici un pâté de foie gras de Strasbourg, des rôties et du vin de Champagne. Et une assiette de *conversations*, gâteaux fourrés à la crème d'amande, ainsi nommés en l'honneur de l'ouvrage de Madame d'Épinay. Et aussi un pli pour Monsieur le marquis, de la part de Monsieur Bourdeau.

Était-ce un complot que son adjoint sût qu'il était à l'hôtel du Grand Cerf? Aimée fit la moue en voyant la lettre. Nicolas hésita un instant et la posa sur la cheminée. Quelle que fût la nouvelle qu'elle apportait, elle attendrait bien le lendemain matin. Dans le lointain, un clocher sonnait cinq heures, la nuit tombait. Il ouvrit ses bras à Aimée.

V

QUESTIONS

« Vous trouverez des histoires de vampires jusque dans les *Lettres Juives* de ce d'Argens que les jésuites ont accusé de ne rien croire.

Son cœur s'est amolli, son esprit s'est éclairci ; il croit aux vampires. »

Voltaire

Jeudi 26 février 1784

Alors qu'Aimée s'étirait au travers du lit, Nicolas, en chemise, croquait une *conversation* dont il appréciait les croisillons de meringue qui en recouvraient la surface. Le mot de Bourdeau remis la veille au soir par Gaspard lui revenait en mémoire. Ainsi l'inspecteur savait, le coquin, où le trouver. Il sourit ; il n'était plus d'humeur à en vouloir, à personne. Il mesurait la bonté et la vigilance de ses proches attentifs à surprendre ses soucis et ses états d'âme en prenant la mesure de les atténuer. Cette aménité indulgente durerait-elle ? Que lui voulait donc son vieux complice ?

> *Nicolas,*
> *Un fait étrange a été observé par l'ami Sanson au moment où il faisait transférer le cadavre de la pyramide sur la pierre d'exposition de la basse-geôle. Ce qu'il a découvert éclaire d'un jour nouveau le modus de cet assassinat et requiert aussitôt que possible votre présence et votre jugement.*

Gast ! se dit Nicolas, voilà que l'affaire rebondit, sans pour autant progresser à partir, tout le laissait supposer, d'un approfondissement de l'ouverture du cadavre. Il lui paraissait pourtant que tout s'était déroulé selon les règles. Restait que l'état du corps après sa longue conservation dans la glace pouvait avoir escamoté des indices. Certains venaient-ils de se révéler ?

— Êtes-vous plaisant, mon ami, dit Aimée, un morceau de gâteau entamé dans une main et dans l'autre une lettre. Et brochant sur le tout, les yeux perdus dans le vague. Est-ce un poulet galant ? Ou avez-vous vu un fantôme ?

— Je n'en sais diantre rien, dit Nicolas sortant de sa torpeur. Me voici repris par le crime. C'est ma tâche quotidienne. Je vais achever ma toilette.

— Ah ! Que n'ai-je assaisonné votre vin de Champagne d'un rien de cette liqueur d'Hoffmann qui calme les femmes obsédées, pour vous garder tout à moi !

Il rit.

— Le laudanum m'eût rendu aussi inerte qu'une bûche. Vous vous seriez mordu les doigts d'avoir à vos côtés un mannequin inanimé. Ce Cupidon, que vous citiez hier soir, se fût effondré, son arc distendu et sans ressort.

Égayée par l'image, elle hocha la tête.

— Vous avez raison, j'aurais beaucoup perdu au change.

Elle s'étira à nouveau comme une chatte. Nicolas faillit céder à cette muette invite, mais un regard jeté sur le mot de Bourdeau le ramena à la raison.

— Savez-vous que Madame ne cesse de m'interroger sur vous?

— Cette pieuse personne?

— Elle est bonne et un peu curieuse. La rumeur a atteint Montreuil. Elle souhaiterait vous y voir. Viendrez-vous lui faire votre cour?

— Je suis peu mondain, vous le savez.

— Les distractions chez la sœur du roi sont bien austères et innocentes. Le jardin est superbe; on s'y promène et on herborise très savamment.

— Hélas, mon amie, la distraction n'est pas de saison. Les roses ne sont point écloses.

— Plaisantez donc! Cet hiver, ce ne sont que bouts-rimés, charades et exercices de piété. Le Breton devrait en être édifié. Le sublime y domine.

— Vous voilà bien caustique envers une aussi bonne personne. Doit-on y voir l'influence de votre loge?

— Hélas, votre marotte resurgit! Tout chez la princesse est une régularité d'innocentes distractions. La charité est son activité préférée. Elle estime perdue une journée où elle n'a pas pratiqué l'aumône.

— Tout cela est bien éthéré. Qu'y ferais-je?

— Ne croyez pas que cela l'éloigne du matériel. Les sciences la séduisent ; fort jeune, elle s'était prise d'un goût vif pour la mathématique. Elle en a poussé très loin l'étude. Je lui ai souvent vu en main une table de logarithmes.

Fichtre, songea Nicolas qui avait l'esprit à la plaisanterie, il y a du *bas bleu* à Montreuil. Il n'est point surprenant qu'Aimée chante sa princesse.

— Et cela ne l'empêche pas de se livrer à des joies plus simples : elle tire l'aiguille avec talent, passant de la couture à la broderie, de la broderie à la tapisserie et de la tapisserie à la dentelle avec une merveilleuse aisance.

— Ce n'est point une femme que vous décrivez là, c'est un personnage de vitrail et vous dévidez une hagiographie. Que vous l'aimiez prouve que c'est une sainte personne.

Elle lui ferma la bouche d'un baiser et il eut du mal à s'arracher de ses bras. Gaspard lui avait appelé un fiacre qui le reconduisit au Grand Châtelet. Le soleil avait percé du brouillard levé dès les premières heures de la matinée. La ville resplendissait, offrant son aspect le plus éclatant à condition de ne point abaisser le regard sur le sol tout de boues et gadoues.

À son arrivée, le père Marie le pressa de rejoindre le bureau de permanence où Bourdeau s'impatientait.

— Enfin ! s'écria l'intéressé à la vue du commissaire.

— Mille pardons, Pierre, je n'ai pris connaissance de votre billet que ce matin.

— L'ami Gaspard aurait-il mangé la consigne ?

— Que non ! Je suis seul coupable. D'autres priorités occupaient mon esprit. Car ce que je vois, ce sont les fourbes qui m'entourent et me jettent dans des guets-apens. Qu'on me trouve au Grand Cerf m'a mis la puce à l'oreille, tu veux bien m'en croire!

— Ah! Guet-apens! Bigre, c'est ainsi que vous nommez ce genre de distractions? La faute ne nous en revient pas à nous. Quand je dis, nous, moi et Rabouine. Celui-là, il a fallu lui tordre la main. Tu ordonnes de filer Mademoiselle d'Arranet, il t'obéit. Tu nous sembles tracassé. Il me semble angoissé, lui si joyeux, et je le mets à la question. Notre mouche finit par cracher le morceau. Un vieux magistrat de tes amis est mis au courant. Conseil de guerre. Ainsi, le coupable qui a tout organisé, avec la meilleure justification du monde de le faire, c'est Monsieur de Noblecourt, inquiet de te voir si malheureux.

— Voilà une belle défausse! Je pardonne aux traîtres. Seule l'intention comptait, en dépit de l'indiscrétion.

— Vous êtes-vous retrouvés, au moins?

— Oui, le complot a été un succès.

— Tes amis en seront ravis et soulagés.

— Alors, qu'as-tu de si important à me révéler?

— Sanson, qui s'était chargé de faire transférer le cadavre à la salle d'exposition où il sera un temps conservé, a procédé à un dernier examen, le corps ayant repris de la souplesse. Le premier examen lors de l'ouverture avait-il été trop rapide ou la découverte du fragment de porcelaine trop évidente, toujours est-il que certains indices avaient échappé à l'attention de nos praticiens.

— Et ce que Sanson a remarqué modifie-t-il les conclusions auxquelles nous nous étions arrêtés?

— Sur la réalité d'un meurtre, certainement pas. Cependant, sur les conditions qui ont conduit au décès de la victime, ces indices peuvent réformer le regard et son interprétation. De cela, nous sommes assurés. Le mieux serait que tu constates par toi-même ce que Sanson a trouvé.

Ils descendirent à la basse-geôle et passèrent à la salle d'exposition des corps après l'évacuation de la foule venue *morguer* les cadavres, soit à la recherche d'un proche, soit, pour la majorité, par macabre curiosité. Le corps était désormais entièrement dégelé ; il prenait des teintes violacées. Bourdeau saisit la tête, la tourna vers la gauche, dégagea la chevelure et désigna d'un doigt à Nicolas, sous l'oreille, à la base du cou, une étrange blessure.

— Il semble que cela ressemble à une morsure avec des plaies.

— Qui correspond selon Sanson à la veine jugulaire.

— Ce qui signifierait ?

— Qu'on aurait mordu la victime au cou pour, apparemment, en boire le sang.

— Cela devait-il causer la mort ?

— C'est selon. Mais à ce qu'affirme notre ami, c'est peu probable. Ce qui l'intrigue, c'est la pratique à laquelle cela correspondrait.

— Pratique ? Laquelle ? Pourquoi ?

La voix tonitruante du docteur Semacgus s'élevait, réveillant les échos de la vieille salle gothique.

— Ainsi, docteur, vous avez bien reçu mon message ? demanda Bourdeau.

— Et vous, cher inspecteur, vous avez bien récupéré notre godelureau.

— C'est le comble ! s'écria Nicolas. Ainsi vous aussi, Guillaume, étiez du complot ?

— Je n'aurais manqué pour rien au monde l'occasion de vous rendre la monnaie de la pièce : chacun d'entre nous a reçu, un jour ou l'autre, votre aide et votre appui. J'ai approuvé le principe de l'opération en servant de truchement avec Mlle d'Arranet qu'il fallait à toute force prévenir de l'intrigue. Elle exigeait sa participation et son aval. M. de Noblecourt dirigeait la manœuvre.

— Hélas ! dit Nicolas.

Rentre en toi-même Octave et cesse de te plaindre
Quoi, tu veux qu'on t'épargne et n'a rien épargné.

— Et en plus, il se plaint ! Alors que se passe-t-il ici ? Votre message, Pierre, était confus et peu disert.

— Voyez vous-même, dit Bourdeau en relevant la tête du cadavre et en désignant le cou.

Semacgus chaussa ses besicles, se pencha et examina la blessure.

— Cela nous avait échappé. Impardonnable, mais explicable : les chairs à cet endroit devaient ne pas être suffisamment dégagées du gel ! Bon, bon. Je vois.

— Et pardieu, que voyez-vous que nous ne voyons pas ?

— Qu'il est question d'une morsure pratiquée avant le décès de cette femme, autant que l'état du corps permet d'en juger.

— Bien, deux questions se posent donc. Cette morsure a-t-elle causé sa mort ? Par qui ou par quoi a-t-elle été infligée ?

— À la première je ne saurais répondre précisément.

Il balançait ses besicles, indécis.

— Guillaume, auriez-vous par hasard rencontré un cas similaire au cours de vos nombreux voyages ?

— J'y réfléchis. Je suis en tout cas persuadé que la mort n'est pas la conséquence de cette morsure. Il aurait fallu que l'opération soit répétée à de

nombreuses reprises pour aboutir à un décès consé-
cutif. Pourtant, à plonger dans ma mémoire, je me
souviens d'un incident aux Indes occidentales espa-
gnoles. Le vaisseau sur lequel j'exerçais avait jeté
l'ancre à quelques encablures de la côte pour cause de
quarantaine. La chaleur était insupportable et l'équipage dormait à la belle étoile. Un matin, un matelot
vint me consulter, porteur d'une plaie hideuse au cou,
tout à fait semblable à celle que nous observons.

— Et qu'advint-il ?

— Au vu de la blessure, mon aide chirurgien, habitué de ces latitudes, me signala l'existence de grandes
chauves-souris qui hantaient la contrée et qui, la nuit
venue, se jetaient sur le bétail en lui suçant le sang.
De fait, le malade, en dépit de nos efforts, dépérit et
finit par succomber à l'infection qui suivit cette morsure et à l'empoisonnement de son sang.

— Voilà qui est bien, mais nous ne sommes pas
aux Indes occidentales. Nos chauves-souris sont bien
vilaines, mais point redoutables ni agressives vis-à-
vis des humains. Elles entraient chaque nuit dans ma
chambre lorsque je couchais chez mon parrain, enfin
mon père, au château de Ranreuil. Elles étaient bien
inoffensives.

— Un de nos semblables aurait-il pu commettre
une telle abomination ? demanda Bourdeau.

— Il y a bien des légendes à ce sujet. Un bénédic-
tin, Don Calmet, en a fait naguère son pain blanc et
avait publié une *Dissertation sur les vampires* qui fait
autorité. Je ne l'ai point lue, mais j'ai entendu beaucoup de jugements la concernant. On lui reproche,
au bon moine, sa candeur et une singulière absence
de sens critique. On l'accuse d'essayer de persuader
que toutes sortes de vieux contes sont des vérités.
Je ne connais sur la question qu'une mention de la

chauve-souris vampire dans Buffon et un article du *Dictionnaire de Trévoux* sur les suceurs de sang.

— Nous le possédons, dit Bourdeau, dans le bureau.

Ils remontèrent aussitôt dans les étages supérieurs de la forteresse. L'inspecteur fourragea sur une étagère chargée d'ouvrages poussiéreux.

Il feuilleta l'opus et se mit à lire, après avoir emprunté ses besicles à Semacgus, l'article en question.

« *Vampire, Wampire, Oupire et Upire. Les Vampires sont une sorte de revenants qu'on dit infester la Hongrie, la Moravie, la Bohême, etc. Ce sont des gens qui sont morts depuis longtemps et qui reparaissent, se font voir, marchent, parlent, sucent le sang des vivants, en sorte que ceux-ci s'exténuent à vue d'œil, au lieu que les cadavres, comme des sangsues, se remplissent de sang en telle abondance qu'on le voit sortir par des conduits, et même par les pores. Pour se délivrer des Vampires, on les exhume, on leur coupe la tête, on leur perce le cœur, on les empale, on les brûle. Quelquefois un Vampire met en rumeur tout un pays. Il s'attache aux vivants sans se faire voir, il leur suce le sang, il les mine peu à peu ; ces pauvres gens dépérissent à vue d'œil, ils deviennent étiques, ils meurent de faim.* »

— Il nous faut raison garder. Nous n'en sommes point là ! Je ne sache pas que l'état de cette femme corresponde à l'horrible description du dictionnaire. En revanche, notre constatation évoque chez moi un écho. Pierre, ne vois-tu pas ce que mon esprit recherche en vain ?

— Cela tient-il aux interrogations menées jusqu'ici ?

— Non... Bien avant... Ah! Je retrouve mes esprits. Te souviens-tu que la foule grondante qui s'était assemblée boulevard du Midi et que nous avons dispersée après que je l'ai haranguée, proférait des accusations plus étranges les unes que les autres?

— Certes. Et en particulier celles imputant la responsabilité du crime à des *buveurs de sang*. J'ai encore leurs cris dans l'oreille.

— Sur le coup, cela m'avait semblé appartenir aux injures habituelles, lorsqu'une indignation s'empare de la lie du peuple. Je ne pouvais croire à ce propos insensé et qu'il fût fondé sur une évidence.

— Ces cris étaient d'autant plus insolites au regard de ce que nous savons aujourd'hui. À ce moment-là, le cadavre n'avait pas été dégagé et nul ne pouvait imaginer ses blessures, notamment celle qui a failli échapper à notre sagacité.

— Tu raisonnes à merveille et le fait se dérobe à l'entendement. En revanche, il relance l'hypothèse d'un complot. Nous étions étonnés que la foule se fût rassemblée aussi vite dans un lieu habituellement désert. Nous supposions bien qu'elle avait été alertée, et même convoquée, pourvue à mal escient des mots d'ordre les plus provocants. Que n'avons-nous des témoins susceptibles de manger le morceau et d'éclairer ce mystère? Rabouine et Gremillon doivent écumer le faubourg. Il se trouvera bien un pauvre hère qui pour quelques liards nous renseignera.

— Peut-être devrions-nous y mettre le prix, car dans ce genre d'émotions beaucoup de spectateurs sont stipendiés pour semer le désordre. Et la chimère du vampire?

— Je l'écarte. Nous sommes dans un siècle de raison. Toutefois, il peut exister des pratiques insensées qui recoupent de vieilles légendes. La sorcellerie a pris d'autres formes. La raison du siècle n'exclut pas les Saint-Germain, les Casanova et les Cagliostro et nombre de nos grands ont, par aberration de leur esprit torturé, tenté de lier relation avec le diable. Depuis le régent, la famille d'Orléans est réputée dans ce domaine. Et je suis témoin, il m'en a fait un jour le conte, que le maréchal de Richelieu étant ambassadeur à Vienne se fit initier par des nécromanciens qui lui promettaient de lui montrer Belzébuth. Il donna dans cette duperie et participa à plusieurs réunions.

— Ah, vous me faites rire, dit Semacgus. C'est le propre des maréchaux de France de voir la *bête* où elle n'est pas. Le maréchal de Retz[1] l'avait reconnue en léopard, vomissant des flammes et hurlant comme un loup. Revenons en terre sainte et oubliez toutes ces fadaises, et tous ces lutins que Shakespeare a donnés pour sujets à *Oberon* et *Titania*.

— Vous battez la campagne, Guillaume. Je viens justement d'affirmer que la raison doit prévaloir. Cela cependant n'empêche pas que certains se croient autorisés à user de ces croyances et superstitions, soit pour tromper les bonnes gens, soit qu'ils y croient eux-mêmes. Or donc, il est nécessaire de faire la part des choses. Qui peut être entraîné dans ces délires, et pourquoi ? Ceux qui les pratiquent le font-ils sciemment et dans un but déterminé ?

— Et si le cou avait été mordu par un animal ? demanda Bourdeau.

— Tout est possible, dit Semacgus. Nicolas a raison ; il faut découvrir la cause, innocente ou criminelle, de cette blessure.

— Je m'interroge, dit Nicolas et me propose d'entretenir de ce cas mon ami le père Raccard[2], exorciste du diocèse, homme de raison et de bon conseil. Lui ne se laissera pas emporter par des faux-semblants et des illusions. Je sais que jadis, Guillaume, vous vous obstiniez à refuser son appui et, cependant, son aide nous a été essentielle dans la résolution d'une affaire qui agitait alors le feu roi et l'archevêque de Paris.

— Soit, consultez-le, bien que, pour l'instant, aucune domestique folle ne marche au plafond.

— Et en dépit de nos réserves, dit Bourdeau, que ne consulte-t-on dom Calmet?

— Cela suffit d'un frocard! s'écria Semacgus. Et de toute manière, le pauvre homme est mort depuis bien longtemps!

— Mes amis, je vais de ce pas tenter de trouver le père Raccard. C'est entreprise malaisée, car il est toujours par monts et par vaux à poursuivre le diablotin. Guillaume, merci pour votre aide. Saluez Awa de ma part. Pierre, poursuis avec Gremillon et Rabouine les recherches sur le sosie de la reine.

Nicolas se dirigea vers l'île de la Cité par le pont Notre-Dame afin de gagner la rue aux Fèves où demeurait le religieux. Le passage du fleuve lui offrit à nouveau le spectacle inouï d'énormes blocs de glace qui, entraînés par les eaux que gonflait le dégel, descendaient à grande vitesse et défilaient devant lui tels des charrois fous dont l'attelage aurait pris le mors aux dents. Le pont, heurté en fréquences irrégulières, frémissait et gémissait dans ses jointures comme un atlante écrasé par sa charge. Effrayé, le cheval de la voiture broncha, buta sur le sol boueux et se cabra. La caisse dérapa et se mit en travers, manquant de peu heurter une chaise qui venait à contresens. Le cocher réussit à reprendre en main l'animal qui, calmé après s'être ébroué, reprit son train habituel.

Rue aux Fèves, Nicolas retrouva la vieille maison posée de guingois. S'était-elle encore affaissée dans le sol ? Elle lui rappela certaines vieilles demeures de Nantes dans lesquelles une boule posée sur le plancher se mettait en route et dévalait un couloir. Il gravit le vieil escalier aux marches usées et inégales. Des odeurs de graillon et de crasse flottaient dans l'air empuanti de la fumée qui sortait de pauvres logements. Il entendit des cris d'enfants, des injures, des bruits suspects et tout ce que la misère peut enfanter. Était-ce la proximité de l'église cathédrale et de l'archevêché qui avait conduit l'exorciste à prendre logis dans un tel pandémonium, ou bien l'humble volonté de partager la vie des plus déshérités en digne disciple du seigneur ?

Nicolas heurta l'huis. Un pas approcha ; une voix demanda qui frappait. À l'énoncé de la qualité du visiteur, les verrous grincèrent, la porte s'ouvrit où s'encadra la robuste carrure du prêtre. Il poussa une exclamation de surprise joyeuse.

— Monsieur le commissaire et cher fils, pardonnez ces précautions, mais la misère des temps suscite bien des égarements. Non que je possède ici des trésors, mais je ne souhaiterais pas qu'on vînt déranger mes ouvrages. Que me vaut la joie de votre visite ?

Il fit quelques pas pour ôter d'un fauteuil une pile de vénérables in-folio qu'il posa à terre. Nicolas jeta un coup d'œil circulaire sur le logis. Depuis sa première venue, les livres avaient peu à peu dévoré l'espace. Tablettes, casiers, caisses de bois blanc, vieilles vitrines débordant d'objets hétéroclites paraissaient menacer celui qui s'aventurait parmi eux. Il se demanda comment il était possible d'utiliser un tel amas ; il ne refréna pas sa curiosité.

— Mon père, je m'interroge : comment vous retrouvez-vous lorsque vous cherchez une référence donnée ?

— Mon œil est habitué. Il n'y a point de classement comme dans une bibliothèque ; ce serait trop de temps gâché à colliger et à étiqueter. Les livres se disposent d'eux-mêmes les uns sur les autres au fur et à mesure de leur arrivée. Je connais leur placement et c'est avec aisance, le Seigneur aidant, que je m'y déploie...

Il rit.

— ... Avec, le diable étant dans toute chose, quelques effondrements inévitables qui troublent mes habitudes, ajouta-t-il. Mais quoi ! Celui qui veille à tout y pourvoit ; il est né dans une étable et il a pitié de mon désordre.

Le père Raccard demeurait une force de la nature. Il avait grisonné et un peu maigri, ce qui parait d'une sorte d'ascétisme nouveau un visage qui reflétait toujours intelligence et bonté. Sa vieille soutane s'effilochait de plus en plus. De la petite cheminée, dans laquelle un pot de fonte noire était posé, s'exhalait une odeur suave accompagnée d'un appétissant clapotis. Le père Raccard surprit le regard de Nicolas.

— Me feriez-vous la joie de partager la pitance d'un pauvre prêtre ? Je vous y convie, avec un peu de honte, pour le peu que j'ai à vous proposer, mais le carême est proche.

Il alla remuer le contenu du pot.

— Je fais mijoter depuis l'aurore des couennes de porc. Outre des épices, j'y ai jeté, il y a peu, quelques poignées de lentilles. Ce délice sera si cuit qu'on le débitera à la cuillère, et nous l'arroserons d'un pichet de vin. Avant, quelques tranches de saucisson de Magland feront l'affaire, vous en avez déjà goûté, je crois ? Mais dites-moi ce qui vous a conduit ici.

Nicolas entreprit de conter par le menu l'affaire de la pyramide. Les mains jointes et les yeux fermés, le père Raccard l'écoutait sans l'interrompre. Une fois le récit achevé, il se leva, dégagea une petite table de dessous une soupente, en approcha deux chaises paillées et disposa des assiettes de faïence, des couverts de fer et des gobelets d'étain. Il tira du bas d'une armoire une bouteille de vin qu'il déboucha après en avoir brisé le cachet de cire rouge.

— Mangeons et buvons, mon fils, dit-il après avoir récité le *benedicite*, c'est le ventre plein qu'il convient de réfléchir : les esprits animaux se calment et laissent la place à une réflexion tempérée et subtile.

Ils entamèrent ce plat simple, mais délicieux dans sa sincérité. Les couennes fondaient sous la langue, mollettes et parfumées ; les lentilles participaient de l'harmonie du plat, en en renforçant la texture. Le repas achevé, l'hôte apporta un flacon d'Élixir des Carmes dont il emplit deux petits verres, rappelant à Nicolas que c'était le père Grégoire qui s'était porté garant de sa qualité de bon chrétien auprès de feu Monseigneur de Beaumont, archevêque de Paris.

— Mon fils, je dois bien fixer la nature du débat auquel nous allons nous attacher. Il y a dans votre récit des éléments qui attisent ma curiosité. Je ne reviendrai pas sur l'idée du vampire, légende à laquelle dom Calmet n'a que trop donné force et créance. Cependant, il y a dans les circonstances de la mort de cette femme un élément qui me frappe : c'est la nudité dans laquelle elle a été trouvée, et l'absence de vêtements alentour. La police ne doit pas ignorer que certains, qui se disent sorciers, imposent à leurs dupes cette nudité pour obtenir tel ou tel bénéfice du démon. Les écrits saints rappellent que c'est le comble de l'iniquité d'avoir recours ou de croire aux arts diaboliques afin d'y satisfaire ses passions ou d'y réparer ses pertes.

— Pourriez-vous, mon père, éclairer d'une manière plus complète votre propos ?

— Je veux dire que ces sorciers ou ceux qui se disent tels font à la vérité des choses en apparence incroyables. De fait, ils n'y emploient qu'une science purement matérielle dont ils détiennent le secret. Les événements qu'ils suscitent nous surprennent, car nous en ignorons les causes. Tout ce qu'on leur impute d'assemblées nocturnes, d'évocations d'esprits, de pactes avec le diable, d'impiétés, d'enchantements ou d'autres maléfices sont des adresses concertées par des fourbes qui profitent de l'opinion populaire pour tirer de l'argent de ceux qui tombent dans leurs pièges.

— Cela nous mènerait-il à supposer que le démon n'existe pas ?

— Que non pas ! Nous avons été, vous et moi, bien placés pour en être assurés après l'avoir affronté. Mais songez que ses menées sont innombrables et qu'il use sans vergogne de la liberté de l'homme pour faciliter ses propres subtilités. Pour me résumer, écartez de cette affaire toute entreprise démoniaque et concentrez vos recherches sur la nature humaine. Cette femme a été la victime de pratiques inconnues dont la source ne peut que résider dans la cruauté, la corruption et l'intérêt des hommes.

Les nouvelles du moment alimentèrent la conversation. Ils évoquèrent la personne de Leclerc de Juigné, successeur de Monseigneur de Beaumont, archevêque de Paris. Le père Raccard conta en confidence quelques anecdotes cruelles pour la mémoire du prélat, dont la vanité rédimait d'autres qualités plus ecclésiales et apostoliques. Une partie de l'après-midi s'écoula ainsi. Nicolas s'ouvrit au religieux de ses scrupules au sujet de sa vie qu'il estimait parfois peu conforme aux enseignements du décalogue. Son interlocuteur le rassura, non à la manière que connaissait Nicolas, celle, habile, des jésuites, mais dans une charité raisonnante, démêlant entre des péchés capitaux et des travers que Dieu, dans sa bonté, ne pouvait que pardonner. Au moment de se séparer, le père, après l'avoir béni, s'adressa avec gravité à Nicolas :

— N'oubliez pas de prendre garde à vous. Son nom est *légion*. Il est toujours derrière ce qui transparaît du domaine des hommes.

Le commissaire reprit un fiacre pour regagner le Grand Châtelet où le père Marie l'assura n'avoir revu de la journée ni Bourdeau, ni le sergent, ni Rabouine. Nicolas décida de rentrer à pied. Le temps s'était porté au sec et, à nouveau, au froid. Le sol durcissait, dissimulant ses pièges. Une fine couche de glace pouvait cacher une profonde fondrière qui vous engloutissait sur-le-champ jusqu'au genou. La nuit était tombée et les habitants qui s'étaient empressés de profiter du mieux avaient déserté les rues. À l'angle de la rue Montmartre, Nicolas perçut soudain une sorte de cavalcade accompagnée d'halètements étranges. Il pressa le pas. Il s'approchait de l'hôtel de Noblecourt quand la menace se précisa. Se retournant il ne vit rien et n'entendit que ce bruit inquiétant. Il comprit soudain la nature du danger. Il s'agissait d'évidence d'une de ces hordes de chiens errants que la rigueur du temps avait réunis et qui, faute d'ordures ou de déchets suffisants pour les nourrir, allaient en bandes comme des loups, s'attaquant aux passants isolés. Il était désormais acculé contre une borne, sans possibilité de gagner le porche de son logis, pourtant si proche. S'il se hasardait à forcer le passage, la meute qui haletait comme une seule bête au point qu'il distinguait la vapeur qui sortait des gueules ouvertes, se jetterait sur lui. Sa stature semblait encore les intimider, mais le moindre mouvement serait sans doute pris comme une provocation qui libérerait la fureur animale. Il serait assailli de toutes parts, mordu, déchiré, empêché de se mouvoir et, au pire, précipité à terre pour être finalement saisi à la gorge et saigné à blanc. Il périrait misérablement si près du havre. Il n'avait pas son épée. Seul son petit pistolet, cadeau de Bourdeau, dormait sagement dans l'angle de son tricorne. Mais même dans le cas où il aurait le temps de faire le geste salvateur et de s'en servir, ce mouvement déclencherait l'attaque et, l'arme ne tirant qu'un coup, elle ne lui offrirait qu'une chance unique, celle au mieux de n'abattre qu'un chien.

Autour de lui, le cercle se resserrait. Ils étaient bien une vingtaine. Les uns couchés, la tête dressée, l'observaient les yeux mi-clos. D'autres, plus intrépides, l'échine arquée, la gueule ouverte, hurlaient à la mort. La plupart, babines retroussées, montraient les crocs. Dans la semi-obscurité de la rue, à la lueur lointaine d'une lanterne, Nicolas observait des rangées d'yeux brillants, rougeoyants, jaunes, et certains presque verts. Un frisson le parcourut qui n'était pas de froid. La dernière recommandation du père Raccard lui revint en mémoire, «*son nom est légion*». Cette assemblée de chiens errants n'était-elle pas une diabolique engeance?

Au moment où, après s'être signé, il s'apprêtait à affronter l'assaut et la curée qui s'ensuivrait, en un éclair la scène changea du tout au tout. Le fauve qui paraissait diriger la meute fut soudain projeté en l'air par une masse sombre qui venait de jaillir des profondeurs de la nuit. Le chien gisait à terre, gémissant ; son sang se répandait en une mare noirâtre qui figeait sur le sol gelé. La masse grondante et furieuse distribuait ses coups de boutoir à droite et à gauche. Des craquements, des cris résonnaient. Vint le moment où la troupe, abandonnant ses morts et ses blessés, se débanda et s'enfuit du côté de Saint-Eustache. Nicolas, pétrifié, reconnut enfin dans son sauveur le bon Pluton qui se dressa, posa ses pattes souillées sur les épaules de son maître et lui lécha le visage, le barbouillant du sang de ses agresseurs. Par quel miracle le molosse avait-il été averti du danger que courait Nicolas ? À quoi devait-il son salut et la cause de cette intervention providentielle ?

Devant l'hôtel de Noblecourt, il rencontra les mitrons de la boulangerie que la fuite en fureur du chien avait affolés lorsqu'il était passé en trombe devant leurs yeux, les bousculant dans sa hâte. Ils avaient appelé Poitevin pour rattraper la bête. Nicolas raconta son aventure devant toute la maisonnée à laquelle s'était joint M. de Noblecourt, exceptionnellement descendu de son étage, inquiet des cris, paroles et vacarme que l'affaire avait suscités. Le pauvre Pluton ne savait plus à quel saint se vouer sous les caresses et les bénédictions. Au bout du compte, Catherine, que le côté utile des événements animait toujours, se mit à nettoyer quelques plaies sans gravité qui parsemaient son pelage sombre avec un chiffon trempé dans du vinaigre. Docile et sensible aux soins qu'on lui prodiguait, Pluton s'était allongé, béat, les yeux clos, pour finir par s'endormir. Mouchette, inquiète et gémissante, le tâtait de tendres coups de patte.

Nicolas s'enquit auprès de Catherine de ce qui s'était passé, après avoir expliqué le mauvais pas duquel Pluton l'avait sorti.

— Mon betit, je surveillais la zoupe, Marion somnolait aubrès du feu et Boitevin nettoyait l'argenterie au blanc de Meudon. Soudain Bluton, qui dormait aussi, s'est dressé, grondant sourdement, le poil hérissé. Il z'est porté vers la borte. Tu sais comment il a abbris à l'ouvrir. La chose faite, il s'est enfui à notre grande surprise. Boitevin a tenté de le suivre, mais avec ses bauvres jambes il ne pouvait le rattraper. Yo, yo, cela a suffi à Bluton pour te rejoindre et te sauver. Ah, la brave bête!

Et Catherine émue se mit à pleurer dans le torchon qu'elle avait à la main, au point que Nicolas la prit dans ses bras pour la réconforter. M. de Noblecourt, pris d'une quinte d'émotion, gagna son appartement après avoir fait signe à Nicolas de le suivre. Il était sur le point de prendre sa tisane du soir. Nicolas déclina la proposition de souper de Catherine et annonça qu'il partagerait la sauge du vieux procureur en l'agrémentant cependant d'un petit verre de schnaps alsacien, vulnéraire utile, précisa-t-il en riant, pour lui remettre les idées en place après les émotions de l'attaque canine.

— Vous vivez dans les périls, dit Noblecourt. Quelle étrange idée de rejoindre la rue Montmartre à pied, de nuit, par ce temps incertain.

— C'est que la marche est pour moi une seconde réflexion. J'y trouve plaisir quel que soit le temps, et le moyen de fixer mon esprit sur les questions qu'accumulent les affaires que je traite.

— Soit. Mais pour vos amis, de grâce, multipliez les précautions. Il n'était pas sage ce soir d'errer par les rues.

— Peut-être que mes amis participaient de cette errance.

Noblecourt, perplexe, demeurait silencieux.

— C'est que, reprit Nicolas, mes amis conspirent derrière mon dos.

À peine avait-il prononcé ces mots qu'il les regretta à la vue du vieux visage contrarié.

— Mon ami, dit Noblecourt, vous vous égarez. Essayez d'être juste, car pour le coup vous ne l'êtes point. Croyez-vous que j'ignore ce à quoi vous faites allusion ? Pensez-vous qu'un ami, un ami véritable, doit laisser se noyer ou s'empêtrer celui qu'il aime sans tenter de l'aider et de résoudre, ou du moins d'y concourir, les raisons d'une angoisse ? Êtes-vous assez insensible pour imaginer vos amis, non pas conspirant, mais uniquement déterminés à guérir vos blessures ? Vraiment non, ce n'est pas cela qui nous a animés. Seule l'amitié que nous vous portons...

La voix de Noblecourt se brisa :

— Vous que je considère comme un... comme un fils.

Nicolas, déchiré, se jeta aux pieds du vieillard.

— Pardonnez-moi, je suis stupide, vous et mes amis m'avez tiré d'un trouble qui me minait. Et moi, ingrat, qui vous accuse !

— Allons, n'en parlons plus, dit Noblecourt rasséréné. Que vous êtes encore enfant, Monsieur le Commissaire.

Des bûches s'effondrèrent dans la cheminée, faisant rouler des braises sur le parquet. Nicolas se précipita pour les ramasser. Ce petit incident domestique fit diversion et dissipa l'émotion qui étreignait les deux hommes.

— Savez-vous, dit Noblecourt, que, durant mon enfance et lors du redoutable hiver de 1709, ces attaques de chiens étaient chose fréquente ? Tous les lieutenants généraux de police se sont successivement attachés au problème, encore aggravé par les habitudes de certaines professions. Beaucoup d'habitants se plaignaient que des chiffonniers trafiquaient des chiens. Pour les nourrir, ils faisaient provision de chair de chevaux qui infectait les quartiers. Ces chiens étaient lâchés la nuit et le jour dans les rues, en sorte que des passants en étaient mordus. Quand ils étaient enfermés, ils troublaient par leurs hurlements le repos des habitants.

— J'espère, dit Nicolas, que mon absence la nuit dernière ne vous a pas inquiété.

— Oh, depuis des années vous allez et venez. Je n'ai jamais cessé de m'en inquiéter, mon ami, mais pour la nuit dernière, sachant où vous étiez, serein, mon sommeil fut paisible.

La plaisanterie acheva de distraire les deux amis.

— Et votre enquête, avance-t-elle ?

— Une nuit sans lune, avec quelques points lumineux dans un ciel obscur.

Et il se mit à raconter sa journée à Noblecourt.

— Vous affrontez des faux-semblants. Ces rumeurs de buveurs de sang me font l'effet d'un trompe-l'œil destiné à troubler les bons citoyens. Quant au père Raccard, tout ce que vous me rapportez de lui m'incite à l'estimer davantage et à le tenir pour un homme de bon sens et de raison. Écoutez-le.

— Quant au fond, quel est votre sentiment ?

Noblecourt se carra dans son fauteuil. Mouchette qui s'était glissée dans la chambre sauta sur ses

genoux et, après un regard provocant à Nicolas, flatta
d'un coup de tête le menton du vieil homme. Nicolas à qui la mimique n'avait pas échappé la comprit
aussitôt; on lui faisait payer son absence. Il ne s'en
formalisa pas, habitué à cette scène de ménage que
lui dispensait parfois la petite chatte.

— Quant au fond, dit Noblecourt après un long
moment de méditation, je n'en sais rien. Mais pour
votre démarche, mesurez chacun de vos pas. Il me
semble qu'au tableau que vous m'avez présenté
manque un élément principal, un suspect, un coupable peut-être. Prenez appui sur les points solides
de ce que vous avez jusqu'à présent découvert et qui
ressort de vos efforts. Il y a du complot dans tout cela.

— Du complot?

— Certes! L'extraordinaire ressemblance de la victime avec la reine n'est pas, ne peut être, un détail
gratuit. J'ai sur le bon usage des coïncidences la
même judiciaire[3] que la vôtre. C'est poudre aux yeux!
A-t-on utilisé cette caractéristique pour, osons l'hypothèse clairement, compromettre d'une manière ou
d'une autre la souveraine? Je l'ignore. Nulle affaire
n'est le résultat d'un seul élément. Les causes sont
multiples et, souvent, bien éloignées les unes des
autres. L'écheveau est emmêlé, gare aux nœuds. Je
prédis qu'à un moment donné un fait qui vous paraî-
tra peut-être insignifiant ou sans intérêt se révélera la
clé qui ouvrira les voies d'une solution. Placez-vous
en toutes occasions dans le juste milieu. Ne vous
hâtez pas trop, vous distingueriez mal les embûches
que le temps seul découvre, mais ne vous perdez pas
davantage dans des détails qui vous occulteraient
les grandes perspectives. Votre tâche est malaisée,
vous le savez d'expérience et vous vous êtes toujours
dégagé des impasses qui freinaient votre ardeur.

Il y eut un silence et Nicolas s'aperçut au bout d'un moment que le vieux magistrat, les yeux fermés et la respiration régulière, s'était endormi. Lui-même se sentait las et rompu, n'aspirant qu'à un repos sans rêve. Il gagna son appartement précédé par Mouchette, apparemment réconciliée et qui, se retournant à chaque pas pour vérifier qu'il la suivait, multipliait de gracieuses attitudes, sans doute pour faire oublier sa précédente bouderie.

Il se sentait apaisé, conscient que si le cœur des autres est difficile à déchiffrer, le sien l'était plus encore à conduire. Il ne comprenait pas quelle mouche l'avait piqué face à M. de Noblecourt, ranimant contre ses amis une rancœur qui le matin même l'avait abandonné. Son examen de conscience le laissait désormais comme lavé des inquiétudes et des ressentiments, à l'égard de quiconque. Il se coucha et s'endormit aussitôt, Mouchette pelotant son flanc, boule d'amour ronronnante.

Vendredi 27 février 1784

Derrière lui, sur la grève, des gamins hurlaient, mais il n'en avait cure. Il continuait à nager vers le large. Ses brasses étaient facilitées par le ressac qui l'entraînait. Une vague plus puissante le saisit et l'engloutit. Il sentit le sable du fond lui râper le front. Il fut bousculé, roulé cul par-dessus tête. Contrairement à ce qui advenait d'habitude, il sentit qu'au lieu de le ramener vers la plage, le flot le poussait vers le large. Il refit surface et dans un nuage rouge aperçut au loin sur le rivage ses compagnons, petites silhouettes agitées dont il n'entendait plus les appels. Une nouvelle lame le frappa de plein fouet. Il fut englouti et comme étouffé. Il entendit un ricanement et des mains pesèrent sur sa tête. Voulait-on le noyer? Il lui sembla passer dans un autre monde. Des femmes dénudées le regardaient, toutes portant au cou une morsure qu'elles désignaient de leurs mains. Se moquait-on de lui? Que signifiait cette chienlit de carnaval? Pourquoi toutes ces créatures ressemblaient-elles à la reine? Sidéré, il constatait que leurs figures se multipliaient à l'infini, tels des reflets dans des miroirs placés face à face. D'un coup leurs visages se transformèrent, leurs yeux s'agrandirent, leurs chevelures tombèrent, découvrant des plumages gris. Il reconnut les chats-huants de son enfance, ceux qui penchaient timidement leurs petites têtes depuis une meurtrière du château de Ranreuil. Aussi brutalement qu'elle était apparue la vision s'effaça.

Il lui sembla choir dans un puits sans fond. Il se réveilla haletant, tenant à pleines mains son oreiller trempé de sueur. Celui-ci l'avait-il étouffé? Mouchette, les yeux étincelant à la lumière de la veilleuse, le considérait, miaulant sourdement. Il consulta sa montre, six heures. Il avait fait sa nuit et ce n'est qu'au petit matin que ce cauchemar l'avait hanté. Il tenta de trouver une explication à ce qu'il venait de vivre avec une telle intensité et qui demeurait encore brûlant dans son esprit. Sans explication recevable, il décida de chasser de sa mémoire ces fantasmagories que la fatigue et les émotions de la soirée avaient sans nul doute déclenchées. Il se leva et écrivit deux lettres, l'une adorante à Aimée et l'autre déférente à M. de Noblecourt. Seigneur, songea-t-il, comme l'amour et l'amitié se ressemblaient.

En s'apprêtant, Nicolas ne put s'empêcher de revenir sur les mauvais rêves de l'aube. Quel sens attacher à ces visions? Il se posa la question sans pouvoir y

répondre. Son existence avait été ponctuée de cauche-
mars étranges qui parfois s'apparentaient à des pré-
monitions. Pour ferme que fût sa foi, il ne négligeait
jamais ces sortes d'avertissements. Dans son enfance,
alors que les tempêtes hurlaient sur la vieille cité de
Guérande, il avait été bercé de contes que dévidait
Fine, sa nourrice. Elle excellait à le terrifier, estimant
à tort que la méthode était salutaire pour procurer
un sommeil rapide à l'enfant. Les chouettes apparaissaient souvent dans ces récits légendaires. Elle décrivait leurs sinistres exploits et les accusait de boire le
sang des petits enfants. Nicolas n'était pas convaincu
par ces affirmations, séduit qu'il était par ses petits
voisins ailés de Ranreuil. Le chanoine Le Floch, interrogé, avait confirmé les contes de Fine, affirmant que
ces chevêches avaient la réputation d'être des goules
maléfiques qui se transformaient au besoin en sorcières.

Après une rapide collation servie par Catherine,
il confia les deux lettres à Poitevin avec mission de
remettre l'une à Noblecourt et de faire porter l'autre
à Fausses-Reposes. Au moment où il sortait dans la
rue Montmartre encore plongée dans la nuit, une voiture s'arrêta devant le porche d'où sauta Rabouine,
l'air faraud d'un messager de bonne nouvelle. Il allait
parler quand Nicolas mit un doigt sur la bouche et le
fit remonter dans le fiacre.

— Soyons prudent, j'ai appris à l'être. Que m'apportes-
tu ?

— Je crois, Nicolas, avoir trouvé la trace d'une
femme dont la ressemblance avec la reine est de notoriété. Je possède son identité et même son adresse.

— Est-ce celle qui gît dans le caveau de la basse-
geôle ?

— Que sais-je? Tu te gausses! Il faut voir. Si c'est l'une ce n'est pas l'autre.

Ce propos de bonne logique fit sourire le commissaire. La pensée de la vision de la nuit s'imposa de nouveau à lui.

— La femme, reprit Rabouine, s'appelle Jeanne Le Bœuf, épouse de Charles Le Bœuf, architecte et maître d'œuvre.

Il consulta un petit papier.

— Ils demeurent rue des Ciseaux, près la prison de l'Abbaye.

— N'est-ce pas dans cette rue que nous sommes intervenus en 1772 pour chasser un faiseur de miracles qui prétendait guérir les maux en imposant les mains? La rue ne désemplissait pas de malades, d'estropiés, d'aveugles et de paralytiques en tous genres. On les fit gaillardement sortir de la ville, lui et sa femme.

— Oui-da, j'y étais avec Bourdeau. La foule était énorme. Pourtant cela se fit sans esclandre.

— Allons-y! Fouette cocher.

Ils traversèrent la rivière qui continuait à charrier d'énormes blocs de glace, piquèrent sur le quai des Quatre-Nations et par les rues de Seine, de Bussy et Sainte-Marguerite rejoignirent la petite voie des Ciseaux. Rabouine alla s'enquérir auprès du voisinage de la demeure du couple Le Bœuf. Il occupait un appartement au premier étage d'une vieille maison de bonne apparence. Après avoir affronté une portière dont l'abord acariâtre ne démentait pas la réputation de cette honorable profession, ils soulevèrent le marteau d'une porte double au vernis récemment rénové.

Une femme de chambre vint ouvrir et après une courte négociation les introduisit dans un salon meublé avec goût qui fleurait la peinture fraîche. Le maître de maison, en robe de chambre et mules, les accueillit en prenant de haut cette incursion à son domicile de si bon matin. Nicolas excipa de sa fonction de magistrat du roi et demanda à parler à Mme Le Bœuf.

— Monsieur, dit Le Bœuf, ma femme repose encore et je ne la veux point réveiller. Elle est un peu souffrante, ayant pris froid dimanche dernier à l'office de Saint-Germain-des Prés.

— Monsieur, dit Nicolas, vous me voyez au désespoir de devoir insister.

L'homme fixa Nicolas et céda devant sa détermination.

— Soit. Je me rends à votre insistance. Attendez un moment.

Il revint peu après et les conduisit dans une grande chambre aux contre-volets fermés. Mme Le Bœuf, en chenille, était assise dans son lit et regardait cette intrusion, l'air étonné.

— Mille pardons, madame, dit Nicolas, d'avoir à troubler votre repos.

Il se saisit du flambeau posé sur la cheminée qui éclairait la pièce et l'approcha du visage de la femme. Il l'examina longuement au grand agacement du mari. Stupéfait, il constata qu'elle était le sosie parfait de la reine. La chose ne pouvant être poussée plus avant, les deux policiers quittèrent les lieux sans autre forme de procès et sans que, curieusement, le maître de maison eût posé aucune question sur l'objet de leur recherche.

À peine sorti de chez Le Bœuf, une idée intrigante tarauda Nicolas. Le visage de la reine n'était pas si populaire que ses traits ne puissent être reconnus par le tout-venant, et cela d'autant plus qu'elle paraissait

moins souvent au spectacle où elle risquait d'être sif-
flée. Ses portraits exposés au Salon offraient d'elle une
représentation largement répandue par des gravures
souvent idéalisées et loin de la réalité. Il en avait fait
l'expérience avec Semacgus et Bourdeau. Comment
donc la mouche s'était-elle dépêtrée de sa mission
pour trouver aussi vite la solution?

— Par quel miracle, dis-moi, l'as-tu découverte?

La figure de Rabouine se plissa dans une mimique
toute de finesse et d'amusement.

—Ah! Cela t'intrigue, hein? J'avoue que c'est
hasard heureux comme de coutume. Je connais un
vieil homme qui fut longtemps garçon jardinier à
Trianon. Il a souvent croisé la reine quand elle se
promenait parmi ses nouvelles plantations.

— Cela n'implique pas qu'il ait mis le doigt sur la
femme Le Bœuf. Paris est une grande ville; on n'y
trouve pas de sosie de la reine sous les pas des chevaux!

— Hé, c'est que le pauvre habite rue des Ciseaux
en face de la demeure de l'architecte et que, croisant
la dame quotidiennement, la ressemblance l'avait
frappé. J'ajoute pour ta gouverne que, moyennant une
petite rente de quelques pièces chaque mois, il nous
sert, disons d'observateur, dans le quartier, nous en
rapportant fidèlement la chronique. Aussi comptait-il
parmi ceux que je mobilisai selon tes instructions et il
a été le premier à répondre à notre demande.

Nicolas admira encore une fois l'habileté de
Rabouine. Le passé en avait offert mille preuves. Il
déplora que rien ne permît à l'homme de se hisser
plus haut dans la hiérarchie d'une activité où il excellait. Il se souvint des propos de Bourdeau selon lesquels tout devrait être départi à chacun non selon sa
position dans la société mais suivant ses talents.

Le fiacre les reconduisit au Grand Châtelet. Une curieuse pensée amusait Nicolas : une enquête se résumait au fond par des allées et venues perpétuelles jusqu'au moment où le balancier s'arrêtait laissant la justice, sa pompe et son glaive, s'abattre sur le coupable. La découverte d'un second sosie de la reine l'intriguait. Il lui sembla nécessaire d'approfondir à tout hasard la personnalité de Charles Le Bœuf, architecte et maître d'œuvre. En quoi consistait son travail ? Pour qui œuvrait-il ? Existait-il un lien ou un indice qui pourrait ouvrir d'autres voies d'investigation ? La pensée de la morsure sur le cou du cadavre de la pyramide occupa soudain son esprit. Son aventure face à la meute des chiens lui suggérait que cette blessure avait pu être causée par un animal. De fait, plus il avançait dans ses recherches, plus il lui semblait se heurter à un mur.

VI

ÉQUIVOQUES

« Et je les vois, marquis, comme tu
peux penser,
  Chasser tous avec crainte et Finaut
balancer. »

Molière

Au Grand Châtelet, Gremillon les attendait, qui fut
aussitôt chargé avec Rabouine d'enquêter sur Charles Le Bœuf. Tout ce qu'ils découvriraient serait bon
à prendre. Il ne fallait négliger aucun détail, même
si rien pour l'instant n'impliquait l'architecte et sa
femme dans cette sombre affaire. Nicolas et Bourdeau reprirent leur voiture pour gagner le faubourg
Saint-Honoré. Le commissaire souhaitait consulter
sa vieille connaissance, la tenancière du *Dauphin
couronné*. La Paulet pouvait s'avérer de bon conseil
sur la pratique du monde de la galanterie. Rien n'excluait qu'elle possédât des lumières qui éclaireraient
les méandres de leur enquête.

Sur place, ils furent accueillis par une jouvencelle fraîche et aguicheuse qui se confondit en révérences appuyées. Le décor somptueux avait encore changé dans les teintes jaune et pistache.

— Vois-tu, murmura Nicolas, désignant la fille qui les précédait, il y a toujours du nouveau dans cette belle maison et la dame varie en permanence son achalandage. C'est une sorte de Sorbonne du vice. On y rentre innocente…

— Et on en ressort licenciée ès… Je n'ose dire de quoi! Cela prouve que notre amie n'a jamais abandonné son négoce premier et c'est tant mieux pour nous; cela facilite la causette.

Ils trouvèrent la maîtresse des lieux attablée à un petit bureau dont les pieds fragiles paraissaient ployer sous la charge. Pour cette fois, la perruque n'était pas blonde comme à l'accoutumée, mais d'un roux éclatant. La robe-houppelande, camaïeu de vert soutaché d'or, qui l'enveloppait de ses longs plis, miroitait à la lueur des chandelles.

— N'aurait-elle pas rajeuni? demanda Bourdeau.

De fait, Nicolas observa que les fanons et bajoues qui déparaient jusqu'alors la vieille face se trouvaient comme emplis et que la chair ainsi renforcée, retendue et lissée, offrait le semblant d'un renouveau de jouvence.

— Ouiche, dit La Paulet, voilà-t-y pas mon Nicolas et son gros joufflu gouayeur que j'aime tant. Cela me chatouille le cœur de vous voir, mes mignons. Que me vaut le plaisir que je vous rencontrasse?

Nicolas pouffa. Depuis qu'une nouvelle occupation avait relevé son blason, la vieille maquerelle tentait, sans y parvenir, de singer le beau langage du public qui venait la consulter et s'en remettre à sa divination par les cartes.

— Mais d'abord, belle amie, je vous vois allante et bien-portante. Une jeune femme au mieux de sa maturité.

Elle minauda, remodela sa perruque et ce mouvement, comme à l'ordinaire, répandit un nuage de la poudre de la coiffure et des fragments de céruse du visage.

— Flatteur! Mon apparence t'a mis, j'le croyons, la Russe à l'oseille...

Nicolas donna un coup de coude à l'inspecteur qui, empourpré, étouffait à se retenir.

— Je comprends cela. Tu soupçonnes un miracle, et il est vrai...

Elle saisit un miroir et se contempla avec satisfaction.

— ... que j'faisions à peine mes quarante ans.

— Elle se prend pour sa fille! haleta Bourdeau.

— Que dit-il, le bichon? Savez-vous à qui je dois cette joliesse si éclatante et ce teint de garcelette?

— Nous sommes impatients de l'apprendre, belle Paulet.

Elle prit un air satisfait, se haussa dans son fauteuil, ferma les yeux, les rouvrit, inspira, jeta un regard circonspect autour d'elle et se pencha en avant pour leur parler.

— Voilà! Informé par ses belles amies de l'infaillibilité de mes prédictions et voyances, un noble étranger a souhaité me consulter. Je lui ai fait le grand jeu. Que l'aze me foute s'il ne m'a pas crue! Tellement qu'il m'a confié être lui aussi féru de connaissances, de connaissances enfin!

Elle leur fit un clin d'œil entendu.

— Il m'a dit posséder le don de guérir et de prolonger la vie et...

Elle baissa le ton.

— ... de faire rajeunir celles qui acceptaient de l'aider dans ses travaux.

— Et ? demanda Nicolas.

— Et ? Faut-il que je jaspine là-dessus tant j'pensions que, vieux complices que nous sommes, tu comprendrais à demi-mot. Je lui tire les marrons du feu chaque fois qu'il m'adresse des pratiques.

— Que voulez-vous signifier par là ?

— Veux-tu me faire croire, Nicolas le futé, que tu ne mords pas à l'hameçon et que tu n'y entends rien ? J'peux pas le gober ; tu sais d'habitude mettre tout à blanc.

— Vous êtes bien obscure, Paulet, et j'apprécierais que vous poussiez plus avant.

— Ce bel homme m'a donné dans la vue ; j'aurions vingt ans de moins que... Hé, hé...

— Au berceau ! murmura Bourdeau.

— ... Je fus dès l'abord subjuguée tant et tant que j'étions aussitôt disposée à lui faire mes soumissions et marcher un bout de chemin avec lui. Mais d'abord, fallait la confiance. Et j'en reviens à ses pouvoirs. Il m'a soignée. Je mange et bois ce qu'il m'ordonne. Du lait, beaucoup de lait, de la viande en abondance, du gibier, beaucoup de gibier. En veux-tu, en v'là ! Et surtout des gouttes de son élixir de vie et tous les matins une macération de poireaux. Je m'en porte au mieux.

— Il va nous la tuer ! dit Bourdeau.

— Qu'est-ce qu'il a ton papegai à marmonner ainsi ?

— Il prie pour votre santé, ma belle. Et la couleur de son élixir ?

Elle le regarda, indécise.

— Oh ! d'un beau vert mordoré. D'ailleurs, il m'a demandé de mettre du vert partout.

Elle sortit de son vaste giron une petite taupette de cristal protégée de croisillons d'argent. Elle l'ouvrit et engloutit une gorgée.

— Et donc plus de ratafia ?

— Mais oui, pour vous, mes mignons, dit-elle, désignant sur une desserte le long du mur une bouteille et des verres. Servez-vous.

— Bon, voilà pour la santé. Et le reste ? Ces marrons tirés du feu dont vous nous entreteniez ?

— Je me demande si je dois te mettre au fait de la chose ?

Elle réfléchit un moment.

— Cela fait plus de vingt ans qu'on ne se cache rien, dit Nicolas, insinuant.

— Bon, je me lâche. Tu n'as jamais emboisé la dame. Le beau sire m'a demandé de l'informer de ce que j'pouvions apprendre de mes pratiques.

— Et quel avantage pour ton négoce ?

— T'es bien naïf, aujourd'hui ! Lui m'envoie sa propre clientèle.

Nicolas l'interrompit.

— Serait-il également voyant ?

— Et comment ! Et guérisseur et sorcier. Je ne te l'avais pas dit ? Ainsi me procure-t-il les renseignements qu'il peut tirer de ceux qui le consultent. Il leur glose mes louanges, les assurant que mon don est sans exemple et que mes révélations ajouteront encore aux siennes. C'est un marché charnu pour les deux parties et elles s'en trouvent bien.

— Hum ! Que voilà une belle association de crocs, et que de dupes trompées ! Je vous croyais habile à débrouiller l'avenir ; vous me l'aviez prouvé à plusieurs reprises.

— Tu parles d'or. Mais avec toi c'est pas pareil, mon esprit s'envole et les cartes jabotent à ton service. Pour le reste, c'est le secret de mon petit commerce. Trop de crises de divination me tueraient.

— Soit. Et qu'avez-vous appris de ce bel oiseau ?

— J'n'aurions garde de manquer à ma parole de n'en point dégoiser. Il ne manquerait plus que je m'ouvrisse.

— Ma chère Paulet, libre à vous de rompre un accord avec moi que vous avez toujours respecté. Vous faites toujours dans les filles et le jeu. Votre petit exercice de tarot n'est qu'un trompe-l'œil pour gazer le reste. Savez-vous que votre pointeur de biribi est l'un des nôtres et que, chaque jour que Dieu fait, rapport parvient à l'hôtel de police sur vos honorables activités ?

Nicolas appréciait peu de devoir forcer la main à La Paulet pour laquelle il nourrissait un sentiment mêlé d'éloignement et d'affection. Il n'oubliait jamais que la vieille maquerelle savait tout sur les événements de sa jeunesse et la naissance de Louis. Elle en avait protégé la petite enfance et aidé Antoinette, sa mère. Il pouvait compter sur un silence qui, rompu, aurait dévasté la vie, l'honneur et la carrière de son fils.

— Tu m'affliges, Nicolas, j'en suis toute dolente, dit-elle contrariée.

— Hé, la protection de la pousse exige quelques arrangements avec votre conscience. J'ai toujours mesuré votre fidélité à l'aune de votre sincérité, ne me le faites pas regretter.

Elle réfléchit un moment.

— Ma foi, après tout, qu'ai-je à perdre avec toi ? On se tient par la barbichette, mon mignon. Le confrère m'a annoncé la visite d'une grande dame à qui je devrais faire avaler quelques vérités suggérées, pour la convaincre de ma science afin d'en user par la suite en l'influençant.

— Lesquelles ?

Elle tira un petit papier de son corsage.

— Le nid est profond, que n'en sort-elle pas ? dit Bourdeau.

— Qu'est-ce qu'il marmonne derechef le joufflu? Gobe ton tafia et tais-toi!

Elle saisit un élégant face-à-main et lut le contenu du billet : *Lui dire qu'elle est issue d'un sang illustre, que sa fortune est attachée à celle d'un homme rouge et que, sans l'aide d'un étranger, elle échouera dans toutes ses tentatives.*

— Et cette dame, elle a bien un nom?

— Une certaine comtesse de la Botte ou la Motte. Je ne l'ai point vue à ce jour.

— Et le bel oiseau, quel nom t'a-t-il donné?

— Point de nom.

— Comment le décririez-vous? dit Bourdeau.

— Bel homme à embonpoint, taille moyenne, les yeux saillants et un accent effroyable.

— *Ma qué, signora, yé souis votre serviteur lé plous humble*, s'écria Nicolas.

La Paulet éclata d'un rire strident.

— C'est cela! Dieu, qu'il est plaisant d'entendre imiter ainsi. Tu ferais recette à la foire Sainte-Odile. Tu le connais donc?

— Non, je l'imagine. Maintenant j'ai un service à vous demander, ma bonne et aimable Paulet.

Les petits yeux émerillonnés bougèrent dans tous les sens et les lèvres empâtées de rouge se serrèrent.

— Je me méfie de toi quand tu débagoules ta langue sucrée. Faut-y que je t'aime pour aller plus avant. Allez, dégoise, que me veux-tu encore?

Nicolas veillait à avancer à petits pas afin de ne point rompre le fil fragile qui le liait à la vieille maquerelle. Sous son aspect rustre et populaire, cette femme possédait une capacité extraordinaire à masquer la vérité. Quelque obéissance qu'elle affectât et quoique Nicolas eût les moyens de lui en imposer, elle n'hésitait pas, à l'occasion, à emprunter des voies de fuite et accumulait les dérobades. Son aspect de monstre aimable favorisé par une santé de coloris et d'embonpoint ne devait pas tromper. Avec elle, Nicolas progressait par touches successives, en menées concentriques de plus en plus resserrées avec toujours en vue le but qu'il s'était assigné. Le chasseur qu'il était, l'enfant sauvage de jadis, coureur des marais et des grèves, savait qu'une bête sauvage ne se pouvait approcher, sinon apprivoiser, qu'à la condition de respecter un rythme, une distance et une attitude propices à ne point l'effaroucher.

— Tu connais parfaitement le monde de la galanterie à Paris.

— Mieux que Paulet, personne, depuis que la comtesse est morte.

— La petite comtesse ? La Gourdan ?

— Qui d'autre ? Fais-tu l'âne pour avoir du son ? Allons, la suite.

— À quoi vous font penser les mots «*morsure*» et «*nudité*» ?

— C'est-y point une question pour me confusionner ? Es-tu assez niais de me la poser ?

Nicolas choisit d'ignorer l'antienne de mots désagréables qui dénotaient le malaise croissant du gibier poursuivi dans ses retranchements.

— Répondez, ma chère, au lieu de grognonner. La question est plus sérieuse que vous ne l'imaginez.

— Bon. Au moindre déduit, il y a nudité et souvent morsure.

— Morsure au sang et au cou ?

— Là ou ailleurs, qu'importe.

La Paulet, pourtant point bégueule, se tortillait sur son siège qui craquait sous l'effort.

— Hélas ! Je ne suis point comme certaines qui prétendent que tout se déroule avec décence et dans les règles. Dans la galanterie, il n'y a que la bizarrerie qui plaît et...

— Et?

— Et il faut varier les goûts. Mais les singularités ne doivent pas outrer une certaine mesure. Ça n'a jamais été l'habitude de la maison et j'aurions jeté à la rue toute fille qui dépasserait les bornes.

— Car vous avez encore des filles? Tiens!

— Allons, point de cela entre nous; tu le sais bien. Pour le reste, j'interdirais ma porte au *peccata*[1] qui outrepasserait la règle.

— Veux-tu dire par là que cela n'existe pas? demanda Bourdeau.

— Pour sûr, mais pas ici. Nous tenons toujours en réserve, dit-elle majestueusement, des sujets disposés à se prêter à la bizarrerie des hommes pour autant que leurs habitudes soient tolérables dans l'extraordinaire.

Les deux policiers s'esclaffèrent à cette jésuitique définition.

— Note que je recevais de nombreuses requêtes à cet égard. Des vieillards et même des jouvenceaux aux sens difficiles à émouvoir.

— Bien. Jadis vous organisiez des scènes coquines. Il me souvient avoir troublé un jour la représentation.

— Ah! dit La Paulet agitant une main bouffie, tu remues là des souvenirs bien plaisants. Hélas, nous n'en sommes plus à ces divertissements!

— Cependant ces spectacles perdurent?

— Ben oui, mais ils s'exercent aujourd'hui dans des retraites isolées, dans ces folies des faubourgs qui se multiplient.

— Autre chose. Savez-vous si des personnes de la cour et de la ville exigeraient pour leurs plaisirs de pouvoir œuvrer avec des filles ressemblant...

— Tu es bien entourloupé. Que me veux-tu faire cracher ? Me faire lâcher des horreurs qui me vaudraient, pour le moins, l'hôtel des Haricots[2], ou Bicêtre, et, au pire, de faire la grimace au Pont-Rouge[3] ?

— Mais as-tu bien compris, intervint Bourdeau, ce que le commissaire te demande ?

— Me croyez-vous, tous deux, hors de gamme avec vos tours de souplesse ? Ce n'est pas à un vieux matagot[4] comme moi qu'on apprend à sauter. Mais je ne vais pas m'épouffer[5] et enfiler une fausse route. Sans tournaillerie, puisque tu m'obsédions, j'vas te confier, Nicolas, ce que je peux te dire.

— Paulet, ne savez-vous pas à quoi je fais allusion en vous posant cette question ?

Elle secoua la tête dispersant un nuage de poudre.

— J'croyons vraiment que tu fais l'âne pour avoir du son. Il y a de par la ville des bizarres, des iroquois, des biscornus qui n'atteignent la petite mort que... Enfin tous les roux sont dans la pâture.

— Les goûts dans la nature, peut-être ?

— Hein ! Quoi ? La paix avec tes leçons !

— Que...

— Ah ! Tu m'tourmentions et voilà déjà que je crache ce que j'ne voulions point dire.

— Et donc ?

— Il me colle, cette glu ! J'veux dire que certains gonzes paieraient dru pour avoir l'impression de tenir dans leurs bras... une personne connue et la *baiser à la dragonne*. Pour ces bougres-là, changement de viande, pourvu qu'elle soit de haute qualité, les met en appétit.

— Et qui, dans ce cas, serait le plus réclamé par ces clients ?

— Pas de ça, Lisette, j'n'entrons point dans ces gabegies. C'est pas chez moi qu'on dégotera la marchandise! Vois-tu, il y a des endroits particuliers pour cela et ce ne sont pas celles de nos maisons qui ont pignon sur rue.

— Et où donc, dit Bourdeau, faut-il boucaner[6] pour les trouver?

Plus la conversation se prolongeait, plus Nicolas perçait à jour le malaise croissant dans les propos de la vieille maquerelle. Que pouvait-elle savoir qu'elle se refusait à dire? Était-elle partie et impliquée dans ces aberrations? Pourtant, il fallait qu'elle parle. Il n'était cependant pas en mesure de la forcer, assuré qu'en ce cas elle se fermerait comme une huître ou feindrait un malaise. Pour maligne qu'elle fût, il y avait peut-être un moyen pour tromper des défenses si bien ménagées.

— Ma chère Paulet, parlons net et cessez de tourner autour du pot. Je vous connais, depuis des lustres, honnête dans votre commerce et soucieuse d'y mettre, dans la mesure du possible, les bornes que la décence impose.

Elle dodelinait de la tête, les yeux fermés, comme buvant du petit-lait.

— Enfin, aux bornes extrêmes de la décence, celles que, dans votre monde, on juge acceptables. Aussi vous ne pouvez être complice, ni tolérer que certains franchissent ces limites et abusent du nom sacré de la souveraine pour assouvir leur sacrilège passion. Qui, selon votre avis éclairé, peut offrir ce genre d'infamie et qui en profite? Qui bénéficie, exploite et permet cette ignominie qui relève de la lèse-majesté?

La Paulet avalait sa salive. Égarée, elle regardait autour d'elle, battant d'un geste machinal son jeu de tarot.

— C'est que... Nicolas... ta parole que ce que j'vas te confier... Et toi aussi, mon gros mignon.

L'encourageant, les deux policiers acquiescèrent.

— Je sais... ou plutôt on rapporte dans la profession que certains en effet recherchent cette ressemblance... On l'utiliserait pour compromettre... Enfin.

Elle piétina le sol d'impatience.

— ... tu comprends bien ce que je m'échine à te dire à quart de mot. Voilà, tout est lâché !

Nicolas d'expérience connaissait la manière de la Paulet de ne jamais tout révéler d'un seul tenant. Il fallait insister.

— Voilà qui est parfait, et le procureur du roi ainsi que le lieutenant criminel seront hautement satisfaits quand vous leur expliquerez la chose.

Elle se dressa de son fauteuil pour y retomber lourdement.

— Ah ! Traître, le procureur ! Ah ! Pendard, le procureur ! Pourquoi pas le carcan et l'estrapade pendant que tu y es ! Me faire ça, à moi, ta mère !

— Maquerelle, souffla Bourdeau.

— Allons, calmez-vous, ma bonne Paulet. Un nom à mon oreille suffira à vous épargner ces désagréments. Vous me connaissez. Je ne voudrais pour rien au monde attirer des ennuis à une amie si fidèle.

Elle fourrageait dans sa perruque, en dérangeant le fragile édifice. Les boucles se déroulaient et, magnétisées par le contact de sa main, se redressaient, lui hérissant la tête et la transformant en une apparence de Gorgone.

— Tu me tues, reprit-elle, gémissant. Tu m'assommions. Hélas ! Il y a un homme, un puissant... Je ne sais si c'est pour lui ou pour animer les parties fines qu'il organise.

— Et cet homme ? Tu le peux nommer ?

— Le duc de Chartres, cracha-t-elle plus qu'elle ne l'énonça.

Machinalement elle disposait en désordre les cartes de son jeu et, soudain, fut prise de convulsions à la vue du dispositif. Ses yeux se révulsèrent; elle se mit à écumer.

— Nicolas! Nicolas, *ce n'est pas le trésor*! Non!

— Peste, la voilà encore une fois en crise! Il la faut allonger. Pierre, appelle la servante.

La Paulet fut étendue sur un sofa. Quelques gouttes de ratafia et une fiole d'alcali promenée sous ses narines la ranimèrent.

— Ah! C'est vous. Mon Dieu, qu'avions-nous dit? Hélas de moi!

— Tu parlais du duc de Chartres.

Affolée, elle les regarda et mit son doigt sur sa bouche en faisant des mines. Le charme était rompu et la Paulet ne parlerait plus. D'un geste elle les chassa, retombant en pâmoison dans les bras de la servante accourue. Après s'être assuré qu'elle était en bonnes mains, les policiers prirent congé de leur vieille amie et se retrouvèrent dans la rue du faubourg Saint-Honoré, perplexes et interdits devant les révélations qui venaient de leur être faites.

— Qu'entendait-elle par ce *trésor*?

— Ma foi, Pierre, je n'en sais pas plus que toi. Et avec la Paulet tout est insolite. Que penser de ses crises?

— Les crois-tu sincères?

— Il y paraît, mais rien n'est avéré. Le propre de ces prédictions incertaines c'est qu'elles sont exprimées en termes embarrassés et confus. Elles nous laissent perplexes et notre raison s'achoppe à toutes sortes d'embrouillements qu'elle peine à démêler avec certitude.

— En dehors de ces vapeurs, il demeure que, comédienne ou inconsciente, elle nous a donné un indice qui, pour indéchiffrable qu'il soit, renferme sans doute une vérité. De surcroît, elle a lâché un nom. Et quel nom !

— La chose est du dernier grave car elle nous coupe les bras. M'imagines-tu frapper à la porte du Palais-Royal pour interroger un prince du sang ? Qui plus est avec lequel, tu le sais, ma liaison n'a jamais été empressée, aussi déférent que je sois pour son rang.

— Et que pourtant tu avais honnêtement défendu après le combat de la baie d'Ouessant.

— Certes ! Ce n'était que justice face à la calomnie qui montait. Cela n'implique aucune estime à son égard. Il aurait pourtant bien voulu jeter le grappin sur moi.

— C'est, il me semble, la seconde fois que le nom du duc de Chartres surgit dans nos recherches.

Nicolas hocha la tête.

— Tu as raison. Ayant colligé les rapports des inspecteurs, j'avais relevé plusieurs fois la mention du président de Vainal et une fois celle du prince. On y évoquait trois filles qui participaient à des bacchanales.

Il sortit son petit carnet noir, qu'il feuilleta avec attention.

— Voyons... Ah ! Voilà. Les filles Beton, Tuchard et Gagère. Cette dernière engagée à l'Académie royale de musique. Nous n'avons toujours rien sur elles. Pour l'heure, tu vas te tenir au Châtelet pour réunir les informations de nos mouches et lancer de nouvelles investigations sur ces trois donzelles.

— Peut-être aurions-nous dû interroger la Paulet à leur sujet ?

— Je comptais le faire, mais le flux de la conversation me l'a fait oublier. Tu as raison, l'occasion a été manquée.

Une idée soudain lui traversa l'esprit.

— Il y a cependant quelqu'un qui pourrait nous aider. Tâche de trouver et d'interroger le *Hibou*.

— Restif de la Bretonne! Ce vieux coquin vicieux!

— Mais quel observateur! Il peut être de bon conseil et de plus n'a rien à nous refuser. Quant à moi, vu la direction que prend notre affaire, je dois en informer Le Noir. Non pour nous protéger et nous couvrir, mais afin que le roi soit prévenu qu'une enquête est en cours qui est susceptible de révéler la compromission de son cousin dans une affaire criminelle.

— Et le propos sur Cagliostro?

— C'est un gredin malin et séducteur que je connais bien[7]. Il soutient, dans tous les sens du terme, cette comtesse de la Motte qui s'efforce d'approcher la reine et qui, pour y réussir, est prête à toutes les intrigues. Quant à l'homme rouge, ce ne peut être que le cardinal de Rohan, grand aumônier de France, que le mage dupe à tout coup et embobine sous le charme de la dame. Pour le moment, cette intrigue n'est pas la priorité de notre action. Il suffit d'en surveiller les méandres et d'en suivre de loin les péripéties.

La démarche de Mme Campan avait pourtant inquiété Nicolas tant le mage et la comtesse lui paraissaient capables de toutes les friponneries et même davantage. La surveillance des deux comparses serait pressée et maintenue afin d'assurer la sûreté de la reine...

Nicolas fut déposé à l'hôtel de police pendant que Bourdeau poursuivait vers le Châtelet. Le commissaire méditait sur les révélations de la Paulet, sur ce qu'elle avait fini par avouer en conscience et laissé échapper dans sa transe. Son entretien avec le père Raccard lui revint en mémoire. Que lui avait suggéré le bon moine? Qu'il existait une nouvelle race de magiciens. Que celle-ci, par l'escamotage sournois d'illusions, si fréquent dans les foires, s'acharnait à faire perdurer la croyance dans le merveilleux, renforçant les formules anciennes par les découvertes de la science. Que plus les Lumières éclairaient le siècle et plus les crédules devenaient des proies faciles. Qu'au nom d'une prétendue magie, et dans l'obscur de scènes impies, de soi-disant sorciers escroquaient de l'argent à ceux qui, abusés, tombaient dans leurs griffes. Il avait curieusement insisté sur la *nudité*, selon lui élément notable de ces fallacieuses pratiques.

Ainsi surgissaient, pénétrant le commun de stupeur effarée, une foule de prodiges et d'apparents mystères. Deux mondes basculaient l'un sur l'autre; le nouveau, empruntant à l'ancien ses arcanes, usait de ce que la science lui prodiguait pour en redoubler l'efficience. Le tout constituait une chaîne entravant le libre jugement des crédules qui se laissaient séduire.

On le fit attendre; le lieutenant général de police recevait ses commis. Une grande agitation bousculait l'ordre routinier de la vieille maison. Des gens affairés, chargés de papiers et nimbés d'importance, entraient et sortaient du cabinet de Le Noir, jetant un œil curieux sur le gentilhomme immobile.

Nicolas profita de cet intermède pour forlonger sa réflexion. À y bien réfléchir, que la Paulet ait cité le duc de Chartres ne l'étonnait pas. Le Noir s'était longuement étendu sur la scélératesse du personnage dont le président de Vainal était l'ami d'enfance. Par quel biais pouvait-il enquêter sur le prince sans que cette approche déclenche d'imprévisibles conséquences? Il tenait en sa main un fil fragile que la moindre secousse risquait de rompre. Ce lien devait être préservé. Il songea que Sartine était le seul allié sur lequel il était à même de faire fond. Il hésitait pourtant à abattre tout son jeu devant l'ancien ministre. Le recours à celui-ci s'avérait souvent, le passé le prouvait éloquemment, à deux faces et l'avantage que son aide apportait pouvait être compromis par les inconvénients d'un caractère retors pour lequel seule comptait l'efficace d'une action. Cette humeur particulière le conduisait parfois à écarter toute humanité dans le maniement des subordonnés et toute indulgence pour qui ne s'en remettrait pas absolument à lui. Souvent les motifs qui animaient son ancien chef, les menées sourdes qu'il dirigeait, demeuraient secrets et lui faisait privilégier des voies pour le moins obliques en vue d'objectifs à tiroir. Ce goût de l'impénétrable et du ténébreux participait de sa posture d'homme de pouvoir et résultait, selon l'occurrence, d'un défaut ou d'une qualité.

Enfin, le vieux valet vint le chercher et le conduisit dans le cabinet du lieutenant général de police qu'il trouva enfilant sa pelisse et, d'évidence, sur le départ.

— Ah! Nicolas, je pars à Versailles informer Sa Majesté des conditions du dégel et des menaces d'inondations dans plusieurs provinces. Je vous emmène. Vous verrez Breteuil, j'aime autant que ce soit vous que moi. Vous lui exposerez vos affaires. Il faut parer au plus haut, et sur-le-champ. Vous me conterez la suite en voiture. Suivez-moi.

Il entraîna Nicolas abasourdi de cette hâte et contrarié d'avoir à quitter la ville au moment où les obligations de l'enquête en cours auraient dû l'y retenir. Dans la voiture, Le Noir entreprit de lui relater par le menu le calvaire vécu ces derniers jours durant lesquels s'étaient accumulés mille soucis quotidiens, pour la sûreté, l'approvisionnement de Paris et la montée de la mendicité. De plus, chaque jour on ramassait des morts dans les rues. Quand ce n'était pas le froid, c'était la faim qui décimait les plus pauvres.

— Le pire, ajouta Le Noir, c'est l'arrestation des errants et mendiants qui suscite bien des violences. Leur prise de force déclenche des émotions dans le peuple qui, indigné du traitement, voue nos gens aux gémonies. On ne sait trop que faire. Ceux qui vocifèrent sont les mêmes qui ne laissaient pas de se plaindre et de dénoncer leur présence. Les hôpitaux généraux et hospices où on les enferme n'ont plus de places.

— Ce renfermement n'aboutit à rien, Monseigneur. Il suffit de voir dans les rues, les places et les églises tant et tant de pauvres mendiants. Chaque année leur dénombrement croît.

— Quelque pitié qu'on éprouve pour eux, il reste que ces gens sont dangereux par leur oisiveté et leurs besoins. Ils demeurent les ennemis les plus à craindre du repos de la société à laquelle ils sont, hélas, absolument inutiles et à charge.

Le Noir finit par écouter Nicolas jusqu'au moment où, accablé de fatigue, sa tête retomba lourdement et il s'endormit.

La glace du carrosse était embuée et Nicolas la nettoya avec son mouchoir pour voir à l'extérieur. Il attacha son regard au spectacle des rues et du chemin de Versailles. Une lumière glauque nimbait un morne paysage. La ville avait repris des teintes sinistres, blanc sale, gris et marron tirant sur le noir. Le dégel qui s'accentuait activait le ruissellement. Les gargouilles des maisons les plus anciennes et les gouttières saillantes déversaient de haut des cascades jusqu'au milieu des rues. Nicolas plaignit le

laquais qui, perché à l'arrière de leur carrosse, recevait sur son dos l'eau des toits. Celle-ci formait à
terre un fleuve de boue et d'ordures qui ne cessait
de s'enfler et de déborder, obligeant les chevaux des
équipages à patauger en éclaboussant les passants.
Le fumier déposé devant de nobles demeures pour
éviter le bruit aux malades et aux agonisants était
repris et brassé par ce torrent. Une vapeur âcre et
nauséabonde montait du sol, empuantissant encore
davantage l'air déjà vicié par la combustion du bois
et du charbon.

Sur l'avenue de Paris, des groupes de paysans et de
gagne-deniers avaient d'évidence été rassemblés pour
nettoyer la voie. Grelottants et trempés, ces pauvres
hères raclaient le sol avec de frustes outils de bois,
semblables à ceux utilisés par les boulangers pour
enfourner les pains. Il faisait plus froid qu'à Paris et
le château se dressait dans le lointain, fantomatique,
telle une masse dont les contours, les croisées, les sta-
tues et les corniches étaient soulignés de blanc. À son
approche, l'ensemble revêtait un autre aspect. Les
lances de glace qui tombaient des toits et des gouttières miroitaient, déployant les couleurs du prisme,
lorsqu'un rayon furtif de soleil les frappait en les
éclairant.

Le Noir s'était réveillé et grommelait. Il considéra
Nicolas comme s'il le découvrait, puis soupira.

— Je ne vous envie pas, mon ami, dit-il avec un
rien de commisération, Monsieur de Breteuil n'est
pas d'un commerce facile. J'ai bien du regret de vous
envoyer l'affronter en enfant perdu. Vous lui exposerez nos affaires, s'il vous laisse parler !

Tandis qu'il gagnait la cour d'honneur, Nicolas
muni de ce viatique rejoignit l'aile des ministres où se

trouvait le bureau du ministre de la maison du roi. Il n'appréhendait pas cette audience, il en avait connu d'autres. Longtemps M. de Saint-Florentin avait occupé le poste. Breteuil avait succédé à Amelot du Chaillou, personnage médiocre et falot mais inoffensif, qui avait allégué des embarras de santé pour se retirer de la manière la plus honorable.

Breteuil reçut le commissaire aussitôt, ce qui était conforme au souci d'efficacité qu'il avait prôné dès son entrée en fonctions. Il écrivait et leva la tête en souriant quand il aperçut Nicolas. Il l'invita à prendre place dans le fauteuil qui lui faisait face. Posant sa plume, il étira les bras. Nicolas, qui ne l'avait croisé que de loin depuis son accession, le trouva comme rajeuni depuis leur première rencontre à Vienne[8] alors que Breteuil était ambassadeur du roi auprès de Marie-Thérèse.

Son visage exprimait toujours cette fermeté un peu hautaine, les plis d'amertume autour des lèvres minces s'étaient creusés, mais l'homme donnait l'impression d'une satisfaction heureuse et, pour tout dire, il sembla à Nicolas tout empli et comblé par la charge éminente à lui dévolue.

— Marquis, je suis fort aise de vous revoir. Sachez que je ne vous ai pas oublié, non plus que le signalé service que vous m'aviez rendu à Vienne. Et apprenez que, lorsque j'ai pris ma charge, le roi n'a pas manqué de vous recommander à moi. Je lui ai dit que c'était inutile et que j'avais déjà eu l'occasion d'éprouver vos talents.

Nicolas s'inclina.

— Votre visite est-elle d'étiquette ?

La remarque amusa Nicolas. Elle marquait bien l'extrême et orgueilleuse estime de lui-même que nourrissait le ministre.

— Je n'aurais eu garde, Monseigneur, de venir troubler votre labeur au moment où chacun connaît l'immensité de vos soucis.

Breteuil, satisfait, se rengorgea.

— Vous dites vrai, mon ami, vous dites vrai. Et je vous en sais gré. Un seul homme n'y pourrait suffire. J'ai heureusement autour de moi des aides de qualité. Le Noir, vous-même.

Décidément, songea Nicolas, on lui avait changé le personnage. Une espèce de suavité nouvelle ameublissait le caractère raide et quelquefois hargneux qu'il avait jadis éprouvé sans en être la cible. À quoi devait-on ce changement? Sans doute à l'ambition satisfaite.

— Alors, quel est l'objet, grave je suppose, de votre visite?

Nicolas rassembla ses idées, soucieux comme toujours d'aller à l'essentiel. Il évoqua d'abord l'affaire du cadavre de la pyramide de glace accentuant ses propos sur la découverte de deux sosies de la reine, l'un à l'état de cadavre et l'autre bonne bourgeoise.

— Sosies de la reine! Si je m'attendais à cela! À cela vous m'ajoutez un suspect président à mortier et ami du duc de Chartres? Je n'ose qualifier le crime dont il pourrait être accusé, ce Vainal.

— Rien n'est encore avéré. C'est le but de l'enquête d'en savoir plus. Mais la chose est si grave que Monsieur Le Noir a souhaité que, sans désemparer, je vous l'expose. Il m'a conduit ici, Sa Majesté l'ayant appelé pour s'informer des inondations.

— Le roi! Le roi? Bon, bon. Le Noir a eu raison. L'affaire est en effet d'une extrême gravité. Elle impose qu'on se mobilise. Le roi, le roi!

Nicolas observait la soudaine humeur du ministre. Que Le Noir rencontrât le roi n'avait rien que de très habituel, mais sans doute Breteuil, qui entendait tenir les rênes courtes, aurait-il préféré que ces entretiens qu'il ne pouvait empêcher se déroulassent en sa présence.

— Et cet architecte ? Ce...

— Le Bœuf.

— Oui, ce Le Bœuf, que détenez-vous sur lui ?

— Son apparition dans l'affaire est bien récente.

— Mais qu'attendez-vous donc ? Il faut activer et marcher au canon, ne pas perdre de temps. Cela traîne, hein, cela traîne.

Nicolas, constatant que le vent du discours était sur le point de forcir, se rappela à bon escient que la réputation de Breteuil n'était pas totalement exagérée. Un propos entendu dans la bouche de Dufort de Cheverny lui revint en mémoire : *M. de Breteuil veut suivre les traces de Choiseul, mais il n'a ni son esprit, ni son amabilité, ni son bon cœur. C'est un homme qui déploie une hauteur toute allemande fortifiée encore par ses formes d'ambassadeur.* Nicolas ne partageait pas ce jugement cruel qui tranchait uniquement à charge. Ayant l'usage des cours, mais aussi celui des ministres, il savait que, face à leur impatience, il convenait de les rassurer tant la crainte et même l'angoisse étaient le propre de puissants toujours menacés d'un faux pas, d'une calomnie ou d'une disgrâce.

— Les ordres, Monseigneur, ont été donnés et j'en recevrai le résultat dès mon retour à Paris.

Breteuil le scruta un long moment. L'expression sereine du visage de Nicolas l'apaisa et il ne poursuivit pas. Le commissaire décida d'attaquer sur un autre front.

— J'ai le regret de devoir appeler votre attention sur une situation qui touche au plus près la sûreté de la reine.

— Encore! Pauvre reine sur laquelle tant et tant d'ordures sont répandues. Nous sommes chargés, pauvres Sisyphes, de dresser contre elles la fragile barrière de notre énergie, en vain! Tous nos prédécesseurs s'y sont cassé les dents. Et, hélas, je constate que cette guerre est souvent intestine et que, même au sein de la cour, nous décelons des tentatives d'intrigues et de sarcasmes qui vont de concert avec les horreurs imprimées à Londres ou à La Haye.

Il fallait interrompre ce torrent, ce que Nicolas fit sans barguigner.

— Ce n'est point de ce front-là qu'il s'agit, mais d'une menace qui provient de l'extérieur et peut infecter le château.

— Le château! Comment? Pourquoi? Par qui?

— De louches menées tentent de faire pénétrer les entours de la reine par une personne que je juge manipulée par un escroc qui, lui-même, mise sur la crédulité d'un grand personnage de la cour.

Aux propos de Nicolas succéda un silence du ministre qui, à l'instar de Sartine naguère, avait saisi un tisonnier et s'acharnait à coups répétés à briser une bûche énorme qui se consumait dans la cheminée. Cet effort maniaque faisait jaillir des braises qui venaient rouler et s'éteindre sur le parquet dans des gerbes d'étincelles.

— Des escrocs! Les entours de la reine! Un grand personnage! finit par hurler Breteuil. Allons, Ranreuil, soyez plus clair et parlez net.

Nicolas relata la démarche de Mme Campan et ses craintes. Il y ajouta, en gazant le rôle de la Paulet à qui il voulait éviter toute inquisition, la mention mystérieuse d'un «*homme rouge*».

— Un homme rouge? Et de qui s'agit-il, selon vous?

Suivit le récit des rencontres du commissaire avec le comte de Cagliostro et la femme du *sang des Valois*. Il souligna que, appuyée par le mage qui s'était emparé de la confiance du prélat, l'intrigante avait séduit le cardinal de Rohan. On pouvait supposer qu'elle était sa maîtresse. En tout cas, il l'aidait financièrement à survivre. La dame, qui faisait feu de tout bois, espérait-elle son appui dans sa tentative d'approcher la reine et la famille royale ? Il rassembla ainsi dans un discours cohérent tout ce qu'il savait de source propre et tout ce que la police avait pu recueillir sur les principaux acteurs de cette intrigue. Pour informé qu'il était de la haine de Breteuil envers le cardinal de Rohan, l'explosion qui suivit laissa Nicolas pantois.

— Qu'ai-je fait pour rencontrer sans cesse sur mon chemin ce faquin empourpré ? Pourquoi me poursuit-il ainsi, se mettant sans cesse par mon travers ? Souvenez-vous, Ranreuil, des avanies dont je fus accablé à Vienne. Il avait placé sous mes premiers pas une mine, l'abbé Georgel[9] qui tenta dès mon arrivée de saboter ma mission. Vous avez eu affaire à lui et savez de quoi je parle.

Il s'arrêta un moment pour reprendre son souffle.

— Ce Rohan de malheur m'avait volé le poste. Oui, volé ! Choiseul me nomme à Vienne, mais il est disgracié. *Il fallait un calculateur, ce fut un danseur qui l'obtint !* Cette canaille d'Aiguillon, toute la nichée de la famille Rohan-Soubise, toute cette ligue de princes banqueroutiers et, pour faire bonne mesure, Madame de Marsan, cette pie-grièche, gouvernante des enfants de France, tous se liguent contre moi dont le métier, l'honneur, la raison d'être et la fidélité étaient de servir le roi dans les nations étrangères et qui...

Il ne termina pas sa phrase, comme submergé d'émotion.

— Imaginez, Ranreuil, oui peignez-vous ma situation à Vienne après les pantalonnades de ce charlatan. Son entrée dans la ville avait dès l'abord stupéfié son monde. Théorie de carrosses de parade, dorés sur tranche, à rocailles et laques, cinquante chevaux, une suite immense de gentilshommes, secrétaires, intendants, cuisiniers, coursiers, laquais, valets et j'en passe! Et, dans cette cour aux mœurs simples, il fait illico scandale. Comment? me direz-vous. Sa légèreté fait horreur à Marie-Thérèse. Il hante les mauvais lieux, déguise des filles en prêtres et les promène dans sa voiture sur le Prater, s'exhibe en tenue de chasse et coupe un cortège impérial. On rapporte ses mots, ses saillies, à ce *gros volume farci de mauvais propos*. Les fêtes extravagantes qu'il donne et l'ostentation de richesse et de splendeur qu'il y déploie attirent tout ce que Vienne compte, et attisent l'indignation de l'impératrice. Elle lui dépêche un conseiller aulique pour lui signifier, fait sans précédent, son indignation excédée. Son rappel est demandé. Et comble de l'ignominie, il rend publique une lettre de Marie-Thérèse sur la partition de la Pologne. Elle est lue à la cour par Madame du Barry et ridiculise l'impératrice. Et moi, je prends mes fonctions. Dans quelle situation m'avait-il jeté! Ma suite et mon cortège d'entrée, digne et convenable, mes réceptions honorables, mon train de vie régulier et mon travail assidu, tout plaidait contre moi dans la société, même si l'impératrice me témoignait, vous en fûtes le témoin, sa considération. Ainsi ce filou avait failli faire échouer ma mission. De Paris, ce rebut de prêtraille me poursuivait de ses sarcasmes d'autant plus venimeux que la reine avait refusé de le recevoir à son retour de Versailles.

Il s'arrêta à nouveau, balançant le tisonnier.

— Et moi, moi, je passais pour un gueux. Oh! Je n'ignore pas ce qu'à mots couverts on disait de moi, que j'étais ladre, avare, mesquin. Moi!

Il se frappait la poitrine.

— Malepeste! Moi, je n'avais pas dans la poche les bénéfices de certains établissements. Je me comprends[10].

Le tisonnier que Breteuil n'avait pas lâché voltigea soudain à travers la pièce et alla frapper la plaque de la cheminée, rendant un son semblable au glas.

— Ranreuil, mon ami, écoutez-bien ce que je vais vous dire. Celui-là, je ne serai satisfait que lorsque je l'aurai traîné sur la sellette, oui, sur la sellette[11].

Et Breteuil ponctuait son propos de coups de poing martelés sur son bureau, renversant l'encrier dont le contenu s'écoula comme le sang d'une blessure.

VII

ENTRAVES

« Bref, perdez tout à fait mon âme
épouvantée
   Ou l'ôtez du dédale où vous l'avez
jetée. »

Mairet

Breteuil donna ses instructions à Nicolas, lui
recommandant avec insistance de le tenir informé du
déroulement de l'enquête. Ces ordres intéressaient
aussi bien l'affaire de la pyramide de glace que les
menées de Cagliostro et de la dame La Motte. Pour
tranchant que fût le ton employé par un personnage
encore empourpré d'indignation, le ministre réitéra
avec une bienveillance inattendue sa confiance au
commissaire qu'il accompagna jusqu'à la porte de
son cabinet, à la grande surprise des valets peu habitués à cette marque de considération de la part de
leur maître.

Nicolas remit à plus tard le soin de mesurer la portée et les conséquences de cet entretien qui n'avançait pas son affaire, mais le protégeait par le haut des coups de caveçon toujours prévisibles lorsque certaines investigations sont lancées. L'attitude de Breteuil traduisait une volonté impérieuse qui, par sa brutalité même, excluait toute fourberie. L'appui et la confiance accordés sans réserve paraissaient exclure toute arrière-pensée. Cette qualité, Nicolas l'appréciait et elle justifiait sa propre fidélité. Cette pensée en amena une autre. Pourquoi recherchait-il toujours de quoi nourrir cette fidélité ? Il renonça à approfondir cette question qui souvent lui venait à l'esprit, remettant à plus tard d'y apporter une réponse.

Il gagna la cour royale, franchit les arcades pour atteindre l'escalier de la reine, la salle des gardes et enfin l'antichambre du roi. Le Noir en avait-il terminé ? Devait-il l'attendre pour revenir à Paris ? Alors qu'il hésitait sur la marche à suivre, une petite voix glapissante le héla. Se retournant, il aperçut, près de la cheminée où brûlait un demi-tronc d'arbre, le duc de Richelieu assis sur un ployant, voûté et le menton appuyé sur sa canne.

— Hé, hé ! Mon vieux camarade, te voilà bien gaillard, au contraire de moi si rassis.

Nicolas s'approcha, perplexe. Certes il avait bien entendu, et encore récemment chez Noblecourt, les rumeurs sur l'état de santé du maréchal, mais ne l'imaginait pas réduit en quelques mois à cette effrayante déchéance. Sous la perruque, le visage momifié s'était creusé aux tempes, la bouche édentée tremblait et les mains crispées sur le pommeau apparaissaient d'un bleu livide, semblables à celles d'un cadavre. Il éprouva une grande peine à voir ainsi résumer à peu le vainqueur de Fontenoy et de Port-Mahon.

— Je te revois à Closterseven[1]. Les avons-nous pelés, ces bougres, bigornés, écrasés, bousculés... Tu as eu trois chevaux tués sous toi. Et rac, dans les marais nous les avons poussés. Et toi, un centaure, oui un centaure !

De longs filets de salive tombaient sur son cordon bleu.

— Et Frédéric m'a écrit, s'en remettant à moi des propositions de paix ! Mais, Ranreuil, te voilà tout en noir ! Serais-tu en deuil, mon ami ?

Nicolas comprit que Richelieu le confondait avec son père. Il se souvenait des récits du marquis de Ranreuil quand, au coin du feu, son *parrain* lui racontait ses campagnes. Il revoyait cette soirée au château de famille où il était venu depuis Rennes passer quelques jours à Guérande. En 1758 ou 1759 à ce qui lui semblait. Fallait-il démentir le maréchal ? Risquait-il, ce faisant, d'accroître encore la confusion du vieil homme ? Il apparaissait que sa mémoire revenait allégrement vers le passé. Pourquoi n'essaierait-il pas de profiter de ce mouvement ? Il se posa alors la question de savoir comment son père, le marquis, s'adressait à son chef et ancien compagnon d'armes.

— Monsieur le maréchal, tu te souviens des filles de l'Opéra ?

Un mouvement de joie agita le duc.

— Ah ! Coquin, je te reconnais bien là. Tu agites en moi de bien charmants souvenirs. Tu sais que j'étais le grand maître des admissions en tant que premier gentilhomme de la chambre. Je ne sais pourquoi, depuis quelque temps, on ne m'en propose plus !

Sa tête retomba.

— Te souviendrais-tu d'une petite marcheuse[2] que tu aurais admise à l'Opéra, il y a quelques années ?

Le maréchal s'était tu. Recherchait-il dans sa mémoire ce que le propos de Nicolas pouvait évoquer ? Sa mâchoire remuait dans une sorte de rumination.

— Oh, oui ! Je les revois toutes, ces cotillons-là. Je les goûtais fort... Laquelle, dis-tu ?

— Béatrice Gagère.

Il semblait qu'une lumière se faisait jour dans l'esprit embrumé du vieillard. Ses yeux brouillés fixaient Nicolas.

— Comment se porte ton fils, le petit Ranreuil ? Chacun trouve qu'il te ressemble. Et quel écuyer !

Nicolas frémit. Avait-il été reconnu ? La vérité s'était-elle frayé une voie dans cet esprit confus ? Il fallait poursuivre.

— Et Béatrice Gagère ? reprit-il pour la seconde fois.

— La Gagère ? Elle a fait les belles nuits du pavillon de Hanovre[3]. Cela me revient. Savais-tu qu'elle s'était fait engrosser, cette petite gueuse ?

— Et par qui ?

— Ah ! ricana Richelieu. La question se pose. Il eût fallu trier tant elle avait rôti le balai. Quoi qu'il en soit, elle savait faire son marché. Le duc de Chartres en était fort entiché. On le soupçonnait d'être le père du marmot bien qu'il n'eût pas l'exclusif de la fille ! Ah, nos soupers étaient fort gais alors ! Toi, tu étais dans ta Bretagne. À chaque service, les filles ôtaient quelques pièces de leur vêture. D'abord le fichu, puis on dévoilait le buste et ainsi de suite jusqu'au fruit. Hé ! Hé !

— L'as-tu revue ?

— Jamais. Je ne me dérange plus, je suis un jeune marié.

Une larme coula sur le vieux visage ridé, mêlant le rouge, le blanc et le noir dont il était couvert.

Nicolas prit conscience soudain que quelque chose d'habituel manquait chez le maréchal. Il chercha, pour finalement découvrir qu'il n'exhalait pas cette odeur de musc et de forts parfums dont naguère il s'inondait. Ce petit détail le remplit de mélancolie comme la confirmation que le vieil homme avait dételé. Malgré bien des travers, il avait été l'un des boucliers du royaume et sa gloire militaire ne pouvait être oubliée. Au cours d'une extraordinaire existence, il offrait l'exemple, quels que fussent par ailleurs ses vices, d'un temps où le sentiment polissait les caractères sans les énerver. Ce modèle de courtoisie noble et aisée répandait sur la société un charme qui embellissait tout. Le duc avait fermé les yeux et s'assoupissait. Nicolas éprouva le pressentiment qu'il ne le reverrait plus. Son cœur se serra de tristesse. L'homme lui avait toujours manifesté sa bienveillance et avait protégé Louis. Il considéra cette grande figure et, comme si le présent honorait le passé, salua le maréchal de Richelieu en cérémonie, puis, à reculons, s'éloigna. Ce faisant, il heurta quelqu'un qui traversait l'antichambre.

— Ma foi, c'est mon ami Ranreuil. Je vous cherchais justement. Monsieur Le Noir a dû reprendre la route, pressé par de graves nouvelles concernant les débordements. Il m'a chargé de vous prévenir. Vous étiez venus ensemble, je crois ? Mais que diable faisiez-vous, marchant à reculons ?

— Mon cher Ville d'Avray, répondit Nicolas confus, je saluais une lumière qui s'éteint.

— Hélas, dit le premier valet de chambre du roi, il n'a plus sa tête. On lui fait accroire qu'il est de quartier comme premier gentilhomme. Il tient à assister aux levers et aux couchers de Sa Majesté qu'il indispose d'ailleurs. Au tribunal du point d'honneur, les maréchaux, ses confrères, ont la délicatesse de tenir audience en sa présence pour ne le point blesser. De fait, le vrai débat intervient dès qu'il a quitté la séance. C'est une tristesse de voir un aussi grand homme réduit à cet état. Lui parti, il ne restera pas foule de la vieille cour. Songez qu'il avait connu le roi soleil[4]!

— Hé, comme vous y allez! Nous sommes encore là, nous qui avons servi le feu roi.

— C'est vrai.

— Je suis heureux de vous rencontrer, car j'ai une question à vous poser. Dans cette affaire du vol d'une porcelaine de la reine, mon enquête n'a pas abouti, enfin, pas encore. De votre côté, avez-vous réfléchi à de nouvelles hypothèses?

— J'y ai longuement médité. J'exclus toujours les entours de Leurs Majestés. Les visiteurs étaient surveillés durant l'exposition. Les domestiques? Lequel d'entre eux risquerait de perdre sa place, et je laisse de côté les risques judiciaires encourus. Reste un soupçon dont jusqu'ici personne n'a soulevé l'éventualité.

— Et quel est-il?

— Ayant exclu de ma réflexion tous ceux que je vous ai énumérés susceptibles d'avoir commis le vol, un point de vue s'est imposé. Nous n'avions pas pris la chose dans le bon sens. Nous privilégiions, comme étant dans la nature des choses, un postulat qui omettait un point auquel personne n'avait songé.

— Je vous écoute, mon ami, avec la plus extrême attention, sans vous suivre cependant.

— Qui, selon vous, a disposé les porcelaines dans le salon *ad hoc*?

— Je l'ignore. Le domestique du château, des garçons bleus, des valets, un intendant... Que sais-je?

— Voilà! L'erreur est de s'en tenir aux gens du lieu.

— Mais à bien vous entendre, vous avez exclu les visiteurs!

— Certes, mais pas ceux qui ont livré les services destinés à être exposés.

— Qu'est-ce à dire ?

Ville d'Avray piaffait d'impatience.

— Allons, Ranreuil, un effort. Qui selon vous ?

— Ceux qui ont charroyé la livraison au château ?

— Non ! Ceux-là n'avaient accès ni aux appartements, ni au salon des porcelaines. En revanche, considérez que des ouvriers de la Manufacture royale de Sèvres ont accompagné la porcelaine. Ils avaient pour office de la déballer, d'extraire des caisses où elles reposent dans la paille, enveloppées de papier, les pièces en question. Ils en font l'état, notant celles qui auraient souffert du transport, dressant dans ce cas procès-verbal. Ceux-là logent dans le Grand Commun tout au long de la *montre* officielle. Ils peuvent compléter l'exposition dans le cas où le roi retirerait quelque beau spécimen pour les étrennes de ses entours. Dans ce cas, il y a un vide sur la grande table et il faut disposer à nouveau un décor en conséquence.

— Ces ouvriers ont-ils la possibilité de dérober une porcelaine et de prétendre ensuite qu'elle a été brisée ?

— Je prévoyais votre objection. Il est requis, sans licence d'y échapper, de ramasser les débris de la pièce brisée afin de cocher en conséquence l'inventaire et de recueillir l'or du décor[5].

— Ah ! Mon ami, quelles perspectives vous m'ouvrez ! Vous ignorez quelque chose. J'ai retrouvé un morceau de la porcelaine manquante dans une affaire criminelle.

— Que me dites-vous là ?

— Je ne peux m'étendre, mais le morceau était fiché dans le cou d'un cadavre. Vous devinez les conséquences. Si je parviens à lier ces deux événements, cela ne peut que faciliter grandement mes recherches. Aussi, je vous poserai une dernière question. Comment disposer des noms des ouvriers de la Manufacture qui ont œuvré au château ?

— Il faudrait sans doute s'adresser au maître d'hôtel ou plutôt à Monsieur Campan.

— Pourquoi Monsieur Campan ?

— Il est secrétaire dans la maison de la reine. Or celle-ci, vous le savez, s'intéresse de près aux productions de la Manufacture en général et à leur exposition annuelle à Versailles en particulier. Mais je vais vous simplifier les démarches et me charger de l'interroger à ce sujet. Dès que je disposerai de cette liste, je vous la ferai porter au Grand Châtelet.

— Que de reconnaissance je vous ai ! Nul doute qu'ainsi vous contribuerez à l'aboutissement de l'enquête.

Ayant quitté Ville d'Avray, Nicolas gagna la cour d'honneur. Un vent glacé soufflait alors que la nuit tombait. Il réfléchissait aux suites de ce que le premier valet de chambre du roi venait de lui suggérer. Que le voleur de porcelaine soit démasqué, il serait sans doute aisé de faire le lien avec l'affaire de la pyramide de glace. Il était trop tôt pour laisser l'esprit galoper et former d'illusoires hypothèses, mais pour la première fois il avait le sentiment d'une avancée utile. Qu'un nom apparût qu'on pourrait joindre à ceux déjà impliqués, se dégageraient les perspectives et le fil d'Ariane serait renoué. À plusieurs reprises déjà les noms du duc de Chartres et de la Gagère avaient été cités.

Il cherchait désespérément une voiture de cour afin de rentrer à Paris quand un carrosse s'approcha lentement, s'arrêta près de lui. Une portière s'ouvrit et une voix connue l'invita à monter.

— Je rentre à Paris, Nicolas. Puis-je avoir le plaisir de vous y ramener ? Le trajet me semblera moins long à deviser avec vous.

Sartine, emmitouflé dans une fourrure, souriait, l'air engageant.

Un premier silence s'installa. Pour Nicolas, toute coïncidence était à exclure avec l'ancien ministre ; le principal et le superflu étaient dûment concertés. Il demeurait sur ses gardes vis-à-vis d'un homme qu'il avait beaucoup pratiqué et dont la parole était souvent au second degré. La façade dissimulait toujours une réalité plus obscure. Une question se posait. En quoi Sartine était-il intéressé par une affaire criminelle qui certes impliquait des suspects de poids, mais n'intéressait nullement les trames des puissances étrangères auxquelles l'homme du secret s'était consacré depuis son apparente retraite ? Le commissaire s'ancra dans ses résolutions de prudence.

Cette méfiance cordiale de Nicolas participait d'une longue expérience, car trop régulièrement il avait tiré les marrons du feu au seul bénéfice de Sartine, sans que, pour autant, la justice y trouvât son compte. Pour Nicolas, même s'il était bien convaincu que la justice était un idéal rarement accessible, le magistrat devait s'attacher à la vérité sans fuites et sans arrière-pensées. Les emplois naguère occupés par Sartine n'emportaient pas avec eux le pouvoir de contraindre et l'équité devait accompagner tous les actes utiles à la poursuite du crime et au châtiment des coupables. Pour autant, Nicolas ne poussait pas la candeur jusqu'à omettre le rôle que la raison d'État exerçait sur une enquête, mais il estimait que, même dans ce cas, certaines pratiques et conduites étaient condamnables.

—Pour le coup, Monseigneur, dit Nicolas, prenant l'offensive, ce serait à imaginer que vous me faites suivre.

Sartine pinça ses lèvres minces. Était-ce d'irritation ou d'amusement?

— Croyez-vous, Nicolas? Ma retraite m'indispose. Je m'ennuie. Le temps me pèse, trop lent, trop habituel. Comment l'occuper? Et comme je ne m'intéresse pas aux insectes, alors…

— Alors, vous surgissez à tout moment, je dirais à tout hasard, comme un diable de sa boîte!

— C'est sans doute pour cela que vous consultez l'exorciste du diocèse!

— Ainsi, vous me faites suivre, et ce n'est pas une question.

— Un moine, une maquerelle, un ministre, quelle collection! Peste, l'ami, vous ne vous mouchez pas de rien!

— Il y a certitude, vos mouches me poursuivent.

— Allons, vous vous répétez. C'est pour assurer votre sûreté. J'ai trop d'amitié pour vous.

— Et trop d'intérêt pour ce que je pourrais découvrir. En quoi cela vous intéresse-t-il?

— Cela m'amuse. Tout m'est bonheur dans ce domaine. La paix est une catastrophe pour les gens de ma complexion. Mon tempérament ne m'incline pas à la tranquillité.

> *Tout ce que j'ai souffert, mes craintes, mes transports* […]
> *N'était que faible essai des tourments que j'endure.*

Je suis un *contemplateur*. Point de méprise, pas un contemplatif. Je garde toujours à l'esprit un objet fixe et bien déterminé. Pour l'instant c'est votre enquête qui me sort du marasme.

— Malheur, Monseigneur! Vous laissez vos perruques orphelines.

Sartine se frappa le genou.

— Vraiment, mon cher Nicolas, la pointe est médiocre. Si nous cessions de jouer à la paume?

— Soit. Que cherchez-vous à savoir et en quoi puis-je dissiper cette humeur morose?

Soudain sa mémoire souffla à Nicolas un élément nouveau qu'il avait oublié. Lors de la dernière rencontre avec Sartine au Grand Châtelet, celui-ci avait tenu un étrange propos. Les mots exacts lui revenaient: *la nudité vaut parfois un trésor*. Il semblait qu'il y eût un écho avec ce que la Paulet avait lâché, mais aussi avec une remarque du père Raccard, évoquant et soulignant la *nudité*. Au point d'aboutissement de leur conversation, Nicolas décida d'interroger plus directement Sartine, sans lui rien celer de cet étrange rassemblement de discours provenant d'aussi dissemblables auteurs. Finalement, l'ancien lieutenant général de police parvenait toujours à ses fins et l'avait entraîné sur un terrain qu'il ne voulait pas aborder; il devait le constater, sans trop d'amertume. Était-il sage de l'éclairer plus avant sur l'affaire?

— Je lis en vous, reprit Sartine. Il y a bien des années que je m'exerce à vous déchiffrer comme je le ferais d'un livre ouvert, sans avoir à m'efforcer.

— Quelle clairvoyance! Et à ce moment précis, seriez-vous capable de deviner ce que je pense?

— Je ne devine point, je sais. Pour indiscutable que soit votre fidélité à mon égard, vous ne cessez jamais de vous méfier de mes détours et j'avoue que ce n'est pas sans raison. Je ne vous ai pas toujours offert la meilleure part, n'ayant que trop tendance à voir en vous, malgré que j'en aie, le jeune homme qui arrivait du fin fond de sa province.

— De Rennes, Monseigneur, de Rennes !

— Je me comprends. Ne m'accrochez pas sur un détail.

Il se tut un instant.

— Aussi ne dissimulez rien. Je vous entends : voilà que Sartine m'interpelle sur cette mystérieuse affaire. Le connaissant, je le suppose en quête d'informations qu'il estime que je dois détenir. N'est-ce pas ? Et qu'à son habitude, elles lui seront utiles, et lui-même en échange ne me cédera rien. N'est-ce pas ? Et que vient-il m'entêter alors que j'aurais tout à lui reprocher ? N'est-ce pas ?

L'interrogation était chaque fois accompagnée, scandée, d'un coup de canne sur le plancher de la voiture.

— Et outre cela, pour curieux qu'il soit, comme ancien lieutenant général de police, que lui importe un crime parisien, fût-il mystérieux en ses apparences ? Ces faits-là abondent ces temps-ci ! Il n'y a rien dans tout cela qui menace les intérêts du royaume. N'est-ce pas ? Eh bien, c'est là fausse impression et vous vous trompez, Nicolas, du tout au tout. Je ne peux que m'inquiéter d'une affaire qui met en cause le duc de Chartres, de près ou de loin. Ses liens troubles et étroits avec les Anglais, pour une large part conséquences de ses ennuis financiers, m'angoissent. De quelles pressions, pour ne pas dire de quels chantages, ne risque-t-il pas d'être l'objet impuissant, en s'abandonnant ainsi aux mains de nos adversaires ?

— La paix est signée, ce me semble.

— Avec eux, ce n'est qu'une partie interrompue. Ne jouez pas les naïfs. Un prince du sang ne devrait en aucun cas être suspecté en raison de ses allées et venues à Londres. Depuis des années, le duc de Chartres anime une permanente opposition à Sa Majesté.

Comment voulez-vous que je ferme les yeux sur une situation aussi lourde de périls ? N'est-ce pas ? Quelqu'un que vous connaissez bien ne cesse depuis Albion d'attirer notre vigilance à ce sujet.

L'évocation de la Satin, la mère de Louis de Ranreuil, agent du secret depuis des années, troubla Nicolas que le propos de Sartine sidéra. Jusque-là, il était loin d'imaginer que l'affaire de la pyramide de glace pouvait ouvrir d'aussi redoutables perspectives.

— Alors qu'en dites-vous, mon ami Nicolas ? Êtes-vous assez convaincu de ma sagacité à vous percer à jour ? Cela va-t-il vous inciter, sournois que vous êtes, à vous dessangler de vos tourments en tant qu'enquêteur ? Vous m'écoutez, mais je suis persuadé qu'en votre for intérieur tout ce que j'ai dû vous confier, vous le pressentiez. J'ai souhaité en l'occurrence, une fois n'est pas coutume, être...

Il sourit et le jeune homme qu'il avait été reparut un instant.

— Droit et clair avec vous.

Un moment le soupçon effleura Nicolas d'assister à une comédie bien troussée, mais dans la balance tout ce qu'il devait à Sartine emporta sa conviction. Il entreprit donc d'exposer à un interlocuteur attentif la trame emmêlée de l'affaire. À l'issue de cette présentation, Sartine ferma les yeux et médita.

— Nicolas, vous venez de me rappeler un propos que je vous aurais lancé lors de notre dernier entretien au Châtelet. Et pardieu, voilà que je m'interroge sur le sens que je voulais y donner. Il arrive parfois qu'un mot vous échappe venu d'on ne sait où et sans que, pour autant, il tende à signifier quelque chose en particulier.

Ma doué, songea Nicolas, il ne manquait plus qu'à l'instar de la Paulet, Sartine se mît à vaticiner et tînt des propos qu'il ne pouvait clairement expliciter.

— J'ai bien prononcé cette phrase. Elle m'a dûment échappé à la suite de ce que vous m'aviez alors révélé. Que m'était-il passé par la tête ?

Derechef Nicolas éprouva un doute sur la sincérité de Sartine. Feignait-il cette ignorance ? Il n'avait jamais accoutumé ses proches à un langage aussi incertain.

— Au cours de ma longue carrière, reprit Sartine d'un ton sentencieux, en tant que lieutenant criminel et avant même votre arrivée à Paris, j'ai connu bien des étrangetés et je ne vous parle pas du souvenir lointain des convulsionnaires de Saint-Médard ou de cette servante endiablée que vous fîtes exorciser[6]. Non. Je veux plutôt évoquer, ma mémoire se réveillant, de ces cas excentriques qui s'apparentaient encore aux errements anciens d'une sorcellerie en voie d'extinction. De cela, je puis parler.

La voiture dérapa et précipita l'ancien ministre sur Nicolas ; sa perruque se dérangea, révélant une ivoirine calvitie. Agacé, il en rétablit aussitôt l'équilibre.

— Dans les années cinquante, il y eut à Paris une longue suite d'affaires qui toutes, sans exception, se ramenaient à la même intrigue. Sous le fallacieux prétexte d'une hypothétique quête au trésor, de prétendus sorciers, ou plutôt d'ailleurs des sorcières s'appelant telles, trompaient le pauvre monde. Les moyens de leurs avanies étaient toujours les mêmes. On convoquait un démon capable d'indiquer l'emplacement d'un trésor caché. Le protocole de l'invocation exigeait qu'on se présentât dépouillé de ses vêtements, objets et bijoux. Des incantations suivaient au milieu des volutes d'épaisses fumées qui masquaient la scène et asphyxiaient la pauvre dupe. Les vapeurs dissipées, la victime, bienheureuse de s'en tirer à si bon compte, se retrouvait dépouillée et dans une situation tellement ridicule que la plupart se gardaient de porter plainte, quand les autres s'acharnaient à tout faire pour dissimuler leur disgrâce sous de fallacieux prétextes.

— Et vous supposez que dans notre affaire un semblable déroulement a pu être renouvelé ?

— Je l'ignore. Je vous expliquais seulement l'idée qui m'a traversé lorsque j'ai prononcé cette phrase sibylline. Cependant, sans m'insinuer aucunement dans votre recherche…

Que faisait-il d'autre depuis une demi-heure ? pensa Nicolas amusé.

— Je souhaiterais vous donner un conseil. Cette nudité implique que la victime a été dévêtue pour telle ou telle raison dans un contexte ignoré. En général les hardes par trop compromettantes ne sont pas conservées par les crocs. Souvent ils les cèdent à des fripiers qui les revendent au tout-venant. C'est une piste que vous devriez suivre qui peut vous faire remonter jusqu'à la victime et, qui sait, au coupable.

Le silence s'installa. Sartine semblait assoupi, dodelinant de la tête. À la Porte de la Conférence, il se réveilla et eut un moment de surprise en découvrant Nicolas à ses côtés.

— Je rêvassais, voyez-vous, c'est l'âge. Où voulez-vous que je vous dépose ?

— Je serais, Monseigneur, désolé de vous divertir de votre route.

— Peu importe le détour. Il me vaut le plaisir de votre compagnie.

Au moment précis où, devant le Grand Châtelet, Nicolas prenait congé et se retirait, Sartine se pencha à la glace et le rappela :

— Au fait, Nicolas, j'ai omis de vous confier un détail, peut-être éloquent. Vous recherchez, je crois, une fille du nom de Béatrice Gagère. Il me semble que vous me l'avez nommée. J'ai le regret de vous informer que son corps a été retrouvé ce jour sous un tas de neige.

— Mais, comment le savez-vous, Monseigneur?

Sartine agita la main comme pour écarter cette question importune.

— Peu importe. Mes mouches, sans doute.

— Et à quel endroit, le corps...

— Vous le découvrirez vous-même. Allons, Nicolas, au travail, ajouta-t-il joyeusement. Fouette, cocher!

Le carrosse s'ébranla, laissant le commissaire pantois devant cette dernière pointe sartinesque. Assommé par cette annonce, il demeura longtemps immobile, réfléchissant à ce qu'elle signifiait et aux suites qu'elle impliquait. Quel détour de son esprit tortueux avait poussé l'ancien ministre à attendre la fin de leur rencontre pour lui confier ce nouveau rebondissement? Il connaissait l'événement depuis Versailles, évidemment. Nicolas se reprit. Aucune irritation d'amour-propre ou d'inutile susceptibilité ne valait en comparaison des informations précieuses que lui avait données le madré personnage. Rien n'indiquait que Sartine eût souhaité le circonvenir en le lançant sur une fausse piste. Les raisons qu'il avait avancées pour justifier ses inquiétudes, sûreté du royaume, souci de préserver la réputation des princes, fussent-ils comme les Orléans opposants et conspirateurs, participaient d'un sens de l'État qui avait toujours marqué ses actions.

Maintenant il fallait rassembler tout ce que sa visite au château avait permis de glaner et relier ces éléments aux prémices de son enquête. Que Béatrice

Gagère, il ne savait plus s'il avait mentionné ce nom à Sartine, témoin utile dans une affaire criminelle, ait été retrouvée sous un tas de neige ne pouvait tromper personne, toute recherche dans Paris impliquait que fussent ouverts au public les renseignements demandés. Il était évident qu'*on* avait voulu faire disparaître le lien existant avec l'inconnue du boulevard du Midi.

De ce côté-là rien n'avançait. Un sosie de la reine avait bien été retrouvé, mais la personne intéressée était vivante et rien n'indiquait qu'une corrélation existât avec l'affaire. À tout le moins, tant que la personnalité de son époux, l'architecte Le Bœuf, n'aurait pas été approfondie.

Nicolas s'imagina tel un pêcheur à la ligne qui aurait lancé de multiples hameçons et qui attendrait de faire touche et de ferrer ses proies. Encore fallait-il que ces fils ne se mélangeassent pas, compliquant encore le *démêlement* des indices. Il se mit à rire, imaginant la scène, sous le regard inquisiteur d'un mendiant assis sous le porche du Grand Châtelet. Celui-ci était-il par hasard un informateur de Sartine ? Il était temps de faire le point avec ses adjoints des affaires extraordinaires.

Il fut surpris de voir un fourgon de police avec des exempts en attente à l'angle du bâtiment. Dans l'escalier, il heurta Bourdeau qui le dévalait quatre à quatre, la main sur son tricorne.

— Ah ! Nicolas, te voilà. Tu tombes à pic !

L'inspecteur reprit sa respiration.

— La Gagère a été retrouvée, nue et proprement expédiée. Le corps était dissimulé sous un tas de neige et de poussière de pierres.

— Poussière de pierres ? demanda Nicolas, intrigué par cette formulation. Qu'entends-tu par là ?

— C'est le lieu de la découverte qui m'inspire ce détail. Il s'agit de la carrière à plâtre de Montmartre, du côté de Monceau, sous le vignoble de la Goutte d'Or. Tu imagines le lieu ! Je m'y rendais, m'accompagnes-tu ?

— Certes, il y a urgence. La nuit tombe et le gel va reprendre.

La voix de Semacgus se fit entendre.

— Bigre. Bourdeau, en dépit de votre corpulence…

— Comment, ma corpulence ?

— … vous filez comme une goutte de mercure. J'avais peine à vous suivre. Tiens, Nicolas, vous voici bien à propos.

— C'est ce que Pierre m'a déjà dit.

— J'ai une voiture à l'angle de la place. Je vous y convie. Elle est plus confortable que vos fiacres et l'amorti de sa caisse est mieux assuré.

Une fois ses amis installés, Semacgus ouvrit un petit compartiment qui contenait, telle une cave à liqueurs, une carafe et quatre verres.

— Mes amis, voilà de quoi vous réchauffer et conforter. Allons, matelots, une rasade de rhum.

— Cet homme, dit Bourdeau réjoui, m'étonnera toujours.

Ils lampèrent l'alcool fort et parfumé.

— Mais, dit Nicolas, que faisiez-vous au Châtelet, Guillaume ? Venir de Vaugirard par ce temps !

— Cette affaire me tient en haleine. Ayant commencé l'enquête avec vous, je la veux poursuivre.

— Je m'en félicite. Vous ferez les premières constatations. Pierre, j'écoute votre rapport. Et d'abord, avez-vous prévu des lanternes et des flambeaux ?

— Après plus de vingt ans, il me pose encore des questions inutiles. J'ignore quand il me fera confiance.

— Question immédiate, reprit Nicolas. Je m'interroge. Ce meurtre qui ne fait aucun doute, est-il intervenu avant ou après que j'ai lancé la recherche pour retrouver Béatrice Gagère ? Soit nos investigations ont touché un point crucial pour lequel cette fille était peut-être à même d'apporter des indications utiles. Soit ces premières recherches, celles de nos gens, ont suscité une alarme qui aurait conduit à ce funeste événement.

— L'état du cadavre nous apportera quelques lumières sur la chronologie des faits, encore que le temps puisse troubler le diagnostic.

Bourdeau hocha la tête.

— Que l'une ou l'autre de tes suppositions soit valable, le résultat est le même et les causes sans doute identiques.

— En tout cas l'endroit est désert par ce temps. Il est idéal pour déposer un cadavre sans se faire repérer.

— Depuis des semaines les ouvriers ne travaillent plus.

— La partie supérieure du Mont des Martyrs[7], dit Semacgus, est constituée de sable et de grès. La partie inférieure sous la Goutte d'Or et vers Monceau est formée de gypse qu'exploitent les plâtriers.

— D'où cette poussière de pierre que Bourdeau signalait.

— Ces carrières, reprit Semacgus, sont à ciel ouvert au milieu des champs. On trouve ici et là des excavations qui servent de repaires ou d'abris, selon le cas. Ces trous et ces petits souterrains ont été creusés par des savants afin de recueillir des coquilles pétrifiées ou des empreintes d'animaux marins.

Le parcours jusqu'à la carrière fut laborieux, compte tenu des côtes sur lesquelles les attelages, tout ferrés à glace qu'ils étaient, dérapaient sans cesse. Sur place, l'obscurité cédait seulement aux lumières des lanternes d'une voiture de police qui surveillait les lieux. Les trois amis descendirent du carrosse. Les exempts du second véhicule commençaient à s'égailler à l'entrée de la carrière quand Bourdeau les rappela à l'ordre. La scène, dans la mesure du possible, ne devait pas être piétinée avant que le commissaire l'examine. Les lanternes et les flambeaux furent allumés. Leur éclat jetait des éclairs tragiques sur l'ensemble.

Un inspecteur du quartier vint saluer Nicolas, qui l'interrogea aussitôt.

— À quelle heure le corps a-t-il été découvert ?

— Il est difficile de le dire, Monsieur le Commissaire. Un petit gagne-denier a paru au bureau de police du quartier. Il avait été chargé, moyennant quelques liards, de venir nous avertir de la chose.

— Chargé par qui ?

— Selon lui, par un chiffonnier qui n'en était pas un.

— Comment cela ?

— C'est ce qu'il nous a confié avant de s'enfuir, effrayé par nos questions.

— Enfin, à quelle heure le gagne-denier a-t-il fait sa commission ?

— Vers trois heures de relevée.

Nicolas fut dirigé vers un petit monticule de neige dispersée et de débris de gypse. Le corps d'une femme gisait sur le dos, complètement dévêtu. Le commissaire fit reculer les assistants et, courbé, examina le sol tout autour du cadavre. Il gronda en constatant qu'il avait été piétiné.

— Je crois, dit Nicolas, que ce gagne-denier avait été chargé d'attirer l'attention de la police sur le corps, qui d'ailleurs semble peu dissimulé.

— Cela pourrait coïncider, dit Bourdeau, avec la volonté de nous donner un signal, de nous provoquer.

— Ou plutôt, ajouta Nicolas, de nous lancer un avertissement. Guillaume, votre avis ?

Le médecin de marine se pencha à son tour et se releva presque aussitôt.

— Étranglement et morsure au cou.

— C'est tout ?

— L'ouverture nous en dira davantage. Il faut immédiatement faire porter le cadavre à la basse-geôle. J'opérerai aussitôt.

Nicolas considérait les alentours. Il s'empara d'un flambeau.

— Pas un pas, ne bougez plus. Je tiens à fureter et à braconner dans ce chantier. Avec un peu de chance, je trouverai peut-être quelques traces ou indices.

Bourdeau, soudain inquiet, fit un pas pour l'accompagner, mais fut gentiment repoussé par Nicolas qui s'engagea dans la carrière en un trajet oblique qui lui permettait de balayer du regard la surface la plus étendue. Il parcourut ainsi une centaine de toises et aussitôt l'obscurité l'enveloppa. Se retournant, il aperçut loin derrière lui de petites lumières clignotantes, celles de ses gens. Plaques de neige, plaques de glace glissantes, fondrières traîtresses et tas de gypse crépitant se succédaient. Bientôt deux énormes blocs resserrèrent le passage, créant une sorte de couloir dans lequel il s'insinua. Une marée d'angoisse montait en lui, bientôt exacerbée à la sortie par le vol silencieux d'un nocturne dérangé dont l'aile lui flagella le visage. Il s'arrêta un moment pour calmer les battements de son cœur.

Que cherchait-il dans ce dédale ? En pleine nuit, il était illusoire de déceler quoi que ce fût. Ne serait-il pas plus sage de remettre au lendemain le soin d'un travail de police minutieux ? Cette tentation se présenta sans qu'il y cédât, tout à sa quête.

Le champ s'était à nouveau élargi et offrait un semblant de carrefour où de nouveaux blocs cyclopéens détachés de la carrière formaient un cirque inégal. Des craquements firent sursauter Nicolas. Il se les expliqua à lui-même : sans doute la succession du gel et du dégel maltraitait-elle une pierre fragile et déclenchait des tensions internes. Pourtant il avait bien l'impression que ces bruits ressemblaient à des pas écrasant le sol. Il était désormais très éloigné de ses amis. Il continua pourtant à progresser jusqu'au moment où il s'aperçut que sa torche crépitait et menaçait de s'éteindre.

Il tâta l'une de ses poches. Ce mouvement le rassura quelque peu : il avait toujours sur lui un bout de chandelle et des allumettes, précaution qui s'était avérée utile en diverses occasions. Il décida néanmoins de contourner un bloc aussi haut qu'une tour. Sa progression fut arrêtée en raison d'un éboulis qui le contraignit à faire un détour. À ce moment, il sut qu'il était perdu et qu'à force d'épouser un trajet sinueux au milieu de blocs identiques, sa démarche l'avait égaré. Il s'agissait donc de prendre les mesures utiles. La première était d'appeler ses gens afin qu'ils le rejoignissent au plus vite.

Les appels qu'il lança et dont il espérait que l'écho les porterait au loin, paraissaient se dissoudre sans force ni portée. Il comprit assez vite que la neige encore épaisse au sommet des blocs tamisait le son de ses cris, les étouffant dans l'atmosphère ouatée. Il n'y eut aucune réponse et il se cassa la voix à force de hurler. Il décida de pousser plus avant : la carrière n'était pas si immense qu'il ne finît par trouver une issue vers le vignoble de la Goutte d'Or ou vers Monceau.

Un tunnel recouvert par un bloc se présenta. Où aboutissait-il ? Avec prudence, il s'y avança jusqu'au moment où sa torche, après un dernier éclat, s'éteignit, lâchant une dernière bouffée de fumée résineuse. Il fourragea dans sa poche pour y prendre sa chandelle et les allumettes. Il perçut un bruit étrange et se retourna. Ce faisant, il fit tomber son attirail. Alors qu'il se baissait pour le ramasser, il reçut un coup violent sur la tête. Presque inconscient, il sentit qu'on le traînait sur le sol, qu'on engageait son corps dans une sorte d'étroite anfractuosité dont il éprouva la dureté et qui déchira son manteau. Alors il fut précipité dans le vide. Il lui sembla glisser sur une pente aiguë de plus en plus vite avant de heurter violemment un sol inégal. Il perdit conscience après une dernière pensée sur l'état de son manteau et la nécessité de visiter bientôt Maître Vachon, son tailleur.

Samedi 28 février 1784

Il reprenait peu à peu conscience. Son dos le faisait souffrir, tout son corps n'était que douleur. Il essaya de bouger ses membres : apparemment aucun n'était brisé malgré la violence de la chute. Soudain, il se remémora tout ce qui lui était arrivé, l'agression, le trou, le noir. Cette pensée le fit frémir. Jamais il n'avait supporté l'enfermement et l'obscurité. Cela remontait à très loin, à son enfance. Une aventure dont il ne pouvait effacer le souvenir. Jouant dans les dunes du rivage, des gamins de son âge avec lesquels il frayait avaient creusé des tunnels et des souterrains. Des paris étaient lancés pour savoir celui qui resterait le plus longtemps sous terre. Alors que Nicolas s'y trouvait, une paroi s'était effondrée, le laissant enfermé. Il n'avait dû son salut qu'à ses compères qui s'étaient évertués à le dégager au plus vite. Il avait craché et toussé du sable plusieurs jours et avait subi l'unique colère du chanoine Le Floch, à la mesure de l'émotion éprouvée par cet évangélique pasteur quand on lui avait conté l'aventure. Quant à Nicolas, il lui était resté cette crainte et cette hantise.

Il essaya de calmer l'oppression de sa respiration. Il devait au plus tôt trouver un moyen de ne pas céder à la panique qui montait. L'obscurité l'enserrait comme une mer d'encre. Allait-elle s'insinuer en lui? Il dut faire appel à toute sa volonté pour se raisonner. Il se mit à réciter des poèmes à haute voix, ne laissant aucun intervalle entre chaque strophe, s'efforçant d'y mettre du sentiment et de respecter la scansion. Cette longue litanie mécanique finit par atteindre le résultat escompté. Elle réussit à calmer son affolement et atténuer la débandade de sa raison. Son esprit se cramponnait à cette voix qui dévidait des vers qu'il avait appris et aimés et qui lui avaient toujours apporté plaisir et réconfort. Il finit par s'endormir ou plutôt par perdre la notion de la réalité. Combien de temps dura cette sorte d'assoupissement, il n'aurait pu le dire lorsqu'il en émergea.

Quelle heure pouvait-il être? Il songea à sa montre et fouilla la poche qui la contenait en espérant qu'elle n'ait pas été brisée lors de sa chute. Il la sortit et appuya sur le bouton de répétition. Un tintement se fit entendre. Était-ce pour marquer une demie ou une heure du matin? Il songea qu'il lui suffisait d'avancer lentement le remontoir pour obtenir la sonnerie suivante; le carillon indiqua quatre coups. Déjà quatre heures! Donc plusieurs heures s'étaient écoulées depuis l'agression dont il avait été la victime. Que faisaient ses gens, Bourdeau, Semacgus, les exempts? Ne s'étaient-ils pas lancés à sa recherche pendant tout ce temps? Une pensée effroyable le tenailla. Serait-il tombé dans un cul de basse-fosse impossible à repérer ?

Cette prison de pierre serait-elle sa dernière demeure ? Son squelette desséché y reposerait-il pour toujours ? Il se confia au Seigneur et frissonna, lui qui, parfois, rêvait, pour son sommeil éternel, de rejoindre son père, le marquis de Ranreuil, et le chanoine Le Floch au cimetière de Guérande. Un cauchemar récent lui revint en mémoire dans lequel il s'était vu englouti et étouffé par la mer. Était-ce une prémonition de sa fin prochaine ? Devait-il s'en remettre aux prédictions inconscientes comme une Paulet en transe ? Il sentit qu'il devait cesser de se tourmenter en vain et accroître ainsi son désarroi. Il ne servait à rien de laisser la folle du logis battre la campagne.

Il tenta de se mouvoir en dépit de l'enserrement qui l'oppressait. Il essaya de ramper en avant, s'écorchant les mains qui s'accrochaient sur des pierres coupantes et ne put progresser qu'insensiblement. Il heurta très vite un obstacle de pierre. Sans se décourager il se hasarda à reculer s'aidant de ses coudes, protégés par les tissus de l'habit et du manteau. Derechef une barrière de pierre le bloqua. Mais il eut le sentiment qu'un courant d'air lui parvenait. Cette constatation ne le réconforta pas. Il demeurait bel et bien prisonnier de la carrière et rien ne prouvait qu'on le retrouverait un jour. Épuisé par ses efforts, il s'abandonna à une dangereuse torpeur.

VIII

RELANCES

> « Ils courent, ils se relaient, ils se
> forlongent, ils rusent; mais nous
> sommes toujours sur la voie. »
>
> *Madame de Sévigné*

Quand il émergea de sa léthargie, il crut d'abord à un mauvais rêve. Il s'étira, comme sortant du sommeil, mais ses membres douloureux le rappelèrent à la réalité. Depuis combien de temps était-il prisonnier dans son trou? Il reprit sa montre et la fit sonner : dix coups retentirent sans écho dans cet espace restreint. Un rapide calcul lui suffit pour constater que cela faisait sept heures qu'il avait perdu conscience et beaucoup plus depuis sa chute.

Il ne pouvait plus se leurrer d'illusions. Les recherches pour le retrouver avaient échoué. Tout était envisageable et, peut-être, avait-on cru à un enlèvement, auquel cas la carrière avait été abandonnée à son

silence et à sa solitude. Il devait désormais se préparer à l'inéluctable. Chacun s'y trouverait confronté au
jour décidé par la providence. Il se détendit, joignit
les mains comme les gisants de pierre de la vieille
chevalerie qui tant le fascinaient, enfant, dans les
chapelles et églises de sa terre natale. Une marée
d'images s'imposa à lui : landes couvertes du jaune
des ajoncs et des genêts, pierres levées et dolmens,
où il pénétrait empreint d'une crainte déférente. Il
songea à son roi, à son serment de fidélité et enfin à
Louis, son fils. Qu'avait-il fait, lui, Nicolas Le Floch,
de ses talents ? Avait-il rempli sa vie ? De nouveau il
s'abandonnait non au désespoir mais à une douce
résignation alors que résonnait à ses oreilles la voix
du chanoine Le Floch citant saint Jean, «*Celui qui
aime la vie la perd, celui qui cesse de s'y attacher la
gagne pour la vie éternelle*».

Soudain, l'attention de Nicolas, encore lucide, fut
intriguée par des bruits étranges, à la fois proches
et lointains. Était-ce quelque bête souterraine qui
creusait ainsi sa galerie ? À quoi devait-il s'attendre ?
À tout hasard il se mit à appeler à l'aide. Un profond
grognement lui répondit. Une intuition le saisit et il
hurla à la fin le nom de Pluton. Et de fait, au-delà de
la barrière de pierre, un long hurlement lui répondit.
Soudain, l'espoir renaissait. Il n'était pas abandonné.
Qui avait eu l'heureuse initiative de faire appel au
chien fidèle ?

Le bruit se rapprochait, la muraille craquait, des
bruits de masse heurtaient le gypse, l'ébranlant sans
relâche. Des craquements, un nuage de poussière qui
l'étouffe, un dernier choc, un effondrement. Des morceaux de pierre lui tombent sur le corps. Et puis tout
va très vite. Il sent que des mains le saisissent aux
chevilles et le tirent en avant. Il glisse peu à peu sur le

sol inégal. L'idée incongrue le prend de plaindre son manteau lacéré par le mouvement. Surgissant de la poussière qui retombe et s'inscrivant dans un espace plus large, un morceau de ciel apparaît. Une masse chaude lui saute dessus et une tendre langue lui lèche le visage. Il embrasse le bon Pluton qui, pour la deuxième fois, vient de lui sauver la vie et qui gémit de plaisir. Et au-dessus de lui surgit le visage bouleversé de Bourdeau,

Avec précaution, Nicolas fut porté à l'extérieur de la caverne où il avait passé tant d'heures d'angoisse. Installé sur la banquette de la voiture de Semacgus, il s'inquiéta de ne le point voir. Il était parti, au petit matin, après s'être joint de longues heures aux recherches afin d'aller pratiquer au plus vite l'ouverture du corps de la Gagère à la basse-geôle. Il avait renvoyé son cocher à la carrière. Nicolas avait soif. Faute de mieux, il avala une lampée de rhum qui le ragaillardit. Son corps n'était que douleur, mais il se confirmait qu'aucun membre n'était brisé. Après avoir recherché la position la moins pénible, il interrogea Bourdeau.

— Comment diable m'avez-vous retrouvé ?

— Nous t'avons vu entrer dans la nuit. Très vite la lumière de la torche ne fut plus visible. C'est alors que j'ai commencé à m'inquiéter. En plus, dans le lointain, nous avons perçu des cris. Nous nous sommes précipités. Apparemment, le temps que nous approchions, tu avais disparu. Nous avons bien relevé çà et là quelques traces dans la neige, mais avec les fondrières il était impossible d'en tirer la moindre conclusion. Ce n'étaient que piétinements et flaques. Nous avons poursuivi en t'appelant une bonne partie de la nuit. Te retrouverions-nous jamais ? Le désespoir...

Une grimace crispa le visage de Bourdeau.

—Le désespoir me gagnait quand l'idée m'est venue de recourir à Pluton dont nous avions à plusieurs reprises expérimenté le flair. J'ai couru rue Montmartre où, hélas, mon surgissement a affolé la maison. J'ai fait sentir à la brave bête une de tes chemises et, de retour à la carrière, nous avons lâché le molosse qui s'est aussitôt mis en chasse.

Pluton, allongé aux pieds de ses deux amis, leva la tête et poussa un brusque aboiement.

—Tiens, il comprend qu'on parle de lui! Bref, il a patrouillé un bon moment pour enfin se camper devant une sorte d'anfractuosité en se mettant à gémir. Les cris nous ont attirés et, armés de barres à mine trouvées sur le chantier, nous avons dégagé l'entrée. Mais quelle mouche t'a donc piqué de pénétrer dans ce trou ? A-t-on idée d'affoler ses amis et de risquer ainsi sa vie ?

—Oh! Oh! Te voilà m'encensant, mais tu ignores ce qui s'est passé. Crois-tu que je m'y suis jeté de mon plein gré ? J'étais perdu au milieu de ces blocs identiques, sans repère. En vain je criais et rien ne répondait à mes appels. À ce moment-là j'ai été agressé. Vlan! Un coup sur la tête et je suis poussé dans un trou où je reste bloqué jusqu'à ma délivrance. Merci, Pierre.

L'étonnement le disputait à l'émotion dans la réaction de Bourdeau.

—Tu veux dire que quelqu'un a sciemment voulu se débarrasser de toi ?

—C'est la vérité et, sans ton idée d'utiliser Pluton, il est probable que je serais mort dans ce caveau, ma trace étant perdue à tout jamais.

—Serait-ce quelque malfaisant que tu aurais dérangé qui te voulait dépouiller ?

—Foin de ces suppositions! L'homme m'a assommé, puis propulsé dans la fosse. Et rien ne m'a été volé, ni ma bourse, ni ma montre.

— Alors ?

— Alors ? Après l'inconnue du boulevard du Midi, Béatrice Gagère et moi, une puissance occulte poursuit toutes celles et tous ceux qui sont soit témoins, soit enquêteurs dans une affaire qui prend chaque jour d'inquiétantes proportions. Et songe que Sartine qui m'a ramené de Versailles était déjà au courant de la mort de la Gagère !

— Comment ! Tu m'avais celé la chose.

— Où avais-je la tête ? Tu as raison. Pris par l'urgence de notre équipée à la carrière, j'avais omis de te le dire. Observe que cela peut nous permettre de situer le moment de la mort de la Gagère. Sartine m'a confié la chose à notre arrivée à Paris. À quelle heure ai-je paru au Châtelet ?

— Disons entre cinq et six heures.

— Réfléchissons. Lorsque Sartine m'a invité dans sa voiture à Versailles, il connaissait déjà la nouvelle. Il ne me l'a révélée qu'à Paris.

— Ne te l'a-t-il pas dit tout de suite ?

— Tu le connais, toujours tout par ondulations !

— Il savait donc à quatre heures ! Avait-il été prévenu à Versailles même ou auparavant à Paris ?

— Cela revient au même. Si c'était à Versailles, on doit tenir compte du temps nécessaire pour que le message lui ait été transmis.

— Savait-il que tu te rendais à Versailles ?

— Que sais-je ? Il a toujours tout connu avant quiconque. Le déplacement n'était pas prévu. D'évidence, il m'attendait à la grille du château. Entends bien ce que je dis, il n'est pas notre adversaire. Son attitude peut sembler trouble et insincère, mais c'est seulement parce qu'il se tient sur une ligne parallèle à la nôtre. Nos voies ne se croisent pas toujours, mais le but est le même. Et je suis davantage enclin à lui faire confiance depuis que se sont évanouies les chances de voir Choiseul revenir aux affaires.

Nicolas se tut dans une attitude affaissée qui inquiéta Bourdeau. À l'angle de la rue du Faubourg-Montmartre et de la rue des Porcherons, il fit arrêter la voiture devant l'échoppe d'un marchand épicier et se précipita à l'intérieur. Il y acheta une pinte d'eau de Barèges, la seule disponible. Nicolas vida la bouteille avec avidité et sembla renaître.

— Dieu, j'avais tellement soif !

Il appuya la tête sur le capiton de velours et s'endormit, épuisé, jusqu'à l'arrivée rue Montmartre.

Aidé par l'inspecteur et Gremillon, qui avait sauté sur la place du laquais au départ de la voiture, Nicolas fut conduit à l'office où toute la maisonnée, prévenue par Rabouine qu'avait dépêché Bourdeau, l'attendait pour rassurer Noblecourt. Le maître de maison, le madras de travers, trônait en majesté devant la cheminée. Un fauteuil fut avancé. Personne n'osait risquer la première parole. Marion, tassée sur sa chaise, se tenait les joues. Catherine pleurait dans son tablier. Poitevin torturait le dossier du siège de Noblecourt qui battait nerveusement la mesure de sa canne.

— Quel effroi, Nicolas, quand on est venu chercher Pluton ! J'ai cru...

— Monsieur, c'est beaucoup de bruit pour rien. Mais quel beau tableau à la Greuze[1] !

Pour couper court aux effusions, Bourdeau rapporta succinctement les conditions du sauvetage de Nicolas. Des exclamations fusèrent de partout et le pauvre Pluton devint à l'instant le centre de l'intérêt général. Il reçut force caresses qui excédèrent tant Mouchette que, dépitée par ces manifestations, elle se retira dignement d'un spectacle si contraire à sa dignité de déesse du foyer. D'un coup de canne plus violent, Noblecourt rétablit l'ordre et demanda à Nicolas comment il se sentait après cette aventure.

— J'ai très faim.

Cette laconique réponse rassura et les larmes cédèrent la place aux rires. Catherine se précipita pour dresser le couvert sur la grande table de l'office. Noblecourt invita Bourdeau et Gremillon à participer aux agapes, épuisés qu'ils paraissaient eux aussi après de longues heures de recherches. Nicolas avait repris des couleurs et se fit houspiller par Catherine, désolée de l'état de son manteau et de ses souliers pleins de boue et de poussière de gypse. Sans qu'il s'en expliquât la raison, cette algarade fit réfléchir Nicolas, qui plaça dans un coin de sa mémoire l'idée qui venait de l'effleurer.

— Voilà, mes beaux grenadiers, dit Catherine, qui n'oubliait jamais qu'elle avait été cantinière des armées du roi, de quoi vous ragaillardir. Rien de meilleur bour réchauffer et réchouir l'âme.

Elle posa sur la table une gigantesque soupière qui fumait d'abondance.

— Un riche botache de poule à ma façon. Deux pelles bêtes dodues et grasses à souhait, farcies de zaucisses, de boudins et de lard que je vais vous zervir.

Elle se mit en mesure d'extraire la première volaille qu'elle posa dégoulinante dans un plat de service, tant cuite qu'elle s'y effondra, évitant à la cuisinière de la découper et laissant échapper son appétissant contenu. Elle servit les convives auxquels s'était joint M. de Noblecourt, habile à profiter de l'occurrence et assuré qu'on ne remarquerait pas cette notable dérive de son régime habituel.

— Holà, Poitevin, lança-t-il, qu'on nous apporte du vin. Celui du maréchal de Richelieu, mon ami, l'un des quarante de l'académie. Celui dont il m'a fait présent.

— Je l'ai salué hier à Versailles.

— Comment se porte-t-il ? Qu'y a-t-il de vrai dans les rumeurs sur sa santé ? Sont-elles avérées ?

— Le mieux possible pour son âge, répondit Nicolas qui ne souhaitait pas affliger le vieil homme.

— Affec les abats, ajouta Catherine, j'ai fazonné des *leberknäpfle*, d'habitude constituées de foie de veau. Et comme il n'y a point de racines par le temps qu'il fait, j'avais préparé des spaetzle, les betites nouilles de chez moi bochées dans le bouillon et revenues au beurre.

— Mais pourquoi avais-tu prévu ce festin ?

— Quand je m'affole, c'est cuisiner qui me sauve !

Chacun se restaurait et le vin coulait à flots. Noblecourt entretenait Gremillon qu'il connaissait moins et qui, sensible à cette ouverture, répondait aux questions avec une respecueuse déférence. Remarquant les mouvements embarrassés de Nicolas, Catherine se campa devant lui, secouant la tête.

— Voilà un bonhomme qui me zemble moulu et martelé de douleurs. Après le dîner, je te ferai un pon massage au schnaps. Zela te déridera le sang et te requinquera.

— Jamais je n'en ai eu autant besoin.

— Il te faut reboser, maintenant.

— Point du tout. Ce potage de jouvence m'a ranimé. J'entends qu'on ne perde plus de temps. Mon imprudence n'en a que trop gâché ! Je vais me livrer aux mains expertes de Catherine. Vous m'attendez ici en sirotant le schnaps, le même qui va me dénouer. Et ensuite, conseil de guerre, si notre hôte l'autorise.

Ravi, Noblecourt opina.

Nicolas reparut un long moment après, transformé.

— Che fous le rends, dit Catherine hilare. Il est pleu de bartout !

— Lavage, rasage, massage…

— Pâturage et labourage, goguenarda Bourdeau.

— Réjouissent le bétail, compléta Nicolas en riant. Mais trêve de plaisanteries. Il nous faut faire le point.

Noblecourt qui à la fois rêvait d'être de la partie et souhaitait retrouver son fauteuil les invita à monter dans sa chambre, ordonnant à Poitevin d'y disposer les sièges nécessaires. Quand chacun fut installé, Nicolas prit la parole.

— Je ne rappellerai pas les tenants et les aboutissants de l'affaire. Vous les connaissez tous. S'y ajoutent le meurtre de la Gagère, sur lequel nous attendons le diagnostic du docteur Semacgus, et l'agression contre moi. Chacun devait se consacrer à une enquête spécifique dont je souhaiterais connaître les résultats. Qui commence ?

Gremillon esquissa un geste timide.

— En ce qui concerne Charles Le Bœuf, j'ai obtenu des lumières troublantes par rapport à ce que nous savions déjà. L'homme est réputé à Paris de diverses manières. Architecte et maître d'œuvre, il trace des plans, établit les devis, achète les matériaux, passe les marchés, surveille les travaux et paie les ouvriers. De surcroît, il est un des maîtres de la Chambre des Bâtiments. Elle connaît des contestations entre entrepreneurs et ouvriers et a autorité sur toutes les corporations du métier. Elle tient séance au Palais les lundi et vendredi. Une source sans égale d'influence.

— Tout cela est bel et bon. Cela établit le personnage. Mais qu'en tires-tu ? demanda Bourdeau.

— Dans toutes ces activités, Le Bœuf a fort mauvaise réputation. Les langues se délient vite à son sujet. Ses devis sont outrageusement gonflés et la plupart du temps ses marchés insincères. À la Chambre, il trafique de son autorité et opine en faveur de ceux qui le corrompent. À ce sujet, les plaintes portées contre lui ont été enterrées, aucune procédure n'a suivi. Il est aussi accusé de trafic dans les faubourgs où l'on commence à bâtir. Il achète à petits prix de vieilles maisons dont il revend les terrains sur lesquels il a obtenu, par entregent, le droit de construire. Gros, très gros, énormes bénéfices ! Enfin, j'ai découvert des points intrigants qui ne laisseraient pas de vous intéresser.

— Ne nous fais pas languir.

— Charles Le Bœuf est non seulement le maître d'œuvre des travaux entrepris par le président de Vainal, rue Plumet, mais encore celui du duc de Chartres pour des demeures érigées autour du Palais-Royal sous des prête-noms. Il existe, semble-t-il, des liaisons avec le prince qui outrepassent les simples relations d'affaires. De notoriété cela va plus loin que le seul intérêt matériel. Pour me résumer et au su des rapports de nos mouches et inspecteurs, l'architecte participe à certaines fêtes galantes organisées par le duc à Monceau ou à Bel Air.

— Dont l'une des déesses était la Gagère, observa Nicolas. Et nous voilà encore avec le prince en coulisse.

— Il y a autre chose, reprit Gremillon. La famille de Madame Le Bœuf, sa mère et sa sœur, s'inquiète qu'elle refuse de les voir depuis quelque temps. Elle serait souffrante.

— Combien de temps ? Elle ne paraissait pas malade lorsque nous l'avons vue.

— À ce qui m'a été confié, cela durerait depuis plusieurs semaines.

— Que dit le domestique, si vous l'avez pu toucher ?

— Il n'y en a plus.

— Comment cela ?

— Servante, valet, cuisinières ont été renvoyés, sans raison nette et cela depuis plusieurs semaines, encore. Une affaire de vol, dit-on...

Bourdeau s'agitait sur sa chaise.

— Mais enfin, quand nous avons visité Charles Le Bœuf, c'est bien une servante qui nous a ouvert l'huis.

— Certainement pas celle qui a été mise à la porte avec les autres.

— Alors qui était cette femme ?

— Quant au voisinage, dit Gremillon tout à son rapport, les ragots sont mitigés sur la vie du couple. Certains prétendent que la dame est malheureuse en ménage. D'autres assurent que si son mari la trompe, elle lui rembourse au centuple ce qu'il lui fait subir. Reste qu'à bien gratter les témoignages, je suis convaincu que les deux époux s'entendent comme larrons en foire et pas aussi mal que certains le disent.

— Et sur quels éléments fondes-tu cette assurance ?

— Que très souvent le soir, habillés et poudrés à frimas, les époux se rendent de concert à de mystérieuses soirées.

— Pour le coup, constata Nicolas, pierre sur pierre. Tout complique notre enquête, mais nous avançons. Cependant plus nous recevons de lumières et moins nous sommes éclairés. Beau travail, Gremillon.

— Hélas, ce n'est pas tout, Monsieur le Commissaire, dit le sergent rouge de fierté. Il faut vous dire que la surveillance exercée par notre Rabouine a été féconde. La filature a montré que l'architecte a rencontré hier le duc de Chartres au Palais-Royal.

— Hé, dit Nicolas sceptique, notre mouche était-elle dans le cabinet du prince ?

Bourdeau cligna de l'œil.

— Depuis Sartine, nous avons des oreilles et des yeux dans la maison du duc.

— Après cet entretien, il s'est rendu à Bellechasse au couvent des religieuses du Saint-Sépulcre. C'est là que le duc a fait bâtir une maison pour l'éducation de ses filles. De fait, Madame de Genlis, sa maîtresse, y élève ensemble les petits princes, garçons et filles, ainsi qu'une autre enfant qu'on dit issue du couple. Le Bœuf y est demeuré une bonne demi-heure. Son allure était louche et précautionneuse, comme quelqu'un qui veut n'être ni vu ni suivi.

— A-t-on quelque observateur dans le couvent?

— Non. La maison est sous clôture. Cependant, par suite du privilège d'un prince de sang, les hommes autorisés peuvent y entrer le jour, mais il leur est interdit de pénétrer dans les jardins et dans les bâtiments conventuels. La nuit, il n'y a plus à l'intérieur que les femmes et les enfants.

L'exposé de Gremillon fut suivi d'un long silence.

— J'ai eu la chance, dit Nicolas, d'assister un jour chez un peintre de nos amis à la création d'un grand tableau, une entrée du Christ à Jérusalem le jour des Rameaux. L'immense toile était partagée en petits carrés de même dimension. L'artiste consacrait tout son génie à un seul morceau puis, l'ayant achevé, portait son effort sur un autre. Peu à peu, le sujet apparaissait par la juxtaposition progressive de ces parties qui finissaient par créer un seul ensemble.

Bourdeau et Gremillon dévisageaient Nicolas avec inquiétude. Seul Noblecourt jubilait.

— Voilà qui est bellement pensé! dit-il. La partie est le morceau d'un tout. La moindre impatience ne peut que troubler les grandes délibérations. Ceux qui creusent un puits sans trouver l'eau au bout de quelques toises ne perdent ni leur temps ni leur peine. Dans le combat que vous menez, écoutez la raison qui parle par la bouche de Nicolas. Brassez chaque élément et puis juxtaposez vos esquisses. La solution vous apparaîtra. C'est peu de commencer, il faut finir.

— Je vous remercie, dit Nicolas souriant, d'avoir su si éloquemment interpréter ma pensée, même si certaines subtilités de votre raisonnement peuvent m'échapper, n'ayant pas comme vous la connaissance des préceptes des sagesses talapoines.

— C'est que l'eau trop claire est sans poisson, répliqua, sentencieux, Noblecourt.

— Résumons, reprit Nicolas. Il faut travailler sur Le Bœuf et accroître la connaissance que nous commençons à détenir sur lui. Qu'en est-il de sa femme ? Qu'avait-il à dire au duc de Chartres de si pressé ? Qui a-t-il rencontré au couvent de Bellechasse ? Autre carré, du tableau veux-je dire, ce morceau de porcelaine fiché dans le col du cadavre du boulevard du Midi. À Versailles, je m'en suis ouvert à mon ami Ville d'Avray et nous sommes parvenus à la conclusion que le vol avait sans doute été commis par un des ouvriers de la Manufacture de Sèvres qui ont œuvré au château. Il m'a proposé d'interroger Monsieur Campan, secrétaire de la reine. Dès qu'il disposera d'une liste, il me la fera porter au Grand Châtelet. D'autre part…

À ce moment, un pas lourd se fit entendre dans l'escalier et aussitôt la haute silhouette de Semacgus s'encadra dans la porte de la chambre.

— Oh ! Mille pardons, Monsieur le Procureur, de troubler votre conclave. Ah ! Nicolas, mon ami, quelle peur vous nous avez faite. Rabouine m'a relaté par le menu votre sauvetage. Brave Pluton !

L'intéressé, couché aux pieds de Noblecourt, leva la tête et poussa un joyeux aboiement à l'appel de son nom.

— Je viens d'achever l'ouverture de notre demoiselle Gagère, reprit le chirurgien de marine. Mes constatations ne peuvent laisser de vous intriguer. La mort est récente, hier dans la journée sans que je puisse être plus précis. Point de forcement, même si elle porte les stigmates habituels de son état. D'évidence, elle a été étranglée, mais...

— Mais?

— Mais la blessure qu'elle porte au cou n'est pas de la même nature que celle relevée sur le cadavre du boulevard du Midi. Elle n'a rien d'identique avec la précédente morsure. Pourtant la plaie de la Gagère a été faite dans le but évident qu'on la remarque. D'ailleurs j'observe que le cadavre n'avait pas été dissimulé très sérieusement.

— Cette plaie, d'où provient-elle?

— D'un instrument tranchant. Il est évident qu'on a voulu faire croire au même procédé que précédemment. C'est une mise en scène qui pariait sur la négligence de ceux qui relèveraient le cadavre.

— Cela, dit Bourdeau, inciterait-il à penser que les deux meurtres ont été perpétrés par la même personne, auteur peut-être aussi de l'agression dont Nicolas a été victime?

— Pas forcément. C'est possible.

— Autant dire, remarqua Nicolas, que les deux hypothèses sont vraisemblables et ainsi s'annulent en toute incertitude.

— Dernier point, dit Semacgus. À première vue, le corps paraissait intact, mais un examen plus approfondi m'a démontré qu'il n'en était rien et que la Gagère avait été frappée.

— Pourtant, dit Gremillon, le corps était livide et sans traces particulières lorsque nous l'avons découvert.

— Vous oubliez que le sang cesse de circuler à la mort et qu'ainsi ce que le vulgaire appelle bleus n'apparaissent pas. Or il y avait des amas de sang et ses jambes étaient brisées. En bref, elle m'est parue avoir été torturée.

— L'assassin ne pouvait pas connaître cette particularité et ne cherchait sans doute pas à dissimuler son forfait. Que la Gagère ait été torturée signifie que les conditions de sa mort devaient être dévoilées. Encore une forme d'avertissement? N'oublions pas qu'à l'origine nous sommes face à un meurtre dont la responsabilité doit être mise au crédit de mystérieux buveurs de sang. Espérait-on qu'il serait, après d'infructueuses recherches, classé comme l'un de ces forfaits incompréhensibles qui marquent l'histoire noire de cette ville? Or il n'en a rien été parce c'est moi qu'on a jeté dans cette enquête. La conjoncture devenait autre.

— Ce qui explique, dit Bourdeau, la volonté de se débarrasser d'un commissaire du roi trop curieux.

— Je suis soucieux pour tout dire, reprit Nicolas, de cette présence en coulisse, mais répétée, du duc de Chartres. Pour limitée que soit l'estime que je lui porte, j'ai peine à imaginer, en dépit de ses débauches et d'entreprises financières opaques, qu'il ait poussé l'audace jusqu'à se compromettre dans le crime. Non, je ne le peux le croire.

— Te voilà bien, dit Bourdeau, avec ton parti pris de marquis! La naissance ne fait rien à l'affaire. Sa qualité ne doit pas gazer son évidente implication et ne saurait atténuer l'ardeur de nos investigations. Nous crevons de tout révérer en nous en tenant à une sagesse pétrie de préjugés serviles. Tous nos usages ne sont qu'assujettissement, gêne et contrainte. Nous vivons et mourrons dans l'esclavage et nous sommes enchaînés par nos institutions despotiques. Et l'on s'accroche à l'état actuel de la société sans songer que cet ordre subira d'inévitables révolutions.

La sortie de l'inspecteur, débitée sur un ton de sarcasme railleur, pétrifia l'assistance.

— Voilà du bon Jean-Jacques ou je ne m'y connais guère, dit Semacgus, et nous résumerons la chose avec son ennemi, feu l'ermite de Ferney.

Les mortels sont égaux : ce n'est point la naissance,
C'est la seule vertu qui fait leur différence.

Nicolas avait pâli et c'est froidement, signe chez lui d'une colère rentrée, qu'il s'adressa à Bourdeau :

— Votre discours, Monsieur l'Inspecteur, n'a pas lieu d'être. Il me semble que vous vous oubliez, emporté par la passion mauvaise de lectures mal digérées. Rappelez-vous que nous sommes des serviteurs du roi...

Bourdeau allait l'interrompre mais un geste impérieux de Nicolas l'arrêta net.

— Permettez! Quelles que soient mes origines et ce qu'au fond de l'âme nous pouvons ressentir, nous devons au souverain respect et fidélité et ce sentiment naturel pour un Français s'impose également à l'égard de sa famille. Cela n'implique pas de fermer les yeux, si besoin était, sur une compromission du duc de Chartres. Au-delà de l'effroi quasi sacré que cet acte susciterait, notre devoir s'imposerait, comme ce fut le cas, jadis, quand le régent d'Orléans laissa juger et monter sur l'échafaud un lointain parent convaincu d'assassinat. Pierre, acheva-t-il, changeant de ton, désireux sans doute d'atténuer la sévérité de son propos initial, évite ce genre de discours qui vaudrait devant un auditoire autre et moins bien disposé des ennuis majeurs au bon et loyal serviteur de Sa Majesté que tu n'as jamais cessé d'être.

Il se leva et alla poser sa main sur l'épaule de Bourdeau qui bougonnait, empourpré et les larmes au bord des yeux.

— Revenons à notre plan, dit Nicolas posément. Un autre élément sollicite notre diligence. À plusieurs reprises, il m'a été suggéré par Sartine, la Paulet et aussi par le père Raccard, l'exorciste du diocèse, que l'état de nudité dans lequel on a découvert tant le cadavre du boulevard du Midi que celui de la carrière de Montmartre avait son importance. De cette suggestion je tire plusieurs conclusions. Qui aujourd'hui, en ville, se prête encore à ces anciennes pratiques proches de l'antique sorcellerie où sous le prétexte de conjurer les démons on impose à une pauvre dupe de se dévêtir pour mieux la dépouiller? J'en veux la liste au plus vite. La seconde conclusion s'oriente vers la recherche des vêtements retirés à ces deux victimes. Il n'est pas si aisé de détruire des hardes. La rivière était gelée, et dans ce cas il faut soit les brûler soit aller au plus facile et rapide, les céder à quelque fripier ou revendeuse à la toilette. Là aussi, il faut sans désemparer lancer nos sbires afin de déterminer chez qui et quand, récemment, des habits de femme ont pu être proposés. Enfin, a-t-on réussi à joindre Restif de la Bretonne? Je souhaite m'entretenir avec le *Hibou* au plus vite. Qui d'autre connaît mieux Paris et les mystères de ses nuits que cet éternel marcheur... et voyeur.

— Je crois, dit Noblecourt, considérant Nicolas, qu'il serait bon que vous preniez du repos. Vous êtes livide et marqué.

— C'est un bon conseil auquel je m'associe, dit Semacgus. Le contrecoup des émotions de la nuit ne va pas tarder.

La compagnie se sépara sans que Nicolas pût parler à Bourdeau. Il remonta dans sa chambre, se dévêtit et se coucha. Quatre heures de relevée sonnaient au clocher de Saint-Eustache. Ce son si familier résonna en lui comme un glas. Il sombra dans une sorte de torpeur hantée dont il sortit assez vite, le cœur battant, la respiration oppressée. Chaque mouvement lui était une souffrance.

Mouchette, sa bouderie achevée, avait fini par rejoindre son maître et ne cessait d'aller et venir, le piétinant, la queue battante. Elle poussait de petits feulements irrités comme si l'humeur de Nicolas avait déteint sur elle.

Il se mord les lèvres. Qu'a-t-il fait que sa conscience lui puisse reprocher ? Pourquoi soudain se sent-il responsable d'un éclat que seule l'inconséquence de Bourdeau avait déclenché ? Et montant comme une marée, la culpabilité l'envahit, s'empare de lui comme d'une proie. Son malaise redouble. Que ne s'est-il cantonné comme à l'accoutumée, à ignorer les paroles de Bourdeau, à ne pas les relever, évitant ainsi toute relance et tout débat ? Il est pourtant habitué à ces sorties imprudentes qui se répètent. Il s'en veut de cette médiocre querelle. Impuissant, il a été conduit, l'idée le submerge et l'afflige, à humilier son ami en public et surtout devant Gremillon, contraint d'être le témoin de la vexation et de la leçon administrée à son chef. Mais pourquoi Bourdeau l'a-t-il provoqué ? Ce ne sont pas tant les propos excessifs et politiques de l'inspecteur qui ont outragé Nicolas, mais bien le rappel volontaire de son appartenance nobiliaire. Que Bourdeau qui le pratique depuis près d'un quart de siècle en vienne à l'agresser sur ce point particulier, le dépite et le désole. Quelles raisons lui a-t-il offertes de le traiter ainsi ?

Nicolas se retourne sur sa couche et ne parvient pas à démêler ce qui l'a poussé à sortir de ses gonds. Il est encore confondu de sa propre attitude dont il comprend le caractère blessant. Quelle maladresse! Il a soufflé sur des cendres, les attisant au lieu de les éteindre. Fatigue, inquiétude, abus d'un vin capiteux au cours du dîner, tout s'est ligué pour le jeter dans une réplique dont l'inflexion offensante ne pouvait que conduire au pire. Il s'interroge. N'y avait-il pas autre chose? Le réflexe d'un aristocrate blessé dans son orgueil, dans sa vanité? Il sait bien qu'il peut arriver que Nicolas Le Floch laisse la place au marquis de Ranreuil. Toutes ces raisons ne l'apaisent guère. Plus il essaie de comprendre ce que lui-même a ressenti, plus la confusion le gagne.

C'est la seconde fois en quelques jours qu'il affronte la face de la camarde. Que cela se produise à l'issue de cette période de carnaval, qui de tout temps lui a paru néfaste et redoutable, ne le surprend guère. Il s'en veut de tenter de trouver des raisons et des excuses à ses actes. Quelle déchéance de revenir plusieurs années en arrière lorsque ses entreprises étaient freinées par des scrupules et d'interminables examens de conscience. Est-il condamné à retomber dans les affres d'antan? Doit-il se laisser prendre dans les rets d'une mélancolie et d'une tristesse qui parfois le surprennent lors de certaines époques de sa vie? Cette hantise, comme parfois, va-t-elle creuser un gouffre entre la réalité et le rêve?

Est-il complaisant avec lui-même? Ne se crée-t-il pas des monstres à partir d'événements misérables? Il mesure désormais les conséquences de ce travers dont il espérait être débarrassé. Que ne s'efforce-t-il d'empoigner l'imagination, sa compagne de chaque instant, pour l'empêcher de battre la campagne,

escortée de pensées détraquées ? Quelle est cette iné-
galité de la raison, cette faiblesse de l'âme qui plie
au premier obstacle ? Est-il si susceptible qu'une
seule parole imprudente lancée dans le feu d'une
conversation ouvre derechef des blessures anciennes
supposées depuis longtemps fermées, en aiguisant
l'infection et en la rendant incurable ? Il n'avait qu'un
chemin à suivre, celui de la reprise en main. Une hauteur si inexorable était-elle de mise en réponse à si
faible offense ? N'était-ce au fond que l'orgueil blessé
qui en avait grossi l'effet et décuplé les conséquences ?
Il revoit, honteux, le pauvre visage convulsé de Bourdeau. Il se convainc enfin que le sentiment de l'amitié
doit l'emporter sur celui de la fierté et que, peut-être,
tout cela n'a pas l'importance grossie que son état de
fatigue lui figure. Il s'en persuade et cette pensée qui
le réconforte l'entraîne dans un lourd sommeil.

Dimanche 29 février 1784

À son réveil tardif, son corps douloureux lui rappela les événements amers de la veille. Il eut de
nouveau recours à Catherine pour renouveler le traitement. Elle lui intima de demeurer alité ; il ne voulut
rien savoir et s'apprêta avec soin. Il désirait accompagner M. de Noblecourt, marguillier honoraire de
Saint-Eustache, à l'office de ce premier dimanche de
carême. Le sanctuaire était proche et c'est appuyés
l'un sur l'autre qu'ils franchirent en quelques pas prudents la distance qui séparait l'hôtel de Noblecourt de
l'entrée de l'église.

La nef bruissait d'une foule bavarde et dissipée.
De chaque côté du porche s'entassait un ramassis
de miséreux qui venaient chercher un abri contre

le froid. Ils prirent place au premier rang. Tassé sur son siège, engoncé dans son manteau, sur les genoux le tricorne que Catherine avait soigneusement nettoyé et brossé, il ferma les yeux engourdi. Le chant profond de l'orgue et l'ivresse des fumées d'encens accentuèrent sa somnolence. Dans ce demi-assoupissement, les paroles du desservant lui parvenaient, faisant écho à son souci : «*Le Seigneur est venu à ton secours. Tu ne craindras pas les terreurs de la mort, car les anges ont reçu mission de te garder en toutes tes voies. Sur leurs mains ils te porteront de peur que ton pied ne heurte quelque pierre.*» Il reçut l'homélie comme un appel. Elle insistait sur le caractère particulier du carême pendant lequel chaque chrétien devait pratiquer la charité, l'oubli des injures et le pardon. La main de Noblecourt se posa sur le bras de Nicolas comme pour lui signifier un encouragement. Il se sentit soudain inondé d'une sorte d'aménité. Il mesurait avec certitude le caractère dérisoire du différend qui l'avait opposé à Bourdeau, son ami. Il se le reprocha et résolut, lui le fidèle en sa foi, de s'en remettre aux leçons des Évangiles.

De retour rue Montmartre, un dîner léger les réunit, bouillon et restes de la veille, afin, observa Catherine, de réparer le péché du souper précédent alors qu'on était entré en Carême. Noblecourt commenta ce scrupule en plaisantant : l'accord était désormais général pour laisser à chaque estomac et à chaque conscience la liberté du gras ou du maigre. Les curés eux-mêmes se prêtaient facilement à la dispense, qu'on fût malade ou généreux en aumônes. Il était bien révolu le temps où l'on était contraint d'envoyer un bouillon à un malade en le dissimulant dans une boîte à perruque !

L'après-midi se déroula sereinement, durant lequel se succédèrent une sieste, des lectures, quelques morceaux de flûte traversière dont Noblecourt régala Nicolas et un assaut d'échecs. Ce dernier, qui connaissait le peu de goût de son adversaire pour la défaite, le laissa adroitement gagner. Au souper, rôties et tisane de sauge leur furent servies. C'est alors que Noblecourt s'adressa à Nicolas :

— Laissez-moi vous dire, mon ami, avec toute l'expérience de mon âge et avec la sincérité qu'exigent l'estime et l'affection que je vous porte, qu'hier soir vous avez eu tort de tancer ainsi le pauvre Bourdeau.

— Hélas, croyez-vous que je n'en suis pas conscient et affligé.

— Certes, je connais votre bon cœur, tout scrupuleux qu'il a toujours été. Reste qu'hier vous avez agi sans réfléchir.

— Je mérite votre sévérité.

— Mesurez ce qu'a pu ressentir Bourdeau d'être ainsi admonesté comme un enfant, et de surcroît en public.

— Pouvez-vous croire que je n'en suis pas conscient et que je ne me suis pas servi la leçon à moi-même ?

— Vous n'ignorez pas, vous me l'avez un jour révélé, les conditions de l'enfance de Bourdeau et ce qu'il a subi à la mort de son père. Cette tragédie pèse toujours sur lui. Quelles qu'aient été les réparations que le duc de Penthièvre lui a prodiguées, l'appui qu'il lui a libéralement accordé pour atteindre des fonctions que son caractère et ses talents méritaient, rien n'a jamais pu effacer son ressentiment.

— Cela je le sais. Mais tant de fois j'ai fait preuve de patience et d'indulgence devant des sorties que je n'aurais pas dû tolérer.

— Ce sont les suites de lectures peut-être mal assimilées dont les conclusions sont par trop brutalement exprimées. Elles se conjuguent avec le regard perspicace qu'un homme de son extraction jette sur les souffrances du peuple, auxquelles vous-même vous compatissez sans toutefois, je vous l'ai souvent répété, que cela vous conduise à plus de réflexion.

Nicolas soupirait.

— Je suis persuadé, reprit Noblecourt, que Bourdeau, faisant allusion à votre appartenance à l'ordre de la noblesse, ne voulait en aucun cas vous blesser et encore moins vous insulter.

— Mais…

— Laissez-moi achever, mon ami. Ce n'est pas si aisé de vous parler ainsi. Il aurait été de l'honneur de votre état de négliger, ou plutôt de rire de ce qui n'était, c'est l'évidence, qu'une boutade taquine. Vos amis et Bourdeau le premier ont souvent plaisanté d'identique manière dans ce domaine ou dans celui de votre éducation chez les Jésuites. Bourdeau vous aime trop pour avoir même eu la pensée de vous blesser. Vous êtes son chef, ce qui ne simplifie pas vos relations. Votre autorité, celle de la fonction, a malheureusement été mise en avant et l'a emporté sur votre affection. J'ajouterai que Bourdeau venait de vous sauver la vie, ayant eu l'intelligence de recourir à Pluton. Tempérez, Monsieur le Marquis, même si bon sang ne saurait mentir, le feu et l'orgueil de vos ancêtres.

La conclusion de cette mercuriale fut dispensée d'un ton serein qui en atténuait la véhémence. Nicolas approuva sans un mot. Au moment où ils se séparèrent, il remercia Noblecourt de lui avoir parlé comme à un fils.

Lundi 1ᵉʳ mars 1784

Une nuit paisible rétablit Nicolas qui, une fois ses brioches et chocolat habituels engloutis, s'apprêta pour sortir en dépit des objurgations véhémentes de Catherine. Il lui réclama son vieux manteau auquel l'attachaient tant de souvenirs. Nettoyé, ce n'était plus qu'une loque propre, mais déchiquetée. Quoi qu'il en fût, il décida de l'emporter chez Maître Vachon, son tailleur, seul capable de miracles *couturiers*.

Au détour de Saint-Eustache, il héla un fiacre. L'atelier du tailleur n'était guère éloigné, mais il se sentait encore un peu courbaturé comme un cheval ayant couru la poste. Il approcha de la rue Vieille-du-Temple avec une moue d'inquiétude. Comment allait-il trouver son vieil ami, connu depuis son arrivée à Paris et qu'il n'avait pas revu depuis plusieurs mois ? Il devait approcher l'âge de Noblecourt. C'est donc avec appréhension qu'il franchit la porte cochère de l'antique hôtel dont le rez-de-chaussée abritait la boutique du tailleur.

Il poussa la porte qui activa une clochette au tintement cristallin et retrouva les lieux inchangés, inondés de lumière par d'innombrables chandelles. Au premier regard, il ne distingua pas le tailleur, dont la tête chauve surgit soudain au ras d'un comptoir. Nicolas perçut un crissement sur le dallage et Vachon apparut confortablement installé sur des coussins dans une chaise à roulettes que manœuvrait l'un de ses garçons. On aurait dit le grand roi sur sa fin. Il brandissait la longue canne que Nicolas lui avait toujours vue en main et qui lui servait à diriger les travaux d'aiguille des apprentis.

— Mais quelle heureuse surprise, Monsieur le Marquis ! Que me vaut l'heur de votre visite ? dit-il se soulevant à demi. Monsieur de Sartine me donne parfois de vos nouvelles.

— Maître Vachon, je me languissais de vous voir et c'est Sa Majesté qui m'a remis sur la bonne voie.

Il devrait s'accuser de ce mensonge répété ou de cette habilité, mais elle était utile au bonheur du tailleur.

— Sa Majesté! Dites-vous, s'écria Vachon transporté et la mine épanouie.

— Oui, à son grand lever, il m'a dit : *comment se porte ce bon monsieur Vachon?*

— Ce bon monsieur Vachon! Ah! Voilà qui vaut son pesant de pilules et vous ragaillardit. Car, voyez-vous, le rhumatisme me tient, aggravé par ce temps et ce froid humide. Aussi j'ai du mal à me mouvoir. Heureusement que ces garnements m'aident et me véhiculent.

La dizaine de têtes des apprentis accroupis sur les comptoirs se dressèrent comme un seul homme. Un coup de canne fit cesser comme par miracle ce mouvement d'ensemble. Maître Vachon jeta un regard aiguisé sur le manteau que Nicolas portait sur son bras.

— Par Dieu, Monsieur le Marquis, qu'est-il arrivé à votre beau manteau de si exceptionnelle laine?

— Je suis tombé dans le trou d'une carrière, répondit Nicolas qui ne voyait pas l'intérêt de farder la vérité. Pensez-vous qu'il y ait remède, j'y tenais comme à une seconde peau?

— Ma foi, dit Vachon, se saisissant du vêtement qu'il déploya et palpa, il n'y a point remède. Il est bon pour la fripe et fera de l'excellent papier pour imprimer messieurs les philosophes.

Nicolas pensa que les idées de Vachon n'étaient pas si éloignées de celles de Bourdeau, mais que sa dévotion pour le roi compensait cela.

— Alors je lui dis adieu et vous prie, mon ami, de m'en faire tailler deux identiques dans un tissu de même qualité.

— J'ai ce qu'il vous faut, un produit venant d'Angleterre, car tout vient de là désormais. Surtout depuis que la paix a été signée. Il n'est bon bec que de Londres! Et j'ai le regret de vous le répéter, car j'ai souvenance de vous en avoir entretenu, la reine ne nous aide pas. Ah, non, vraiment pas! L'an dernier, je me suis fait porter au Salon, car les œuvres des peintres sont souvent le reflet des modes en cours et... à la cour. Ah! Ah!

Il poursuivit, l'air consterné.

— Et qu'ai-je vu? Oui, je vous le demande. Un portrait de la reine en gaule, oui en gaule! C'est-à-dire en chemise, Monsieur le Marquis, en chemise! Et pourquoi pas en robe de nuit, hein? Est-elle devenue une dame créole de Saint-Domingue?

Il ponctuait lui aussi ses propos de coups de canne.

— Oui, et on a pu dire, commentant le tableau, qu'il s'agissait de *la France sous les traits de l'Autriche réduite à se couvrir d'une panne, oui d'une panne*[2]. Où sont les habits de cour d'antan? Que sont devenus la soie, le satin, la gaze, les blondes et tout le reste? Demandez à nos négociants de Lyon si nos filatures et manufactures ne sont pas réduites à quia à la suite de ce déplorable exemple. Enfin pour votre manteau, je le déplore pour vous, mais il est bon pour faire le bonheur d'un fripier, car aucune revendeuse à la toilette n'en voudrait.

Cette remarque donna une idée à Nicolas.

— Un conseil, Maître Vachon. Imaginons quelqu'un qui souhaiterait se débarrasser, disons des vestiges d'une succession, de vêtements de femme, sans doute de qualité et de bonne facture, quelles sont les revendeuses à la toilette qui, sur la place, seraient en mesure de les acquérir?

— Vous voilà à la bonne adresse. Vous savez que je tiens une boutique de mode aux *Ciseaux d'argent*. Parfois nous achetons des vêtements de rebut, ou cédés par nécessité, sur lesquels il est souvent possible de récupérer garnitures, dentelles, boutons et tout ce qui peut être réutilisé. J'ai souvent recours dans ce domaine à Madame Truchet. Vous la trouverez, rue des Moulins à la butte Saint-Roch où elle tient repaire dans la cour intérieure derrière l'atelier du relieur Bourgeot.

— Je comprends.

Il fit un clin d'œil entendu en se cachant une partie du visage afin que ses apprentis ne surprennent pas son mouvement et baissa le ton.

— M'est avis qu'il s'agit d'une enquête. Chut! Je suis un sépulcre de discrétion. Allez la voir de ma part, car cette profession est méfiante. Ces revendeuses ont accès aux femmes les plus huppées, de celles qui veulent avoir de l'argent comptant. Ce sont à l'occasion des confidentes qui détiennent des secrets curieux et font fortune en peu de temps. Hé, hé, entendez ce que je vous veux dire...

— Maître Vachon, que de reconnaissance je vous ai! Je donnerai de vos nouvelles au roi.

— Au roi! De ce bon monsieur Vachon! Je suis son très humble et obéissant serviteur. Et le vôtre, Monsieur le Marquis, et le vôtre!

IX

LA REVENDEUSE À LA TOILETTE

« On la vient voir cette sorcière
Pour trouver de l'argent perdu. »

Scarron

En sortant de chez son tailleur, Nicolas décida de ne point temporiser et de se rendre sur-le-champ chez Mme Truchet, revendeuse à la toilette. Peut-être n'envisageait-il pas sans inquiétude le moment de retrouver Bourdeau et souhaitait-il le différer. Le fiacre le conduisit donc rue des Moulins. Cette voie, située au-delà de la rue Neuve-des-Petits-Champs et de la rue Thérèse, était proche de l'hôtel de police. Pourquoi n'irait-il pas, avant leur rencontre, consulter les archives afin, le cas échéant, de découvrir quelque particularité sur la revendeuse?

Il y fut aimablement accueilli par le vieux valet, désolé de lui apprendre que M. Le Noir n'était pas encore revenu de Versailles. Nicolas le rassura, ce n'était pas l'objet de sa visite. Il y avait un risque qu'il fît chou blanc, les archives plus récentes demeurant au Châtelet. Mais la chance le favorisa et il trouva ce qu'il cherchait. Les informations remontaient à une vingtaine d'années et dressaient le tableau intrigant d'une femme qui avait débuté fort jeune dans la galanterie. L'âge venant, elle avait tourné à l'entremetteuse, usant de son entregent au profit de jeunes étrangers de passage. Elle avait amassé un magot suffisant pour acheter un rez-de-chaussée dans ce riche quartier où elle avait installé son dépôt de revendeuse à la toilette. Elle y avait grossi sa pelote, mais cette nouvelle activité l'avait conduite à plusieurs reprises dans des situations ambiguës. Les rapports des inspecteurs évoquaient des soupçons d'escroqueries et de chantage. Elle avait pourtant échappé aux poursuites grâce à de mystérieuses protections. Outre le local de la rue des Moulins, elle possédait plusieurs entresols dans le quartier de la Chaussée d'Antin et une campagne, habitation, ferme et terres, du côté de Meaux. Voilà, se dit Nicolas, qui facilitera une rencontre avec la revendeuse. Il avait joué un coup d'avance dans la partie qui allait débuter. Il ne sous-estimait pas cependant la capacité de dissimulation et de ruse d'une pareille femme. Restait un mystère. Qui accordait son appui à une telle gorgone ?

Il trouva aisément la boutique du relieur Bourgeot. L'éclatante peinture grenat rehaussée d'or la faisait reconnaître de loin. La porte cochère proche donnait sur une cour carrée et un deuxième immeuble relié au premier par deux ailes de communs et d'écurie. Il repéra un pied-à-terre aux volets clos qui lui semblait convenir à l'antre d'une revendeuse. La lourde porte était munie d'un jour grillagé comme celui d'un couvent. Il souleva le marteau et frappa plusieurs coups.

Au bout d'un long moment au cours duquel il eut l'impression d'être observé, sans doute par un œillet qu'il ne distinguait pas, des pas se firent entendre.

— Que demande-t-on ? jeta une voix nasillarde.

— Être reçu par Madame Truchet. Je viens de la part de Maître Vachon, tailleur rue Vieille-du-Temple.

Les verrous furent tirés et une femme apparut, curieusement vêtue de vieux oripeaux. Elle était si fardée que Nicolas eut peine à lui donner un âge. Il savait par l'examen de son dossier que la fin de son beau temps était lointaine et qu'elle devait avoir entre cinquante et soixante ans. Qu'elle grimaçât, tout sourire, n'effaçait pas son air sournois. La fausseté se peignait sur toute sa figure. Son apparence et sa minauderie mirent Nicolas dans un malaise encore accru par la vue de la taie blanchâtre qui couvrait l'œil gauche de la créature.

— Que puis-je, mon bon monsieur, pour votre service ?

— Maître Vachon m'a assuré que vous seriez à même de m'aider. Je cherche des vêtements de femme, une parure de dame élégante. J'ai un présent à faire… Enfin, sans dépense excessive.

La vieille belle grimaça. Craignait-elle que son bénéfice ne fût pas au rendez-vous ? Il semblait qu'elle n'attendait plus rien de cette visite.

— Enfin, dit Nicolas, conscient de devoir rétablir l'intérêt sans quoi il n'obtiendrait rien, il faut ce qu'il faut. Ne lésinons pas. Ah ! L'amour, l'amour !

Elle prit un air plus amène et l'engagea, d'un geste qui se voulait gracieux, à entrer dans une grande salle qui tenait de la grange aménagée. Dans une semi-obscurité, Nicolas entrevit une armée de fantômes. Pendus à des portemanteaux accrochés à des tréteaux de bois, des centaines d'habits serrés les uns contre les autres déroulaient une longue théorie de spectres. Un mélange d'accoutrements de femmes, d'hommes et même d'ecclésiastiques s'alignaient au-dessus de panières débordantes de tissus, dentelles, bouts de fourrure et paquets de parures diverses. Cet ensemble exhalait un remugle de sépulcre, une odeur écœurante de moisi, à laquelle se mêlaient des vestiges de parfums.

Parfois un courant d'air venu de nulle part faisait frissonner certains costumes qui paraissaient toujours habités. Nicolas s'avança et parcourut plusieurs allées parallèles que coupaient en perpendiculaire des cheminements plus étroits. Il s'y égara, un instant saisi d'étouffement et de panique dans l'étreinte morbide de toutes ces tenues.

— Quelle belle collection, que vous en semble ?

Mme Truchet joignait les mains, possédée soudain d'une crise d'admiration pour la splendeur de son propre univers.

— Vous n'imaginez pas mon labeur pour rassembler tout cela.

— De quelle manière, dit le commissaire feignant l'ébahissement, vous y prenez-vous ?

— Oh ! Monsieur, de bien des façons. Outre les besoins de la misère qui sont grands et les propositions nombreuses. Tous ceux ou celles qui cherchent de quoi régler leurs dettes. Et puis il y a la mort, cette grande pourvoyeuse...

Elle se frottait les mains, la lippe gourmande.

— ... j'ai mes guetteurs qui m'informent des décès. Je lis les annonces des murs et des gazettes. Aussitôt je me précipite. Le mort est encore chaud que les héritiers tout à leur peine sont disposés à consentir à tout. Et les prix chutent quand vous achetez en vrac, vous n'imaginez pas ! Et il n'y a pas que cela. Dois-je le dire ? On se débarrasse de tout avant l'inventaire du notaire. Hé! Hé! Mais...

Elle le fixa de son œil unique.

— ... vous êtes habile à me faire jaser. Je ne sais pourquoi, mais votre dégaine me convient. Que recherchez-vous au fait ? Me le direz-vous enfin ?

Elle caressait le col d'une robe en velours vert.

— Considérez cette tenue. Presque neuve. Un bon repassage et le tour est joué ; je vous ferai un bon prix.

Un clin d'œil et Nicolas ne vit que l'œil malade immobile.

— Madame, maintenant que je dispose du tableau de votre négoce, j'ai quelques questions à vous poser.

Mme Truchet se tassa, soudain méfiante.

— Je me disais aussi... Qu'est-ce à dire, monsieur ?

— Cela signifie, madame, que je suis commissaire de police au Châtelet et qu'une enquête en cours m'a incité à m'en remettre à votre vaste expérience.

— Point de cela ! Je n'entre pas dans ce jeu-là, monsieur. Je suis une honnête femme ! Les obligations de mon commerce, la discrétion absolue qui s'y attache et qui demeure une nécessité impérieuse, m'interdisent de fournir la moindre information sur l'origine des hardes qui me sont confiées à la revente. Sur mon âme, je n'y saurais consentir, tout commissaire que vous prétendez être.

— Voilà de bien grands mots et du dernier extraordinaire venant de la part d'une femme si souvent l'objet d'accusations depuis vingt ans. Votre âme n'a rien à faire dans tout cela. Croyez-vous, madame, que les dossiers de la police ne sont pas bien tenus ?

Elle s'appuya sur l'un des tréteaux qui fléchit, produisant de proche en proche une agitation des habits, qui parurent derechef s'animer et se mettre en ordre de bataille pour défendre leur maîtresse. Un frisson parcourut Nicolas.

— Vous semblez oublier, monsieur, que je n'ai jamais été poursuivie et que mon innocence a toujours été reconnue. Je possède de solides amitiés un peu partout, le savez-vous ?

— Je m'en doute et n'aurais garde de l'oublier. Mais répondez à mes questions et vous vous gagnerez un nouvel ami. Ce n'est pas sans avantage dans votre profession.

Le silence qui suivit marqua le débat intérieur qui agitait la revendeuse. Elle pesait le pour et le contre de la proposition.

— Quel est votre nom, Monsieur le Commissaire ?

— Nicolas Le Floch, pour vous servir.

— Ah ! Le *marquis noir*. Votre réputation est bonne sur la place.

Nicolas s'inclina. Il ignorait le surnom, qui s'attachait sans doute à son habit noir de magistrat.

— Au fait, reprit-elle, qu'ai-je à perdre à vous faire confiance ? Je n'ai rien à cacher. Et si les questions que vous avez à me poser ne froissent pas ma délicatesse et ne me contraignent pas à évoquer des matières confidentielles, j'y répondrai. Je vous écoute.

La proposition convenait tout à fait à Nicolas.

— Madame, auriez-vous récupéré, disons depuis deux mois, des habits de femme ? Jeune sans doute, taille moyenne, de jour ou de soirée. Peut-être tachés.

L'œil unique se mit à tournoyer. Elle soupira comme si elle tentait d'expulser un poids de sa poitrine.

— Ce que vous me présentez... recoupe, comment vous le dire, une transaction qui n'a pas cessé depuis de me tourmenter.

Elle grimaçait et hésitait à nouveau.

— Allons, quelle est-elle ?

— Ma foi, une femme, ou plutôt une jeune fille, est venue un matin me présenter des hardes de qualité. Je lui en ai proposé un prix, plutôt bas pour la chose, qu'elle a aussitôt accepté. Elle n'a point marchandé, ce qui est pourtant l'habitude à l'ordinaire. J'ai habilement tenté d'en savoir plus long. Quelle était son occupation ? Où travaillait-elle ? Enfin, tout cela.

— Savez-vous comment elle se nomme ?

— J'ai tout fait pour obtenir son nom et même avancé le prétexte habile que les vêtements apportés pouvaient être vendus très cher et que j'aurais plaisir à la faire profiter du bénéfice.

— Et elle vous a crue ? demanda Nicolas, ironique.

— Elle n'était point maligne, la pauvrette, et elle a aussitôt cédé à la tentation. Elle a fini par cracher qu'elle était servante au Palais-Royal.

— Vous n'aviez aucune intention de lui abandonner un éventuel surplus.

La commisération se lut sur le visage carnavalesque de Mme Truchet, qui ne saisissait pas la malice du commissaire.

— Faudrait pas me prendre pour une gobeuse ! La simplette était par trop naïve ; c'eût été une mauvaise action d'encourager son ingénuité. À ce train-là, m'est avis qu'elle finira fille de joie, si vous m'en croyez.

— Il est vrai que grande est votre expérience dans ce domaine : et donc à qui avions-nous affaire ?

— À une certaine Louison Ravet.

Nicolas nota le nom dans son petit carnet noir.

— Je souhaiterais examiner les vêtements qu'elle vous a apportés. Les lui avez-vous réglés immédiatement ou à tempérament ?

— Je l'ai payée sur-le-champ, dit-elle la mine chafouine, au prix évalué divisé par deux et même, hi ! hi ! par trois. Il faut bien vivre, n'est-ce pas ?

— Je n'en doute pas ! Donc je comprends qu'elle ne reparaîtra plus chez vous ?

— Pour sûr, à moins que je la fasse appeler, au cas où le surplus... Elle y a cru, la candide, et elle peut y compter.

— Je vois que vous êtes une femme de raison, madame. Et ces vêtements ?

— Point encore vendus. La pratique devient rare avec le temps qu'il fait.

Son visage se figea. Que venait-elle de lâcher imprudemment ? Nicolas s'engouffra dans la brèche ouverte.

— Je voudrais les examiner.

— Oh, c'est que je ne sais pas si je les vais retrouver dans tout ce fatras. Je remets chaque jour au lendemain le soin d'y porter ordre.

— Je vous conseillerais, cependant, madame, de me les présenter. J'y attache la plus grande importance, m'étant précisément porté chez vous pour les voir.

Il n'y avait pas d'échappatoire et elle s'empressa de déférer à la glaciale injonction du commissaire. Elle s'enfonça dans cette forêt de pendus et revint au bout d'un moment avec un tas de vêtements qu'elle jeta, dépitée, sur un escabeau.

— Les voici, puisque vous y tenez.

Nicolas examina avec soin chaque pièce de l'ensemble, dessous de linon, bas, chemise, jupon, robe et un mantelet à col de martre. Un détail attira son attention.

— Avez-vous fait nettoyer ces hardes ?

— Comme je le pratique toujours pour les vêtements de cette qualité, la revente en est facilitée. Il y a juste des taches sur la chemise qui ont résisté.

C'est bien ce que Nicolas avait remarqué. Ces taches ressemblaient à ces traces de sang qu'aucune lessive ne parvient jamais à faire disparaître tout à fait. Ces auréoles encore claires étaient très édifiantes.

— C'est bien, madame, je les emporte. Ce sont là des pièces essentielles d'une enquête criminelle.

— Mais, Monsieur le Commissaire, vous m'étranglez. Si j'avais su...

— Vous êtes trop candide, madame Truchet. Il faut savoir acquérir de nouveaux amis. Cela ne se fait pas sans contrepartie. Serviteur, madame.

Dès la sortie de l'officine de la revendeuse, Nicolas résista à l'envie de courir au Palais-Royal afin d'interroger la servante. Il modéra son emballement et tenta de faire le point à partir de ce qu'il venait d'apprendre. La patience n'était pas toujours sa qualité principale, mais il en mesurait la valeur. Elle recelait des possibles que la précipitation risquait de réduire. Primo, la situation exigeait de vérifier que les vêtements saisis chez la revendeuse appartenaient bien à la femme découverte boulevard du Midi. Les traces repérées sur la chemise plaidaient en ce sens. Encore fallait-il confronter celles-ci au corps qui gisait sur la pierre de la basse-geôle. Si cette présomption était avérée, il serait alors temps d'aller demander à Louison Ravet qui l'avait chargée de se débarrasser des hardes proposées en toute presse à la revendeuse.

Un deuxième point l'intriguait. Pour la quatrième fois, le Palais-Royal était mentionné lors de l'enquête. Ce lieu conduisait au duc de Chartres. Or au cours des précédentes investigations, étaient successivement apparus le président de Vainal, proche du prince, Charles Le Bœuf, son architecte, la Gagère, habituée de ses parties et maintenant une des servantes du palais. Quelles conclusions en tirer ? Se laisser aller sur cette piste facile pouvait être redoutable et il veillerait à ne s'y point fourvoyer.

Sa voiture aborda la place du Grand Châtelet et plus le moment de retrouver Bourdeau approchait plus son anxiété montait. Comment allait-il aborder l'inspecteur ? Il s'évertua à chasser de son esprit toute préméditation d'un entretien qu'il appréhendait. Il laisserait les événements en décider d'eux-mêmes. Il monta dans le bureau de permanence qu'il trouva empli de fumée. L'inspecteur lui tournait le dos, pipe en main, penché sur des papiers. Il entendit Nicolas entrer et il se retourna.

— Bonjour, Monsieur le Commissaire. Je vous signale que les vêtements de la Gagère ont été retrouvés dans une anfractuosité de rocher à quelques toises de l'endroit où son corps a été découvert.

Nicolas regardait Bourdeau, le cœur serré. Le visage marqué et pâle, les yeux rougis de quelqu'un qui n'avait pas dormi, le menton qui tremblait, tous ces détails le désolaient. Il secoua la tête et sans dire un mot ouvrit ses bras à l'inspecteur qui, après un instant d'hésitation, céda à l'invite et s'y précipita. L'étreignant, Nicolas sentit la respiration hachée de son ami.

— Plus un mot, Pierre. N'en parlons plus. La journée d'avant-hier avait été rude et nous n'étions plus nous-mêmes.

Il ne laissa pas Bourdeau lui répondre et entreprit aussitôt de lui rapporter la moisson d'informations de sa matinée.

— Nous avons deux situations, dit l'inspecteur, commentant les nouvelles, qu'on veut nous faire croire identiques. Deux femmes assassinées avec des blessures au cou. Pour l'une, il s'agit d'une morsure, pour l'autre d'une blessure portée par un objet coupant.

Les vêtements de l'une, du moins le suppose-t-on, sont livrés à une revendeuse, ceux de l'autre dissimulés. Des ressemblances et des dissemblances. Voyons ce que nous diront Semacgus et Sanson qui viennent d'achever l'ouverture de la Gagère et si, par hasard, les vêtements que tu as récupérés correspondent au corps de l'inconnue.

Nicolas sentit Bourdeau comme déchargé d'un poids. Son débit plein de verve marquait son soulagement.

— À cela, Pierre, il faut ajouter l'intervention de ce gagne-denier mystérieux qui a signalé le corps de la carrière par un petit messager. Les deux cas me paraissent très différents, même si on a tenté de nous faire accroire le contraire.

— Mais le pourquoi de ces manœuvres?

— Gast! Nous attirer sur un autre terrain moins périlleux pour ceux qui jouent avec nous. On cherche à nous éloigner de la vérité.

Ils descendirent à la basse-geôle. Semacgus les observa et fut soulagé de voir les deux amis à l'unisson sans que rien subsistât de la vaine querelle de l'avant-veille. Nicolas expliqua la situation et déballa le paquet de hardes saisi chez la revendeuse.

— Une question se pose : ces vêtements ont-ils appartenu au cadavre de la pyramide? Et d'abord, que dites-vous de ces taches? Je précise que cette chemise a été nettoyée.

— C'est à voir pour le premier point. Il faut se hâter, le corps est désormais entièrement dégelé et la décomposition risque d'être rapide. Sanson va m'aider.

Bourdeau ralluma sa pipe et Nicolas sortit sa tabatière et prisa d'abondance. Les aides de Sanson rapportèrent le corps et Semacgus et Sanson se livrèrent à une macabre manipulation. Ils traitèrent le cadavre comme s'il s'était agi d'un pantin. Au bout d'un moment, Semacgus hocha la tête, après un bref conciliabule approbateur avec Sanson.

— Nous relevons de fortes présomptions que ces vêtements puissent appartenir à l'inconnue. Mais on ne peut en être totalement assuré, encore que les taches, effectivement des vestiges de sang, correspondent exactement à la morsure sur le cou. La rencontre serait par trop extraordinaire. Reste une dernière vérification. J'ai trouvé près du col de la chemise un cheveu, piqué dans le tissu. Je vais l'examiner.

Semacgus sortit de sa poche une lentille grossissante et le considéra.

— Pour le coup, il est identique à un autre recueilli sur la tête, blond et fin. Et c'est peut-être encore une coïncidence.

— Je ne crois pas aux coïncidences, dit Nicolas.

— Moi non plus, conclut Sanson. Deux coïncidences peuvent constituer une vérité et il y a une grande probabilité que ces vêtements soient bien ceux de notre inconnue.

— Voilà qui est clair et nous permet de poursuivre. Messieurs, je vous remercie. Pierre et moi allons relancer les investigations.

Dans le bureau de permanence, Gremillon et Rabouine les attendaient.

— Voici, Monsieur, dit le sergent en présentant un papier au commissaire, la liste des ouvriers qui ont travaillé à Versailles. Deux d'entre eux sont demeurés au château tout au long de la *montre* des porcelaines de Sèvres. Tristan Benot et René Challard.

— Alors, il les faut interroger.

— C'est sans espoir et inutile.

— Comment inutile ?

— Nous soupçonnons Tristan Benot. Il a prétexté son état de santé, dont rien n'avait laissé deviner qu'il fût inquiétant, pour quitter son emploi. Lors de mon enquête à Sèvres, avant-hier, l'administration de la Manufacture m'a appris que son départ remontait à plusieurs semaines.

— Et qu'est-il devenu ?

— On l'ignore. Il aurait quitté Paris pour se retirer en province. Un de ses amis, ouvrier comme lui, m'a confié qu'il semblait avoir fait fortune. Il présumait un héritage soudain.

— Rien dans ces conditions ne permettra de nous enquérir de lui. Toute recherche prendrait des semaines sans certitude de succès. Supposons qu'il a dérobé la porcelaine. Pourquoi et à quel usage ? Au profit de qui ? Qui l'a grassement rétribué pour ce larcin ? Voilà des questions auxquelles il sera malaisé d'apporter des réponses.

— Quant à moi, dit Rabouine, j'ai écumé les archives. J'ai retrouvé traces d'affaires trop anciennes pour être aujourd'hui utiles. Il n'y a pas d'indications de magiciens qui dépouilleraient leurs pratiques. Il y a cependant un indice sur une femme, Suzon Mazenard dite *Voit-la-mort*. Elle aurait jadis trempé dans la chose, mais paraît y avoir renoncé, se contentant désormais de la divination.

— Ce qui est interdit par les édits du roi.

— Mais, précisa Bourdeau, ce qui est toléré. Notre amie Paulet en est l'exemple accompli.

— Cette Suzon, reprit Nicolas, la police la tient-elle d'une manière ou d'une autre ?

— Pas à ma connaissance.

— Et alors, comment l'avez-vous découverte ?

— Mes informateurs. Ils se sont répandus et l'un d'eux a obtenu ce renseignement.

— Une bien fructueuse occurrence !

— Où se tient cette *Voit-la-mort* ?

— Dans un taudis, rue du Bout du Monde.

— Ah ! remarqua Nicolas, nous sommes donc voisins. Cela se situe entre la rue Montmartre et la rue Montorgueil. Je peux m'y rendre à pied, de chez Noblecourt.

Il réfléchissait.

— Nicolas, dit Bourdeau inquiet, tu songes à quelque chose. Ne va pas te lancer encore dans une aventure risquée.

— Point. Nous allons préparer l'expédition dans ses moindres détails et user pour cela des trésors de notre cabinet de transformations. Je vais me grimer en vieillard, un harpagon chevrotant, un avare qui cherche de l'or, et nous tenterons la drôlesse en lui réclamant une conjuration.

— Si je puis me permettre, Nicolas, pas en vieillard si vous m'en croyez. Il faut que la vêture puisse tenter la dame. Je verrais de préférence un homme encore jeune, bien fardé de rouge et de blanc, en habit rutilant, pelisse de fourrure, montre avec sa chaîne, bijoux, bagues, tout ce qui clinque et chatoie.

Tous riaient à la description de Rabouine.

— Il parle d'or, dit Bourdeau. Il faut figurer un joueur qui a perdu et qui, étranglé, recherche de quoi se refaire.

— Bien. Envisageons avec minutie cette étrange consultation.

— Il est hors de question que tu t'y risques en solitaire. Gremillon et Rabouine seront présents à proximité, et moi bien entendu.

— Je suggère, avança Gremillon, que vous n'abordiez pas de but en blanc la Mazenard. Elle serait sous le coup de la surprise et se fermerait comme une huître. Il lui faut dépêcher un messager qui ne l'inquiétera pas et sollicitera un rendez-vous. Le prétexte sera la situation d'un quidam qui a eu vent de son art divinatoire. La méfiance, grande chez les femmes de cette nature, sera ainsi endormie. Un louis dans un petit mot serait utile et l'assoupira.

— Et de quel style, votre poulet ? demanda Nicolas.

L'intéressé ferma les yeux et réfléchit un instant.

— J'envisagerais assez une missive de ce genre : « *Un homme accablé, poursuivi par ses créanciers se désespère et n'a plus d'espoir qu'en votre pouvoir et sollicite votre intervention.* »

— Pourquoi mordrait-elle à l'hameçon ? dit Bourdeau sceptique. Elle risque gros, de faire le grand jeu.

— Crois-tu que celui qui se retrouve dépouillé et dans l'état de nature va s'en vanter et crier sa disgrâce sur les toits ? Avec le risque, outre la vergogne, de passer pour un naïf imbécile, d'être accusé d'avoir recours à des pratiques interdites.

— Le louis est un bon appât. Mais suffit-il pour persuader la dame que le client est une proie appétissante ?

— Il convient, reprit Gremillon, de bien préparer le terrain. Notre *vas-y-dire* sera dûment catéchisé et, ayant été comme probable interrogé, produira la bonne doctrine. Il décrira, les yeux ronds d'admiration, un client vêtu de riches vêtements. Au reste, le poulet ne suggère qu'une séance de divination. Une bonne description devrait mettre l'eau à la bouche de la Mazenard et l'inciter peut-être à retrouver ses habitudes.

— La méfiance sera de mise des deux côtés et la prudence aussi. Notre Mercure devra éviter d'être suivi. Il veillera à ne pas attirer quelque espion au regard perspicace jusqu'au Grand Châtelet.

— Je lui donnerai rendez-vous à Saint-Jacques de la Boucherie. Rien n'est plus propice qu'une église pour une rencontre discrète et, en outre, les portes sont multiples.

— La séance ne doit pas intervenir avant ce soir. Je dois avoir le temps de me préparer. Qu'on veille, j'insiste, à ce que rien de fâcheux n'advienne à notre envoyé.

À ce moment, le père Marie entra et remit un pli à Nicolas, qui en prit connaissance aussitôt.

— Bon ! Le *Hibou* se manifeste. Lequel d'entre vous a réussi à le joindre ?

— Personne, dit Bourdeau. J'avais chargé Tirepot de lui mettre la main dessus. Où le vois-tu ?

— Il m'attend…, je suppose qu'il sait que je suis au Châtelet, à la taverne de la place des Trois Maries au débouché du Pont-Neuf. Je connais l'endroit. Je m'y rends de ce pas.

Il enfila son vieux manteau qui venait de reprendre du service. Il s'y trouvait un peu engoncé ; avait-il grossi ? Il espérait que Maître Vachon achèverait rapidement sa commande. Il ne nourrissait guère d'illusions à cet égard, l'artiste sauf extraordinaire prenait son temps, peaufinant les détails jusqu'à la perfection.

À la sortie du Grand Châtelet, il descendit jusqu'à la Seine pour emprunter le quai de la Mégisserie. Le froid piquait à nouveau sous un ciel bas et gris. Un bruit étrange le frappa. Il finit par en deviner l'origine. Le fleuve en dégel craquait, des morceaux de glace se heurtaient et se chevauchaient alors que le niveau des eaux montait, alimenté par la crue des affluents et la fonte des neiges. Sur la berge, la mince couche de glace feuilletée cédait sous les pieds du commissaire. Parfois ces surfaces fragiles se fissuraient, faisant gicler un liquide boueux et nauséabond.

Il retrouva avec soulagement l'antre enfumé de la taverne au fond de laquelle une flambée illuminait une vaste cheminée et repéra Restif, tassé derrière une table, maigre, décharné, ses gros sourcils grisonnants mangeant un visage qui s'éclaira à la vue du commissaire.

— Monsieur le commissaire. C'est toujours agrément et joie de vous voir. Quand j'ai appris que vous me cherchiez, je suis accouru. M'offrez-vous à dîner?

— De grand cœur, mon cher Restif.

Il appela le tenancier.

— Que peut-on manger, l'ami?

— Nous sommes en carême, dit l'homme avec une moue, et par ailleurs peu d'approvisionnements. Hélas! Une soupe de gruau et des œufs farcis.

— Qu'est-ce à dire?

— On les fait durcir, on les écale, on sépare les blancs des jaunes. Les seconds sont maniés avec du beurre et de l'anchois salé. On replace cette farce dans les blancs et l'on sert avec une rémoulade.

— Bien, voilà qui nous satisfera. Faute de grives…

— Et deux chopines de vin chaud, ajouta Restif.

Il regarda Nicolas avec ironie.

— À quoi puis-je vous être utile, Monsieur le Marquis?

— Un préambule tout d'abord. Nous sommes de vieilles connaissances, mon cher Restif, et je jouerai franc jeu. J'apprécierais que vous en traitiez de même avec moi. Sachez que je n'entends pas vous contraindre et forcer une main qui, de toute façon, nous est acquise.

— Qu'en termes galants…

— Cela vous a toujours procuré une protection efficace. Vous voilà…

Il désigna la cape dans laquelle Restif serrait son maigre corps.

— ... vêtu d'un manteau bleu. Il en impose à tous. Vous n'ignorez pas que ladite couleur est la livrée du roi, celle des habits portés par les exempts.

— Il me fait respecter.

— Et de surcroît vous détenez des pistolets en permanence si j'en juge par les bosses qui les signalent sous la laine.

— Que j'ai eu la permission de porter.

— Je n'en disconviens pas. Vous êtes un observateur auquel on tient par-dessus tout. On vous comble d'indulgence. À cela s'ajoute un bâton de crocheteur qu'en arrivant j'ai vu sous votre chaise.

— On ne peut pas toujours faire feu. Le bâton dissuade et évite d'en venir aux dernières extrémités. Combien de brutaux ai-je contenus sous sa menace. Et je rends compte de mes tournées à qui de droit.

— C'est bien et vos informations sont appréciées. Aussi vais-je vous parler en toute franchise.

— Comme si vous parliez à vous-même.

— Peut-on mieux dire? Je vais vous entretenir d'une affaire bien étrange à bien des égards.

Nicolas raconta l'essentiel à Restif tout en gazant certains détails et noms qu'il entendait garder secrets. Son but était de déterminer si l'apport qu'il escomptait du *Hibou* recouperait en les confirmant certains éléments de sa propre enquête.

— Dans cette question des dupes dépouillés et de prétendus sorciers, détenez-vous des cartes?

Restif sourit affreusement.

— *Ho que oui, monsieur Nicolas! Je sais des histoires et de bonnes encore! J'en sais de sorciers, de revenants, de pactes avec le diable, d'excommuniés changés en bête et recouverts de la peau du diable, qui mangent le monde : de voleurs qui tuent et qui portent dans leurs cavernes des filles qu'ils violent, et puis les égorgent et les mangent quand le commencement de leur grossesse rend leur chair plus tendre. Voyez ce que vous voulez que je vous conte.*

— Point besoin de nous plonger dans ces horreurs.

— Hélas ! vous le savez, *je suis un airain qui résonne ou une cymbale qui retentit.*

— Redescendez sur terre, quittez les écritures et revenons-en aux chuchotements mesquins.

— Pour vous répondre et sans charbonner l'état de nos mœurs, il n'y a plus guère sur la place de mages de ce genre. La mode en est passée. La raison arase les vieilles croyances et la superstition recule. Toutefois une réserve, les anciennes pratiques ont la vie dure et il arrive qu'elles puissent resurgir.

— Qu'est-ce à dire ?

— Qu'à l'occasion, le charlatan remplaçant le sorcier, d'antiques recettes sont employées pour escroquer et dépouiller le pauvre monde.

— Des noms !

— Un seul. Une femme, belle encore avec des pieds d'une finesse et des chevilles, des chevilles…

— Vous la connaissez donc ?

— J'achève. La Mazenard est son nom. Elle devine l'avenir, rue du Bout-du-Monde. On la surnomme « *Voit-la-mort* » pour avoir plusieurs fois prédit la chose. Il se trouve qu'un soir, faisant ma tournée, j'ai découvert un pauvre hère dans sa natureté qui errait hagard, lorgnant la muraille. Ce manteau bleu l'a recouvert et il a fini par me raconter son aventure.

— N'a-t-il pas porté plainte devant le commissaire ?

— Et dévoiler sa bêtise ? Et quelles preuves présenter dans cette occurrence ? La dame niera et les objets de la dépouille auront depuis belle lurette quitté son antre !

Nicolas apprécia cette information. Elle le confortait dans ses soupçons sur la devineresse qu'il aurait bientôt à affronter.

— Autre chose, mon très cher Restif...

— Hum ! Je me méfie lorsque vous êtes aussi urbain avec moi. Cette politesse est un miroir sur lequel l'alouette vient se heurter. Vous ne m'avez pas toujours traité ainsi.

— C'est que je vous connaissais mal et que votre franchise fut parfois à éclipses. Mais, rassurez-vous, je ne vous plumerai pas !

L'hôte disposait les écuelles de soupe, les pichets d'étain fleurant les épices du vin chaud et le plat d'œufs farcis.

— Trinquons, reprit Nicolas, et écoutez la suite sur laquelle je vous demande le secret le plus absolu.

Il donna à Restif une information supplémentaire que jusque-là il lui avait celée. Son interlocuteur ne parut pas étonné en apprenant que l'inconnue de la pyramide était un sosie de la reine. Nicolas n'évoqua pas l'existence de la dame Le Bœuf, autre sosie de Marie-Antoinette, non plus que la kyrielle entêtante de proches du duc de Chartres impliqués par l'enquête.

Restif se jeta voracement sur la soupe, le pain, les œufs ; il semblait qu'il n'eût pas mangé depuis longtemps. Au bout d'un temps, rassasié et après s'être essuyé la bouche du poignet, il ferma les yeux, soupira, joignit les mains et parla :

— Ce que vous me dévoilez porte écho dans ma mémoire. Il y a déjà longtemps... C'était avant qu'on transforme le Palais-Royal et que commencent les nouvelles constructions. Je m'y portais chaque soir pour y observer les alentours. J'étais entré dans la seconde cour pour traverser le passage de la rue de Richelieu. Une maison au coin de la rue Traversière occupait mon esprit en raison… mais c'est une autre histoire. Je fus d'ailleurs distrait de mon projet par une jolie personne qui entra dans le jardin. Je ne savais que penser sur son compte et la suivis par intérêt. Elle traversa les lieux fort solitaires à cette heure et s'arrêta au bord du grand bassin où dormaient deux cygnes qu'elle considéra un moment. Elle s'approcha ensuite du jardin particulier du prince, qui était à l'époque fermé par une grille.

Il s'arrêta pour demander du vin chaud.

— Elle sortit, je l'espionnais de loin, une clef de sa poche, ouvrit une porte dans le treillage et elle se perdit dans l'obscurité. Je fis le tour pour aller rue de Richelieu demander au Suisse qui était la dame qui venait de pénétrer au Palais-Royal. Il me repoussa en prétextant que cela ne me regardait pas. Il ignorait sans doute la chose.

— Et que dois-je en conclure ? demanda Nicolas qui avait patiemment écouté.

— En conclure ? Mais, cher Monsieur Le Floch, cette femme mystérieuse qui entrait au Palais-Royal en pleine nuit, cette femme, c'était la reine ou du moins il y avait apparence que ce fût elle !

— La reine ! Monsieur Restif, la reine ! Ce que vous suggérez, cela frôle la lèse-majesté.

— Comment cela ? N'est-il pas si lointain le temps où notre souveraine affolée de distractions courait, incognito ou pas, le bal de l'Opéra ? Ne rentrait-elle pas au château aux premières lueurs de l'aube ? Vous le savez aussi bien que moi. Qu'y aurait-il de surprenant à ce qu'elle poursuive plus discrètement ses évasions de plaisir ?

Nicolas tenait à pousser Restif dans ses derniers retranchements.

— Selon vous ce serait donc la reine qui, comme une voleuse, serait entrée au Palais-Royal, et encore par les jardins dont elle aurait possédé la clef! Une mère, la mère de notre dauphin!

— Lisez les pamphlets, Monsieur le Commissaire, et apprenez à qui la rumeur publique attribue la paternité des enfants de la reine.

— Je n'oserai commenter ces ordures. Et d'ailleurs, les libelles n'impliquent pas le duc de Chartres dans ces horreurs, mais le comte d'Artois, frère du roi. Que serait venue faire nuitamment la reine au Palais-Royal chez un homme qu'elle méprise de longue main et qui la déteste?

— Parfois femme varie. Je n'affirme rien. Je vous rapporte ce que j'ai vu avec la franchise que vous avez requise.

— Et avez-vous rapporté cette étonnante découverte à vos interlocuteurs habituels?

— Je m'en suis bien gardé. Je n'entends pas aller croupir, à la Bastille, à Vincennes ou à la Pierre Encise. Si je m'en ouvre à vous c'est que nos relations sont anciennes et que, tout compte fait, je n'ai jamais eu à m'en plaindre.

— Revenons aux faits bruts. Vous l'avez vue entrer, l'avez-vous vue sortir?

— À six heures, une voiture a quitté le Palais sans que je puisse savoir qui elle transportait.

— La chose s'est-elle répétée?

— Je l'ignore. Je ne passe pas mes nuits devant le Palais-Royal. Il me faut surveiller les nombreux fils que j'ai en main, je suis un pêcheur en nuits troubles.

— Et la Mazenard, elle loge bien à l'adresse indiquée?

— Je vous l'ai dit! Rue du Bout du Monde! Je l'ai découverte par la suite, car elle utilise des galetas pour ses manœuvres. Aussi ce n'est pas dans cette rue que j'ai porté aide à l'une de ses dupes. C'était dans celle des Fourreurs, nichée dans le dédale des ruelles près la rue Saint-Denis. Elle ne cesse de louer à la semaine des chambres isolées, de préférence à issues multiples.

— Et le comte de Cagliostro? dit Nicolas de but en blanc.

Restif vida sa chopine.

— Il vous obsède, hein? Il faut cheminer avec prudence quand on considère les actions et les personnes car elles sont, d'ordinaire, mêlées de bon et de mauvais. Il y a les apparences et la réalité. C'est un vice de plus dans le méchant que l'apparence de la vertu. Et pourtant il serait sage de ne pas croire à la sincérité de ceux qui professent certaines faussetés.

— Redescendez encore sur terre, ou plutôt quittez votre chaire. Je comprends que l'homme vous semble ambigu.

— Le terme est faible. Il navigue entre l'hôtel de Soubise et les meublés de la comtesse de la Motte-Valois. Que trafiquent-ils? Le mystère est épais. La seule certitude c'est que le prince Louis...

— Le cardinal de Rohan?

— Oui. Comme le corbeau de la fable, il les écoute, béat, et lâche ses écus que la dame dilapide. Elle s'insinue partout pour se frayer un chemin à la cour. Sans succès, semble-t-il, jusqu'alors. Cette harpie est perfide, dangereuse. Cagliostro est un homme habile qui a l'intelligence du vice.

Nicolas se leva et posa une bourse pleine sur la table.

— J'ai eu grand intérêt à notre conversation. Réglez notre hôte et gardez le reste.

Restif soupesa l'escarcelle et en ouvrit le cordon pour regarder le contenu.

— Peste, Monsieur le Commissaire. Il y a là cent fois plus que le nécessaire.

— C'est le tribut de notre amitié. À vous revoir, Monsieur Restif.

Nicolas regagna le Grand Châtelet. La rencontre avec le *Hibou* s'était avérée fructueuse. Une nouvelle fois le duc de Chartres apparaissait comme une ombre portée en arrière-plan des successives découvertes de l'enquête. Il modéra son excitation, celle du chasseur sur la voie du gibier. Beaucoup d'inconnues subsistaient qui n'étaient pas élucidées. Il ne pouvait croire que la reine se fût rendue au Palais-Royal. La question qui se posait était : quel rôle faisait-on jouer à un sosie de la souveraine ? Et des sosies, apparemment, il y en avait déjà deux sur place : l'inconnue du boulevard du Midi et Mme Le Bœuf.

Guilleret, Nicolas frappa le sol de sa botte et fut éclaboussé de boue. Insouciant, il se mit à fredonner l'air des Arabes de la *Caravane du Caire* de Grétry.

Frappons cette troupe timide,
Enlevons ces trésors.
Que l'espoir qui nous garde
Seconde nos efforts.

X

LE BOUQUET PHILOSOPHIQUE

> « L'avenir est une espèce de charla-
> tan qui, éblouissant nos yeux, nous
> l'escamote. »
>
> *Fontenelle*

Au Grand Châtelet, le retour du commissaire était
fiévreusement attendu. Le *vas-y-dire* avait couru
chez la Mazenard, qui avait fixé rendez-vous rue de
la Muette au client annoncé, dans la maison la plus
proche de l'emprise de l'hospice des Filles de la Miséricorde. Comme prévu, le gamin avait retrouvé Gremillon à Saint-Jacques de la Boucherie, lui indiquant
qu'elle attendrait à six heures de relevée et précisant
que ledit client devrait renvoyer sa voiture. Le sergent, sans désemparer, était parti sur place pour examiner les lieux, tandis que Bourdeau et Rabouine,
aidés de plans, se familiarisaient avec le quartier en
question.

— Alors, demanda l'inspecteur, qu'as-tu pu tirer du vieil *Hibou* ?

— Ma foi, je l'ai trouvé traitable et accommodant, jasant à notre plus grand avantage.

— Il ne t'a point agacé de ses pastiqueries[1] et ergoteries habituelles ?

— Sans succès. Le dialogue avec lui n'est pas sans inconvénient. Bref, la rencontre a été fructueuse et nos pions sont allés à dame. Il a jaboté comme une pie et confirmé que la Mazenard est la seule sur la place à encore pratiquer. Il m'en a fourni la preuve irréfutable. Cela, mais encore davantage : une femme ressemblant étrangement à la reine est entrée, à une date proche qu'il ne m'a pas précisée, et j'ajoute nuitamment, au Palais-Royal, par les arrières. Il l'affirme sans pourtant, et pour cause, pousser outre son propos.

— Tu comprends, dit Bourdeau mi-figue, mi-raisin, que je me garderai de commenter la nouvelle.

— Reste, dit Rabouine épanoui, que ces confidences confirment ce que notre enquête nous avait déjà révélé.

— Bon, reprit Nicolas, il nous revient de préparer la séance de ce soir. Je constate que la dame a choisi la nuit. C'est en effet le moment le plus propice aux manœuvres qu'elle nous prépare.

— Et elle a élu un quartier misérable du faubourg Saint-Victor.

— Restif m'a expliqué qu'elle n'agit jamais rue du Bout du Monde. Précaution qu'elle juge d'évidence nécessaire afin de pouvoir nier sa filouterie, dans le cas où la dupe, toute honte bue, irait déblatérer. Cela lui permet aussi de s'échapper, la séance achevée, avec son larcin. C'est pourquoi elle loue des garnis successifs à cet usage.

— D'où la rue de la Muette.

— Revenons à la tactique. De notre prudence et de notre célérité dépendra le succès de notre entreprise. Rien ne devra venir entraver le déroulement de la battue. Nous découplerons notre meute et nous prendrons garde à n'être pas pris à contrepied. La curée doit être immédiate et sans appel.

— Sortons du bois, dit Bourdeau en riant. Tu n'es pas à courre !

— Soit. Je vois trois voitures. La mienne d'abord d'où, innocent, je descendrai devant la maison en question. Elle devra repartir et s'éloigner sans revenir, de crainte que des yeux la surveillent. On peut s'y attendre et il faut y veiller. Une seconde voiture, avec Bourdeau et Rabouine, enfilera la rue…

Il pointa l'endroit sur un plan déroulé.

— … et stationnera dans celle du Pont aux Biches, le long des jardins des Filles de la Miséricorde. La troisième voiture transportant les exempts avec Gremillon arrivera par la voie que j'aurai empruntée quelques instants auparavant.

— Et où ira-t-elle ?

— Cette voiture poussera jusqu'à l'angle de la rue Poliveau et de celle du Marché aux Chevaux. Là, nos gens en habits bourgeois, commenceront à tisser notre toile d'araignée.

— Et quel sera notre rôle, Rabouine et moi ? Et celui de Gremillon ?

— Toi et Rabouine, déguisés en mendiants des plus pitoyables, vous placerez le long de l'hospice.

— Mais l'endroit est désert le soir !

— Je connais la place. Il y a une porte cochère qui donne sur les jardins. Vu le temps, il n'est pas invraisemblable que vous vous réfugiiez à l'abri de ce porche qui porte encorbellement sur la rue.

— Bigre, dit Bourdeau, par ce froid, je m'en vais matelasser mon déguisement !

Gremillon venait de surgir dans le bureau.

— Vous avez fait diligence, sergent, remarqua Nicolas.

— C'est que j'ai emprunté un cheval et que, le temps aidant, les embarras de la circulation sont moindres.

Nicolas le mit au courant des dispositions envisagées et l'interrogea sur d'éventuelles modifications que sa toute fraîche connaissance du terrain pouvait entraîner.

— Le garni de la dame est situé au rez-de-chaussée. Je n'ai pas voulu me hasarder dans la maison au risque de donner l'éveil. J'ai donc inspecté sa voisine, bâtie sur le même modèle. Je suis assuré qu'il y a des portes et des fenêtres qui ouvrent sur de petits jardins, eux-mêmes munis de clôtures si basses qu'un enfant les franchirait. Le plus intéressant, et pour moi le plus préoccupant, réside dans le fait que ces jardins donnent sur le potager des Filles de la Miséricorde et sur la rivière de Bièvre. Et alors là, tout est possible, y compris s'échapper en barque par cette voie puante.

— Beau travail, dit Bourdeau. Il nous contraint cependant à modifier notre plan. Des hommes à nous devront être placés dans les dépendances de l'hospice.

— Il faudra aussi me prévoir des vêtements de rechange.

— Comment ! Veux-tu te précipiter dans la Bièvre comme tu le fis jadis dans la Seine[2] !

— Point du tout, dit Nicolas éclatant de rire, mais je souhaite aller jusqu'au bout de l'expérience et prendre la dame sur le fait, en flagrant délit. Il est probable qu'elle m'abandonnera dépouillé dans ma natureté et s'enfuira. Vous la rattraperez, mais moi je devrai pouvoir me rhabiller.

— N'oublions pas non plus, dit Rabouine, qu'elle peut gagner le haut de la maison pour se dissimuler en attendant un moment propice. Cela s'est vu.

— Nous y veillerons et le cordon sera resserré. Prise dans notre piège, elle n'aura aucun moyen de s'y soustraire.

— Je crois, dit Rabouine, le nez sur le plan de Paris, que le plus prudent serait de disposer la masse principale de nos hommes à l'intérieur des dépendances des Filles de la Miséricorde.

— C'est le bon sens, dit Bourdeau, et de plus l'hospice n'est pas un couvent. Il n'y a pas de clôture. Et quand bien même ce serait le cas, nous passerions outre !

— Et comment y pénétreront-ils ?

— Il y a une porte rue du Pont-aux-Biches, dit Gremillon. Je vais envoyer un exempt prévenir la supérieure qu'elle fasse déverrouiller cette issue. Dès que Nicolas sera dans la place, une partie de nos hommes, un par un, gagnera l'endroit et se disposera dans les jardins.

— Excellente idée, commenta Nicolas. Deux exempts dans la rue de la Muette suffiront à la tâche. Ils prêteront la main à Bourdeau et à Gremillon, eux-mêmes sur place. Il me semble que nous n'avons rien oublié. Si, encore une chose qui n'est pas un détail : je ne veux pas de violences. Cette prétendue sorcière, il nous la faut vivante. Ce qu'elle pourra nous apprendre est essentiel. Rabouine, rameute nos exempts et explique-leur la manœuvre. Quant à nous, il est temps de peaufiner nos apparences.

Le méchant réduit où les policiers conservaient une collection de marchandises, fort mêlées en tous genres et que chaque occasion augmentait, allait être

mis à contribution. Pêle-mêle, hardes, nippes, vêtu-
res de toutes sortes, chaussures, souliers, bottes, perruques le disputaient aux couvre-chefs et à toute une
quincaillerie. La petite coiffeuse à miroir renfermait
fards, poudres, pommades, parfums, rouge de corail
en poudre, brosses et éponges et cent autres produits nécessaires au maquillage. Ainsi tous les ingré-
dients utiles à modifier l'aspect d'un visage, jusqu'à
de fausses excroissances de chair et des loupes et
verrues postiches, étaient-ils rassemblés. Un acteur
de la Comédie italienne, que Nicolas et Bourdeau
avaient jadis tiré d'une fâcheuse affaire de chantage,
leur avait enseigné, en marque de reconnaissance, les
secrets de cet art particulier.

Chacun se consacra à composer son déguisement.
Nicolas revêtit un habit lie-de-vin, un gilet mordoré,
des bas blancs, qui marquaient sa qualité dans la
société, de galantes jarretières et des chaussures à
houppettes. Le tricorne de castor portait des plumes
rabattues en son milieu. Une cape à col de fourrure
complétait la tenue. Toute une bimbeloterie fut mise
au pillage pour rassembler boutons en strass, bagues
en *pinchbeck* bon marché, figurant l'or et l'argent, élé-
gamment ornées de houppelandes, ces fausses pierres qui possédaient l'éclat de joyaux authentiques.

Une fois sa vêture peaufinée, il s'installa devant le
miroir. Il étala avec soin la céruse, appliqua le rouge
sur les joues et les lèvres, cerna ses yeux de noir et
fixa une perruque couleur platine qu'il couvrit abondamment de poudre. Enfin, il se recula pour admirer
le spectacle.

— Te voici, gouailla Bourdeau, appétissant comme
un muguet de cour !

L'inspecteur avait choisi de modifier les instructions. Il se ferait non pas mendiant, mais mendiante.

Une perruque ébouriffée d'un gris sale couvrit sa demi-calvitie. Il se souilla le visage en le maculant de poussière de charbon qui lui donnerait le teint d'un Maure. Il ajouta de fausses verrues et, à l'aide de gouttelettes de cire chaude, s'appliqua une série de pustules rougeâtres du plus bel effet. Il parfit son personnage de mégère en revêtant une infâme robe de calemande qu'il matelassa de ouate en prévision du froid. Il chaussa des souliers volontairement crevés, qu'il emplit de papier. Enfin, il s'enveloppa dans un manteau de droguet, troué et effiloché, muni d'un capuchon en calèche usé jusqu'à la trame.

— Fi, le pouacre[3] ! s'exclama Nicolas plié de rire en découvrant la physionomie de l'inspecteur.

Quant à Gremillon, il avait choisi la facilité en se laissant tenter par une tenue de prêtre. Il s'enduisit la face d'un *barbouillis* grisâtre qui le faisait ressembler à un spectre. Il en accrut l'aspect effroyable en y dessinant les rides profondes destinées à vieillir son jeune visage. Il choisit un habit court à petit collet, recouvert d'une mandille[4] et renforcé d'un manteau noir, le tout usagé et troué. Des bas et des souliers de la même couleur ainsi qu'un chapeau à deux cornes complétèrent, avec un rembourrage dans le dos, un aspect sinistre de vieux prêtre bossu.

— Nous voilà prêts pour la *commedia dell'arte*.

— Je trouve, dit Nicolas, que notre Gremillon a tout du Basile du *Barbier*[5].

— Cela convient tout à fait, plaisanta Bourdeau, à son caractère habituel de fourbe papelard, onctueux, hypocrite et intéressé.

Nicolas s'esclaffa.

— C'est son portait tout craché !

— Que vous ai-je fait, messeigneurs, geignit Gremillon, pour que vous me traitiez ainsi ? J'en ai autant à votre usage et vous chanterai tout guilleret, laridon, laridondaine :

> *Allez, mes enfants, coquetez;*
> *Asseyez-vous toujours ensemble.*
> *Au maintien que vous avez tous,*
> *On vous prendrait pour des époux.*

— Ciel, il versifie! dit Bourdeau.

— Et de qui est ce quatrain?

— De Monsieur Lesage, Breton natif de Sarzeau, votre compatriote. Et c'est tiré de *L'École des amants* représentée à la foire Saint-Germain en 1716.

— D'où vous vient cette science?

— De ses œuvres complètes parues à Amsterdam, l'an dernier, dont j'ai fait l'acquisition avec mes économies, ayant eu en tout temps une prédilection marquée pour cet auteur.

Soudain, Bourdeau saisit les mains de Nicolas.

— Tu as oublié d'ôter ta chevalière.

— Tu as raison. Que ferais-je sans toi?

Il déposa la bague dans le tiroir du bureau où elle rejoignit sa montre, qu'il avait échangée contre un modèle de moindre valeur.

— Quelle heure est-il?

— Un quart passé de cinq heures. Il serait temps de se porter rue de la Muette. À petite allure, nous y serons au moment prescrit.

Dehors, la nuit tombait. Des nuages sombres et bas accroissaient encore l'obscurité qui s'étendait sur la ville. La théorie des fiacres s'ébranla. Des intervalles de départ avaient été prévus par Rabouine : un défilé ininterrompu aurait pu donner l'éveil. De fait, les rues étaient désertes et le souvenir d'un triste carnaval déjà dissipé. Seuls des mendiants longeaient les murs comme des ombres en quête de cachettes et d'abris dans la crainte d'être ramassés par les patrouilles du guet. À leur vue, Bourdeau marmonna :

— Que dis-tu, Pierre ?

— Je me parle à moi-même. Les mendiants, ce n'est pas ce qui manque ! Les rues en sont pleines. Et plus on les enferme, plus il en surgit de partout, et des provinces. Ah, ouiche ! On a beau les enfermer dans les cachots infects des dépôts de mendicité. Des dizaines de milliers depuis que la mesure d'enfermement a été prise ! Et je n'évoquerai pas ceux qui parviennent à s'échapper. Que deviennent-ils ? Nous ne le savons que trop : des voleurs et des assassins promis à la chaîne ou à l'échafaud. Ne vaudrait-il pas mieux leur donner à chacun un lopin de terre à cultiver ?

Nicolas ne répondit pas à cette nouvelle diatribe. Il ne souhaitait pas ouvrir un débat dont l'issue était incertaine vu la véhémence de Bourdeau. Et cela quoique enclin, au fond de lui-même, à approuver certains jugements à l'emporte-pièce sur les malheurs du temps.

— Et comment apprendrons-nous, demanda Gremillon, que la séance est achevée ?

— Ma foi, quand vous verrez la dame s'enfuir et que vous m'entendrez claquer des dents.

— Peut-être, avança Bourdeau soucieux, aura-t-elle prévu une voiture. Je ne la vois pas chargée de tes dépouilles à pied dans la ville ou sautant des clôtures.

— C'est pourquoi votre présence à l'abri de la porte cochère demeure le dispositif indispensable de la manœuvre.

— Sauf que Gremillon a choisi d'être en prêtre, ce qui, je m'en aperçois soudain, modifie la distribution.

— Peu importe, quoi de plus normal qu'un curé qui fait l'aumône à un pauvre et qui lui prodigue son réconfort spirituel ?

Un silence suivit. Chacun répétait son rôle et se préparait à affronter l'épreuve annoncée.

Rue Mouffetard, le fiacre obliqua à gauche, à hauteur de l'église Saint-Médard, dans la rue Neuve d'Orléans, puis à droite vers l'étroite voie qui se poursuivait par celle du Pont-aux-Biches. Là, Nicolas fit arrêter pour permettre à Bourdeau et Gremillon de descendre selon le plan prévu. La voiture repartit, tourna à gauche et, ayant longé la clôture des Filles de la Miséricorde, s'arrêta devant la première maison dans le prolongement. Nicolas sauta prestement sur la chaussée et d'un geste renvoya le fiacre.

Il frémit. L'endroit était désert. De l'autre côté de la rue se trouvait le sinistre cimetière de Clamart où étaient inhumés criminels et pauvres trépassés à l'Hôtel-Dieu. Il y avait jadis erré[6]. La maison de trois étages semblait inhabitée. Il poussa la porte qui grinça ; un gros rat lui fila entre les jambes. Un couloir puant et boueux tombait en perpendiculaire sur son semblable dans lequel s'alignait, à droite et à gauche, une série de portes. D'une d'elles, entrouverte, sourdait un trait de lumière vers lequel il se dirigea. Le bruit de ses pas avait été entendu et une voix féminine l'invita à pousser l'huis devant lui et à entrer. Il semblait donc qu'on n'attendît que lui.

À la lueur de deux chandeliers posés sur le carreau, une étrange mise en scène se révéla. L'endroit n'était pas meublé, conséquence obligée de l'occupation provisoire des lieux. Il entrevit, éclairée par en bas, la mince silhouette d'une femme vêtue d'une robe noire de velours épais, la tête recouverte d'un voile presque transparent qui gazait le haut du visage. Derrière cette apparition, un grand rideau, dissimulant sans doute la croisée qui donnait sur les jardins, descendait du plafond, constellé de signes ésotériques. Ce dais servait de fond à un curieux arbuste portant de petites oranges au milieu d'un feuillage naturel, telle une divinité destinée à être adorée.

— Monsieur, dit une voix mélodieuse, vous avez demandé à me voir. Me voici. Qui vous a donné mon nom ?

Il n'avait pas songé que cette question pouvait lui être posée. Il s'en voulut. Décidément il ne fallait oublier aucun détail, d'autant que cette interrogation n'était pas innocente. Il dut improviser sur-le-champ.

— Un mien ami, madame, m'a parlé de vos dons extraordinaires.

— M'a-t-il lui-même consultée ?

— À vrai dire, je l'ignore.

Elle n'insista pas. Son regard s'appesantissait sur lui comme si elle le jaugeait, tel un huissier prisant le profit à tirer d'un inventaire ou d'une saisie.

— Monsieur, dit-elle, peut-on savoir votre nom ?

— Il n'y a pas inconvénient. Richard de Pontravel.

— Selon vos désirs, je dois évaluer les rites et cérémonials les plus adaptés à votre requête et situation. Quelles sont-elles ?

Elle baissa la tête, respirant fortement.

— Je vois des soucis d'argent.

— Hélas, dit Nicolas, après un moment voulu d'hésitation. Certes je suis loin d'être à la rue, mais de malencontreuses spéculations, bien malheureuses, oui, et des dettes criardes me font craindre chaque jour de devenir la proie des recors de justice.

Il leva les bras à dessein comme pour souligner sa désolation, mais pour faire étinceler ses bagues. Le mouvement ne passa pas inaperçu.

— Et dans cet état défavorable, de quelle nature serait le service que je pourrais vous rendre ? Souhaitez-vous que je prédise votre avenir ?

— Permettez-moi, madame, de vous parler avec sincérité : il m'a été insinué que grands sont vos pouvoirs pour découvrir des trésors cachés.

— Votre ami n'a pas eu affaire à moi, car il n'aurait pas seulement été convaincu par la rumeur.

Elle se moquait de lui. Il songea à la crédulité de ceux qui s'adressaient à un tel recours. Car enfin, si la dame était si ferrée en ces pratiques occultes, que n'allait-elle déterrer ces trésors pour s'enrichir elle-même ?

— Monsieur, je n'entends pas vous tromper. Pour vous persuader de mes pouvoirs, je vais vous en donner un aperçu.

Soudain elle rejeta la tête en arrière et se mit à danser d'un pas glissant une sorte de sarabande[7], accompagnée d'une stridente mélopée. Elle finit par se placer derrière Nicolas et posa les mains sur ses épaules.

— Oh ! Bouquet philosophique, j'atteste ta sagesse, j'honore ta puissance, ô maître des trésors ! Nous te supplions d'accepter de porter aide à cet humain éprouvé.

Nicolas n'en crut pas ses sens. L'arbuste aux oranges se ploya très lentement tandis qu'une voix grave et qui portait écho s'élevait.

— Je le veux.

— Grâces t'en soient rendues, ô maître des trésors cachés.

La Mazenard fit de nouveau face à Nicolas et s'agenouilla devant l'arbuste. Aussitôt une fumée s'exhala en lourdes volutes. Le commissaire crut déceler le parfum de l'encens. Puis la dame reprit sa place derrière Nicolas.

— Maître des trésors, soumets tes conditions à l'homme qui requiert humblement ton secours. Que doit-il faire?

Nicolas comprenait peu à peu la méthode de la sorcière. Il convenait tout d'abord d'abêtir les malheureuses victimes pour leur ôter tout sens commun et les conduire par étapes à un état d'acceptation de toutes ces diableries. L'utilisation de l'arbuste, résultant sans doute d'un effet d'escamotage, produisait une apparence de fantasmagorie. La voix produite par le petit oranger se fit derechef entendre.

— Homme de poussière, écoute mes injonctions. Obéis aux puissances de l'enfer. Et vous, esprits, je vous confirme et ordonne de me faire savoir votre volonté. Viens, Astaroth, viens. Je te commande par tous les noms par lesquels tu peux être contraint et lié, je te confirme par tous les noms ineffables, On, Nefla, Ya, Sol, Rey, Messias, Ingodum et tous les autres.

Un nouveau mur de fumée dissimula l'arbuste alors qu'une nouvelle voix aiguë et sifflante prenait la parole.

— Qu'il se présente à moi dans l'état où il apparut sur cette terre.

Les branches s'agitaient, se tordant en tous sens, dressées et menaçantes comme les serpents sur la tête de Méduse.

— Avez-vous compris l'ordre du maître des trésors?

Nicolas singea l'ignorance.

— Cela est obscur pour moi, je n'entends pas ce qu'il ordonne, murmura-t-il d'une voix troublée.

Il y eut derrière lui comme un soupir d'agacement.

— Le maître exige qu'avant de vous confier le secret qui vous tirera d'embarras, vous vous dépouilliez de tout ce qui vous rattache à la terre afin d'apparaître tel que vous étiez au début de votre vie. En un mot, monsieur, il convient de vous débarrasser de vos vêtements, chaussures, objets. Alors le maître parlera.

— Bien, j'y consens.

La Mazenard reprit sa mélopée et lui fit signe de procéder.

— Placez vos effets par terre devant l'arbre philosophique. La nuit originelle va vous envelopper. La voix vous dévoilera le secret et vous pourrez vous rhabiller.

Elle se pencha et souffla les chandelles. Nicolas ôta ses vêtements. Quand il fut nu, il entendit des bruits étranges et éprouva un souffle d'air froid. Il acheva son dépouillement en se débarrassant des bagues. Il frissonnait. De nouveau des craquements, une rumeur lointaine, des pas, et une porte qui claquait. Il compta lentement jusqu'à cent, avança vers l'endroit où se trouvait l'arbuste, ne trouva rien et continua. Le rideau n'était plus là, mais le froid se renforça. Il tendit la main et crut la fenêtre ouverte. Une humidité glaciale le transit et, le pénétrant jusqu'aux os, le fit trembler. L'oiseau de nuit s'était bel et bien envolé. Il espéra que ses gens avaient pu l'appréhender. Il décida qu'il était temps de se manifester et poussa un puissant appel à l'aide. Au bout d'un moment qui lui sembla interminable, il perçut des pas pressés qui approchaient. La porte, dont le verrou était tiré, fut enfoncée. Ébloui par la lumière d'une lanterne sourde, il finit par reconnaître Bourdeau.

— Tu vas bien ? demanda l'inspecteur, haletant.

— Cela irait mieux si je n'avais pas aussi froid.

Bourdeau se précipita dans le couloir. Il avait lâché les effets de Nicolas pour se jeter plus aisément sur la porte. Il reparut les bras chargés des vêtements et des bottes. Il tendit un petit flacon au commissaire, qui y but goulûment.

— C'est le cordial du père Marie. Tu le connais ; il est souverain.

Une agréable chaleur irradiait la poitrine de Nicolas qui s'habilla en tout hâte.

— Alors ? Le gibier a-t-il été pris ?

Un silence gêné suivit sa question.

— Hélas ! Personne n'est sorti de cette maison, même chose du côté des jardins. Les étages, d'ailleurs inhabités, fouillés n'ont rien donné. Tout est vide ! La dame s'est évanouie dans la nature et se dérobe à nos recherches.

Gremillon et Rabouine apparurent hors d'haleine.

— Du nouveau ? demanda Bourdeau.

— Rien. C'est inexplicable. Le dispositif est cependant maintenu.

Nicolas réfléchissait.

— Que s'est-il passé ? reprit Bourdeau. Tout s'est-il déroulé comme nous le supposions ?

Nicolas conta succinctement le récit de l'escroquerie.

— L'évidence crève les yeux. Après avoir butiné, elle a disparu. Mais comment ?

— J'ai cru, ajouta Nicolas, ayant senti le souffle de l'air froid, qu'elle s'était enfuie par la fenêtre.

Rabouine avait entrepris d'arpenter la petite pièce et, en martelant du poing la muraille, la sondait minutieusement. Le rideau avait disparu ; derrière lui, la fenêtre donnant sur le jardin était close. Il poursuivit ses recherches et, soudain, le mur résonna le creux.

— Voilà qui n'est pas banal !

Il réitéra sa tentative. Il demanda à Bourdeau de l'éclairer, sortit un canif de sa poche et l'insinua dans la rainure découverte dans la paroi. Il fit glisser la lame jusqu'au moment où, sentant un obstacle, il for24 sur le manche. Un déclic se fit entendre et le panneau s'ouvrit comme une porte.

— Oui! s'écria-t-il. Il y a là un passage. Je comprends la nature de l'embrouille. Il y a toute raison de penser que ce passage a été ouvert sur la maison voisine.

— Qu'allons-nous faire? demanda Gremillon.

— Je propose, dit Nicolas, qu'en silence et avec tous nos exempts nous investissions cette maison par ici, par son entrée sur la rue de la Muette et par les jardins. Après cette maison, il n'y a qu'un terrain vague. Elle ne pourra pas nous glisser entre les mains.

— Ne crois-tu pas, dit Bourdeau, qu'elle a déjà pris la poudre d'escampette?

— Que non! À quoi aurait servi notre dispositif? Selon moi, la maligne attend que le calme revienne afin de pouvoir, en toute sûreté et impunité, quitter la maison et le quartier. Elle peut y rester longtemps!

— Tu as raison, j'en jouerais un louis au parolis[8], lança Rabouine avant de les quitter pour transmettre les instructions et organiser la traque avec les exempts.

Nicolas, restauré de pied en cap, laissa le temps au dispositif de se déployer, puis, lanterne à la main, s'insinua dans l'étroit passage que la mouche avait ouvert dans la boiserie. Il se trouva dans une pièce identique à celle qu'il venait de quitter à cela près que la plus grande saleté y régnait. Une horde de rats se dispersa en couinant au milieu d'ordures desséchées.

— Cette maison et l'autre sont sans doute destinées à la démolition. C'est l'œuvre d'entrepreneurs qui les détruisent, les unes après les autres, pour y bâtir à leur place des immeubles de rendement, soupira Bourdeau.

— Cet aménagement implique qu'on s'est donné beaucoup de peine, et pas pour une seule opération! L'endroit a dû être souvent utilisé. Nous aurions dû prendre Pluton avec nous. Il nous aurait délogé la dame en moins de temps qu'il ne faut pour le dire!

— Il est trop tard maintenant. Il est probable qu'elle a repéré nos gens et s'est tapie dans l'espoir que nous déguerpirions au plus vite.

Soudain, Nicolas s'immobilisa. Un pas se faisait entendre et la porte s'ouvrit brutalement. La silhouette de Rabouine s'encadra, lui aussi muni d'une lanterne.

— Ah! C'est toi, dit Nicolas baissant la garde, tu as couru comme la poste!

— C'est facile. Toutes les portes ont déjà été enlevées des autres logements, et cela à tous les étages. La seule qui subsiste, c'est ici.

— Et pour cause, c'est le chemin truqué par où on s'échappe.

— Pourquoi, dit Bourdeau, ne pas aller tout simplement attendre la Mazenard rue du Bout-du-Monde et l'appréhender au logis? Tu l'as vue, tu peux la reconnaître et ta parole de magistrat fait foi.

— Tout d'abord elle ne s'est point nommée. Et je ne l'ai pas vraiment vue, un voile gazait ses traits. Et tu imagines bien qu'elle aurait beau jeu de tout nier, que des témoins abonderaient pour lui fournir un alibi et que les éventuelles perquisitions pour retrouver les effets et bijoux ne donneraient rien. Vois, pour la femme de la pyramide, c'est une servante qui a servi d'intermédiaire chez la revendeuse à la toilette. Mais rien n'est perdu. Je la voulais prendre sur le théâtre de ses méfaits. Or je suis persuadé qu'elle n'a pu s'échapper. Il faut réfléchir. Au reste, je ne suis pas sûr qu'elle habite à cet endroit qu'on m'a décrit comme un taudis.

Un exempt venait de rendre compte à Rabouine : toute la maison avait été visitée, la première comme la seconde, et à deux reprises, le tout sans succès.

— Soit. Peut-on se cacher dans une maison hors les pièces et les escaliers ?

— Les toits ?

— On y a veillé. Personne, et d'ailleurs ils sont recouverts de neige et de glace et de ce fait impraticables.

— Les caves ?

— Non plus.

— Mais enfin, elle n'a pas pu s'évaporer !

— Les démons l'ont peut-être enlevée ?

— Allons, soyons sérieux. Quel endroit avons-nous pu oublier ?

Rabouine semblait prêt à parler, mais d'évidence n'osait pas. Nicolas s'en rendit compte et, d'un geste de la tête, l'encouragea à poursuivre.

— J'hésite… Mais il y a bien un endroit. Dans la cave de cette maison, j'ai repéré une dalle qui doit donner accès à un caveau ou plutôt à une fosse d'aisances. Or cette maison est inoccupée depuis si longtemps que dans ces conditions il se pourrait…

— Alors qu'attendons-nous pour y aller voir ? dit Nicolas entraînant son monde.

Ils se ruèrent dans la cave. La dalle en question détonnait par sa propreté dans un océan de saleté et de débris. Rabouine demanda un pied de biche. On lui en apporta un promptement. Il donna des ordres. Il fallut passer l'outil dans un anneau rouillé à la surface de la dalle. Deux exempts la soulevèrent aisément. Le faisceau d'une lanterne fut dirigé vers le fond de la cuve qui était sèche. À première vue, rien d'autre n'était visible sauf la présence incongrue d'une échelle de bois plaquée contre la paroi de la fosse. Rabouine décida d'y descendre après avoir accroché la lanterne à son pourpoint. Il disparut et, au bout d'un long moment de silence, l'assistance attentive entendit une exclamation, des bruits étouffés, un semblant de lutte et un hurlement strident. Puis la voix autoritaire de Rabouine s'éleva. On vit alors apparaître la tête d'une femme voilée qui montait péniblement. Le plus étonnant c'est qu'elle fût suivie par un petit homme chauve et bedonnant et enfin par Rabouine, épanoui et goguenard, qui tirait derrière lui deux grands havresacs.

— Madame, c'est un bien grand bonheur de vous retrouver. Vous m'avez faussé compagnie si vite !

Elle baissait la tête.

— Nous allons devoir vous interroger. Sachez que vous êtes d'ores et déjà en état d'arrestation. La prison du Grand Châtelet vous attend.

Rabouine avait ouvert les deux havresacs. Dans l'un se trouvaient les effets portés par Nicolas et dans l'autre, un oranger de bois, de fils et de cire ainsi que les deux chandeliers.

La Mazenard et son acolyte furent enfermés dans deux voitures et la caravane reprit sa route vers le Grand Châtelet. Là, Nicolas décida que la dame serait mise au secret après avoir été soigneusement fouillée au corps. Son interrogatoire ne débuterait que le lendemain matin. Pour son complice, il voulait en savoir plus long dans l'immédiat. Ce que cet homme lui apprendrait orienterait évidemment les questions qu'il poserait à la sorcière. Le rapprochement des propos, ou, le cas échéant, des aveux, offrirait d'intéressantes lumières sur le cas présent, mais aussi sur le crime à l'origine de la descente de police rue de la Muette. L'inconnu, entravé et poucettes aux mains, fut porté plutôt que conduit dans le bureau de permanence. Nicolas prit le temps de longuement le considérer. Court de taille, rondelet, boudiné dans un habit marron, bas noirs et gros brodequins, le personnage ne payait pas de mine. Il grimaçait, jetant de tous côtés des regards affolés, les yeux sans cesse en mouvement, semblables à ceux d'un animal pris au piège. Bourdeau posait un à un les objets qui avaient été saisis lors de la fouille initiale.

— Un canif, un mouchoir, des allumettes, un papier de réclame. C'est tout.

— C'est peu. Que porte ce papier ?

Bourdeau chaussa ses besicles.

— *L'extraordinaire Ravalone exécute cent mille tours de magie. Il se produit devant les publics les plus variés. Bouquet philosophique, tours de cartes et autres merveilleuses apparitions. On le trouvera au café du Bouloir, rue Saint-Jacques.*

— Cela me dit quelque chose, jeta Nicolas, qui entreprit de feuilleter la main-courante. Ah ! Voilà. Il y a même une note. *Le sieur Ravalone attire un monde prodigieux. Ses tours sont aussi variés que surprenants. On admire surtout une petite tête d'or, grosse comme une noix, qui, mise dans un verre transparent, devine ce qu'on lui demande et répond par des signes. Cet habile escamoteur use aussi d'une pièce appelée bouquet philosophique. C'est un arbre composé de petites branches d'oranges, qui donne des fleurs et des fruits lorsqu'il jette dessus quelques gouttes d'une eau de sa composition. Il fait aussi sortir d'un œuf un serin vivant, auquel il donne alternativement la vie et la mort. Il promet pour bientôt une merveille supérieure, un serin organiste qui exécutera des pièces de musique.* Il y a une note annexe : *L'homme ne s'appelle pas*

Ravalone, mais Rivet, et feint de ne pas parler correcte-ment notre langue. Il y a deux ans, il a été soupçonné d'escroquerie.

— Alors, monsieur Ravalone, que faisiez-vous dans la fosse d'aisances de cette maison rue de la Muette ?

— Yé ne parlé pas bien *il francese*.

— Je ne vous conseille pas cette turlupinade avec moi, monsieur Rivet ! Il pourrait vous en cuire. Alors, retrouvez votre langue de naissance au plus vite.

L'homme changea de visage et baissa la tête.

— Alors, monsieur, j'attends.

— Je vais tout vous dire.

— J'y compte bien.

— Madame Mazenard m'a demandé mon aide pour une plaisanterie, oh, bien innocente, qu'elle sou-haitait faire à un quidam. Aussi ne voulait-elle pas être reconnue, d'où son voile, et le fait que nous nous sommes *escampés* le tour accompli, et que nous nous sommes cachés.

— En effet, c'était sans doute pour une partie de cligne-musette ? Me prendriez-vous pour un imbé-cile, monsieur Rivet ? Sachez qu'il serait séant que vous me déballiez la vérité, car autrement dans un instant vous serez inculpé comme complice, sinon organisateur, d'un assassinat.

— Mais, Monsieur, je n'ai tué personne. J'ai fait mon tour avec l'arbuste, et vous n'en êtes pas mort pour autant, que je sache.

— Il ne s'agit pas de moi. Avez-vous participé à d'autres séances du même acabit avec madame Maze-nard ?

Rivet hésita un moment.

— Oui, à quelques-unes.

— Depuis quand ?

— Je suis arrivé de Lyon il y a trois mois, juste avant les grands froids.

— Vous souvenez-vous d'une séance avec une jeune femme blonde ?

— Jamais, au grand jamais. Nous n'avons pratiqué qu'avec des hommes, toujours.

Nicolas avait l'impression que l'homme était sincère, mais peut-être n'était-ce qu'un faux-semblant. Comment trouver la faille utile pour vérifier la sincérité d'un homme dont le métier était de la voiler ? Fallait-il s'en remettre aux vieilles recettes ?

Il fit un signe à Bourdeau pour que celui-ci comprenne la manœuvre.

— Monsieur Rivet, je vais faire appeler une jeune femme que vous avez dépouillée avec l'aide de madame Mazenard. Elle va paraître et vous reconnaîtra.

L'homme se mit à pleurer.

— Que vous dire, monsieur, pour vous convaincre ? Elle ne peut me reconnaître. Je vous affirme que je vous ai tout dit sur ce dont vous m'avez accusé. Rien d'autre, rien, rien. Mon art a seulement aidé Madame Mazenard à dépouiller des crédules, sans jamais commettre d'horreurs, et surtout pas sur une femme.

— Et quel profit y trouviez-vous ?

— Je recevais un pourcentage sur la revente des effets et des bijoux.

— Et comment avez-vous connu la Mazenard ? demanda Bourdeau.

— Elle avait assisté à une de mes séances, et m'a proposé une association peu après.

— Monsieur, j'ose espérer que la nuit vous portera conseil. Vous serez confronté à cette femme demain matin.

Rivet fut emmené après que Nicolas eut réitéré des instructions identiques à celles qu'il avait déjà formulées pour la Mazenard. Les prisonniers devaient être surveillés. Le fantôme d'un vieux soldat pendu dans son cachot continuait à le hanter.

— Que penses-tu du bonhomme, Pierre ?

— La même chose que toi, je le pressens. Ce Rivet est un petit voleur qui profite de ses dons pour accroître sa pelote, mais je ne le crois pas capable de prêter la main à un meurtre.

Nicolas éternua.

— Aurais-tu pris froid ? Cela t'apprendra à te promener comme une statue des Tuileries, et encore, sans feuille de vigne.

— Tu as raison, je vais rentrer. À demain, mon vieil ami.

À ces mots, le regard de Bourdeau se brouilla de larmes.

Revenu à Montmartre, Nicolas fut pris en main par une Catherine maussade. La maison, disait-elle, était sens dessus dessous. M. de Noblecourt avait décidé d'adjoindre à son cabinet de toilette des lieux à l'anglaise qui nécessitaient l'installation d'une soupape pratiquée sous la cuvette permettant d'éviter les mauvaises odeurs. Nicolas en aurait lui aussi bientôt la surprise, car le maître de maison avait décidé d'en doter également l'appartement du commissaire. Elle lui concocta un vin chaud à la cannelle et au poivre relevé de schnaps, lequel alcool servit derechef à un nouveau massage énergique. Il en éprouva un bien-être si puissant qu'il s'endormit aussitôt d'un sommeil sans rêves. Mouchette l'avait bientôt rejoint, et aussitôt quitté après avoir reniflé d'une mine suspicieuse l'odeur du spiritueux.

Mardi 2 mars 1784

La nuit avait été calme au Grand Châtelet. Bourdeau attendait Nicolas.

— Sais-tu que j'ai fort mal dormi, à trop ruminer les détails de cette affaire. Un point m'intrigue : comment accepter que la Mazenard, je ne suis pas son avocat, a pu s'abandonner à participer à un meurtre aussi atroce ? Voilà une femme qui mène sa fructueuse industrie, criminelle certes, mais enfin ses voleries lui procurent de quoi vivre, et elle mettrait en péril cette existence paisible, assurée qu'elle est du silence de ses victimes, pour se jeter dans l'inconnu ? Il y a là un mystère qu'il conviendrait de démêler.

— Moi, je ne désespère pas de la conclusion à laquelle ta réflexion s'oppose. Il nous faut l'interroger. Sans doute y verrons-nous plus clair.

— J'ai envoyé Rabouine quérir la servante du Palais-Royal.

La Mazenard fut extraite de son cachot et conduite au bureau de permanence. On lui ôta les poucettes sans lui délier les jambes, l'expérience ayant prouvé qu'un suspect pouvait à tout moment se précipiter par la fenêtre. La femme dévoilée, Nicolas put enfin considérer ses traits. Elle était au seuil de l'âge mûr, encore assez jolie, brune aux yeux châtains, fort pâle et abattue.

— Vous me semblez fort atterrée, madame. Il est vrai que la conscience agitée procure et craint toujours des suites cruelles. La vôtre doit être en plein trouble, après tous les méfaits pendables dont vous avez été d'évidence l'organisatrice. Je comprends que tous ces méfaits ne vous peuvent conserver la tranquillité de l'esprit.

— Mais à la fin, de quoi m'accuse-t-on ?

— Allons, madame, ce n'est pas à moi que cette protestation peut s'adresser. Avez-vous oublié que vous m'avez trompé et dépouillé ?

— Vous ai-je fait le moindre mal ?

— Le vol est un crime capital, et l'évocation du diable, outre les censures de l'Église, est tout aussi condamnable.

La dame releva la tête avec fureur.

— Que me crachez-vous là ? Suis-je responsable de la bêtise de ceux qui me consultent et qui, agneaux bêlants, avalent tout ce que je leur présente ? Sont-ils bêtes, ceux-là, et c'est moi qu'on accuse ! Il devrait y avoir des lois contre les buses et les balourds.

— Madame, vous le prenez de trop haut, et fort mal, et ne mesurez point l'embûche où vous êtes. Accusée de tromperie, vol, larcin, escroquerie sur la personne d'un commissaire du roi et, outre cela, d'invocation des démons par des pratiques idolâtres et illicites, savez-vous ce qui vous attend ? En raison d'un seul de ces attendus, vous seriez au mieux enfermée à vie et marquée au fer rouge d'un sceau d'infamie ou, pire, pendue haut et court place de Grève. J'ajouterai pour charger la barque que vous êtes soupçonnée de meurtre, ou de complicité de meurtre, d'une femme.

— Meurtre, moi, une femme, quelle infamie !

— Calmez-vous, et répondez à mes questions.

— Je me tairai désormais. Vous n'obtiendrez plus un mot de moi. Prouvez ce que vous avancez.

À cet instant, Rabouine entra dans le bureau et parla à l'oreille de Nicolas qui se leva et entretint Bourdeau à voix basse :

— La Louison Ravet est là. Elle est prête à témoigner, mais craint de se trouver face à la Mazenard.

— Il faut pourtant qu'elle la puisse reconnaître. Je ne vois qu'un moyen : bander les yeux de la dame avant la confrontation. Mais auparavant je veux entendre cette Louison.

La Mazenard fut éloignée par deux exempts, et Louison Ravet comparut.

— Mademoiselle, je vous fais instance de dire la vérité et de répondre sincèrement à nos questions. Vous n'êtes accusée de rien, mais nous avons besoin de votre témoignage.

La jeune fille tremblait d'émotion, frissonnant dans un paletot de mauvaise laine.

— Avez-vous apporté chez une revendeuse à la toilette, Madame Truchet, rue des Moulins, des hardes de femme ? La question est précise et claire.

— Oui, monsieur. Il ne fallait pas ?

— Je n'en jugerai pas. Qui vous a confié cette commission ?

— Un valet du Palais-Royal que je ne connais pas et que je n'ai jamais revu.

— Ah, la belle histoire. Vous obéissez au premier venu ?

La fille était pitoyable, mais il fallait bien insister.

— Monsieur, c'est la vraie vérité. Dans ma position, que puis-je refuser ? Il m'a donné l'adresse, rue du Bout-du-Monde, d'une dame qui devait me confier des vêtements pour que je les porte à la revendeuse.

— La pouvez-vous reconnaître ?

— Qui ? La revendeuse ?

— Non ! Celle qui vous a remis les vêtements.

— Je ne la veux point voir. Elle m'a fait peur.

— Elle ne vous verra pas. Vous ne direz pas un mot, vous la regarderez.

La Mazenard fut ramenée dans le bureau et, en dépit de son refus et de son agitation, ses yeux furent dûment bandés. La petite Louison revint, la considéra avec attention, et fit de la tête un signe d'approbation. Nicolas ordonna qu'on la reconduise, car pour le moment elle ne lui était plus d'aucune utilité.

— À nous deux, madame. Vous venez d'être reconnue comme ayant détenu, il y a quelques semaines, des vêtements d'une femme assassinée, qu'on peut présumer l'avoir été chez vous. Un tiers vous aurait envoyé une jeune servante pour les porter à une revendeuse.

— Vous ne négociez pas ces hardes, dit Bourdeau. Il est étrange que vous vous en débarrassiez.

— Tout cela est faux.

— Nous avons un témoin. Les charges contre vous s'accumulent dangereusement.

Elle paraissait pour la première fois accablée. Elle soupira :

— Messieurs, je vois bien qu'il faut tout vous dire.

— Ce serait en effet préférable.

— L'affaire est compliquée. Une dame est venue il y a cinq semaines pour me consulter.

— Cherchait-elle un trésor ?

— Non, elle voulait savoir l'avenir, et si des promesses qui lui avaient été faites seraient remplies.

— Où l'avez-vous reçue ?

— Rue de la Muette.

— Et alors ? Que s'est-il passé ?

— J'ai commencé ma séance, puis j'ai essayé de transformer la consultation en lui proposant une invocation. La cliente était à demi dénudée quand on a violemment frappé à la porte. À ce que j'ai compris, c'était son mari qui heurtait, pensant qu'elle était en rendez-vous galant. Effrayée, j'ai soufflé la chandelle, il faisait nuit, et je me suis enfuie dans la maison voisine. Peu après, n'entendant plus de bruit, je suis revenue. Elle était morte et l'homme était près du corps, effondré. Il m'a offert de l'argent pour me taire. Je l'ai assisté pour dévêtir la femme. Il m'enverrait quelqu'un pour disperser les vêtements. Puis je l'ai aidé à traîner le corps dans sa voiture. Voilà la simple vérité. Mesurez mon innocence, et que mon rôle dans cette tragédie a été nul.

— Dissimuler un crime, apporter son aide à l'assassin, participer à la dispersion des vêtements, en effet, votre rôle a été nul. Maintenant, madame, il vous faut reconnaître la victime qui se trouve dans ces murs, à la basse-geôle.

Ils descendirent dans les bas-fonds de la vieille forteresse. Les cadavres de l'inconnue et de la Gagère étaient côte à côte sur la table d'ouverture, sous un seul drap que Bourdeau tira. La Mazenard, la main sur la bouche, recula effarée, saisie de l'horreur de la scène.

— Où est votre cliente, dit Nicolas, celle dont vous nous avez décrit la mort ?

La Mazenard désigna le corps de la Gagère.

XI

ERRANCES

> « Ces deux-là s'étaient rencontrés.
> Ils connurent un seul destin. On les
> posa sur un seul lit. Ils ne font qu'une
> seule cendre. »
>
> *Épitaphe romaine*

Stupéfaits, les policiers se taisaient. Nicolas regimba le premier.

— Madame, êtes-vous en conscience parfaitement assurée de cette reconnaissance ? Si oui, confirmez-vous que ce corps est bien celui de la femme qui vint vous consulter et fut, presque sous vos yeux, tuée par son mari ? Considérez-la encore une fois.

Avec réticence, la Mazenard se pencha sur la dalle funèbre et, taciturne, approuva.

— Bien. Dans ces conditions, vous demeurerez incarcérée ici dans l'attente des décisions du lieutenant criminel. Jusqu'à plus informé, sachez que vous êtes sous le coup de plusieurs accusations : pratiques illicites, escroqueries, vol, complicité de meurtre et outrage à un magistrat du roi.

Elle leva la tête, vindicative.

— Quel magistrat ?

— Moi-même, madame, que vous avez tenté de dépouiller.

Le propos de Nicolas sembla écraser la magicienne, tassée sur elle-même. Elle tremblait, se tordait les mains, la respiration hachée. Elle finit, loque misérable, par s'effondrer sur le sol. Deux exempts la relevèrent et la traînèrent vers les entrailles de la vieille forteresse.

— Pierre, que penser de tout cela ? demanda Nicolas qui, perplexe, considérait les deux cadavres.

— Est-elle troublée par sa fâcheuse situation ? S'est-elle trompée ? Les corps commencent à se modifier. Une jeune morte peut ressembler à une autre. Contentons-nous de l'essentiel : elle a avoué, confirmé et authentifié sa reconnaissance. Selon son propre témoignage, elle a assisté à un meurtre. Que nous importe après tout une possible erreur, explicable par son état de désespoir, et qui fut sans doute proférée de bonne foi.

— Justement cette bonne foi, venant de cette femme, est sujette à caution. L'intelligence et la ruse qu'elle manifeste à foison dans son négoce infâme peuvent en vérité faire douter de sa parole !

— Mais enfin, quel serait l'intérêt de nous tromper en cette occurrence ?

— C'est bien la question qu'il faut se poser. Le caractère particulier de la morte de la pyramide devrait nous éclairer. Sa ressemblance avec la reine a-t-elle un lien conséquent avec la mort de cette femme ? La Mazenard a, peut-être, tout intérêt à ne pas s'impliquer trop avant.

— Du coup, elle séparerait son propre destin de celui du cadavre de la pyramide?

Bourdeau, soudain perdu dans ses pensées, tirait de longues bouffées de sa pipe, s'enveloppant de volutes parfumées.

— Vois-tu, un détail m'intrigue. Dans les effets que tu as récupérés chez la revendeuse à la toilette, il y avait une chemise. Tu en es d'accord?

— Certes.

— Elle a été examinée avec soin et reconnue tachée de sang au col. Et de surcroît, un cheveu blond retenu fiché dans le tissu. Tu me suis?

— Oui, mais où entends-tu me conduire?

— À ceci : la Mazenard nous a conté la scène du meurtre. La victime avait déjà commencé à se dévêtir. On peut supposer que ce déshabillage avait débuté par le haut avant qu'elle se résolve à se dépouiller du bas. Vois-tu où tout cela nous conduit?

— Je ne discerne pas encore l'aboutissement de ton raisonnement.

— Il est pourtant évident. Si la femme avait ôté sa chemise, comment le col de celle-ci peut-il porter des traces de sang? Par quel miracle?

Nicolas approuva.

— Je comprends, mais il se peut que le col ait été souillé lors des actions qui ont accompagné l'enlèvement du cadavre.

— Que voilà une convaincante explication! Ma foi, je n'y crois pas.

— Alors, quelle glose découle de cette constatation selon toi?

— Que la Mazenard nous asperge d'huile de talc[1] et par un tour de souplesse nous ment à petit bruit sur le déroulement du meurtre. Et cela réduit à quia tout ce qu'elle nous a affirmé par la suite, y compris sa pseudo-reconnaissance du corps.

— Si tu as raison, que penser de sa démarche? Cherche-t-elle à protéger quelqu'un? Je constate qu'elle n'a rien révélé quant à l'identité de sa cliente et, par conséquence, du mari. J'espère que la paille *vermineuse* de nos cachots l'incitera dès l'aube à plus de sincérité.

— Une puissance plus menaçante que la nôtre lui en impose sans doute et la conforte en sa résistance.

— Reste un dernier point. Si le cadavre du boulevard du Midi a des cheveux blonds, la Gagère en revanche est brune. Je pense que tu trouveras l'argument décisif.

— Là, tu as lieu d'être content de toi. En voilà bien d'une autre! Cela redouble le doute et prouverait qu'elle nous a menti. Bon, cette nuit ne nous apportera plus rien. Allons-nous reposer.

— Surtout toi! Depuis quelques jours tu n'es guère épargné!

Nicolas regagna l'hôtel de Noblecourt où il trouva Catherine en fureur des *zaletés* que les ouvriers lui avaient laissées lors des travaux d'installation des lieux à l'anglaise voulus par le vieux magistrat. Il se réchauffa d'un chocolat mousseux, puis, accompagné d'une Mouchette frétillante, il monta dans son appartement.

Le sommeil déserta longtemps sa couche. Il se retournait sans cesse, dévidant les épisodes de l'enquête dont il déplaçait chaque élément comme pour un carton découpé. Or ceux-ci ne correspondaient pas les uns avec les autres. Ce qui jetait le trouble dans le déroulé des événements, c'était, davantage que leur complexité, le désordre qui y présidait. La logique était bouleversée dès qu'on s'attachait à en approfondir le détail. En raison de la contention de son esprit, mobilisé et comme torturé par cette recherche, il ne parvenait pas à trouver le fil conducteur qui aiguillonnerait son habituelle intuition. Son ruminement butait sans cesse sur la question des habits saisis chez la revendeuse. Ainsi un meurtre s'était déroulé chez la Mazenard, le corps de la victime avait été enlevé, grâce à son aide, pour être transporté on ne savait où. Le mari, assassin présumé, avait emporté les vêtements, tout autant ceux qui avaient déjà été ôtés que ceux qui demeuraient sur le corps. Et voilà qu'on les retrouvait aux mains d'une servante du Palais-Royal, chargée par un mystérieux intermédiaire de les porter chez une revendeuse à la toilette. Rien dans tout cela ne tenait debout. Bancal apparaissait ce désordre d'événements. Pourquoi, comment, et par qui avait été organisé ce *conte bleu* ? C'est sur cette ultime interrogation que, la fatigue ayant enfin raison de lui, le sommeil le submergea.

Mercredi 3 mars 1784

Dès l'aube, Nicolas se rendit au Grand Châtelet, pressé de procéder à un nouvel interrogatoire de la Mazenard, qu'il pressentait décisif. Quelle ne fut pas sa surprise de voir un lieutenant des gardes du corps connu de lui qui l'attendait, stoïque, en se chauffant près du poêle dans le cagibi du père Marie. L'huissier jasait sans que l'officier parût prêter grande attention au flot de paroles qui se déversait. Il soupira d'aise en apercevant le commissaire.

— Que me vaut, lieutenant, le plaisir de votre visite ?

— Ma foi, Monsieur le Marquis, je suis au désarroi de ne pouvoir vous éclairer. Il ne me revient pas de vous le dire. Je dois seulement vous prier de bien vouloir me suivre.

Nicolas sourit.

— Suis-je arrêté ? Me conduisez-vous à la Bastille ?

Le lieutenant rougit.

— Oh ! Monsieur, vous n'avez pu penser cela ! Je m'en veux d'avoir été par trop maladroit.

— Point. Vous êtes de service et je plaisantais. Venons-en au fait.

— Hélas, je vous répète ma requête et, de grâce, ne cherchez pas à obtenir de moi une raison que je ne suis pas autorisé à vous procurer.

Bourdeau venait d'arriver qui fut mis au fait de la situation. Il manifesta aussitôt la plus vive inquiétude. Il allait protester, mais cette velléité avorta à la suite d'un geste par lequel Nicolas signifiait qu'il eût à en rester là.

— Je connais Monsieur de Pontreval. Il ne peut me vouloir du mal. Il obéit aux ordres qu'il a reçus.

Il se tourna vers l'officier.

— Je suis à votre disposition, mais, au préalable, permettez que je donne mes instructions concernant une enquête en cours.

— Faites, mais point trop longtemps car on nous attend.

— Bourdeau, qu'on sursoie jusqu'à mon retour pour l'interrogatoire prévu. Qu'on fasse le point sur les menées des autres suspects. Que se passe-t-il en particulier au couvent en question ? Enfin, je souhaiterais entretenir à nouveau la servante du Palais-Royal.

Sur quoi il suivit l'officier qui lui manifestait la plus grande déférence. Sous le porche du Châtelet, il fut par lui invité à monter dans une voiture sans marques particulières qui s'ébranla aussitôt.

Elle rejoignit la rive du fleuve qu'elle longea jusqu'à la place de Grève et poursuivit sa route par les quais de Gesvres et des Célestins. Peu avant le grand arsenal, elle obliqua vers le pont de Grammont qui menait à l'île Louvier. Sur le terre-plein qui précédait le tablier de l'édifice attendait un carrosse sans armoiries et aux rideaux tirés. La voiture de Nicolas se rangea portière à portière. M. de Pontreval sauta à terre, ouvrit la porte du carrosse, salua très bas, déploya le marchepied, et invita le commissaire à y pénétrer.

Dans la semi-obscurité qui régnait à l'intérieur, Nicolas distingua un homme corpulent coiffé d'un curieux chapeau rond abaissé sur un visage que masquaient des lunettes aux verres colorés. D'un geste l'inconnu l'invita à prendre place vis-à-vis de lui et enleva ses besicles. Nicolas s'assit, releva la tête et, stupéfait, découvrit le visage souriant du roi. Il se dressa pour saluer, manquant se heurter la tête au ciel de la voiture, mouvement qui fut interrompu par le bras tendu du souverain.

— Ranreuil, je vous vois surpris. À quoi vous attendiez-vous donc ?

— Je prie Votre Majesté de me pardonner. Vu le chemin pris, je me voyais déjà à la Bastille, dit Nicolas riant.

Le roi eut une sorte de haut-le-cœur.

— Auriez-vous quelque raison d'appréhender un tel traitement ?

— Faudrait-il une raison pour y loger ?

— Que voici un étrange propos, monsieur, repartit le roi feignant la sévérité. Vous voilà sur les brisées de notre bon Breteuil qui ne croit ni aux vertus de la forteresse ni à l'efficience des lettres de cachet. Donneriez-vous votre aval à ces considérations ?

— Votre Majesté comprendra que je suis mal placé pour y répondre. Suis-je en mesure d'approuver ou de contredire un ministre qui, de surcroît, est mon chef ?

Le roi éclata de rire, de ces grands éclats qui marquaient sa jeunesse encore proche. Un silence suivit, qui donna à Nicolas le loisir de le considérer. Il avait cependant vieilli et surtout continuait à s'épaissir en dépit de ses longues chevauchées quotidiennes. Lorsque se dissipait son habituel aspect bonhomme, ce changement le révélait inquiet, timide et, sans doute à l'accoutumée, bourrelé de craintes, de scrupules et d'indécisions.

Nicolas se demandait comment le roi aborderait le pourquoi de cet étrange rendez-vous. D'évidence, l'attaque ne serait pas directe, mais, d'usage, précédée de circonvolutions prudentes qui, peu à peu, aboliraient la gêne première du dialogue. Nul ordre n'avait encore été donné au cocher. Louis XVI s'attachait à la vue du paysage du côté de l'île Louvier, des chantiers emplis de bois entreposés et pour lors recouverts de neige.

— C'est donc là, dit le roi, que les Parisiens s'approvisionnent en bois.

Il s'agissait davantage d'une question que d'une constatation et Nicolas choisit d'y répondre.

— Le gros bois arrive par voie d'eau. Des charrettes viennent chercher les commandes et les transportent en ville. Cependant, Sire, rien n'est garanti à l'acheteur. Il faut quelquefois qu'il escorte lui-même le convoi, car le chapardage commence dès le chantier et se poursuit tout au long des rues au profit des boulangers, rôtisseurs et tenanciers de tavernes qui profitent de l'aubaine.

— Cela pour le gros bois, mais pour les fagots ?

— On les acquiert quai de la Tournelle car, dans les chantiers, les Parisiens sont soumis aux exigences des contrôleurs et des charretiers qui y font régner un despotisme absolu.

— Un despotisme absolu..., répéta le roi songeur. Il y a bien longtemps que je vous connais, Ranreuil. C'est mon grand-père qui vous a présenté à moi. Nous chassions des oiseaux dans les étangs. C'était un heureux temps.

Nicolas avait, à plusieurs reprises, remarqué le plaisir qu'éprouvait le roi à se remémorer leur première rencontre. Regrettait-il le temps où, jeune dauphin, nul souci d'État n'entravait ses goûts particuliers, non ceux qu'on lui prêtait pour les arts mécaniques, mais ceux d'un lettré cultivé, féru de géographie et des choses de la marine.

— Je vous ai fait chercher...

Nous y voilà, songea Nicolas. Le préambule s'achevait et les questions sérieuses se profilaient.

— ... pour visiter Paris en votre compagnie. Notre bonne ville a beaucoup souffert de ce trop rude hiver. Vous m'avez accompagné autour de Versailles et j'ai pu constater la misère de beaucoup. Qu'en est-il à Paris ? Veuillez donner vos ordres au cocher et n'hésitez pas à me montrer, non ce qu'on me dit à Versailles dans les conseils, mais bien ce qui est. Ne m'épargnez pas.

Cela fut dit d'un ton sans réplique dont le roi ne devait user qu'à l'égard de ceux qui avaient sa confiance. Cette incroyable équipée demeurerait pour toujours dans la mémoire de Nicolas. Il mesura l'extraordinaire occasion qui lui incombait d'avoir à dévoiler à son roi le vrai de la vie du peuple. Tout ce que Noblecourt, Bourdeau et Semacgus lui avaient découvert, auquel s'ajoutaient les constatations de sa propre expérience, lui revenait à l'esprit. Il éprouvait une sorte de jubilation à l'idée que le roi, comme jadis saint Louis sous son chêne, pourrait ainsi ouvrir les yeux et faire régner la justice comme un père garant du bonheur de son peuple. Nicolas se voyait soudain l'instrument de la Providence : grâce à lui, l'homme, l'oint du Seigneur couronné à Reims, serait confronté à une réalité dont rien ne lui serait celé.

Au cours de cette promenade qui tenait autant du rêve que du cauchemar, rien en effet ne fut dissimulé au souverain. Jeté soudain dans les quartiers les plus populaires, il éprouva l'horreur d'un décor que jusque-là il ignorait et que n'avaient pu évoquer devant lui la pompe et la gloire des joyeuses entrées, les solennels *Te Deum* à Notre-Dame et les banquets somptueux suivis de feux d'artifice de l'Hôtel de Ville. Rien de ce que Nicolas lui présentait n'approchait cette habituelle splendeur.

Le carrosse se frayait un difficile chemin par des voies resserrées et sombres serpentant entre des maisons étroites et hautes d'où tombaient des paquets de neige fondue. Ces rues sales étaient sans caniveau avec des fosses méphitiques non raccordées à l'égout et des coins sombres, empestés de déjections humaines. Parfois des ordures étaient lancées d'une main vindicative contre la voiture et s'écrasaient sur les glaces des portières. À ces ruelles succédaient d'autres ruelles dépourvues de trottoirs, encombrées, où circulaient dans le plus grand désordre, au milieu des étals, des porteurs accablés de charges, des chalands et, parfois, un animal affolé rendu furieux par le premier coup du boucher. Le carrosse franchit des ponts, couverts de maisons, qu'ébranlaient les glaces du dégel.

Le roi, presque toujours silencieux, posait parfois une question dont la candeur surprenait Nicolas. Il lui répondait, expliquait l'administration de la ville et les graves questions qu'elle posait. Celle de la mendicité était majeure, encore accrue par les errants venus des campagnes, aimantés par la grand'ville. Ils gonflaient le nombre des pauvres avec des événements toujours à craindre, le vol devenu banal et le crime multiplié. Le spectre de la famine demeurait toujours présent dans l'obsession de l'approvisionnement en pain, souvenir des événements de 1774[2].

Il montra au roi divers dépôts de mendicité, lui décrivit l'horreur des hôpitaux, l'abomination des enfants trouvés. Il lui signala le régime misérable du petit peuple condamné, au mieux aux bas morceaux, au pire aux restes des regrattiers et aux soupes en manière d'Arlequin. L'abus du vin était sa seule distraction, même si ce breuvage était redoutablement falsifié.

Le roi s'assombrissait au fur et à mesure des explications de Nicolas. À l'issue d'un long et pénible parcours au cours duquel rien ne lui avait été épargné, il fit arrêter le carrosse près de la Porte de la Conférence.

— Je vous suis reconnaissant, Ranreuil, de m'avoir montré ce que l'on me dit en général, mais jamais dans un détail qui, seul, peut convaincre. Et malgré tout cela, il me semble que le peuple m'aime.

Était-ce une question ? Nicolas ne souhaitait pas atténuer par une réponse courtisane l'effet de cette terrible promenade.

— La plupart sont nés dans cet état et leurs soucis les empêchent de trop sentir l'horreur de leur situation. S'ils avaient conscience de leur malheur, soyez certain, sire, qu'ils se révolteraient. Mais c'est vrai, ils se disent, confiants : « Ah, si le roi savait cela ! »

Le roi fit une sorte de grimace dont il aurait été difficile de démêler le sens. Quelles pensées contradictoires pouvaient bien l'agiter ?

— Pour le moment, reprit-il, j'ai déjà consacré une somme considérable pour soulager la détresse présente du peuple. Le besoin s'est encore accru par la langueur du commerce et l'interruption des constructions...

Il parut réfléchir, essuyant ses besicles d'un geste machinal.

— Il n'y a aucune dépense qui ne doit être retranchée.

— Et Votre Majesté doit savoir que la situation empire dans la campagne. Le charroi peine à circuler. Tout reste ainsi engorgé : le foin et la paille ont vu leurs prix singulièrement augmentés. Les légumes et autres comestibles sont d'une cherté terrible. Et je ne parle pas des conséquences à venir des inondations qui surviennent dans plusieurs provinces.

— J'évoquerai la chose au prochain conseil. On retranchera, je le souhaite et le veux, sur la maison du roi, sur les bâtiments, sur le département de la Guerre et sur l'extinction des pensions et des grâces[3]. Hélas, le déficit général ne nous permet pas d'ordonner des dépenses sans trouver en même temps, et sur-le-champ, les ressources nécessaires pour les solder !

Avait-il existé souverain plus soucieux du bien de son peuple que celui-ci, se disait Nicolas qui écoutait ces propos sans savoir s'ils lui étaient destinés ou bien le fruit d'une réflexion à haute voix devant celui qui, depuis si longtemps, faisait, en quelque sorte, partie des meubles.

Le roi se tut, regardant les flots tumultueux qui défilaient sous ses yeux, entraînant débris, cadavres d'animaux et épaves de toutes sortes. Une gêne s'établissait peu à peu. Il se pencha vers Nicolas.

— Ranreuil, j'ai une question à vous poser. Répondez-y avec la loyauté et le zèle qui justifient la confiance que j'ai en vous.

— Sire, je suis le loyal serviteur de Votre Majesté.

— Je vous sais dans l'allant d'une enquête difficile. Ce qui m'en est revenu dévoile bien des turpitudes. Êtes-vous sûr de tout ce que vous avez jusqu'ici découvert? Je dois m'en rapporter à votre jugement dont la sagacité a fait ses preuves. Mais il ne suffit pas que je sois convaincu que vous ne voulez pas me tromper, je dois encore m'assurer, autant que possible, qu'on ne vous trompe pas.

Que signifiait ce discours contourné? De quelle certitude le roi était-il en quête? Que cherchait-il à savoir?

— J'écoute Votre Majesté, dit Nicolas pour relancer le débat.

— Tous mes sujets, quels qu'ils soient, sont mes enfants. Se relâcher de la rigueur des lois en faveur des grands et des riches et ne la réserver qu'aux petits et aux pauvres, ce serait prendre en main cette balance injuste qui est une abomination en présence du Seigneur. Mais… Mais, comme le disait notre trisaïeul, dans les matières d'État, il faut quelquefois couper ce qu'on ne peut dénouer.

Voilà qui était bien dit, mais la conclusion ne laissait pas d'être ambiguë.

— Sire, dit Nicolas, je demeure incertain sur ce que Votre Majesté veut bien signifier par son discours dont les termes rempliraient d'aise et d'admiration le moindre de ses sujets.

— Je sais, Ranreuil, que le nom du duc de Chartres, mon cousin, ponctue en écho chaque étape de votre enquête. J'ignore ce qui peut advenir. Je vous sais juste et sans haine à son égard. Vous me l'avez prouvé lors de l'affaire du combat d'Ouessant[4] où vous lui aviez rendu justice. Votre opinion est d'autant plus recevable. Comprenez que je ne veux en rien peser sur une investigation...

Il toussa, comme saisi d'une gêne soudaine.

— ... qui touche par rebond une personne qui m'est chère. Ce que l'on peut déjà supposer conduit à la présomption d'un crime capital qui affecte la majesté du trône. Où cela peut-il nous conduire ? Comprenez bien que le duc de Chartres est de sang royal et que, s'il devait faire l'objet d'une accusation, il exigerait à tout coup d'être jugé par ses pairs au Parlement de Paris. Or il demeure, avec son père, le chef de la faction d'Orléans qui s'oppose à mes volontés et conspire contre mon autorité. Que pensez-vous qu'il arriverait dans un tel procès ? Me suis-je bien fait comprendre ?

Nicolas s'inclina. Le roi soupira, d'évidence soulagé d'avoir lâché son paquet. La conversation reprit sur les conséquences des grands froids. La voiture de M. de Pontreval apparut. Le roi congédia Nicolas avec une chaleur inattendue venant d'un homme si tenu. Le garde du corps prit la place du commissaire. Sa voiture reconduirait Nicolas au Grand Châtelet.

Sur le chemin du retour, Nicolas, pétrifié, tentait de mettre de l'ordre dans ses pensées. Une crainte le taraudait : s'il s'avérait que cette rencontre improvisée n'était qu'un prétexte, la haute image qu'il se faisait du roi s'en trouverait brouillée. Il connaissait l'incapacité du souverain à aborder de front ce qui lui tenait le plus à cœur, préférant développer son propos sur les sujets les plus éloignés pour soudain planter la question principale sur un terrain où il n'était pas attendu. Cette convocation inopinée, ce mystérieux rendez-vous n'auraient-ils eu pour but que ce dessein caché ? Le roi s'intéressait-il à ce point aux soucis de ses sujets ? Nicolas croyait en sa sincérité. Et d'ailleurs il avait eu des mouvements qui ne trompaient pas. Il restait que l'essentiel de cette rencontre résidait d'évidence dans les derniers échanges. Peut-être les deux postures n'étaient-elles pas incompatibles, auquel cas cette traversée de la ville n'avait pas été inutile. Le roi avait avancé des projets d'économie à soumettre à ses ministres pour alléger la détresse du peuple. S'en souviendrait-il ? Nicolas voulait le croire. Au mieux, le souverain avait souhaité faire d'une pierre deux coups. Cette idée rassurait, mais n'évacuait pas la première et redoutable objection.

Nicolas adhérait de toute son âme aux fortes paroles du roi sur une justice égale pour tous. Pourquoi cette claire affirmation, qui valait engagement, devrait-elle être rédimée par les froids arguments de la raison d'État ? Tout au long de sa carrière de commissaire aux affaires extraordinaires, il s'était, dans l'amertume et le regret, heurté à cet obstacle que rien ne permettait de lever. Et pourtant il croyait encore au vieil adage selon lequel les rois sont choisis pour faire régner la justice et qu'aucun n'est plus grand que lorsqu'il est juste. La justice d'un roi n'avait peut-être rien à voir avec celle d'un particulier. Était-ce une chimère d'espérer ou de souhaiter que les deux correspondissent et que les puissants pussent se conformer à une règle commune, la même pour tous les sujets ?

Les arguments l'entêtaient à l'infini sans lui indiquer l'issue qui le rassurerait. Lui revint ce que, dans sa passion, Bourdeau lui avait dit. Il avait peut-être raison et, une fois de plus, des causes extérieures traversaient une élucidation. Il essaya de se mettre à la place du roi. La tentative était insensée. Au sommet de l'État, des intérêts supérieurs se mêlaient et s'opposaient. Le souverain pouvait-il, au nom d'une haute idée de la justice, baisser les bras et risquer de compromettre l'équilibre du royaume? C'était là le nœud de la question et le dilemme de la raison d'État.

Nicolas en revint à son enquête dont les développements ne mettaient pas directement en cause le duc de Chartres. Qu'en serait-il quand elle s'approfondirait, décapant les couches successives d'apparences et de faux-semblants? Se trouverait-il un jour confronté au choix redoutable d'avoir à trancher entre les considérations insistantes du roi et l'exercice d'une justice incorruptible, aveugle aux circonstances particulières et sourde aux pressions?

Une autre question s'imposa au commissaire. Qui avait aussi bien renseigné le roi? Il se jugea aussitôt bien candide, la réponse était aisée. Soit Le Noir dans son entretien hebdomadaire, soit Breteuil ou, encore, Sartine qui continuait à informer le souverain, le voyant à sa guise sans qu'on le sût dans le secret des petits appartements. Nicolas eût préféré apprendre tout de suite que le roi suivait avec attention le déroulé de son enquête. Cela ne l'aurait pas influencé, mais il aurait sans doute redoublé de prudence, tout en maintenant la rectitude de la voie suivie. Il médita longuement sur ce qu'il devait faire, entre son devoir de policier, son obéissance de serviteur du roi et la raison d'État.

Rien dans l'immédiat ne l'obligeait à choisir. Il agirait selon les circonstances avec la circonspection de l'habitué des arcanes du pouvoir. Il s'évertuerait à déceler les interstices par lesquels la vérité transpirait. Après tout, le roi était le suprême justicier dans l'État. La justice s'exerçait par délégation de son pouvoir souverain. Il ne s'agissait pas de se laver les mains de ce qui pourrait être découvert, mais d'en remettre la décision à celui au nom duquel toute action était conduite. Il estima que cette considération un peu jésuitique n'avait rien de glorieux. Cependant, il s'attacherait à agir comme si nul avertissement ne lui avait été dispensé. Toute autre attitude ne laissait pas d'être prématurée dans la situation incertaine de son enquête. Il serait temps d'aviser ultérieurement. C'est rasséréné par cette résolution que Nicolas arriva au Grand Châtelet.

Au bureau de permanence, Bourdeau piaffait d'impatience et soupira d'aise à l'arrivée de Nicolas.

— Alors, dit-il, que ressort-il de ce mystérieux rendez-vous?

— Ma Doué, je t'en parlerais que tu ne le croirais pas! Rien d'essentiel pour l'heure. Et ici, où en sommes-nous?

Bourdeau, il fallait s'y attendre, s'assombrit à cette énigmatique réponse qui le renvoyait à sa position de subordonné. Il bougonna et choisit cependant de ne pas relancer ce que la réponse de Nicolas contenait d'inhabituel.

— La Mazenard attend que tu l'interroges. Nous sommes aussi allés chercher la servante du Palais-Royal. Gremillon et Rabouine sont respectivement l'un chez Charles Le Bœuf, l'architecte, et l'autre au couvent de Bellechasse. As-tu, toi-même, recueilli de nouveaux éléments?

— La seule chose que je te puis confier, c'est que, d'une certaine manière, ce que j'ai appris te donne raison.

Le propos était lâché dans le but de soulager la blessure d'amour-propre de l'inspecteur. Le visage de l'intéressé s'éclaircit, preuve que la manœuvre avait atteint son objectif.

— Bon, reprit Nicolas, fais entrer la Mazenard. Qu'on en finisse avec elle. J'ose espérer qu'elle a réfléchi à la gravité de sa situation.

— Avant tout, que souhaites-tu qu'elle nous avoue ? Qu'elle s'est trompée sur la reconnaissance des cadavres ?

— Sans doute. La vérité, quoi d'autre ?

— Et si elle était sincère ?

— Elle ne peut avoir reconnu de bonne foi le corps de la Gagère comme étant celui de la femme de la pyramide, assassinée plusieurs semaines auparavant !

— Ce que j'essaie de te faire comprendre c'est qu'elle n'a, peut-être, jamais vu ni l'une ni l'autre de ces femmes.

— Que veux-tu insinuer ?

— Qu'elle nous joue la pantomime et que nous sommes ses spectateurs hébétés. Songe qu'elle peut n'avoir jamais participé à aucune de ces scènes, ni avec l'inconnue, ni avec la Gagère. Cette hypothèse éclaircirait la question. Notre femme ainsi se trouverait dans l'impossibilité de reconnaître l'une ou l'autre.

— Je t'écoute et je réfléchis. Et, selon toi, à quoi correspondrait cette étrange dénégation ? Or, tout ce qu'elle nous a avoué prouve qu'elle est complice d'un meurtre, celui de l'une de ces femmes ou, par extraordinaire, d'une troisième ! Pourquoi pas ? Pourquoi pas ?

Il frappa la table de sa main.

— Où cela, Pierre, nous conduira-t-il ? Si ce que tu avances est avéré, cela signifie que cette femme nous joue en effet une saisissante comédie qui ajoute encore à sa fourberie naturelle. Et…

Nicolas s'arrêta, les yeux fermés, marchant à petits pas.

— Je me murmure que si elle agit d'une manière apparemment aussi inconséquente, c'est qu'elle croit et espère échapper à nos procédures et accusations. Pourquoi ?

— C'est une devineresse, lança Bourdeau riant. Elle voit l'avenir.

— Je me demande, dit Nicolas poursuivant ses réflexions, si la certitude ou l'espérance que cette attitude manifeste n'est pas le fruit d'une influence extérieure. Elle se sait protégée par une puissance supérieure à la nôtre. De là sa résistance. Je crois qu'elle se maintiendra dans sa position lors de l'interrogatoire que nous allons mener. Il nous faut mettre en place une stratégie. Menons-la sur son propre terrain, celui de la fallace et de la ruse.

— Et comment envisages-tu le point d'attaque ?

— Il faut la réduire à quia en l'enfonçant dans son mensonge. Imagine, que nous la confrontions avec un homme présenté comme le mari en question. Je pense à un exempt bien endoctriné qui en jouera le rôle. Bref, de deux choses l'une : soit elle le reconnaît et, par là, s'enferme dans sa tromperie, nous prouvant ainsi sa *duplice*, soit...

— Elle ne le reconnaît pas.

— L'exempt s'accuse devant nous, la désigne avec force comme celle qui l'a aidé à transporter le corps. Il décrit la scène comme elle nous l'a raconté. L'étau devient alors tellement serré qu'elle n'y résistera pas. Je te donne mon billet qu'elle mangera le morceau. Et cela quelles que soient par ailleurs les promesses de protection qu'elle a évidemment reçues.

— La chose est envisageable et je vais de ce pas la mettre en scène avec le plus dégourdi de nos gens. Reste que nous devons faire précéder cet interrogatoire de celui de la servante. Elle nous fournira la description du valet qui lui a remis les hardes destinées à être portées chez la revendeuse à la toilette. D'ailleurs il est possible qu'il y ait eu un troisième larron entre l'assassin et la servante. J'imagine mal l'assassin se dévoiler en ayant recours à cette fille. Mais il faut risquer le coup et que notre faux-témoin d'exempt qui jouera le rôle du mari corresponde également dans son aspect à la figure du prétendu valet. Il est probable que tout s'est déroulé selon le récit de la Mazenard dans une quasi-obscurité. Elle n'a guère eu le temps de dévisager le mari.

— Elle a pourtant pris le temps de recevoir l'argent! Pour le reste, tu as raison. Procédons par ordre et interrogeons la servante, qu'on nous la présente et, selon ce qu'elle nous confiera, les conséquences seront tirées quant à la préparation de l'exempt.

La petite Louison Ravet entra, effrayée, tremblante, jetant à droite et à gauche des regards affolés. Nicolas la dirigea avec douceur vers une chaise et en prit une autre qu'il disposa à ses côtés comme pour la rassurer.

— Allons, mademoiselle Louison, ne vous troublez pas. Nous souhaitons seulement compléter votre première déposition. La chose faite, vous serez libre de rentrer au Palais-Royal.

Elle tirait sur les cordons de son capuchon, peu rassurée par le propos amène du commissaire.

— Bien, monsieur. Je ferai ce que vous voulez.

— Parfait. Vous nous avez dit avoir reçu l'ordre d'aller quérir les vêtements en question d'un valet inconnu. Vous persistez?

— C'est la vraie vérité.

— Soit. Prenez votre temps et essayez de nous le décrire dans le plus exact détail. Et d'abord, l'avez-vous revu depuis votre première rencontre?

— Jamais, jamais.

— Comment savez-vous qu'il s'agissait d'un valet. En portait-il la livrée ?

— Non, monsieur. C'est lui qui me l'a dit tant j'étais surprise qu'il puisse s'adresser à moi.

— Bon. Quel âge lui donneriez-vous ?

— C'est un barbon, monsieur. Votre âge à peu près, dans la quarantaine.

Bourdeau pouffa devant la mine déconfite de Nicolas.

— Prends ton paquet, ô noble vieillard !

— Soit, et la corpulence ?

— Mince au point d'être maigre. Des yeux gris. Je me suis demandé quelle sorte de valet c'était là.

— Pourquoi cette impression ?

— Sa vêture ne correspondait pas à son état, celui de domestique tout comme moi. Il est vrai que je ne suis qu'une pauvre servante.

— Comment était-il habillé ?

— Un mantelet gris à col de fourrure, si riche d'aspect que cela m'a surprise. Un chapeau noir... c'est tout ce que je me rappelle.

— Tout cela est curieux.

— Et de plus, il parlait comme un monsieur.

— Nous vous remercions, mon enfant.

Il lui donna un louis qu'elle refusa d'abord pour finalement s'en saisir en rougissant. Elle esquissa une révérence, puis sortit à reculons comme si elle craignait qu'on la retînt.

— Cette description ne te rappelle rien, dit Bourdeau, un homme de taille moyenne, maigre. C'est, d'après le portrait que tu m'as fait, celui tout craché de Charles Le Bœuf, l'architecte.

— Méfions-nous des élans premiers. La facilité nous induit des vues toutes faites. Lequel de nos gens choisis-tu pour jouer le rôle ?

— Richard me semble le plus approprié.

— Qu'on le grime, et un peu d'*ensanglantement* ne messiérait pas. Il faut impressionner la dame qui n'est pas un ange de tendresse. «*Avancez en eau profonde et jetez vos filets pour la pêche.*»

Bourdeau jeta un coup d'œil goguenard à Nicolas, mais s'abstint de toute ironie sur cet évangélique commentaire. La préparation de l'exempt fut rapidement menée à bien. Nicolas vérifia le résultat qui lui donna toute satisfaction. On introduisit la Mazenard. La fatigue ou l'angoisse marquait ses traits.

— J'ose espérer que vous avez apprécié le confort de nos cachots, et encore, madame, par égard à votre délicatesse, nous vous avons épargné ceux qui font la réputation de ce lieu, bien pourvus d'insectes et d'autres bêtes immondes. Mais votre séjour n'est pas achevé...

Il n'aimait pas user de ce tour. Pourtant il fallait bien briser la résistance de cette femme. Il tournait, menaçant, autour d'elle, s'étonnait encore une fois de constater de quelle manière un visage pouvait changer d'apparence selon qu'on le considérait de face, ou de profil. Sur celui de la Mazenard transparaissait une sorte de cruauté avec des bouffissures de chair et des rides peu habituelles. Avait-elle jamais éprouvé, comme tout un chacun, d'humaines émotions?

Le crime et le vice avaient-ils seuls sculpté une apparence qui de premier abord aurait pu séduire? Pourquoi exsudait-elle la laideur de l'âme? Elle lui jeta un regard froid, un de ceux qu'il observait souvent chez beaucoup de criminels et qui toujours lui rappelaient celui d'un reptile.

— Je me répète, madame, confirmez-vous vos précédentes déclarations?

Elle approuva de la tête.

— Secondement, pouvez-vous me révéler l'identité de votre client ou toute indication le concernant ?

Elle ne répondit pas.

— Libre à vous d'aggraver votre cas. Cependant, apprenez que nous sommes en mesure de vous confondre. À la suite de diverses investigations, le mari a été retrouvé et arrêté. Il a dûment été interrogé par les moyens habituels et a fini par avouer. Nous allons vous confronter avec lui.

Il multiplia les détails imaginaires dont l'accumulation lui parut nécessaire afin d'ancrer l'évidence dans l'esprit de la Mazenard. Il renforça le tout en suggérant que l'homme qui allait entrer avait été soumis à la question, c'est-à-dire à la torture. Cela ne pouvait qu'impressionner cette femme, en espérant qu'elle ignorait que cette pratique barbare avait été abolie par le roi et que la preuve devenait l'unique pierre angulaire de la conviction et du jugement. La Mazenard demeurait muette, entamant même une curieuse mélopée qui ressemblait à un gémissement.

— Soit. Qu'on fasse entrer le prévenu.

L'apparition de Richard grimé en soi-disant accusé fut spectaculaire. D'évidence le sang n'avait pas été épargné, dont la matière avait sans doute été empruntée aux boucheries des alentours de la forteresse. S'ajoutaient à cela vêtements en loques, visage marqué de coups et jambes ballantes ne supportant plus un mannequin pitoyable que deux exempts soutenaient sous les bras et laissèrent tomber sur une chaise où il s'effondra.

La Mazenard le fixait, les yeux exorbités et la bouche ouverte. Que se passait-il dans sa tête ? Il semblait que défilassent dans son esprit différentes échappatoires. Nicolas ne put s'empêcher d'éprouver un rien de pitié envers cette bête prise au piège. Que pouvait-elle inventer dans une aussi redoutable occurrence?

— Madame, je vous somme, pour la dernière fois, d'avoir à répondre à mes questions. Reconnaissez-vous l'homme qui a assassiné votre cliente et que vous avez aidé à transporter le corps?

— Oui, c'est bien lui! cria-t-elle sans hésiter un instant.

— Vous en êtes sûre?

— Je le répète. Qu'on me laisse tranquille. Vous avez ce que vous vouliez. Je veux partir. Assez... Assez...

La voix stridente monta dans les aigus. La tête se tordit en arrière et de l'écume sortit de la bouche. Elle tomba à terre, le corps arqué et parcouru de soubresauts et de tremblements.

— Qu'on l'emporte, dit Bourdeau, et qu'on aille quérir le médecin de permanence.

Les policiers se retrouvèrent seuls. Nicolas marchait de long en large.

— Était-ce là comédie? Jouer pour échapper à la suite? Tout est possible avec cette femme.

— Je ne crois pas, dit Bourdeau. Cela ressemblait à une attaque du haut-mal. Pour le reste, l'expérience a été concluante. Elle a feint de reconnaître Richard comme étant le mari. Soit elle n'entend rien cracher de la vérité sur la mort de l'inconnue, soit...

— Soit nous retombons sur tes soupçons et elle n'a jamais participé au meurtre. Par conséquent elle ne peut reconnaître personne. Mais, enfermée dans son système et, sans doute, sous le coup d'une menace inconnue, elle s'y accroche. Cette hypothèse expliquerait la multiplication des intermédiaires, les uns ignorant les autres.

— Le mystère demeure. Si elle n'a point participé au meurtre, comment se fait-il qu'elle puisse le décrire aussi exactement ? Qui l'en a informée et pourquoi ?

— Pardi ! Le meurtrier, et pour des raisons inconnues de nous. Je songe à un détail qui pourrait bien n'en être pas un : lorsque la Mazenard aura retrouvé ses esprits, j'apprécierais qu'on lui présente les habits de l'inconnue de la pyramide, ceux que j'ai récupérés chez la revendeuse à la toilette.

— Ce faisant, quelle est ton intention ?

— C'est simple. Il suffit de lui présenter des effets différents, comme nous avons fait avec Richard pour le faux mari. Si elle les reconnaît, elle nous confirmera pour la seconde fois qu'elle nous ment et qu'elle n'a point participé au meurtre. En outre, j'attends toujours des nouvelles du couvent de Bellechasse.

Soudain il se frappa la tête et consulta sa montre.

— Mon Dieu ! J'avais complètement oublié une invitation à souper chez l'amiral d'Arranet. Je dois partir à l'instant. Pierre, envoie quelqu'un rue Montmartre pour prévenir de mon absence cette nuit. Je coucherai à Fausses-Reposes. Que rien n'affole la maisonnée ; ils demeurent un peu anxieux après mes aventures des derniers jours !

La voiture de Nicolas quitta le Grand Châtelet alors que le jour tombait. Il n'avait pas mesuré jusque-là la durée de la visite de Paris en compagnie du roi. Dès la nuit venue, le gel reprenait et ralentissait la marche des équipages, même sur une voie aussi entretenue que celle menant à Versailles. À Fausses-Reposes, Tribord l'attendait sur le perron. Il l'accueillit avec sa jovialité coutumière.

— L'amiral est sur la dunette qu'il arpente, inquiet que votre retard ne soit occasionné par l'état des routes. Mademoiselle, elle, ne tient pas en place.

Entrez vite les rassurer. Quant à moi, je retourne à ma cambuse surveiller l'ordinaire.

Quand Nicolas entra dans le grand salon, il fut salué par deux soupirs de soulagement.

— Ah! fit l'amiral, le prenant affectueusement par les bras. Je suis bien aise. J'étais affreusement tracassé. Par ces temps, la croisière peut s'avérer périlleuse!

— Monsieur, dit Aimée feignant la sévérité, je craignais que vous n'ayiez oublié cette invitation et que l'état de vos enquêtes l'ait emporté sur la fidélité due à vos amis.

Il lui baisa les mains sous le regard attendri d'un père qui, ayant pris une bonne fois pour toute la mesure de la situation, s'accommodait des règles particulières qui présidaient aux relations de ceux qu'il aimait appeler « *ses enfants* ».

— Il ferait beau voir que j'oublie.

Le souper avait été organisé avec les moyens du bord, restreints en raison du temps. L'amiral présenta ses regrets d'un régime fort peu varié, que le carême ne justifiait pas entièrement. Rassemblant ce qu'il avait sous la main, Tribord avait confectionné un potage de riz à la Piémontaise, agrémenté de croûtes de parmesan. Ce plat réchauffant fut suivi par du lapin en brezolles.

Tribord encouragé fut disert sur ce mets. Il avait eu recours au clapier de la propriété. Deux lapereaux avaient fait l'affaire, dépouillés, désossés et la chair levée. L'essentiel, précisa le vieux matelot, était de préserver la seconde peau intacte. Avec la chair, le foie, de la graisse dont il n'indiquait pas l'origine, les assaisonnements nécessaires parmi lesquels des câpres hachées, il avait confectionné une farce. Trois ou quatre jaunes d'œufs liaient l'ensemble jeté alors dans un mortier. Après avoir étalé les morceaux de la peau, on les emplissait de la farce. On ficelait le tout qu'on faisait braiser à petit feu avec des échalotes et une jetée de vin de champagne. Des confitures achevèrent le festin.

Le temps fit l'objet de propos liminaires, conséquences du dégel et des inondations menaçantes. Aimée évoqua la misère du peuple et le dévouement charitable de Madame Élisabeth. Puis l'amiral prit le dé de la conversation :

— Imaginez, mon cher Nicolas, que, pour l'heure, on me consulte sur les affaires de la marine. Le déficit conduit à la banqueroute de l'État. Nous payons le bilan de la guerre d'Amérique sans que, depuis, nos alliés nous manifestent la moindre reconnaissance. La marine, qui a pris largement sa part dans notre victoire, est accusée d'avoir dépassé ses crédits. Et il faut bien reconnaître que la mesure de notre ami Sartine, qui a retiré aux officiers de plume les soins d'administration pour les confier au corps militaire, a été des plus nocives.

— Qu'est-ce à dire ? demanda Nicolas. De la corruption, là aussi ?

— Point du tout. Mais, depuis, pas un seul compte de la marine n'a été arrêté, et je ne parle pas de la dépense des ports encore plus catastrophique. Les trésoriers reçoivent des bordereaux non motivés. Tout est désordre et inconséquences. Pour le moment, la bataille fait rage pour le budget, enfin le service courant, de la marine. Quarante-huit millions de livres étaient demandées par Castries, Calonne a réussi à réduire la somme à trente-quatre.

— Et cela est-il satisfaisant ?

— La question n'est pas là. Ce qui importe, c'est la manière dont ces crédits sont utilisés. Une chose se doit d'être affirmée haut et clair : pour assurer la régularité des dépenses et leurs règlements, il faut séparer totalement deux responsabilités, celle de l'ordonnateur et celle du payeur et établir entre les deux une barrière insurmontable, oui insurmontable. Je crains que le temps n'en soit pas encore venu. Hélas !

Tribord servit un vieux rhum et la conversation languit peu à peu. L'amiral se retira. Les deux amants montèrent dans leur appartement. Nicolas allait pouvoir oublier les angoisses et périls des derniers jours. Il était heureux qu'Aimée, prise par son service auprès de Madame Élisabeth, ne connût son aventure dans les carrières de Montmartre. Il la découvrit soudain sérieuse, la mine inquiète.

— Nicolas, je ne veux rien désormais vous dissimuler. Vous connaissez maintenant la société à laquelle j'appartiens. Elle entretient des relations avec d'autres obédiences. C'est ainsi que j'ai eu l'occasion de rencontrer le comte de Cagliostro qui, je crois, ne vous est pas étranger.

— En effet, dit Nicolas, inquiet de cet exorde, je le connais et, même, je le surveille. Que vous a-t-il demandé, car je présume que c'est de cela que vous souhaitez m'entretenir.

— Oui, on ne peut rien vous cacher… Connaissant ma position auprès de la sœur du roi, il m'a priée d'intercéder en faveur d'une des protégées…

— La comtesse de la Motte.

— Dieu, rien n'est jamais secret avec vous ! Il me demande d'introduire cette dame, du sang des rois prétend-il, auprès de Madame en vue de solliciter son aide et son secours.

Nicolas secoua la tête.

— Gardez-vous-en bien ! N'y prêtez aucunement la main. Tout confirme que nous avons affaire à un escroc de haut vol. Moins vous le verrez, mieux vous vous porterez.

Elle prit Nicolas dans ses bras.

— Seriez-vous jaloux, par hasard? L'homme ne manque pas de séduction.

— Non point, je suis prudent, et inquiet pour mon amour.

Il l'étreignit avec douceur et tout le bonheur du monde s'empara de lui.

XII

BELLECHASSE

« Malgré les ténèbres de la nuit, le dedans va se découvrir à vos yeux [...] de même qu'on voit le dedans d'un pâté dont on vient d'ôter la croûte. »

Lesage

Jeudi 4 mars 1784

Bien avant l'aube, Nicolas se leva pour s'apprêter et, sans bruit, quitta Aimée qui dormait encore dans le plus charmant désordre. Dans l'office, Tribord, debout depuis longtemps, lui servit un café brûlant. Sa voiture l'attendait; il reprit aussitôt le chemin de Paris. La route étant toujours glissante et périlleuse, il ne parvint au Grand Châtelet que passé neuf heures. Tous l'attendaient, impatients de renouer le fil de l'enquête. Nicolas espérait que chacun lui apporterait de nouvelles informations.

— Une question me taraude, dit-il. Quel est l'état des surveillances à l'hôtel de Vainal et chez l'architecte Charles Le Bœuf? Cela n'est pas sans conséquence.

Un silence atterré fut la seule réponse qu'il obtint.

— Je crois, dit Bourdeau hésitant, que la multiplication des événements, les recherches pour te retrouver dans la carrière de Montmartre, ont quelque peu désorganisé notre dispositif. Les hommes dont nous disposions, mobilisés pour plusieurs opérations, et, pour tout dire, en nombre insuffisant, n'ont pas poursuivi les *épiements* en question.

— Soit. J'entends bien que cette surveillance a cessé autour des deux maisons... Cela ne fait pas mon affaire.

Chacun se tut, non dans la crainte d'une hypothétique colère de Nicolas qui, toujours, maîtrisait ses déplaisirs, mais peiné d'avoir déçu sa confiance. Quant à Nicolas, impassible, il songeait qu'il n'avait qu'à s'en plaindre à lui-même. Responsable de tout, il l'était aussi du détail. Il n'était pas homme à s'en prendre à ses adjoints et à leur reprocher une erreur dans une affaire où la multitude des investigations dispersait l'attention sur des aspects particuliers au détriment d'un tout mystérieux. Les mines consternées qu'il envisageait marquaient assez la désolation et le *dépitement* général. Pour assuré que d'importants éléments avaient pu échapper à leur circonspection, il fallait en prendre son parti et passer sans récrimination à autre chose. D'ailleurs il se doutait que son absence de réactions, le fait qu'il ne leur tiendrait pas rigueur de cette erreur, les impressionnait au plus vif. Il passa donc outre sans que son apparente mansuétude échappât pour autant à personne.

—*Non ista mea culpa, sed temporum*[1], murmura-t-il à voix basse. Peu importe. Où en sommes-nous sur le couvent de Bellechasse?

— Des allées et venues dont les raisons nous échappent, dit Bourdeau avec un soupir de soulagement. Charles Le Bœuf y est retourné. Quant à sa femme, toujours aucune nouvelle.

— Et diable, comment le sais-tu?

Bourdeau s'empourpra.

— La surveillance de la maison de l'architecte a repris hier soir.

— Que ne le disais-tu?

— La surveillance donc a renoué et nous avons interrogé le voisinage. Aucun domestique n'est réapparu et un marchand de bois venu livrer une commande a trouvé porte close sans que rien, ni bruit ni lumières, n'ait signalé une présence dans la maison.

— Il est temps de me rendre à Bellechasse. Ce lieu me semble le nœud de quelque chose qui m'intrigue.

— Oublies-tu qu'il s'agit d'une maison sous la protection d'un prince de sang?

— Et moi je dispose de la force publique, celle d'un magistrat, commissaire au Châtelet, chargé des affaires extraordinaires. Au service du roi et de la police.

Il proféra cela avec l'indéniable accent d'une certitude où affluait tout l'orgueil des Ranreuil. Ce disant, il considérait le blason de sa chevalière *d'hermine à trois chevrons de gueules* et entendait son père le marquis répétant la devise de la famille «*Quid faciatis vos facit*» (Ce que vous faites, vous fait)[2].

— Et comment t'y prendras-tu si l'on te refuse le passage?

— Y a-t-il empêchement qui m'ait jamais fait obstacle? J'aviserai sur place, et gare à qui se mettra par mon travers ! J'irai seul, cela attirera moins l'attention. En attendant mon retour, qu'on présente à la Mazenard de faux effets. M'est avis qu'elle les reconnaîtra, signant ainsi sa fourberie et le vrai de ses mensonges.

En route vers la rive gauche, Nicolas riait dans sa barbe. Son irritation s'était évanouie et il constatait combien le déroulé d'une enquête tenait à l'usage des carrosses, chaises, phaétons, pots de chambre, désobligeantes et autres moyens que l'époque mettait à la disposition du Parisien. Le comique de cette idée le ravissait. Toute avancée vers le dénouement d'une affaire signifiait d'innombrables parcours et itinéraires dans la ville. Il imaginait sur un plan de Paris l'immense toile d'araignée figurant l'infini des déplacements continus.

Puis, à nouveau, s'imposèrent à lui les données de l'énigme. Sa réflexion était favorisée par le balancement de la caisse, le bruit des sabots, les hennissements de l'attelage, le tout ponctué par les cris du cocher criant « *gare* » aux piétons insouciants et les claquements de fouet. Quelque chose lui échappait. Courait-il un lièvre alors que le gibier était tout autre ? Depuis le début, l'idée s'était imposée que la ressemblance du cadavre de la pyramide de glace avec la reine était à l'origine et la fin de l'affaire. S'étaient-ils tous trompés, en s'appuyant sur cette hypothèse ?

D'autres causes avaient-elles conduit à ces mystères et à ces morts ? Mais lesquelles ? Il se sentait invinciblement entraîné dans une sorte d'impasse où, peu à peu, l'obscurité s'épaississait. La mort criminelle avait toujours pour origine des motifs élémentaires d'où tout découlait : passion amoureuse, jalousie, lucre, vengeance et ambition. Lequel ou lesquels d'entre eux, voire plusieurs emmêlés, résidaient-ils au fond des apparences ? La visite projetée au couvent de Bellechasse lui apporterait-elle de nouvelles lumières ?

Et d'abord, comment devait-il aborder ce lieu particulier ? Un déguisement, comme ceux dont il avait coutume d'user à l'occasion, ne paraissait pas opportun dans la circonstance, risquant d'ouvrir d'autres difficultés qui ajouteraient encore au délicat d'une démarche hasardée. Il pouvait également se présenter *ex abrupto* en sa fonction : commissaire du roi au Châtelet. Il prétendrait être en service. Il estimait que cela ne faciliterait en rien sa recherche. Il ne s'agissait pas de se heurter tout de go à un mur, mais d'engager une battue discrète, prudente et avisée. Quel gibier lèverait-il, il n'en savait rien. Seule la fréquence des visites de Charles Le Bœuf justifiait qu'on vînt renifler par là.

Où devait-il se diriger ? Comment procéder ? Il savait qu'au sein de l'emprise des religieuses avait été édifié un pavillon dans lequel, de plus en plus souvent, logeaient, lorsqu'ils n'étaient pas au Palais-Royal, les enfants du duc de Chartres, leur gouvernante, la comtesse de Genlis, et ses filles. Même si l'accès du couvent était de jour ouvert aux hommes, il convenait de s'y présenter armé de bonnes raisons.

Il s'en remit à sa bonne étoile. La chance favorisait souvent ceux qui se confient à elle sans barguigner. Il y avait un tableau à jouer : prétendre venir au couvent sous le prétexte d'apporter un pli au duc de Chartres. Le risque était faible qu'il ne s'y trouvât pas. Dans le cas contraire, Nicolas pourrait toujours arguer de la nécessité de s'entretenir avec le prince au sujet de l'étrange évocation dans une affaire criminelle de ses proches et d'une servante du Palais-Royal. Dans le pire des cas, cette manière de se sortir du piège serait la plus vraisemblable et la plus aisément reçue. Si le duc de Chartres était absent, le hasard seul orienterait sa recherche et il franchirait, échelon après échelon, les degrés d'un exercice difficile.

Tout fut plus aisé qu'il ne l'avait imaginé. Il entra sans encombre dans la partie publique. Un portier l'avait laissé passer après un regard appréciateur sur sa tenue et sur son apparence. Nicolas avançait dans le jardin extérieur à la clôture quand il entrevit un jeune garçon qui, accroupi sur une dalle dégagée de neige, regardait tourner un petit toton de bronze et notait sur un papier avec une mine de plomb les lettres que présentait l'une des faces de son jouet, sa rotation achevée. Nicolas le salua. L'enfant leva la tête, le regard interrogateur. Le commissaire, sans trop réfléchir, décida d'aller droit au but.

— Monsieur, dit-il, usant de cette politesse qui ne faisait jamais de différence d'âge, auriez-vous l'extrême obligeance de m'indiquer où je pourrais trouver Monsieur Charles Le Bœuf, architecte de Monseigneur le duc de Chartres ?

— Bonjour monsieur, dit l'enfant lui tendant la main. Je m'appelle Louis-Philippe, duc de Valois[3].

Nicolas tira son tricorne et s'inclina derechef.

— Je ne souhaite pas troubler vos jeux, Monseigneur. Je suis le marquis de Ranreuil, magistrat du roi.

Il n'utilisa pas le terme de police, soucieux de ne pas effaroucher l'enfant par une évocation trop lourde de significations.

— Êtes-vous, Monsieur le Marquis, connu de Monsieur mon père ?

— Certes. J'ai eu l'honneur de combattre à ses côtés, naguère.

— Et où cela, si je puis vous le demander ?

— Sur mer, au combat d'Ouessant.

Ce point parut intéresser l'enfant dont les yeux brillaient d'excitation.

— Le canon fait-il beaucoup de bruit ? Beaucoup plus qu'un feu volant ?

— Beaucoup plus. Les oreilles vous en sifflent longtemps après.

Le temps s'écoulait, il fallait avancer et conclure.

— Et Monsieur Le Bœuf, reprit Nicolas, l'a-t-on vu aujourd'hui ? Loge-t-il dans cette maison ?

— Je ne l'ai pas vu. Il n'habite pas ici. Seul celui qui l'aide dans ses travaux est ici en permanence depuis quelque temps.

— Ah, bien ! Et où le peut-on trouver ?

— Il occupe une chambre de domestique au rez-de-chaussée de la maison.

— Votre Altesse aurait-elle la bonté de m'y conduire ?

— Oui, dit le petit prince, lui tendant la main.

La cuisine était le premier objet qui frappait la vue. Elle ouvrait sur un long corridor bordé à droite et à gauche par les chambres des domestiques. Ce couloir était orné d'écriteaux bleus portant des citations anglaises en lettres d'or. Le duc de Valois désigna une pièce à Nicolas, qui poussa la porte. La cellule était vide. Le mobilier succinct comprenait une couchette, une table, une chaise et une armoire ouverte emplie de hardes et de deux paires de souliers qui attirèrent l'attention du commissaire. Il les examina longuement en hochant la tête.

— Serait-il sorti ?

— Je l'ignore.

— Il n'y a qu'une seule issue. Vous l'auriez vu sortir, là où vous lanciez votre toton.

Le duc de Valois se mit à rire.

— Oh! Il y a bien la clôture, mais il existe des trous pour passer dans le jardin des sœurs...

Il baissa la voix, l'air malicieux.

— L'été, mes frères et moi y allons cueillir des gro-seilles et des prunes. Chut! C'est un secret. Des petites portes taillées dans le mur d'enceinte donnent sur la ville.

— Vraiment? dit Nicolas à qui cette précision n'échappa point.

Il avait maintenant hâte de quitter les lieux. Ils sor-tirent dans le jardin mais, au moment où le commis-saire faisait ses adieux au petit prince, une voix altière les arrêta.

— Monsieur, que faites-vous ici et qui êtes-vous?

Une dame apparut en robe grise et manteau bleu sombre. Nicolas jura intérieurement. C'était mal-chance de tomber sur elle. Il reconnut la comtesse de Genlis, ses yeux sombres, sa bouche arquée avec ses fossettes en coin, sa lèvre inférieure très ourlée et son nez pointu relevé du bout. Pourtant, il y avait loin de la jeune maîtresse passionnée du duc de Chartres qu'il avait croisée sous le feu roi. Une sorte de séche-resse sévère imprégnait un visage longtemps mou-vant et charmant, désormais de plus en plus figé dans un quant-à-soi volontairement maintenu.

— Louis-Philippe, vous ai-je assez dit de ne point vous adresser à des inconnus. Rejoignez la salle d'étude. Nous en reparlerons.

Le petit prince jeta un regard malheureux à Nico-las. Celui-ci posa son index sur la bouche. Ce geste imperceptible fut reçu par Valois qui acquiesça d'un mouvement de paupières.

— Devrais-je me répéter, monsieur? Qui êtes-vous et que faites-vous céans?

— Mille regrets, Madame la Comtesse...

Elle marqua d'un mouvement de tête sa surprise qu'il la connût.

— ... Je suis au désespoir d'avoir troublé la sérénité de ce lieu. Le prince n'est en rien coupable. Il n'a fait que répondre avec une exquise politesse à mes questions.

— Des questions ! À Monsieur le duc de Valois. Qui êtes-vous pour vous le permettre ?

Il n'y avait plus de raison désormais de dissimuler ses qualités.

— Je suis le marquis de Ranreuil, commissaire du roi aux affaires extraordinaires et, Madame, j'enquête sur une affaire criminelle.

— Et vous croyez sans doute, monsieur, trouver quelque chose dans la demeure privée d'un prince de sang ? Soupçonnez-vous la famille du duc de Chartres d'être impliquée dans une affaire que j'ignore ?

— Allons, Madame, n'en jugez point ! J'agis au nom du roi. Aucune personne, aussi haut placée fût-elle, ne saurait entraver ma tâche.

— Le roi ! Le roi ? dit-elle avec un demi-sourire dédaigneux qui en révélait long sur le sentiment qu'on nourrissait à l'égard du souverain dans la maison d'Orléans.

Elle le toisa.

— J'attends de vous, monsieur, des explications et des justifications sur le fait d'avoir interpellé un enfant.

— Il s'est montré fort charmant et digne de l'éducation qu'il reçoit.

Cette habile remarque, qui tenait du compliment, parut adoucir la bonne dame.

— Enfin, Monsieur le Marquis, expliquez-vous ?

— Je n'entrerai pas dans le détail d'une affaire criminelle qui exige le secret. Je souhaiterais seulement rencontrer Monsieur Charles Le Bœuf, architecte de Monseigneur le duc de Chartres, dont on m'avait rapporté la présence au couvent de Bellechasse. D'évidence, il n'y est point. Je vais donc me retirer en vous priant de lui dire, si par hasard vous le rencontriez, qu'il aurait grand intérêt à se présenter au Grand Châtelet, et cela, de toute urgence. Madame, je suis votre serviteur.

Et sans laisser à la comtesse de Genlis le temps de répliquer, Nicolas, après un bref salut, se retira à grands pas. De retour dans sa voiture, il eut tout loisir de réfléchir à ce qu'il venait de découvrir. Il n'était pas mécontent de cette incursion au couvent de Bellechasse. Il était parvenu à gagner sans effort le concours du duc de Valois dont la spontanéité et la gentillesse l'avaient ému. Il ressentait quelque remords d'en avoir profité. Qu'il eût su lui parler lui était venu tout naturellement. À bien y réfléchir le regret qu'il avait toujours éprouvé de ne pas avoir connu les jeunes années de son fils Louis expliquait qu'il se rattrapât quand le hasard le plaçait face à un enfant.

Le court dialogue noué avec Louis-Philippe d'Orléans s'était révélé plus que fructueux. Il en dressa le bilan. Primo, un nouveau personnage mystérieux était entré en lice, désigné comme l'aide de l'architecte Charles Le Bœuf. De surcroît cet inconnu recevait d'évidence la visite de son maître et, peut-être, dès avant la découverte du cadavre de la pyramide de glace. L'affirmation que cet inconnu pouvait être un commis ne tenait pas et paraissait constituer un prétexte flagrant. Son interrogatoire s'imposait au plus vite et exigeait d'immédiates dispositions.

Restait l'impossibilité de l'appréhender à l'intérieur du domaine de Bellechasse. Cet ensemble à la fois personnel et religieux dépendant du duc de Chartres ne possédait certes pas les privilèges d'immunité, par exemple de l'enclos du Temple où les banqueroutiers trouvaient refuge et protection contre les procédures. Mais cette perspective jetterait Nicolas dans des difficultés qu'une intervention ne laisserait pas de déclencher plus rapidement qu'il le souhaitait.

Si le jeune prince tiendrait sans doute à honneur de ne pas dévoiler la teneur de sa conversation avec le marquis de Ranreuil, il n'en serait pas de même de la part de la redoutable comtesse de Genlis. Elle ne manquerait pas d'informer son amant de sa visite et des raisons mises en avant pour la justifier. Certes, celles-ci participaient d'une apparente logique sur laquelle il pouvait s'appuyer dans le cas, probable, où le duc de Chartres en prît ombrage et demandât réparation de cette incursion au sein de son privé.

Un autre point, demeuré confus dans son esprit, avait frappé le commissaire : une impression ou, comme souvent, un bref éclair d'intuition aussitôt oublié sitôt qu'effleuré et comme inconscient. Il savait que la chose lui reviendrait au moment opportun, mais pour l'instant elle ne lui était d'aucune utilité.

Plus jeune, l'angoisse l'aurait saisi de ces inquiétantes perspectives. Désormais l'expérience acquise et le sang-froid des vieux soldats l'aideraient à rester de marbre face à l'inévitable. Pour qui, comme lui, avait eu le privilège d'approcher deux rois dans leur intimité, en bénéficiant de surcroît de leur confiance, il s'estimait, sans qu'aucun orgueil intervînt dans cette certitude, non à l'abri des risques et des menaces, mais indifférent. Et puis, dans cette éventualité, la clarté serait sans doute la meilleure défense. Elle se résumerait à une simple question : pourquoi tant de proches du duc de Chartres se trouvaient-ils mis en cause dans l'enquête sur deux meurtres, liés l'un à l'autre ? Pourquoi ne la poserait-il pas ainsi en toute innocence ?

Cette méditation le ramena au Châtelet où Bourdeau s'empressa de lui réclamer rapport de sa visite au couvent de Bellechasse.

— Alors, comment t'es-tu introduit chez les dames du Saint-Sépulcre ?

— Le plus simplement du monde, par la porte !

— Et ensuite ?

— J'ai fait la cour à un duc et affronté une comtesse qui m'a froidement éconduit.

— Donc, chou blanc ?

— Point du tout. J'ai obtenu ce que je souhaitais et même ce que j'ignorais.

— C'est-à-dire ?

— Un nouveau suspect dans la danse.

— Comment cela ?

— Le sieur Le Bœuf visite en régularité l'un de ses aides, accueilli, logé et dissimulé dans la demeure même des enfants du prince. Il y occupe une chambre de domestique.

— Depuis quand ?

— Le savoir serait des plus intéressants.

— Tu supposes qu'il y était avant la découverte du boulevard du Midi ?

— C'est ce que nous devons déterminer. Mais il y a mieux.

— Quoi encore ?

— L'hospitalité est grande dans la maison du duc de Chartres. Cet inconnu va et vient à son gré.

— L'as-tu vu ?

— Il n'était pas au logis. Sache que l'emprise de Bellechasse est une véritable passoire d'où l'on s'échappe sans peine. Aussi, dans l'immédiat, première mesure à prendre : établir un cordon de surveillance, de jour comme de nuit, autour du mur d'enceinte et, surtout, près des issues. Et, de grâce, qu'on ne m'oppose pas que le nombre nous fait défaut !

— Soit. Moi aussi j'ai des nouvelles pour toi. On a présenté les vêtements à la Mazenard.

Il se mit à rire.

— En fait, de vieilles hardes de madame Bourdeau qui a rechigné à cet enlèvement. Elle réservait ces chiffons pour en faire des torchons.

— Et donc ?

— La devineresse les a dûment reconnues comme celles portées par sa cliente abusée. Elle nous ment comme un arracheur de dents du Pont-Neuf. C'est une fieffée comédienne qui nous accable de sornettes et nous trompe.

— Cela ne signifie qu'une chose : cette femme est l'instrument d'une intrigue, et la plus rusée que l'on puisse trouver. Reste à découvrir qui tient les tiges et anime ce personnage du *teatro di puppi* !

— Hélas, ils nous échappent et demeurent invisibles.

— Tout autant que le pourquoi.

— Ce n'est pas tout.

— Tu es une véritable mine !

— Après de longues recherches, nous avons retrouvé le logis de la Gagère, et cela, grâce à des filles de l'Opéra qui l'avaient naguère bien connue. Elle était pauvrement installée dans un galetas, rue Greneta.

— L'une des plus sales de Paris ! Plusieurs marchés voisins y entretiennent l'humidité et les infections.

Un véritable lieu de pestilence et de boues fétides qui ne sèchent jamais, même l'été.

— Je vois que tu connais les lieux. L'état et la situation de la maison en disent long sur les besoins de la demoiselle.

— Pourtant, elle ne manquait pas d'attraits.

— Il paraît qu'elle n'était plus courue comme avant. Une sorte de quarantaine qui ne s'explique pas.

— Était-elle malade ? Imaginons un coup de pied de Vénus qui l'aurait écartée un temps des jeux et des ris. Était-elle grosse ?

— Il n'y a aucune apparence de tout cela. Mais je tarde à te révéler l'essentiel. La fouille en règle du logis nous a permis de faire une intéressante trouvaille. Il faut avouer que le hasard a bien fait les choses. J'étais en train de fourgonner dans le bazar qu'accumule toujours ce genre de femmes, à la recherche de je ne sais quoi. Une idée comme cela qui m'était passée par la tête.

— Quelque secret dissimulé ?

— Oui. Et j'ai fini par trouver. Où, selon toi, une fille galante peut-elle cacher ce qu'elle ne veut pas être déniché ?

— Au milieu de ses objets de toilette, j'imagine.

— Je vois que tu as non seulement l'usage des cours, mais encore celui des boudoirs. Bref, la maline était bigrement astucieuse. Un compotier de faïence était empli de papillotes, de ces petits papiers avec lesquels les belles forment leurs boucles. L'un d'entre eux a attiré mon attention par son aspect différent des autres, plus épais et d'une autre couleur. Il s'agissait d'un billet très finement plié.

— Son contenu ?

Bourdeau lut à haute voix :

— « *Pour échapper au péril qui vous menace, venez à six heures de relevée devant la chapelle Notre Dame de Lorette, rue Coquenard.* »

— Voilà qui ne laisse pas d'être troublant, dit Nicolas pensif.

Il se saisit de la lettre, l'examina et le porta à son nez.

— Tu es sur une piste ? demanda Bourdeau, qui observait avec attention le manège de Nicolas.

— Deux caractéristiques de ce billet me frappent. D'une part, le caractère malhabile et tremblé de l'écriture peut signifier plusieurs choses. Est-ce le fait d'un vieillard, homme ou femme ? Dans ce cas je dirais plutôt d'une femme, car le papier exhale encore fortement l'odeur d'un parfum... D'un parfum qui ne m'est pas inconnu.

— Tu fréquentes trop les dames !

— Il reste une autre hypothèse, c'est que ce message a été écrit de la main gauche par quelqu'un ou quelqu'une qui souhaitait dissimuler son écriture.

— Tout cela est bel et bon pour avancer notre connaissance de l'origine et des raisons de cette convocation.

— Ce papier est un moment du passé. Nous savons ce qui est advenu de la malheureuse Gagère. Note que le rendez-vous n'est pas très éloigné des carrières.

— Je m'interroge : la Gagère avait, semble-t-il, toutes raisons de croire qu'elle était menacée. Soit. Pourquoi ?

— Aurait-elle été témoin d'actes que certains auraient eu intérêt à lui faire oublier ?

— Bon, mais alors un fait me tourmente : qui l'a poussée à faire confiance à ce billet et à se rendre, comme cela est probable, au rendez-vous proposé ? Ce pouvait être un piège.

— Nous le savons après coup. Elle craignait pour sa vie et la proposition a dû lui apparaître comme une planche de salut.

— Autre chose : pourquoi a-t-elle conservé le billet avec, d'évidence, la volonté de le dissimuler ? Et pourquoi son interlocuteur lui a-t-il abandonné ce qui pouvait constituer une preuve ?

— Le risque était faible, les écritures se ressemblent et celle-ci était falsifiée. Résumons nos constatations. La Gagère a assisté à une scène, peut-être un crime qui l'établit en témoin gênant. Elle est menacée ou se croit en danger. Quelqu'un feint de vouloir lui porter aide et l'attire dans un guet-apens pour la tuer et brouiller les pistes. Le corps est abandonné afin qu'on le découvre aisément. Nous nous y rendons la nuit. L'assassin s'est caché et observe ce qui se passe. Me reconnaît-il quand je m'enfonce dans le dédale de la carrière, c'est possible. Auquel cas ma mort était voulue par ceux qui, de près ou de loin, s'estimaient menacés par l'enquête en cours.

— Ou peut-être que ton intempestive promenade a acculé ton agresseur qui n'a eu d'autre solution pour s'échapper que de te précipiter dans cette faille.

— C'est possible, mais je n'en crois rien. De nouveaux aspects se dévoilent et les petits morceaux de carton découpé se mettent en place, s'agrégeant les uns aux autres pour présenter peu à peu un tableau cohérent.

— Ah, la belle affaire ! Que faire pour le pénétrer, ce tableau ?

— En revenir à la pratique commune de la police. Outre les surveillances ordonnées chez Vainal, Le Bœuf et à Bellechasse, il faut déterminer un point important : l'assassinat de la Gagère et l'endroit où son corps a été retrouvé impliquent un moyen de transport.

— Et au moins deux personnes pour manier le corps de la victime.

— Qui dispose de voitures parmi ceux que nous avons interrogés ou qui paraissent compromis dans l'affaire ?

— Le duc de Chartres, dit Bourdeau, le président de Vainal, l'architecte Charles Le Bœuf et ceux qui les servent.

— Hardi nos mouches ! s'écria Nicolas d'une voix éteinte qui détonnait avec l'énergie de son appel.

Bourdeau considérait avec inquiétude le long bâillement tremblé qui suivit.

— Nicolas, un conseil. Prends quelques heures de repos. Tu en as besoin.

Et de fait une lourde fatigue s'était emparée de Nicolas. Elle pesait sur tout son corps, le pénétrant d'une douloureuse lassitude. Les événements précipités des derniers jours, la contention d'un esprit soumis à une perpétuelle vigilance auxquels s'étaient ajoutées des agressions physiques, attaque par une meute de chiens dévorants et nuit passée dans la carrière, avaient laissé des traces. Il était pourtant habitué depuis longtemps à cette existence dangereuse et incertaine que seules quelques évasions à Ranreuil avaient pu distraire. Était-ce à nouveau un accès de mélancolie, une sorte de pesée de ce qui constituait depuis tant d'années l'essentiel de sa vie ? Des images tentatrices se pressaient dans son esprit : campagnes et forêts parcourues avec Sémillante, chasses éperdues, vent salé et odeur des œillets sauvages sur les landes de son pays natal, lectures infinies, longues soirées avec ses amis et la tendre présence d'Aimée.

Suivant le conseil de Bourdeau, Nicolas reprit sa voiture, qui au pas, dans un épais brouillard, gagna la rue Montmartre. La journée était déjà fort avancée et il eut la surprise de découvrir un équipage stationné devant l'hôtel de Noblecourt. Il reconnut les armes sur la portière : *d'or à la bande d'azur, chargé de trois sardines d'argent*. Il était rare que l'ancien ministre visitât le vieux procureur. Il trouva les deux hommes devisant au coin d'un feu qui faisait resplendir la superbe perruque blonde de M. de Sartine.

— Mais voici notre Nicolas ! Dieu, qu'il est difficile de vous entretenir ! J'ai attendu votre visite en pure perte. Je ne savais où vous quérir. J'en ai profité pour saluer un vieil ami en espérant vous trouver au logis.

— Monseigneur, dit Nicolas, vos entours vous feraient-ils défaut qu'ils perdent ainsi ma trace ?

Un mince sourire fut la seule réponse à cette impertinente remarque.

— Comment se porte l'amiral ? demanda Noblecourt, désireux de dévier le propos.

— Gaillard et allègre à l'habitude, tout soucieux qu'il soit des affaires de la Marine.

— Les affaires de la Marine…, répéta Sartine sombrement. Si on m'avait laissé le temps… Les réformes commencent toujours mal. Les débuts sont difficiles et le Français est rétif à toute nouveauté, bien qu'emporté régulièrement par des modes successives.

— La nouveauté se glisse partout, dit Noblecourt. On le peut déplorer, mais elle a quelquefois du bon.

— Vous trompez votre monde et parfois le surprenez, dit Nicolas.

— Comment cela ? Et pour quelle cause, je vous prie ?

— Par exemple, ne chantez-vous pas d'enthousiasme la dernière œuvre de Grétry ?

— C'est différent !

— Ah ça ! demanda Sartine. Notre ami marche-rait-il avant dans le siècle et épouserait-il du neuf ?

— Nicolas fait allusion à la représentation de *La Caravane du Caire* à laquelle j'ai assisté. J'y ai pris un plaisir extrême. Voilà un compositeur qui prélude l'ave-nir sans renier le passé. C'est le troisième homme entre Piccinni et Gluck. Pour lui le chant n'est pas accessoire, l'harmonie doit le soutenir et lui servir de base.

— Voilà qui est étrange. Comment quelqu'un comme vous, héraut tenant de l'ancienne musique, peut-il apprécier des opéras à la fois tragiques, comi-ques, satiriques et philosophiques ? Oui, je m'étonne, vous connaissant, que vous apportiez votre tribut à Grétry et n'y déceliez pas un impossible salmigondis.

— Point du tout ! Cette variété ne peut manquer de plaire. Tout y concourt : le sujet est simple, la pompe nécessaire présente et les divertissements abondants. Tout est neuf, piquant et joyeux dans cette musique qui me plaît et me transporte.

— N'y a-t-il pas grande contradiction, dit Sartine qui s'amusait de pousser le vieux magistrat dans ses retranchements, à porter Rameau aux nues, à honnir Gluck et à prôner ainsi Grétry ?

— Je soutiens ce qui me convient et ne suis point comptable dans mes contradictions, qui d'ailleurs n'en sont pas, sinon à moi-même, repartit Noble-court avec un mouvement de tête plein de majesté. La critique qu'en pourrait faire une prétendue rai-son étant, dans le domaine de l'art, nécessairement superficielle. Et de plus, ce faisant, je me sens fidèle sujet du roi, réputé préférer à tout autre spectacle la gaieté de l'opéra-comique.

— Quelques partisans amis de Monsieur Pic-cinni, dit Nicolas, zélés à servir ce compositeur, se sont conduits à la première avec tant d'excès que Monsieur Le Noir leur a interdit désormais l'entrée au spectacle. Ainsi ces débordements étourdis suffisent-ils seuls à créer des ennuis à qui en est l'objet.

— Mon cher Nicolas, reprit Sartine soudain sérieux, ce qui fit croire à l'intéressé qu'il allait être interrogé sur un sujet plus brûlant, qu'il souhaitait maintenir pour l'instant dans le vague, vous qui avez eu l'honneur d'approcher et même de rendre un service signalé au prince Paul de Russie[4]. Vous, un chevalier de l'ordre de Saint-André, que pensez-vous de la prétention des Russes à réclamer la préséance sur tous les autres souverains ?

— Nous avons reçu ce prince avec faste et le roi lui a prodigué toutes sortes d'égard. Vous requérez mon avis. Que vous répondre ? Il y a des règles prévues. Qu'on les suive.

— Paroles prudentes et toutes de raison. Quelle prétention pour une Russie qui était encore plongée dans le néant que nos rois régnaient depuis plusieurs siècles. Cette Moscovie dont les souverains n'osaient régner sans l'aveu des Tartares. Quelle présomption !

— Vous oubliez, mon ami, dit Noblecourt mutin, que le cinquième Capétien avait épousé Anne de Kiev.

— Vouloir le pas sur tous les souverains d'Europe ! reprit Sartine écartant l'argument d'un geste impatient de la main. Se croient-ils des Romains et leur tsar un César ? La Russie prétend-elle dicter ses lois ? Croit-elle qu'on le souffrira ? Qu'elle ne se flatte pas de nous trouver docile à ses caprices !

Au fur et à mesure qu'il s'échauffait dans son indignation, Sartine s'était levé et arpentait la bibliothèque, retrouvant le ton et les manières du lieutenant général de police, sinon du ministre.

— Peut-être, mon ami, dit Noblecourt, faudrait-il prendre en compte que cet empire parti de rien, qui s'étend de siècle en siècle sur d'immenses étendues, s'achemine sans qu'on y prenne garde vers un tout redoutable. Une question se pose : quand et comment ce grand mouvement prendra-t-il forme et bouleversera, si ce n'est déjà le cas, les équilibres de l'Europe ?

— Soit. En attendant ce grand changement, je m'en vais prendre congé. Je devrais vous visiter plus souvent, mais je me cantonne de plus en plus dans ma retraite de Viry. Je suis désormais un vieil homme détaché du monde.

Le bon apôtre ! songea Nicolas. Il aime se donner l'apparence d'un campagnard candide voué à la culture de son jardin.

— Ne vous dérangez pas, je vous en prie, poursuivit Sartine, voyant Noblecourt qui se levait. Nicolas va me reconduire à ma voiture.

Chacun comprit ce que cela signifiait. Les deux hommes sortirent de la maison. Sartine prit le bras de Nicolas et l'entraîna rue Montmartre en dépit de la neige fondue qui clapotait sous leurs pas.

— De vous à moi et en vérité, Nicolas, dit Sartine après avoir jeté un regard inquisiteur autour d'eux, où en êtes-vous de votre enquête ?

— J'approche un carrefour de faits et d'indices. Cela laisse espérer la possibilité de bientôt relier des fils divers en vue de la résolution d'une affaire par trop compliquée.

C'était tout dire en ne disant rien et il y prenait grand plaisir. Sartine ne s'y trompa guère.

— Tout autant que votre propos contourné ! J'ai le triste sentiment que vous me cachez ce que vous avez découvert.

— Vous n'avez jamais prisé la cuisine des enquêtes; les conclusions seules vous comblent. Et d'autre part, ma discrétion dénote mon souci de ne point vous compromettre, Monseigneur. Ce qui surgira du dénouement peut s'avérer redoutable, et d'abord pour moi. Inutile d'allonger la liste!

— Mais avouez que vous avez tout confié au roi, n'est-ce pas?

Si Sartine posait la question, c'est qu'il n'en savait rien. Nicolas imaginait bien Louis XVI assez secret pour ne pas dévoiler le peu qu'il lui avait confié et préférer tenir à deux mains les informations portées à sa connaissance.

— Sa Majesté a bien voulu s'enquérir de l'enquête. Je lui ai fait part de mes impressions, celles que je viens de vous présenter.

— Succinctement, très succinctement! Parlez net : lui avez-vous parlé du duc de Chartres?

Le nier eût été mentir et il devait donner quelque aliment à l'interrogation directe de l'ancien ministre.

— Le roi m'a paru très au fait de la question. Nul doute qu'il a de bons et loyaux conseillers qui l'informent au plus près.

Il fixait son interlocuteur qui détourna le regard avec un énigmatique sourire.

— Je vous demande de vous souvenir de ce que je vous ai prescrit, enfin suggéré, d'avoir à observer la prudence la plus sourcilleuse dans toutes vos démarches.

Il fit une pause, tapotant le sol de sa canne.

— Il semble que vous ayez déjà eu à en pâtir. Sur ce, mon bon Nicolas, je m'envole... comme *le diable boiteux*.

Joignant le geste à la parole, il gagna son carrosse et y grimpa avec la légèreté d'un jeune homme.

Remontant chez Noblecourt, Nicolas s'assit sur une marche de l'escalier sous le regard curieux de Mouchette. Que pouvait bien signifier l'attitude de Sartine ? Le ton demeurait suave et mesuré, mais le spectre des étrivières n'était pas loin, sous-jacent à un discours plein de sous-entendus. Que signifiait, par exemple, cette allusion, qui pouvait être gratuite, au *Diable boiteux* de Lesage ? Le démon Asmodée y révèle à un jeune étudiant les aspects cachés du monde et s'évertue à plaisir à lui dévoiler les laideurs et bassesses de l'humaine condition.

On pouvait tout attendre et supposer de Sartine. Nicolas ne comptait plus les tours que celui-ci lui avait joués. Dès avant, il avait manifesté sa crainte de voir compromis le duc de Chartres. Était-ce pour des raisons souterraines tenant à son appartenance et à celle du prince à la maçonnerie ? Quelles étaient les visées de ces loges ? Dans leurs débats occultes, agissaient-elles dans le respect du trône ou, comme certains le craignaient, cherchaient-elles à l'ébranler en agitant les systèmes des philosophes ou en répandant, comme le duc de Chartres, les idées d'une réforme à l'anglaise du royaume. Nicolas ne parvenait pas à mettre en cause la fidélité de Sartine, son passé plaidant en sa faveur. Sans doute, et c'était la conclusion à laquelle il aboutissait, les propos du roi reflétaient exactement la pensée de l'ancien ministre, inquiet d'une éventuelle mise en cause du duc de Chartres dans une affaire gravissime. Tout en connaissant au plus haut point le goût du personnage pour l'artifice et la duplicité, Nicolas ne pouvait se persuader du contraire, mais... Il soupira ; ce contexte ne lui facilitait pas la tâche.

XIII

TEMPÊTES

« Du mépris de la réputation naît celui de la vérité. »

Tacite

Vendredi 5 mars 1784

La nuit restaura les forces de Nicolas qui eut la surprise, sortant rue Montmartre, de trouver une voiture envoyée par Bourdeau. Il s'interrogea : était-ce une indication que les événements se précipitaient et qu'on l'attendait sans retard au Châtelet? Le brouillard de la veille s'était dissipé, mais la neige fondue qui tombait aggravait encore l'état des rues. Quand donc, pensa-t-il, se déciderait-on à border toutes les voies de trottoirs identiques à ceux qu'il avait jadis admirés à Londres[1].

Fait extraordinaire, Bourdeau l'attendait sous le porche de la forteresse et sauta dans la voiture dès qu'elle s'arrêta.

— Qu'arrive-t-il, Pierre ? Un autre cadavre ? Sommes-nous convoqués d'urgence chez Monsieur Le Noir ?

— Point. Mais du bon et du nouveau ! Imagine qu'un rapport de nos mouches, enfin quelque chose que j'ai lu dans la main-courante... Tu sais le trésor d'informations qu'elle peut contenir, même si sa compilation est du dernier fastidieux.

— Et alors, qu'y as-tu relevé ?

— Écoute bien. On soupçonne un marchand de chinoiseries d'écouler des pièces de porcelaine qui auraient été exposées à Versailles au début de l'année.

— Il peut s'agir de celles que les souverains offrent en étrennes. Peut-être les heureux bénéficiaires les ont-ils vendues ?

— Non ! Car alors les porcelaines en question ne seraient pas marquées du chiffre de la reine.

— Attends, raisonnons. Quand des services portent ce chiffre, ils demeurent à Versailles conservés dans les dépôts de l'intendance de la Maison. Aucun signalement n'a été fait de vols ou de détournements à Versailles, autres que ceux que nous connaissons... Et où se situe ce négoce ?

— Au *Vase chinois* rue Saint-Honoré, près de l'Oratoire. On y propose un monde de pagodes de Chine[2], de vases, des pots à fleurs, d'ornements en tout genre de porcelaine fine, pour cheminées et cabinets.

— Et crois-tu que le marchand en question va tout cracher et nous présenter docilement son trésor ?

Bourdeau, l'air canaille, cligna de l'œil.

— Nos hommes sont des malins qui savent pêcher aux bons endroits. Un de leurs informateurs nous a fourni le moyen. Il suffit d'affirmer que nous venons *de la part de Monsieur Hamlet*.

— *Hamlet* ! Diable, voilà un croc bien érudit !

— Pourquoi ?

— Hamlet est un personnage de tragédie de Shakespeare. Et tu crois que ce sésame va convaincre le marchand d'abattre ses défenses ?

— Pourquoi non ? Il doit vendre, et l'appât du gain fera le reste.

— Nous voici encore une fois proches du Palais-Royal, remarqua Nicolas, songeur.

Ils parvinrent rapidement près de l'Oratoire. Bourdeau fit arrêter la voiture à l'écart afin de ne pas donner l'éveil. La boutique offrait un aspect opulent et présentait dans sa vitrine un riche échantillon de chinoiseries. Ils passèrent la porte. Un bouquet de lames de cuivre, s'entrechoquant et tintinnabulant, fit retentir un son aigrelet. Un homme âgé, vêtu de gris, les accueillit et s'enquit de ce qu'ils recherchaient.

— Nous regardons et admirons, dit Nicolas qui s'amusait à faire osciller la tête d'une pagode.

— Prenez garde, monsieur, dit le marchand, elles sont du dernier fragile.

Au bout d'un moment consacré à manipuler divers objets, le commissaire se tourna vers le marchand et lui demanda d'approcher. Il se pencha vers lui pour lui parler à voix basse.

— Je recherche une pièce d'exception pour en faire présent à une grande dame. Elle la conservera bien sûr dans le secret de sa chambre. Je suis prêt à y mettre le prix.

Il sortit sa bourse et en fit retentir le contenu.

— Monsieur, je suis votre serviteur, mais je ne saisis pas ce que vous désirez.

Nicolas s'approcha encore plus près.

— Je viens, murmura-t-il, *de la part de Monsieur Hamlet.*

Le visage du marchand se crispa ; son œil soup-çonneux se posa sur Bourdeau, puis se détendit avec une mimique entendue.

— Monsieur voudrait-il passer dans mon arrière-boutique, mais auparavant je vais fermer la porte. Pour vous, je veux bien perdre des pratiques. Puis-je aussi vous prier de prendre garde au désordre d'une récente livraison dont les éléments sont fragiles.

La pièce sans fenêtre revêtue de lambris surprit Nicolas. Des centaines de porcelaines, certaines de très grande taille, y étaient rassemblées dans un appa-rent désordre. Un couloir fut dégagé afin d'atteindre la boiserie. Le marchand appuya sur la moulure, un déclic se fit entendre et une trappe s'ouvrit d'où il se mit à extraire plusieurs porcelaines avec d'infinies précautions.

— Monsieur, est-ce prétention que d'affirmer qu'il s'agit là de merveilles accessibles à peu de bourses ?

Il présenta deux tasses à glace au décor de roses et de barbeaux, quatre assiettes à potage et un plateau à trois pots pour les confitures. Toutes les pièces por-taient des bordures d'or mais aucune ne provenait du vol signalé par la reine.

— Mesurez, monsieur, la finesse de la pâte et l'ex-trême perfection du décor. Considérez ces petites roses au centre de cette assiette. Ne les croirait-on pas encore toutes empreintes de rosée ? Un trésor, mon-sieur, un véritable trésor, des pièces de roi... enfin de la plus haute qualité.

— Et ces initiales, monsieur, que signifient-elles ? Je lis un *M* et un *A* entrelacés.

— Monsieur veut rire !...

Il eut une mimique complice.

— ... Hé ! Peut-être bien Manufacture des Arts, hé, hé ! Qu'y pourrait-on lire d'autre ? Hein ?

— En effet! L'ensemble est magnifique et je le veux acquérir.

— Toutes les pièces, monsieur? dit le marchand, écarquillant les yeux.

— Certes. Y voyez-vous une difficulté? Monsieur... monsieur?

— Denis Coquiller, pour vous servir. C'est que la somme est rondelette et je suis modeste en l'affirmant. Êtes-vous assuré, pardonnez mon audace, d'être en mesure d'y répondre?

— Mais oui, d'autant que l'opération ne me coûtera pas un sol. Veuillez avoir l'obligeance d'emballer ces pièces avec soin.

Le marchand jetait des regards affolés et lorgnait sur un lourd chandelier mi-bronze mi-porcelaine qui gisait à ses pieds.

— Je vous déconseille, monsieur Coquiller, de nourrir de mauvaises pensées et de tenter quelque action irréfléchie que vous pourriez regretter. Sachez que, contrairement à ce qui se lit sur votre visage, vous n'êtes pas victime de voleurs. Vous avez affaire à la police. Je suis commissaire du roi au Châtelet et le visiteur qui nous attend dans la boutique... mais le voici qui nous rejoint, est inspecteur. Vous venez d'être convaincu de recel d'objets volés et, ce qui est plus grave pour vous, de les détenir alors qu'ils proviennent des collections royales. Nous allons donc saisir le butin et vous conduire dans un cachot où vous pourrez réfléchir à vos fautes avant que les juges décident de votre sort.

Nicolas savait ce qu'il voulait obtenir et il allait abandonner la fin du travail à Bourdeau. Le clin d'œil entendu lui suffit à se faire comprendre.

— Permettez d'ajouter quelques précisions, car le commissaire ne vous a pas livré toutes les conséquences. Sachez, monsieur, que pour un vol de melons dans les serres ou de raisins dans les vignes[3], la justice sévit, et très lourdement. Ainsi d'habitude le coupable est condamné à être attaché à un carcan en place de Grève pour y demeurer plusieurs heures avec un écriteau, devant et derrière, portant ces mots : «*voleur nuitamment dans les jardins.*» Pour vous ce sera «*recéleur de porcelaines volées*». Comme les autres vous serez à nu, battu et fustigé de verges par l'exécuteur de la Haute Justice et marqué d'un fer rouge en forme de la lettre V sur l'épaule droite, puis conduit à la chaîne pour y être attaché et servir le roi comme forçat[4] pour au moins neuf ans.

Coquiller s'affaissait au fur et à mesure que tombaient les phrases de Bourdeau, énoncées d'un ton sourd et solennel. Nicolas, qui s'en voulait toujours de ces tentatives d'*effraiement* si courantes dans leur office, savait pourtant que Bourdeau était loin d'exagérer. La procédure décrite s'appliquait, lui-même le regrettait, pour des délits moins graves que celui commis par le marchand de porcelaines. Dans cette société, tout ce qui compromettait les produits de la terre, touchait au vif les sentiments et les intérêts et justifiait que les actes délictueux fussent impitoyablement réprimés et punis.

— Mon Dieu, je suis perdu ! Soyez pitoyable, Monsieur le Commissaire. J'ai une femme, des enfants, une maison si réputée depuis mon père. Et tout cela pour avoir voulu rendre service, innocent que je suis !

—Au détriment de la Manufacture des... Arts, n'est-ce pas. De qui vous moquez-vous ? Il ne tient qu'à vous d'atténuer la sévérité du châtiment. À condition qu'on la serve, la justice peut se montrer, sinon indulgente, du moins exorable[5].

— Mais, que dois-je faire ?

— Me relater très exactement dans quelles conditions, comment et par qui ces porcelaines sont parvenues en votre possession.

Sa face creusée d'anxiété était passée du rougeaud au blafard puis, peu à peu, des plaques colorées lui restituèrent sa couleur naturelle. Il se frotta les mains et, après s'être longuement humecté les lèvres, il interrogea Nicolas du regard. Croyait-il, songea celui-ci, être à son comptoir sur le point de jouer le boutiquier qui s'apprête à embobeliner[6] une pratique? Le père de famille éploré laissait place au marchand madré.

— Monsieur le commissaire, que puis-je y gagner?

— Je vais vous mettre le marché en mains. Soit vous persistez à nier, alors tout ce que l'inspecteur vous a prédit s'accomplira, soit vous acceptez nos conditions. La sincérité de votre contribution orientera la décision qui sera prise.

Le sieur Coquiller avait derechef changé de visage et la sueur qui dégouttait de sa perruque grise inondait son front.

— Soit. Que voulez-vous savoir?

— Depuis combien de temps détenez-vous ces précieux exemplaires?

— Plusieurs semaines, environ. Au début de février, je crois.

— De quelle manière en êtes-vous entré en possession?

— Un homme inconnu est venu me proposer le marché. J'ai estimé que la transaction ne laisserait pas de m'apporter un lucratif profit.

— Ainsi vous prétendez faire confiance au premier venu? Fallait-il que l'enjeu soit de taille!

— Je suis sensible aux belles choses.

— C'est d'apparence! Et les initiales entremêlées *M* et *A* ne vous ont pas frappé et inquiété?

— Je n'y ai guère prêté attention.

— Puis-je vous inviter, hurla Bourdeau, à cesser de vous payer la tête du commissaire! Vous avez si bien dissimulé ces porcelaines que...

— Je supposais, dit Coquiller interrompant l'inspecteur, qu'elles avaient été détournées. Il fallait les préserver.

D'évidence, il faisait marche arrière au sujet des initiales, se dit Nicolas, tout en estimant que cela avait peu d'importance et que c'était sur la personnalité du voleur qu'il fallait insister.

— Cet homme qui prend langue avec vous, le pourriez-vous décrire? Et gare si vous cherchez à nous abuser?

— Un jeune homme, ou plutôt un homme jeune, grand, brun, chevelure au naturel. Un habit brun... En fait vêtu comme un riche bourgeois, au point que je l'ai pris un moment pour une pratique. Il portait aussi une épée.

— Tout cela est bien vague. Aucune autre indication?

— Non, pas dans mon souvenir.

— L'avez-vous payé dès que vous avez reçu les dites porcelaines?

— Ce n'est pas ainsi que l'on opère dans ce cas.

— Ah, tiens! Vous avez donc des habitudes à cet égard. Voilà qui complète un tableau déjà très chargé!...

Coquiller fit une affreuse grimace.

— ... C'est une remarque éloquente sur la nature de vos affaires. Toutes ces porcelaines éparses autour de nous seraient-elles le fruit de rapines et preuves de recel de votre part?

— N'en croyez rien, Monsieur le Commissaire! Beaucoup de gens apportent ici des pièces après un deuil, un héritage ou un partage afin que je les solde.

D'autres me les confient en garantie d'un prêt ou pour obtenir une avance.

— Vous vous enfoncez, mon cher monsieur Coquiller. Cela porte un nom. N'est-ce pas l'usure que vous pratiquez ainsi ? Dois-je vous rappeler ce que la loi réserve à ceux qui en usent ? Mais reprenons, qu'était-il prévu avec votre… vendeur ?

— Il avait été décidé entre nous qu'à peine vendues les porcelaines, je devais le lui faire savoir afin de pouvoir lui remettre sa part.

— Quel était le pourcentage décidé entre vous ?

Le marchand se frotta les mains sans dissimuler sa jubilation.

— Ma foi, soixante pour cent pour moi et quarante pour le détenteur.

— Peste, dit Bourdeau, cela passe la culbute !

Coquiller prit un air modeste.

— Il faut prendre en compte les risques, être à la hauteur d'une maison, l'une des premières sur la place pour ce commerce.

— Bien, bien. Et comment devait-il être informé, ce brave fournisseur, que la marchandise était écoulée et son crédit disponible ?

Une longue hésitation succéda à cette question.

— Je devais placer au centre de ma vitrine la pagode que vous admiriez lors de votre entrée dans ma boutique.

— C'est mieux ! Savez-vous ce que nous allons faire, Monsieur Coquiller ?…

Le ton doucereux de Nicolas remplissait d'évidence l'intéressé d'une nouvelle bouffée d'angoisse.

— … Vous allez placer cette pagode comme prévu dans la vitrine et attendre paisiblement que votre client vienne réclamer son dû. Quant au corps du délit, nous allons l'emporter.

— Mais... S'il paraît, que vais-je lui dire ?

— Gast ! Vous n'en aurez pas le temps. Si vous sortiez sur le pas de votre porte, vous apercevriez deux chalands, l'air innocent. Ce sont des exempts chargés de la surveillance de votre boutique.

Cette ruse faisait toujours son effet.

— Dès que votre homme entrera, enlevez aussitôt la pagode et ils se précipiteront pour l'appréhender.

Il poursuivit d'un ton glacial.

— Sachez que désormais vous êtes en permanence sous nos yeux. Emballez, je vous prie.

Coquiller se consacra à cette tâche dans une hâte ponctuée de soupirs. Alors que les deux policiers sortaient, Nicolas se retourna et lâcha une dernière bordée.

— Monsieur, vous êtes désormais à nous sans possibilité d'y échapper. À compter de ce moment, vous appartenez à un vaste réseau, celui des informateurs de la police. C'est à ce prix, et à lui seul, que vous conserverez votre tranquillité et que vous serez, tant que vous obéirez, sauvegardé des rigueurs de la loi.

Ils quittèrent un marchand accablé et prostré derrière son comptoir. Dans leur voiture, Nicolas demeura perdu dans ses pensées. Bourdeau, qui connaissait l'importance de ces moments de réflexion, ne le troubla pas. Le commissaire, les yeux mi-clos, se mordait le coin de la bouche et ce mouvement donnait à son visage un curieux aspect grimaçant. Au bout d'un moment, n'y tenant plus, Bourdeau l'interpella.

— Bravo pour le stratagème du guet patrouillant devant la boutique. Moi-même, j'ai failli y croire.

— L'essentiel était que notre homme en fût persuadé. Cela a ajouté à mon éloquence. Tout passant lui sera désormais suspect. Et il aura raison de se méfier, car nous allons dans l'heure lui dépêcher quelques avisés guetteurs.

— Il est maintenant enrôlé dans nos troupes. Un marchand de porcelaines manquait à notre collection. Monsieur de Sartine eût apprécié, lui qui nous appelait toujours à diversifier nos sources dans tous les ordres de la société.

— Revenons-en aux faits. Les deux vols de pièces au monogramme de la reine sont des points essentiels de cette affaire. Réfléchissons. Il y a de grandes chances que le fournisseur de Coquiller soit la même personne qui ait dérobé des ouvrages à Versailles. D'où sortent les porcelaines que nous venons de récupérer?

— Certaines sont rejetées par la reine et renvoyées à Sèvres, soit qu'elles déplaisent soit pour toute autre raison. Elles sont alors détruites afin, tu le sais, de récupérer l'or des bordures. Ce sont vraisemblablement des objets de cette origine qui ont été dérobés et dont le marchand en question assure le recel et l'écoulement. Note aussi qu'il affirme qu'il y a plusieurs semaines qu'on lui a proposé les porcelaines.

— Ainsi il n'y a pas de contradictions : deux ouvriers de la Manufacture de Sèvres ont été désignés comme ayant été mêlés aux divers travaux de la « *montre* » à Versailles. Il s'agissait… Voyons…

Il se mit à feuilleter son petit carnet noir.

— Ah, voici! Tristan Benot et Rémi Challard. Le premier a disparu, en province semble-t-il.

— Depuis toujours, je te vois avec un petit carnet noir. Tu dois en posséder une collection!

— Au moins une douzaine, que je conserve. C'est la mémoire des enquêtes extraordinaires et leurs archives. J'y puise parfois l'inspiration.

Il était retombé dans sa songerie. Au bout d'un moment il frappa du poing l'épaule de l'inspecteur surpris.

— *To be or not to be, that is the question : / Whether 'tis more noble in the mind to suffer / The slings and arrows of outrageous fortune...* Être ou ne pas être, c'est là la question... S'il est plus noble à l'âme de souffrir les traits poignants de l'injuste fortune...

— Qu'est-ce que ce galimatias-là ?

— La tirade d'*Hamlet* de William Shakespeare. Monsieur de Voltaire, le premier, l'a traduite, fort mal d'ailleurs, et Monsieur Le Tourneur, il y a près de dix ans, nous a offert la tragédie en français dans son *entièreté*.

— Et d'où tires-tu ta savante connaissance ?

— Souviens-toi qu'un officier de la Navy, capturé lors de l'attaque anglaise de l'estuaire de la Vilaine, fut accueilli par mon père comme prisonnier sur parole. C'est lui qui m'a enseigné l'anglais et, à son départ, m'a offert l'exemplaire de Shakespeare qui ne le quittait pas. J'ai toujours su ce monologue par cœur. Mais... Mais oui! Oui! Sommes-nous assez sots de n'y avoir pas songé plus tôt !

— À quoi penses-tu ? Te voilà bien ésotérique !

— Mais non! Tristan Benot. Benot. *Be not. Not be. To be or not to be.*

Bourdeau considérait Nicolas avec inquiétude.

— Non, je ne suis pas fou. C'est notre homme. Il a volé et n'a pas disparu. Son nom lui a inspiré son pseudonyme. Ah, le gredin! Voleur, mais amateur de tragédies. Et malin !

— Plus que moi, dit Bourdeau, sourdement dépité.

— C'est un grand pas que nous venons de franchir ! Nous sommes sur la voie du gibier et la meute se rassemble. L'homme devrait tomber dans l'une de nos nasses. Soit il sera surpris et saisi chez Coquiller, soit...

De nouveau le silence succéda à ce flot précipité de paroles.

— Soit aux issues du couvent de Bellechasse.

— Tu supposes que le personnage mystérieux qui a trouvé refuge chez le duc de Chartres et que visite Charles Le Bœuf serait la même personne que l'ouvrier de la Manufacture ?

— Ce serait logique de le croire, et j'ai quelques raisons de le penser.

— Pour le vol des porcelaines, là nous avons des certitudes : un témoin, le corps du délit et des preuves. Voici une affaire éclaircie, résolue, mais pour le reste qu'avons-nous ?

— Réfléchis. Il y a forcément une relation entre les deux vols, celui de Versailles et celui de la Manufacture. Le fragment de porcelaine, découvert fiché dans la nuque de l'inconnue de la pyramide de glace, et l'ensemble des collusions prouvées entre les entours du duc de Chartres. Si le voleur est bien celui qui s'est caché à Bellechasse, nous aurons, là aussi, fait un grand pas en avant. D'autant plus que nous possédons maintenant son signalement, vague, mais sans doute approchant de la vraisemblance.

— À moins que le Coquiller ne nous ait trompés afin de brouiller les pistes.

— Il n'avait pas intérêt à le faire, pris dans nos serres !

Ces échanges les ramenèrent au Châtelet d'où partirent aussitôt de nouvelles instructions accompagnées du signalement donné par le marchand de porcelaines. Peu de temps après leur retour, un commis de l'hôtel de police se présenta. M. Le Noir souhaitait entretenir le commissaire Le Floch immédiatement.

— Hum! fit Bourdeau, inquiet. Les ennuis se profilent. Il va y avoir de la secousse!

Nicolas suivit le commis dans le carrosse du lieutenant général de police, attention qui pouvait être interprétée pour le meilleur ou pour le pire. Il ne vit pas, au passage, Tirepot qui lui faisait de grands signes, ayant de toute évidence une information à lui transmettre. Nicolas essaya de tirer les vers du nez au commis qu'il savait homme de confiance de Le Noir, mais il n'en obtint que mutisme et sourire poli.

Nicolas n'aurait jamais imaginé la tempête qu'il allait affronter. Dès son entrée dans le bureau, le lieutenant général de police se précipita sur lui. Les poings sur les hanches, attitude extraordinaire pour un homme de son caractère, la perruque de guingois, il toisait le commissaire, bégayant de fureur.

— Ah, ouiche! Vous voilà, monsieur. J'ai failli attendre. Ah! Du beau travail en vérité! Que n'ai-je écouté ceux qui me mettaient jadis en garde et me conseillaient de ne point vous employer! Je vois qu'ils avaient raison et que j'aurais dû me méfier! Il n'y a rien à attendre des Bretons, toujours rétifs, mauvais sujets, comploteurs, indisciplinés. J'ai naguère traité des affaires de ce maudit pays. Vous le représentez bien. Une monture rétive, oui monsieur! Qu'on ne maîtrise plus et qui sème les cadavres derrière lui, comme le dit Sartine.

— Monseigneur...

— Laissez-moi parler! Vous n'entendez ni ne respectez aucun conseil, pas même ceux de Sa Majesté.

Ainsi, se disait Nicolas, c'était bien de Le Noir, ce qui n'excluait pas Sartine, que le roi tenait ses informations.

— Voilà, monsieur, où nous en sommes! Tout croule autour de moi, les digues, les quais, les ponts! Les chemins sont emportés par les eaux et des provinces entières submergées et coupées du monde. Je m'échine jour et nuit et ne sais plus où donner de la tête et votre zèle intempestif ajoute encore à mon tracas. Et vous, dont je devrais attendre appui et soulagement, vous ne cessez de vous évertuer à rendre encore plus difficile ma tâche. Ai-je jamais manqué à votre égard de considération pour le nom que vous portez, d'amitié, et même je dirais d'affection, pour m'infliger une telle peine ?

Nicolas allait parler mais un geste violent de Le Noir qui s'était jeté dans son fauteuil et le fixait sévèrement l'en dissuada.

— Taisez-vous, monsieur ! La vergogne vous devrait étrangler après ce que vous avez fait !

— Mais enfin, Monseigneur, que me vaut cette algarade et ses injustes propos ?

— Algarade ! Injustes propos ! Vous oubliez-vous, monsieur ?

— J'imagine que vous aurez à cœur à la parfin de m'informer de ce qui justifie votre courroux et une attitude qui venant d'un autre que vous...

Il laissa sa phrase en suspens.

Le visage de Le Noir vira à l'écarlate au point que Nicolas craignit qu'une apoplexie le menaçât. Envisageant une carafe d'eau sur un guéridon, il en emplit un gobelet et le tendit au lieutenant général de police qui le vida d'un trait.

— Comment, monsieur, reprit-il haletant, vous épiloguez, vous demandez, vous réclamez, vous prétendez peut-être contester mon discours et récriminer ?

— Il serait sage et avisé, Monseigneur, que vous remarquiez que je me plains davantage de la forme qui m'attriste car, pour le reste, je demeure ignorant du fond. Plaise à vous m'en dessiner le champ et m'en décrire la tissure.

— De l'ironie, monsieur ? De l'impertinence ? Du persiflage ?

— Point, le langage de la raison et de la curiosité.

Le Noir rongeait son frein, mais sa colère avait atteint son étiage et déclinait aussi vite qu'elle avait éclaté. L'irritation et la fatigue avaient forcé la nature d'une humeur habituellement bénigne et modérée.

— Monsieur, il faut vous dire la chose clairement. Vous avez fait un faux pas et commis un impair en dépit des mises en garde de Sa Majesté, de Monsieur de Sartine et de votre serviteur...

Nicolas riait intérieurement. Il ne devait s'en prendre qu'à lui-même. Les conseils ne lui avaient pas manqué ; il les avait délibérément ignorés.

— ... Vous avez forcé la porte de la maison d'un prince de sang. Vous avez interrogé son fils, encore un enfant, et pris de haut, en la narguant, une femme dont vous connaissez l'influence sur le prince.

— Permettez, c'est fausseté d'affirmer que je me suis mal conduit avec la comtesse de Genlis. Il y a là biaisement de la vérité !

— Détail au milieu d'autres ! Cela fait beaucoup quand on additionne et ce qui devait arriver m'est tombé dessus. S'imaginant que j'étais à l'origine de cette incongruité, le duc de Chartres m'a convoqué, traité de Turc à Maure et agoni de récriminations menaçantes. Que pouvais-je lui répondre ? Eussé-je-été au préalable informé que j'aurais pu parer la pointe. Mais non ! Il exige de vous voir sans désemparer. Je vais vous donner un conseil que, pour le coup, vous allez suivre, c'est de vous rendre sans tarder au Palais-Royal. Plus un mot, je vous laisse mon carrosse. Allez !

Descendant les degrés de l'hôtel de police, Nicolas constatait qu'il ne devait s'en prendre qu'à lui-même et que l'irritation de Le Noir était, dans ces circonstances, légitime. Il ne pouvait lui tenir rigueur de l'excès blessant de certains propos.

Au Palais-Royal, il fut conduit par un laquais dans la galerie d'Énée qui terminait l'enfilade des appartements à la suite du grand salon. Il attendit ; qu'avait-il à craindre ? Au pis on exigerait son renvoi, il partirait à Ranreuil où il mènerait une vie plus libre et prendrait soin de son domaine. De tout cela, il finissait par éprouver une sorte de joie sereine.

La beauté de l'ensemble divertit sa réflexion. Il admira les pilastres composites, la frise de la corniche ornée de consoles accouplées et de trophées, si bellement dorés, qu'ils semblaient de métal au lieu de bois. Il avança dans la galerie, s'arrêtant devant les quatorze tableaux de Coypel qui racontaient l'histoire du héros troyen. Il approcha de la cheminée ovale qu'il jugea l'une des plus magnifiques qu'il eût jamais vues : la tablette portait deux groupes d'enfants tenant des girandoles, le tout de bronze recouvert d'or moulu.

— Vous vous complaisez à admirer mes appartements, Monsieur le Marquis. Il est vrai que mes demeures vous intéressent.

Nicolas se retourna. Il n'avait pas entendu le duc de Chartres qui s'était approché de lui sans bruit.

— Je suis le serviteur de votre Altesse royale, dit Nicolas tirant son chapeau.

Le prince était vêtu avec élégance et simplicité : une tenue à l'anglaise, frac et gilet noirs et culotte beige. Son visage, légèrement bouffi, était toujours déparé par des irritations de sa peau. Il ne portait pas perruque et ses cheveux rares et fins entouraient une calvitie naissante.

— Serviteur ? Dois-je prendre le terme au pied de la lettre ou n'est-ce qu'une formule d'étiquette sans signification pour vous ?

— Les deux, Monseigneur, répondit froidement Nicolas. Vous savez bien que je suis le serviteur du roi et que c'est en son nom seul que j'agis.

— C'est donc à mon cousin, ou peut-être à la reine qui me hait, que je dois une intrusion dans mon domaine privé de Bellechasse et l'interrogatoire qui suivit du duc de Valois, mon fils?

— Permettez que je replace cet événement dans un contexte que Votre Altesse ignore sans doute. Je suis en charge d'une enquête criminelle où déjà deux morts sont à déplorer et je ne compte pas un attentat contre un magistrat.

— Et cette enquête vous conduit à mon fils?

— Peut-être Votre Altesse me fera-t-elle la grâce de me laisser achever. Il se trouve que j'ai pénétré dans l'enceinte des Filles du Saint-Sépulcre, sans d'ailleurs qu'on m'en empêche, et dans l'ignorance qu'une maison particulière y était incluse...

Que voilà un beau mensonge, se disait-il, mais les chemins vers la vérité peuvent emprunter des chemins divers.

— ... Un enfant jouait au toton qui, fort courtoisement, s'est proposé de me renseigner. Ce qu'il m'a dit, de bien innocent, m'a permis de confirmer une présomption. J'ajoute qu'aucun sujet du roi n'est à l'abri de sa justice et ne saurait s'y opposer.

Le duc l'avait écouté sans broncher. Seule une sorte de piétinement sur place marquait son agacement.

— Que pensez-vous de vos propos et de ce que vous avez prétendu à une personne qui m'est chère...

La comtesse de Genlis se dressait entre eux comme un fantôme.

— Je n'ai manqué à aucun moment à la courtoisie qu'elle pouvait attendre de moi.

— Vous ne m'aimez point, je le sais. Cependant je n'ai à votre égard aucune prévention. Les princes savent se souvenir...

Il redressa la tête avec une sorte de majesté.

— ... Je n'oublie pas que, dans des circonstances détestables pour moi, alors que la calomnie et le mensonge déversaient leurs poisons, peu de gens prirent ma défense. Nous avions combattu ensemble lors du combat d'Ouessant. Vous connaissiez les faits. Vous n'avez pas douté de mon attitude et vous n'avez pas hésité à la proclamer au mépris de sentiments qui vous éloignaient de ma personne. Je le répète, peu nombreux sont ceux qui, alors, eurent ce courage et cette honnêteté. Je vous en sais toujours gré, Monsieur le marquis de Ranreuil.

Nicolas, ému, était partagé entre plusieurs sentiments. Le duc, parlant ainsi, était-il sincère ou s'agissait-il de l'astuce d'un grand, utilisant la flatterie pour désarmer l'adversaire? Et pourtant, au fond de lui-même, il était sensible à un discours qui sonnait juste. En cet homme résidaient le bien et le mal. Pourquoi fallait-il que ce prince en vînt à ternir et compromettre de grandes qualités par de si terribles vices? Il aurait pu l'aimer, mais qu'était-ce qu'un amour sans estime? Et dans ce cas précis, il fallait prendre garde à ne se point laisser piéger à proportion de celle que le duc manifestait à son égard. C'était là un encens qui pouvait enivrer, or il n'avait pas d'estime pour le duc de Chartres. Aussi la tristesse l'accablait-elle d'éprouver ce sentiment à l'égard d'un membre de la famille royale, lui fidèle serviteur du trône. Hélas, la nature profonde du duc de Chartres appartenait au domaine de l'irréparable!

— Je vous remercie, Monseigneur, de bien vouloir vous en souvenir. Mais je dois vous éclairer sur les raisons de cette enquête et le pourquoi de ma visite à Bellechasse. En toute franchise, trop d'indices ramènent aux entours de Votre Altesse.

— Monsieur! Qu'est-ce à dire? Quels faits vous permettent de l'affirmer?

Nicolas était sur des charbons ardents. Il ne pouvait tout dévoiler au duc de Chartres, au risque de donner l'éveil et de compromettre les suites de son enquête. Seule la surface des choses pouvait être effleurée. D'autre part, il souhaitait ne pas placer le petit duc de Valois en position difficile vis-à-vis de son père. Les enfants pouvaient mieux que leurs aînés tenir leurs promesses. Il lui avait promis de tenir secret le contenu de leur conversation. Pourquoi douter de sa sincérité ? L'aurait-il trahi que l'entretien avec Chartres se serait sans doute engagé d'une autre manière. La sagesse était de s'en tenir à ce qui était vraisemblable en se réservant la possibilité d'avoir d'autres portes et de fournir d'autres justifications dans le cas improbable où le duc de Chartres posséderait le compte rendu complet de sa visite à Bellechasse, y compris de son investigation à l'intérieur de la demeure jusqu'à la chambre de l'occupant inconnu. Il allait être contraint de jouer serré. Il jugeait trop risqué d'évoquer la présence d'un inconnu accueilli dans la maison même des enfants du duc. La duchesse de Genlis ne pouvait ignorer sa présence pour laquelle, vu le caractère de la dame, un motif acceptable avait dû être présenté. Il devait pourtant lâcher quelques prétextes pour justifier sa présence à Bellechasse.

— Monseigneur. Votre Altesse connaît-elle Charles Le Bœuf ?

— Certes, c'est mon architecte. Que lui voulez-vous ?

— J'ai pour l'heure du mal à le rencontrer alors que je lui dois poser certaines questions concernant sa femme.

— Je ne la connais point.

Le duc avait répondu bien hâtivement à une question qui ne lui était pas posée.

— Cependant son époux est un de vos proches.

— Pourquoi s'en dédire ? C'est un homme de talent dont je goûte les travaux et la compagnie.

— Et puis-je vous soumettre une question plus précise ?

— Est-ce un interrogatoire auquel vous me contraignez ?

— Loin de là, je ne m'y hasarderais pas et puis-je rappeler à Votre Altesse que c'est elle qui a souhaité m'entendre.

— Bien. Alors, que voulez-vous savoir ?

— Oh ! Je n'irai pas par quatre chemins. Que signifient les allées et venues de Charles Le Bœuf au couvent de Bellechasse où, à ma connaissance, il n'y a que des enfants à éduquer et de la piété à revendre ?

— Je veux bien satisfaire votre curiosité. Je souhaite modifier certaines parties du pavillon et Le Bœuf fait son métier pour préparer le gros-œuvre des travaux envisagés. Vous savez, c'est de notoriété, que je suis un grand bâtisseur.

— Je vous remercie, Monseigneur, de votre bienveillance, et de l'indulgence qu'elle réserve à mes demandes.

— Monsieur le marquis, j'ai successivement répondu à vos inquisitions. Peut-être pourriez-vous à votre tour déférer à mes propres interrogations ?

— Plaise à vous d'y procéder. Cela dans la mesure où je suis autorisé à en parler.

— Pourquoi un tel intérêt porté à l'épouse de Charles Le Bœuf ?

— Parce qu'elle a disparu.

— Disparu ! Et depuis quand ?

— C'est justement ce que je cherche à préciser. Je l'ai vue il y a quelques jours et...

Le prince l'interrompit.

— Et que soupçonnez-vous ?

— Monsieur Le Bœuf n'apporte aucune raison plausible à l'absence de sa femme ; sa maison est désertée...

— L'avez-vous rencontré récemment ?

— Vous touchez du doigt le problème : c'est une anguille impossible à saisir !

Le duc de Chartres, qui, jusque-là appuyé contre la cheminée, n'avait pas bougé, fit quelques pas dans la galerie puis s'arrêta faisant de nouveau face à son interlocuteur.

— Je puis vous assurer d'une chose. Dès que je le verrai, je lui transmettrai votre désir de le voir.

— Je remercie Votre Altesse.

Le prince fit un geste de la main et se mit en mesure d'accompagner Nicolas jusqu'à l'entrée de la galerie.

— Une dernière question, je vous prie, Monseigneur.

L'agacement fut vite réprimé.

— Soit.

— Avez-vous été récemment victime d'un vol ?

— De quelle nature ?

— De la porcelaine de la Manufacture de Sèvres. Sa Majesté, enfin la reine, fait des présents de cette nature lors des étrennes de fin d'année. Des pièces, en particulier au chiffre de la reine, ont été dérobées et découvertes chez un receleur. Je m'efforce de savoir où ces objets ont pu être volés.

— La reine ne m'apprécie guère. Vous êtes, Monsieur le Marquis, assez au fait des événements de la cour pour le savoir. Je suis un lépreux à Versailles...

L'irritation du duc montait peu à peu.

— ... On n'a cessé de m'y tenir en lisière, me dépossédant de ce qui me revenait de droit. Qu'ai-je à faire des babioles de la reine ? Alors de la porcelaine, quelle qu'elle soit, à l'Étrusque, à fleurs ou à chinoiseries, qu'ai-je à m'en soucier ? Je m'en moque ! Que la reine en fasse profiter sa séquelle, son troupeau du Trianon! Je vous salue, Monsieur le Marquis.

Sur ce coup de sang, le duc de Chartres se retira à grands pas, laissant son visiteur sur place. Nicolas traversa à nouveau l'enfilade des appartements admirant au passage les dizaines de tableaux qui les décoraient. Il ne put s'empêcher de songer aux malheurs des temps, à la foule des miséreux qui affluaient dans la ville, à ce que la rigueur de l'hiver leur faisait subir et aux innombrables actes de charité que suscitait cette triste situation. Rien jusque-là, à sa connaissance, n'avait transpiré d'une quelconque compassion de la famille d'Orléans pour soulager les plus pauvres, si intense que fût la soif de popularité du duc de Chartres. Lui revint en mémoire l'espèce d'excitation artificielle suscitée autour de la pyramide de glace par des trames inconnues, si semblable à celle qui avait éclaté lors de la Guerre des Farines.

Nicolas décida de rejoindre l'hôtel de police, rue Neuve-Saint-Augustin, afin de rassurer Le Noir qu'il imaginait se ronger l'esprit dans l'attente du résultat de cette audience. Il ne lui conservait aucune rancune d'un accès que justifiaient et sa fatigue et le compliqué de la situation. Dès son arrivée, le lieutenant général de police le reçut, visiblement miné d'appréhension.

— Alors, mon cher Nicolas, j'ose espérer que vous ne me tenez pas rigueur de... Oh! Trop de soucis et pas assez de sommeil. Ma légendaire longanimité a cédé sous la pression, comme les digues de nos rivières. J'en suis, sachez-le, navré et désolé.

— N'en parlons plus, Monseigneur. Jadis, Sartine m'avait accoutumé à bien d'autres bourrasques, et de plus redoutables.

Le Noir soupira, d'évidence rassuré.

— Alors dites-moi, le duc de Chartres ?

— Courtoisie de prince, dit Nicolas, qui cependant dissimulait au mieux une très grande gêne, car il en sait, selon moi, plus qu'il ne veut bien le dire.

— Comment ! Il a daigné répondre à vos questions ?

— Presque sans douleur et sans que je m'efforce vraiment à l'en convaincre.

— Et par le menu ?

— Il soutient que la présence de Charles Le Bœuf à Bellechasse tiendrait à des travaux. Poudre aux yeux que tout cela. Rien sur l'autre personnage.

Nicolas se souvint ne pas avoir eu le temps de mettre Le Noir au courant des derniers événements. Il lui rendit compte de sa découverte chez le marchand porcelainier et du soupçon que le mystérieux locataire de la demeure du prince à Bellechasse pouvait ne faire qu'un avec le voleur de la porcelaine à Versailles.

— Que déduisez-vous, Nicolas, de tout cela ?

— Que nous approchons de la solution. Et, avec votre bénédiction, je vais y travailler.

Arrivé place du Châtelet, il trouva Tirepot qui l'attendait.

— Alors, mon fils, tu ne m'as donc pas vu tout à l'heure ? Tu filais en carrosse comme un duc et pair ! Le *Hibou* m'a chargé d'un poulet à ton intention.

Avec difficulté, Tirepot sortit de ses chausses un petit papier crasseux qu'il tendit au commissaire, qui se mit aussitôt à le lire.

— Ma foi, en voilà bien d'une autre !

Il s'engouffra quatre à quatre dans la vieille prison.

XIV

HASARDS

« Cette femme s'avance : que son air est modeste. »

Rivière-Dufresny

Bourdeau prenait connaissance du billet apporté par Tirepot. Il le retournait et le retournait et, une nouvelle fois, le lut mais à haute voix.

« Un oiseau de nuit vous attend dans son nid habituel. Il a retrouvé quelqu'un qui vous manque, une nouvelle LB. »

— Y comprends-tu quelque chose ?
— Ma foi, d'évidence c'est un message du *Hibou*. Il est sur les traces d'une femme désignée par les initiales *LB*. Je suppose qu'il s'agit de la dame Le Bœuf. Ce qui m'étonne, c'est que je n'avais pas parlé d'elle... Cependant autre chose m'intrigue, le pourquoi de cet article « *une* » ? Son ambiguïté me tourmente.

— Et ce nid habituel ?

— Oh ! Il y a apparence qu'il désigne ainsi le caba-
ret où nous avons coutume de nous retrouver, place
des Trois Maries. Je m'y porte en toute hâte.

Nicolas dut s'y rendre à pied, aucune voiture n'était
disponible ni en vue. Il trouva Restif attablé, réchauffant ses mains autour d'un gobelet de vin chaud.
Celui-ci se souleva à demi pour saluer le commissaire.

— Ah, je vois que Tirepot a pu vous débusquer. Il
possède tant de correspondants dans tous les quartiers de la ville qu'il sait toujours où vous trouver.

— Alors, Monsieur Restif, du nouveau selon vous ?
Et de l'étrange, si j'ai bien saisi toute la subtilité de
votre message.

— Je savais bien que cela vous chatouillerait l'esprit. Et peut-on connaître ce qui vous a mis la puce
à l'oreille ?

— Je vous sais trop amoureux de notre langue pour
n'être pas toujours attentif à en user de la manière la
plus exacte. Les initiales *LB* m'ont étonné. J'ignore
comment vous êtes sur la piste de la dame Le Bœuf
qui a disparu. Cela est évident. En revanche, pourquoi « *une* » *LB* ?

— C'est bien là le secret que je vous veux dévoiler
et vous verrez que ce n'est pas le seul ! Mais d'abord
appelons le tavernier et offrez-moi le dîner.

L'intéressé marqua une vive désolation. Le rude hiver
et le temps du Carême ne facilitaient pas l'approvisionnement de Paris, un refrain que les deux convives
avaient déjà entendu lors de leur dernière rencontre.

— Ma foi, je ne peux que vous offrir un plat de saison, des harengs saurs à la Sainte-Menehould.

— C'est un poisson au goût bien fort et peu digeste,
remarqua Nicolas.

— Point, Monsieur, comme je l'apprête. Dégorgé dans du lait, le hareng perd son sel. Fendue sur le dos, la pièce est trempée dans du beurre fondu et assaisonnée de poivre et de muscade, puis enveloppée de jaune d'œuf. Je la panne avec de la mie de pain rassis et je la passe au gril. Je puis vous garantir que cette façon adoucit le fort qui vous inquiète.

— Je vous crois sur parole et nous tenterons l'aventure.

Le plat fut rapidement apporté avec du vin chaud. Nicolas constata que la prouesse de l'hôte n'était pas vaine. N'eussent été les fines arêtes du poisson qui ralentissaient la fringale, la préparation était savoureuse et surprenait par sa finesse.

— Restif, parlons net et lâchez-moi tout ce que vous avez appris sur cette Madame Le Bœuf. L'avez-vous retrouvée?

— Je le veux bien, mais auparavant videz vous-même votre sac au sujet de cette dame-là, car vous n'avez pas été sincère la dernière fois. Nous verrons si votre pièce se raccommode à la mienne!

Nicolas n'éprouvait aucun scrupule à dévoiler à Restif, instrument de police, les données de l'affaire. Il pouvait lever une partie du voile en gazant pourtant certaines particularités touchant au secret d'État. Il présenta donc au *Hibou* les tenants et aboutissants de l'enquête. Il fut écouté avec la plus grande attention. Restif vida un gobelet et, après s'être essuyé la bouche avec la manche de son habit bleu, entreprit d'éclairer le commissaire.

— La mémoire ne vous est pas passée, monsieur Nicolas, du récit que je vous ai tenu d'une nuit autour du Palais-Royal! Il semblait que cette femme fût la reine. On ne prête qu'aux riches. Votre obstination à ne pas vouloir accepter cette hypothèse m'a ébranlé.

J'ai beaucoup médité à ce sujet. Si ce n'était pas la reine, qui était-ce ? Oui, qui était alors votre inconnue du boulevard du Midi ? Et où était notre dame Le Bœuf, autre sosie de la reine, disparue depuis ? Car Paris est une petite ville et j'avais appris la nouvelle. Qui pouvait être en fin de compte la silhouette du Palais-Royal ?

— L'obscurité s'accroît pour clair que soit votre raisonnement.

— Pourtant je vous réserve une surprise, et de taille. Il existe un troisième sosie de la reine.

— Ho, ho ! Comment cela, un troisième sosie ? Que me chantez-vous là, maître Restif ?

— Oui, je puis admettre que cela paraît inconcevable et pourtant ! Comment suis-je parvenu à cette conclusion ? Ce que vous m'aviez confié n'avait cessé de me turlupiner. J'échafaudais mille et une architectures, plus aventurées les unes que les autres. Puisque vous sembliez assuré que la reine ne pouvait faire une avec l'inconnue surprise par moi entrant au Palais-Royal, Madame Le Bœuf seule s'imposait. Je m'étais fait une raison de cette conclusion quand il se produisit un événement dont les circonstances ne furent dues qu'au hasard.

— Je ne crois guère au hasard non plus qu'aux coïncidences. Quelque chose de fortuit se produit-il *ab hoc et ab hac* qu'on le baptise fruit du hasard. C'est un mot qui exclut la raison et que seule enfante l'ignorance.

— Je vous trouve bien péremptoire, monsieur Nicolas. Disons que ce qui devait arriver était prévu et qu'un plan supérieur m'a conduit sur le chemin de la vérité. Mes promenades dans la ville vous sont connues. Elles me permettent d'approcher, par hasard, excusez le terme, une infinité de gens avec lesquels je devise. Il y a…, hier en fait, l'une de mes connaissances a évoqué devant moi une jeune femme dont la ressemblance avec la reine était flagrante. J'ai nourri le propos en *désoiffant* le quidam d'une mauvaise eau-de-vie. J'ai fini par apprendre que cette personne fréquentait l'après-midi le jardin du Palais-Royal où elle promène un jeune enfant. Elle est née Nicole Leguay[1], mais porte, semble-t-il, un nom de guerre, Madame de Signy. Elle ne saurait se refuser à personne et ferait commerce de ses charmes qui sont grands.

— Et où demeure cette beauté ?

— Au petit hôtel de Lambesc, rue du Jour, quartier Saint-Eustache.

Nicolas pour le coup fut frappé de la coïncidence. La rue du Jour qui donnait dans la rue Montmartre se trouvait à quelques toises de l'hôtel de Noblecourt.

— Remettez-vous, monsieur Nicolas, dit Restif avec un regard sardonique, la voie n'est pas inconnue de vous… Holà ! Tavernier, remplis nos gobelets.

— Et donc ? reprit Nicolas.

— Je ne vais pas vous dicter votre conduite…

Nicolas réfléchissait, brassant d'une seule pensée force éléments divers et contradictoires.

— En avez-vous appris davantage, Restif ?

— Point. Je me suis précipité pour vous confier ma découverte. Qu'en concluez-vous ?

— Rien, pour le moment. Concevez-vous l'énigme : un cadavre sosie de la reine, Madame Le Bœuf, que j'ai vue, de mes yeux vue, autre sosie, et maintenant votre Nicole Leguay. Que déduire ?

— Qu'il y en a une de trop ! Mais je dois vous confier autre chose…

Nicolas vida son gobelet d'un trait au risque de se brûler.

— ... Une fille, une enfant délicieuse, m'a conté avoir participé à des parties à Monceau, chez le duc de Chartres. Ces réunions crapuleuses à pratiques outrées se déroulaient à intervalles réguliers. Or, depuis plus d'un mois, elles ont cessé. En tireriez-vous quelque enseignement ?

— Je le crois. Mille mercis, mon cher Restif, de votre aide précieuse et, je l'espère, féconde !

— C'est un compliment, venant du commissaire Le Floch.

Nicolas posa sur la table une bourse que l'écrivain fit prestement disparaître dans sa vieille houppelande bleue, régla l'hôte et se mit en mesure de parcourir derechef et presque en courant le quai de la Mégisserie, au risque de se rompre le cou sur les plaques de glace.

À mi-chemin il eut la chance d'arrêter un pot-de-chambre qui passait.

Il éprouvait à la fois angoisse et jubilation. La longue et fastidieuse démarche allait-elle aboutir ? Un jour, dans un atelier, il avait admiré un sculpteur qui dégrossissait une masse de marbre puis, à coups de ciseau, au milieu des éclats, faisait surgir un chef-d'œuvre. Lui aussi progressait, morceau par morceau, taillant à droite et à gauche. Restif avait-il raison et avançait-il au hasard ? Qu'obtiendrait-il à la fin des fins, une œuvre aboutie ou bien un monstre ? Qu'allait-il dire à cette fille ? Quelle méthode devait-il suivre pour obtenir une information utile ? User de douceur et de séduction permettrait d'éviter de l'effaroucher. Il pouvait s'agir d'une mauvaise piste. Prendre en compte ou écarter ce qu'il apprendrait, c'était l'alternative à laquelle il serait confronté.

Rue du Jour, à l'hôtel de Lambesc, il s'enquit auprès du portier du logis de la demoiselle Nicole Leguay.

Elle occupait un petit appartement au troisième étage. Il grimpa l'escalier quatre à quatre. Il souleva le marteau, des pas se firent entendre et la porte s'entrouvrit. Une jeune fille en chenille l'accueillit. Il fut dès l'abord frappé de son apparence. Cheveux blond cendré, gorge bien formée et des yeux d'un bleu de porcelaine, tout concourait à justifier les méprises. Il l'imaginait coiffée, maquillée, habillée et parée; elle devait ressembler trait pour trait à la reine. Son visage ouvert respirait la gentillesse, la simple modestie et, aussi, un peu de naïveté. Elle esquissa une révérence.

— Que désirez-vous, monsieur? demanda-t-elle en le fixant avec un mouvement de recul.

— Je vous prie, mademoiselle, de pardonner cette intrusion. Je suis commissaire de police au Châtelet et je souhaiterais...

Effrayée, elle porta la main à son cou.

— Que me reproche-t-on, monsieur?

— Rien, ne vous troublez pas. Puis-je entrer?

À peine rassurée, elle s'effaça pour le laisser passer. Le logement, un meublé banal, apparaissait bien entretenu quoiqu'en désordre. Un feu mesquin mourait dans une cheminée de pierre grise. Le sol était jonché de vêtements froissés et les sièges de chapeaux. Sur la table, deux verres tachés et une bouteille vide ajoutaient encore au médiocre de l'ensemble; ce n'était pas la richesse, mais pas encore la pauvreté. Nicolas pouvait deviner ce à quoi Nicole Leguay se consacrait.

Elle débarrassa un fauteuil tendu de damas jaune usé d'une forme de feutre et d'un paquet d'épingles. Nicolas y prit place estimant que la position assise alarmerait moins la jouvencelle.

— Quel âge avez-vous, mademoiselle?

Elle s'empourpra.

— Je suis née en 1761, en septembre.

— Vous êtes donc encore mineure[2]. Vous vivez seule ici ?

Son visage se crispa. Allait-elle se mettre à pleurer ?

— Oui, monsieur. Je fais des chapeaux. Je suis modiste en chambre.

— Et cela vous suffit-il pour subsister ?

— Hélas, non ! Je suis orpheline de père et de mère. Tout l'argent que ma mère m'avait laissé m'a été grugé par feu Monsieur Legros chez qui j'avais été placée et, je vous demande de le croire, bien malheureuse. Dans cette affaire, j'ai l'espoir que la justice, qui est saisie, me fasse bon droit, comme elle vient de le faire contre un de mes créanciers qui, profitant de ma jeunesse et de mon inexpérience, m'avait fait accepter une foule de lettres de change.

Elle s'animait, reprenait couleurs toute à son apologie, charmante dans son irritation. Nicolas subissait son charme, mélange de beauté, de spontanéité et de candeur.

— C'est dire, reprit-il, que vous êtes contrainte sans doute d'accepter l'aide d'amis généreux ?

— Mon Dieu, monsieur, je ne vous le cèlerais point. Que faire d'autre dans ces circonstances ? Faire des chapeaux ou garder des enfants, cela ne pourvoit pas suffisamment.

— Loin de moi de vous le reprocher. Je souhaiterais seulement que vous soyez sincère et répondiez en toute franchise à mes questions.

Une idée venait de surgir, folle, insensée. Quel risque prendrait-il à la jouer comme une dernière carte ?

— J'ai le sentiment, mademoiselle, que nous nous sommes déjà rencontrés. Vous étiez couchée dans une belle chambre aux volets clos chez un certain Le Bœuf. C'était bien vous, n'est-ce pas ?

Elle éclata en sanglots et se jeta au travers d'un sofa, écrasant au passage la coque d'un chapeau. Nicolas se pencha pour la relever et la prit dans ses bras. Il fut troublé par ce contact et par l'illusion de l'image fugitive de la reine.

— Allons, allons, ce n'est pas si grave. À condition toutefois que vous me relatiez très exactement toute cette comédie, et à quoi, selon vous, a-t-elle répondu.

Elle reniflait ; il lui tendit son mouchoir.

— C'était fin février.

— Vous rappelez-vous la date précise ?

— C'était un mardi... Je devais garder Mathias, le petit garçon que je promène parfois. C'était sa fête ce jour-là... La veille du mercredi des Cendres.

— Soit, dit Nicolas après un moment de réflexion, le mardi 24 février. Alors, que s'est-il passé ?

— Un ami est venu me voir vers midi pour me proposer un travail.

— Prenons les choses point par point. Le nom de cet ami ?

Elle soupira.

— Que voulez-vous que je vous dise, je ne le connais point. C'était juste une connaissance d'un soir.

— Bien, n'insistons pas. Que vous a-t-il proposé ?

— De jouer un rôle dans une comédie.

— Au théâtre ?

— Non, plutôt une farce... Une tromperie. Ah, ma foi c'était fort bien payé ! Cela m'a permis de régler mon loyer. Je devais me coucher, feindre d'être indisposée et ne rien dire aux visiteurs qui se présenteraient.

— Et la comédie s'est prolongée ?

— Quelques jours.

— Vous a-t-on donné le mot de l'énigme ?

— Je n'ai point demandé d'explication. Il fallait être discrète.

— Une dernière question...

Elle respira fortement la main sur le cœur, d'évidence soulagée.

— Comment vous est apparu Charles Le Bœuf.

— Très agité. Il allait et venait. Il recevait...

— Une idée sur ses visiteurs ?

Elle rougit à nouveau. Comme elle savait mal dissimuler, se disait Nicolas attendri.

— Par curiosité, j'ai regardé par le trou de la serrure. C'était un homme maigre. Ils avaient tous deux des conversations étendues et je crois même qu'ils se disputaient.

Nicolas se leva.

— Mademoiselle, je vous remercie de votre sincérité. Ne craignez rien, vous n'êtes en rien impliquée dans l'affaire qui m'occupe. Vous avez été l'innocente victime d'une plaisanterie où vous n'avez nulle part. Si quelque péril vous menaçait, n'hésitez pas à faire appel à moi. J'habite rue Montmartre, à l'hôtel de Noblecourt. Demandez Nicolas Le Floch.

Éperdue de reconnaissance et soulagée, elle le reconduisit à la porte.

Quelle pauvre fille ! songeait Nicolas. Encore une que les vicissitudes de la vie risquaient de conduire aux pires déboires. Elle n'était pas armée comme certaines pour y résister. Le démontrait sa bonne volonté à tout révéler sans y être vraiment forcée.

La statue s'ébauchait. Un morceau de marbre venait de se détacher dévoilant une ébauche de profil. Calmer les battements de son cœur et les mouvements désordonnés de son esprit et reprendre les faits, les relier les uns aux autres à la lumière de ce qui venait d'être découvert, tel était le calme cheminement qui s'imposait.

Ainsi la fille Leguay, embauchée par Charles Le Bœuf, avait joué le rôle de la femme de l'architecte en sorte de faire accroire que celle-ci était toujours vivante. Des précisions apportées, il découlait que son engagement avait eu lieu le mardi 24 février, soit le jour même de la découverte du cadavre de la pyramide. Dans ces conditions, pourquoi Charles Le Bœuf avait-il décidé ce même jour, vers midi selon les dires du témoin, d'avoir recours à une doublure, sosie de la reine ? Nicolas méditait ce mystère. Il y avait évidemment un lien entre la découverte du boulevard du Midi et cette précipitation. Qui avait prévenu Charles Le Bœuf de cet événement ? On pouvait supposer que l'investigation dans la demeure du président de Vainal avait déclenché la panique. Et cet homme maigre, n'était-ce pas justement le président à mortier du parlement ? C'était lui sans doute qui avait prévenu Le Bœuf.

De retour au Châtelet, Nicolas conféra avec Bourdeau sur l'étonnante confession de Nicole Leguay. Ainsi, une partie de l'énigme était par elle éclaircie, laissant pourtant dans l'ombre le fond de l'affaire.

— M'est avis, dit Bourdeau, qu'une urgente visite s'impose désormais chez le président de Vainal, et cela en dépit de sa qualité de grand magistrat.

— Et Charles Le Bœuf ?

— Assurons nos arrières ! Rassemblons d'autres preuves plus congruentes, car nous ne disposons que de la parole d'une fille galante.

— Le qualificatif est excessif.

Bourdeau sourit.

— Il semble que tu n'aies pas été insensible à ses charmes.

— J'avoue que cette jeune fille m'a fait pitié.

— Pour revenir à notre propos, Vainal connaît des faits qui expliquent qu'il ait sur-le-champ prévenu son ami Le Bœuf de la découverte du cadavre et de la venue de la police rue Plumet.

— À bien y réfléchir, j'approuve ta proposition. Courons *renarder* dans cette étrange demeure. Il serait utile de faire parler Bouey, le majordome du président. C'est un honnête serviteur à l'ancienne mode.

— Jasera-t-il?

— J'ai le sentiment qu'il peut nous en dire plus long et qu'il y a rupture avec son maître, qu'il a aimé enfant mais qu'il n'estime plus.

— Vainal a les honneurs et la richesse, mais n'a pas de mœurs et, de ce côté-là, bien des maîtres sont au-dessous de leurs serviteurs.

— Hélas! On oublie parfois que ceux-ci ne sont pas aveugles et les jugent.

— On peut espérer que, rue Plumet, Vainal sera absent. Cela nous évitera de redoutables explications. Et serait-il présent, nous inventerons de fausses raisons.

Le plan de bataille décidé, une voiture fut aussitôt appelée et l'attelage piqua des deux vers le boulevard du Midi. Sur place, la folie du président de Vainal paraissait déserte. Ils tirèrent la cloche de la grille et au bout d'un moment le vieux majordome apparut appuyé sur une canne.

— Ah! Monsieur le commissaire! Il a failli tenir d'un moment que vous ne me trouviez plus ici.

— Pourquoi cela, et que vous arrive-t-il?

— Je quitte le service. Il y a bien longtemps, je vous l'avais confié lors de votre première visite, que j'en avais l'intention et je le voulais faire de mon propre mouvement… mais je suis remercié… Oui, Monsieur, remercié. En fait chassé, comme un infâme!

Il s'étranglait, les yeux embués de larmes.

— Remettez-vous et racontez-nous ce qui vous advient.

— Rien que de trop prévisible! Je souhaitais regagner ma Bourgogne, lassé d'avaler des couleuvres, de subir ici mille avanies. J'avais toujours espéré avoir dans cette famille un asile honorable où je serais bien soigné dans ma vieillesse et que la bonté de mon maître s'étendrait jusqu'à ma mort. Mais j'avais compté sans cette démone, cette gourgandine qui, à force d'insinuations auprès de Monsieur Philippe, l'a poussé dans sa mauvaise pente. J'ai le regret de le constater, après l'avoir longtemps nié, l'homme était vicieux dès l'origine... L'autre, la Vallard, elle me fait jeter à la rue. À la rue... Et sans les gages desquels j'étais en droit de bénéficier. J'avais préparé mon paquet et j'aurais déjà déguerpi depuis plusieurs jours si la dureté du temps n'avait pas coupé les routes et interrompu le service des malles-poste.

— Je suis affligé pour vous, mais votre situation va faciliter ma requête. Il est important de pouvoir visiter les appartements du président et ceux de... la cuisinière, puisque telle on la présente. Se trouve-t-elle au logis?

Nicolas admira l'hésitation du majordome. Aucune raison ne la justifiait, mais il semblait que la fidélité si longtemps chevillée à l'âme de ce vieux serviteur protestait, en dépit de lui, contre cette violation de sa loyauté, fût-elle hors de mise.

Bouey haussa les épaules.

— Elle est en ville, rue du Long-Pont. Faites comme il vous plaira. Je n'en veux rien savoir.

— Nous vous remercions. J'aurais ensuite quelques questions à vous poser. Où se trouve la chambre du président?

— Au premier, et pour répondre à la question que vous allez me poser, celle de la Vallard est à côté. Un établissement de cuisinière!

L'étage ne déparait pas l'ensemble de la demeure, l'opulence et le confort y régnaient et toujours l'accablante accumulation de gravures, tableaux et bronzes, décoration qui pouvait rappeler celle des meilleures maisons galantes de la ville. Dans la chambre de Vainal, peu meublée mais somptueuse, un immense lit en baldaquin garni de ses pentes, tout de satin, fond blanc à fleurs, personnages et oiseaux, attirait le regard par sa splendeur et les chantournés dorés à la feuille.

La fouille ne donna rien. Les deux policiers passèrent dans l'appartement voisin, celui d'Hermine Vallard. Un luxe insolent s'y déployait.

— Veine ! dit Bourdeau, la sultane est gâtée !

L'éclat de l'or et des soieries le disputait aux reflets sombres du bois précieux et des marqueteries. Les dessus-de-porte sur toiles figuraient les amours d'Hélène et de Pâris dont les détails galants ne laissaient rien dans l'ombre. Lit à baldaquin, ottomane, cabriolets et sofa étaient tapissés d'une perse aux couleurs éclatantes. Bourdeau ouvrit une porte dissimulée dans la boiserie qui donnait dans une garde-robe. Nicolas, comme le clerc de notaire qu'il avait été, énuméra le mobilier du réduit.

— Item, une table de toilette avec son dessus de serge cramoisi, item deux chaises, l'une de propreté[3], l'autre d'aisance, toutes deux recouvertes de maroquin...

Un placard contenait nombre de souliers que Nicolas examina avec attention, une pensée fugitive lui ayant traversé l'esprit. Il procéda de même pour les pots de pommade, les boîtes de poudres parfumées, les flacons d'eau de quintessences qu'il huma et, perplexe, hocha la tête.

— Pierre, nous n'avons pas étudié le secrétaire.

Le petit meuble en bois de rose paraissait bien innocent. Ils s'évertuèrent dans l'espoir d'y découvrir quelque mécanisme dissimulé. Il contenait de quoi écrire, encre, papier et plumes, poudre et des notes de fournisseurs. Plusieurs écrins renfermaient une brassée de bijoux, broches, bagues, pendants d'oreille, ferrets et chaînes. Deux écrins abritaient des parures, l'une de diamants et l'autre d'améthystes.

— Vois comme le président lésinait avec sa cuisinière. Ma doué, quelle dot!

Soudain Bourdeau eut l'idée de soulever la tablette de marbre du dessus. Pour ce faire, il dut enlever une pendule décorée d'un amour veillant près du trophée de ses armes, arc, flèches et carquois, qu'une jeune femme ornait de fleurs et de rubans. Il n'y avait rien sous la tablette mais, soulevant la pendule, il s'aperçut qu'elle recelait quelque chose d'insolite. La plaque du coffre qui fermait l'arrière du mécanisme fut ouverte et, sous le balancier, l'inspecteur mit au jour un curieux petit carré de papier.

— Nicolas, je crois avoir trouvé quelque chose!

Il lui tendit sa trouvaille.

— Pourquoi dissimule-t-on un papier dans une pendule?

— Pardi, parce qu'on y attache du prix et qu'on souhaite le dissimuler aux yeux des curieux!

Nicolas déploya le carré qui avait été replié cinq fois et y jeta un œil.

— Ma foi, c'est un billet doux. C'est étrange, il donne l'impression d'avoir été chiffonné. Pourquoi alors l'avoir replié aussi soigneusement?

— La question est de savoir qui en sont l'auteur et le destinataire.

— Que dit-il?

— « *Ma Chère amie, je brûle pour toi. Je ne me sens heureux qu'auprès de toi. Je t'aime à passion. Sois-en persuadée. À bientôt. Ton amant comblé.* »

— Voilà qui est bien banal et bien excessif. Point de signature ?

— Rien. Et quant à reconnaître une écriture, tu sais ce que j'en pense. Mais c'est celle d'un homme.

— Il faudra comparer avec le billet trouvé chez la Gagère.

— Je le crois d'une autre main. À vrai dire, l'autre était d'une forme déguisée, ce qui trouble son étude.

— Il reste que l'on peut soumettre ce billet au majordome. Il connaît bien son maître et devrait pouvoir nous éclairer.

Ils rejoignirent le rez-de-chaussée. Bouey les y attendait.

— Monsieur, dit Nicolas. Quelques questions complémentaires. Lors de notre visite ici en février, nous avons parlé à Hermine Vallard. Interrogée pour savoir si le président avait paru rue Plumet les jours qui précédaient la découverte du cadavre boulevard du Midi, elle n'a pas hésité à le nier. Qu'en pensez-vous ?

Le majordome sourit tristement.

— Monsieur le commissaire, non seulement mon maître était là, mais encore lors de votre première visite, il était tapi dans sa chambre.

— Que ne l'avez-vous dit alors ?

— Vous ne m'avez pas posé la question. Et je suis un loyal serviteur, enfin j'étais…

— Autre chose. La même Hermine Vallard nous a affirmé que la pyramide de glace avait été édifiée deux jours avant notre visite. Qu'en pensez-vous ?

— Qu'elle vous a menti.

— Et pourquoi, selon vous ?

— Poser la question, c'est y répondre. Elle voulait protéger quelqu'un.

— Et qui ?

— Son amant, le président de Vainal... mon ancien maître.

Nicolas plaignait le vieux serviteur qui, dans un sanglot étranglé, avait énoncé cette phrase lourde de conséquences.

— Et pourquoi ce faux témoignage ? De quel danger souhaitait-elle préserver Monsieur de Vainal ?

— Cela je l'ignore. Il s'est passé tant de choses dans cette maison dont j'étais, heureusement, écarté !

— Encore une chose, Monsieur Bouey.

Nicolas lui présenta le billet.

— Reconnaissez-vous cette écriture ?

Le vieil homme chaussa ses besicles et considéra longuement le billet.

— À vrai dire, j'ai du mal à me prononcer.

— Est-ce celle de votre maître ?

— C'est possible, mais je n'en jurerais pas.

Ils prirent congé du majordome et repartirent en direction du Châtelet. Nicolas se taisait, perdu dans ses pensées.

— Tu sembles bien perplexe, dit Bourdeau.

— C'est que les indices s'accumulent et ne cessent d'orienter notre enquête vers des directions divergentes.

— Que conclus-tu de la découverte de ce billet ? Nous y attachons de l'importance alors que, peut-être, le conservait-elle en souvenir de Vainal, son amant. Dans ce cas, il est de la main du président.

— Quelque chose me gêne. Pourquoi le dissimuler dans une pendule ? N'aurait-il pas mieux valu le placer dans un coffre à bijoux ou dans un tiroir ? C'est le hasard seul...

Il se mit à rire.

— Quel accès te saisit ?

— Oh ! Seulement une conversation à ce sujet avec Restif.

— Sur les femmes qui cachent des lettres d'amour.

— Non sur la notion de hasard, qui est peut-être le faux-semblant de la providence !

— Hasard ou providence, cela m'a jeté sur la piste d'un papier qu'Hermine Vallard ne voulait pas qu'on trouve.

— C'est en effet ce dont je suis pour ma part assuré. Et dans ce cas, le billet n'était pas de la main de Vainal. Bouey ne nous a rien confirmé à ce sujet.

— S'il est de la main du président, cela signifierait qu'il n'est pas destiné à Hermine Vallard. Alors, à qui était-il adressé ?

— Soit. Et comment s'en serait-elle emparée ?

— On peut imaginer bien des astuces ! Les femmes de cette espèce n'en manquent point !

— Pierre, une autre considération m'intrigue. Pourquoi, dès le jour où le cadavre de la pyramide a été retrouvé, cette prétendue cuisinière, cette servante-maîtresse, a-t-elle accumulé les tromperies et les mensonges à notre égard ? D'évidence, le président de Vainal tenait à rester à l'écart de cette affaire et Hermine Vallard a tout tenté pour l'y aider.

— Si Vainal est impliqué, pourquoi dans cette hypothèse le cadavre aurait-il été dissimulé à quelques pas de sa folie, boulevard du Midi ?

— Nous en avons déjà envisagé l'occurrence : quel meilleur moyen d'écarter les soupçons ?

— Nous tournons en rond. C'est autour de Charles Le Bœuf que réside la solution.

— Mais il y a sans doute des complices et, dans ce groupe, Vainal occupe une place privilégiée !

— Désormais interroger Le Bœuf s'avère impératif.

— J'entends bien, mais où le trouver ? Il n'est pas chez lui. S'il est réfugié au couvent de Bellechasse, je ne peux y pénétrer, après mon entretien avec le duc de Chartres.

— Il y a un dieu pour la police. Remettons-nous en au hasard.

— Encore !

— Et que faire d'autre ?

Les nouvelles qui les attendaient au Châtelet placèrent au second plan le cas de Charles Le Bœuf. Gremillon, dépité et choqué, leur apprit que les deux exempts de faction devant la boutique du marchand de porcelaines avaient tenté d'appréhender un homme qui correspondait au signalement reçu. Celui-ci s'était défendu et avait blessé à coups d'épée ses assaillants pour finalement s'enfuir indemne.

— Encore un qui va se réfugier à Bellechasse !

— Sauf, dit Nicolas, qu'il évitera sans doute d'entrer par la grande porte et que nous avons des guetteurs à chacun des accès du couvent. Ne nous inquiétons pas. Il finira bien par tomber dans la souricière.

Pour déterminé qu'il apparût aux yeux de ses adjoints, Nicolas ne laissait pas de craindre, dans son for intérieur, que leurs efforts les engageassent dans une impasse. Faute de pouvoir interroger les suspects, de confronter les témoignages et de tirer toutes conclusions des indices rassemblés jusquelà, ce n'était qu'impuissance et certitude d'échec. Il relut avec attention le contenu de son petit carnet noir pour essayer d'y trouver le moindre fil conducteur permettant de relancer l'enquête. Il réfléchit à la situation du président de Vainal et d'Hermine Vallard. Par quel moyen pouvait-il justifier de nouvelles interrogations ? Il se creusait la tête pour présenter les faits dans leur vérité, les classer par ordre, enfin il tentait de les remodeler à la lumière de son expérience et avec la prudente fermeté de l'honnête homme. Il s'enquit de l'état des deux blessés qui avaient été portés à l'Hôtel-Dieu pour y être pansés. Leur état n'inspirait pas d'inquiétude. Il appela le père Marie et lui donna quelques écus afin d'acheter de quoi améliorer leur ordinaire à l'hôpital. Il s'inquiéta aussi de la Mazenard : était-elle revenue à de meilleures dispositions ? Il paraissait qu'elle continuait à se taire, s'obstinant, peu disposée à parler sincèrement.

— Le signalement de l'ouvrier de la Manufacture doit être adressé au départ des malles-poste et aux sorties de Paris. Cela dans le cas où l'intéressé chercherait à s'enfuir.

— Comment agissons-nous maintenant ?

— Il y a un temps pour l'agitation et un autre pour l'immobilité : je dois m'y consacrer et ruminer le néant. Il faut effacer avant d'écrire... Il ne neige plus, le soleil n'est pas encore couché et je m'en vais un peu patauger de par les rues.

— « *Fuyant les hommes, cherchant la solitude, n'imaginant plus, pensant encore moins...* », récita Bourdeau, dévotieux.

— Ah, ton Jean-Jacques, toujours il te promène ! Mais j'imaginerai encore, car comme le dit Noblecourt « *le tout est dans le rien* ».

Et, sur cette sentencieuse formule qui laissa Bourdeau pantois, Nicolas s'enveloppa dans son manteau, enfonça son chapeau et sortit à grands pas.

Il marcha au hasard, la tête vide et le cœur plein de sentiments informes. Tout pourtant s'y mêlait, lui-même face à lui-même, les siens, les autres et l'affreux mélange de crimes et de vices auquel il était depuis si longtemps confronté.

Il passa le fleuve au Pont-Neuf, se pencha au-dessus du parapet, fasciné par le lent défilement de glaces. Sous l'une des arches, des débris et des barques qui s'étaient surmontés, bousculés par le courant, demeuraient coincés les uns sur les autres. De sourds craquements émanaient de cet amoncellement. Il entra place Dauphine et s'arrêta, frappé par la beauté de la devanture d'un peintre sur verre qui exposait des œuvres semblables aux vitraux des églises. Poussé par la curiosité, il entra dans la boutique. Une porte, elle-même ornée de verres colorés, pivota, jetant à l'intérieur, malgré la pâleur du jour déclinant, le prisme éclatant des couleurs.

Un vieil homme, vêtu d'un habit puce, le salua et lui demanda ce qu'il cherchait.

— J'ai été frappé par la beauté de ce que vous présentez.

Flatté, l'homme inclina la tête,

— C'est une pratique très ancienne. Nous sommes aujourd'hui peu nombreux à l'illustrer. Il s'agit du mélange de l'art et de la chimie.

— Quels sont vos procédés ?

— Certains clients s'adressent à nous car l'usage des verres colorés est un moyen permettant de suppléer aux rideaux en tirant de la lumière un nouvel éclat. Cela ne laisse pas de modifier du tout au tout l'aspect d'une pièce ou d'un corridor.

— Et puis-je vous demander le secret de votre travail ?

— Il demande une main sûre et un œil avisé. Il faut tracer des figures sur des cartons de la taille du tableau désiré. Ensuite on découpe l'ensemble en autant de pièces qu'il doit y avoir de verres, blancs ou colorés. On place les couleurs au pinceau et le feu transmue le tout.

— C'est-à-dire ?

— Le cobalt donne le bleu. Les nuances de rouge, de brun ou de marron se font avec de la chaux portée à différents degrés. Le cuivre rouge, précipité par l'alcali, produit le vert. Le pourpre vient de la chaux d'or et le jaune de la chaux d'argent ou de plomb.

— Ainsi, dit Nicolas, le miracle définitif réside dans la transformation. La nature première se déguise en autre chose et prend l'apparence de ce que vous souhaitez produire.

— Votre définition est presque philosophique, monsieur. Je me plais à constater que vous avez compris le principe. Rien n'est figé dans l'univers et ce que nous voyons n'est souvent qu'une vérité dissimulée.

Nicolas quitta la boutique, l'esprit de nouveau agité par ce que cette visite lui avait fait entrevoir. Pourtant, le faux dissimulait-il si souvent le vrai ? Courait-il depuis des jours à la suite d'ombres trompeuses qui masquaient les véritables visages ? Par quels biais, enfouis dans le détail des investigations, parviendrait-il à saisir ce fameux fil conducteur ? Tant d'éléments persistaient à demeurer sous le boisseau. La camarde fardée et masquée dansait sa sarabande sur une musique dont la gamme lui était encore inconnue. Des notes nouvelles résonnaient pourtant dans sa tête. Un trait de lumière venait jaillir de l'obscurité et, comme le prisme dans la boutique, l'incendiait de nouvelles certitudes. Il comprit soudain qu'il devait tout repenser en considérant les faits sous une autre perspective. Peut-être que ce fameux hasard qu'il récusait serait l'indispensable boute-feu. Cette idée le mit en joie ; il riait comme un dément et si fort qu'il effraya au passage un prêtre qui marchait, lisant son bréviaire, et qui se hâta de se signer devant cette sardonique apparition.

Rue Montmartre, Noblecourt le convia à son souper du soir. Catherine avait préparé une soupe de lentilles et dans ce jour deux fois maigre, un plat d'œufs cuits dans la crème, gratiné de fromage de Parme. La conversation interrompue sur l'opéra se renoua. Le vieux procureur raconta à Nicolas avoir assisté en 1749 à la première représentation à l'Académie de musique de *Platée*, ballet bouffon de Rameau.

— Je me souviens que c'était en février en plein carême! Ah, mon ami, j'ai dû rire à m'en péter la sous-ventrière! L'air «*Dis donc pourquoi? Quoi? Quoi?*» qui se muait en coassement était d'un drôle! D'ailleurs, outre les grenouilles, Rameau y imitait toute une ménagerie, chant du coucou, charivari des oiseaux et braiment de l'âne. Ainsi la mélodie soutenait-elle en fanfare le comique de l'œuvre. Oui, En vérité, une folie, une bourrasque de gaieté! Et de surcroît, on pouvait y lire une peinture véridique de nos mœurs, pour le coup assez vilaines, mais traitée de manière à nous intéresser.

Noblecourt prolongea un temps ce retour nostalgique vers ses enthousiasmes musicaux jusqu'au moment où le sommeil le submergea. Nicolas quitta la pièce sur la pointe des pieds et, avant de rejoindre son appartement, alla, en compagnie de Pluton, saluer Sémillante qui l'accueillit d'un doux hennissement. Il lui murmura à l'oreille des mots tendres, lui promettant qu'ils feraient une grande promenade dès que le temps le permettrait.

XV

VÉRITÉS ?

« La vérité est un flambeau qui luit
dans un brouillard sans le dissiper. »

Helvétius

Samedi 6 et dimanche 7 mars 1784

L'enquête n'avançait pas, ou si peu, et pourtant cette impression qu'il jugeait fausse n'inquiétait pas Nicolas. Il savait d'expérience que le temps jouait à son profit et l'impatience n'eût été qu'un mouvement inutile. Si le commissaire aux affaires extraordinaires éprouvait cette tranquillité d'âme, c'est qu'il imaginait, avec sa capacité à se mettre à la place de ceux qu'il traquait, leur inquiétude devant la silhouette du chasseur à l'affût.

Ses gens étaient à leurs postes. De nouveaux exempts avaient remplacé ceux qui avaient été blessés devant la boutique du porcelainier. L'ouvrier de la Manufacture, Tristan Benot, pouvait vouloir se venger d'une évidente trahison et, surtout, récupérer la somme promise pour les objets volés. Pour bon et coupable receleur que fût M. Coquiller, il appartenait désormais à la grande famille de la police. La moindre des contreparties à cet enrôlement était de le protéger et que ses aveux ne se retournassent pas contre lui.

La chaîne de surveillance maintenue et resserrée rue Plumet, rue du Long-Pont, rue des Ciseaux, à Bellechasse, et même aux nombreuses issues du Palais-Royal, permettrait le cas échéant de suivre les mouvements des principaux comparses et d'intercepter ceux qui se soustrayaient à la justice. Dans cet océan d'iniquités, les filets étaient jetés, les nasses disposées et il ne restait plus qu'à en observer la surface et les remous.

Le samedi matin, Nicolas s'accorda un peu plus de repos qu'à l'ordinaire et se livra, avec plaisir, devant son chocolat mousseux et ses brioches, à de plaisantes conversations avec Catherine et Marion, enchantées de l'avoir pour une fois sous la main. Le temps demeurait couvert, gris et menaçant. Le gel avait repris, durcissant à nouveau le sol fangeux des rues. Néanmoins, il décida de sortir Sémillante afin de la dérouiller après sa longue station à l'écurie. Ils gagnèrent les Champs-Élysées au petit trot pour une promenade coupée de galops prudents.

Il dîna avec Noblecourt avant qu'ils se livrent à un petit concert domestique, l'un au violon, l'autre à la bombarde. Une partie d'échecs les conduisit au souper qui fut frugal. Le vieux magistrat ayant éprouvé ces chatouillements précurseurs au pied, il en avait conclu qu'un accès de goutte le menaçait. Nicolas s'évertua à dissiper cette idée, persuadé que cette seule évocation risquait d'avoir pour conséquence la venue de ce que l'on craignait. De même, il ne fallait pas nommer le démon au risque de le faire surgir. Noblecourt devait éviter de se mettre martel en tête. L'intéressé se moqua des superstitions du Breton. La soirée fut consacrée à débattre d'un discours que M. de Condorcet, en qualité de directeur en exercice de l'Académie, avait prononcé en réponse à celui de M. de Choiseul-Gouffier.

— Un mien ami, qui assistait à la séance, m'a fait tenir les exemplaires des deux adresses.

Sans doute un frère de loge, supposa Nicolas amusé.

— Il m'a décrit le public se gaussant des conseils de diplomatie dont Condorcet a cru devoir gratifier le nouvel immortel, à qui vient d'être confiée l'ambassade du roi auprès de la Sublime Porte. Selon notre savant, le trône des Ottomans ne pouvait subsister que dans la mesure où ceux-ci se hâteraient d'abaisser les barrières qu'ils avaient trop longtemps opposées aux sciences et aux arts de l'Europe. Les Lumières étaient le secours le plus efficace que cet empire devrait recevoir.

— N'est-ce pas, dit Nicolas pensif, compter pour peu les trésors d'une brillante civilisation qui a succédé au glorieux empire de Byzance ? J'ai entendu Monsieur de Vergennes, qui vécut longtemps à Constantinople, en disserter savamment. De quel droit devrions-nous leur imposer nos habitudes et nos usages, nos sciences et nos arts ? Pourquoi le fléau de la balance doit-il nécessairement pencher de notre côté ?

— Vous vous opposez aussi au jugement de Voltaire pour qui l'histoire de l'empire d'orient était celle *d'obscurs brigands*.

La discussion de cette objection les mena jusqu'à minuit.

Le lendemain dimanche, Nicolas prêta son bras à Noblecourt pour se rendre à petits pas à Saint-Eustache assister à l'office. À leur retour rue Montmartre, ils eurent la surprise de voir Aimée d'Arranet qui les attendait au coin du feu, le visage encore rosi par le froid. Elle avait réussi à s'échapper le temps d'un après-midi, récréation qu'avait autorisée l'indulgente bonté de Madame Élisabeth. Catherine, toujours soucieuse de l'état de Noblecourt, avait concocté, poursuivant le pillage des poulaillers et clapiers du jardin, un lapin à l'alsacienne. Dépouillé, vidé, désossé, l'animal avait été farci de mie de pain trempée dans du lait à laquelle elle avait ajouté des marrons, des oignons et des épices. Elle l'avait massé de moutarde, recousu et emmailloté le tout dans une crépine avant de le confier au four du potager. Pour éviter toute sécheresse, elle avait arrosé le rôti de bouillon de volaille.

— J'estime, dit-elle, que le labin, zurtout jeune, est un met zavoureux, léger, délicat, aisé à digérer zurtout rôti et que l'on beut le donner à ce grand bâfreur gouddeux !

Ce fut un moment pétillant de gaîté. Noblecourt, qui adorait Aimée, se mit en quatre pour l'amuser, lui contant avec esprit des anecdotes de sa jeunesse à l'époque du régent d'Orléans. Complice, il prétexta devoir faire sa méridienne pour renvoyer d'autorité le couple dans l'appartement de Nicolas. À cinq heures de relevée, un carrosse de cour vint reprendre la jeune femme.

Le soir, Noblecourt se reposa et soupa d'une tasse d'infusion de sauge. Nicolas se délecta de beignets que lui avait préparés Catherine. Il se coucha tôt et s'endormit après une courte lecture.

Lundi 8 mars 1784

Une surprise de taille attendait le commissaire au Châtelet. Charles Le Bœuf venait de s'y présenter et demandait à être reçu. Bourdeau l'introduisit. Le teint gris, les yeux battus, la tenue négligée, l'homme offrait l'apparence d'un profond accablement. Nicolas le fit asseoir et laissa le silence s'appesantir. Le Bœuf regardait ses mains. Il toussa et finit par prendre la parole.

— Monsieur le commissaire, j'ai demandé à vous rencontrer... Enfin, j'ai appris par Monseigneur le duc de Chartres que vous souhaitiez m'entretenir. Je suis venu afin de vous expliquer... Enfin vous éclairer sur les circonstances d'un affreux accident, d'un malheureux concours...

Il s'arrêta, l'air égaré.

— Je vous écoute, monsieur.

— Il faut que vous sachiez que depuis longtemps mon ménage battait de l'aile et que je soupçonnais mon épouse de me tromper. Afin de m'en assurer, j'ai fini par la suivre et un soir je l'ai surprise dans une situation qui ne laissait aucun doute. Dénudée... Je l'ai secouée... Et elle est morte. Oh, un accident ! Sa tête a heurté le coin d'une commode... Un affreux accident.

— Comment cela, d'un coup ? Et qu'avez-vous fait ?

— J'ai emporté le corps et l'ai enterré, enfin placé sous un monticule de neige que j'ai façonné.

— Qu'espériez-vous en agissant ainsi ?

— Qu'il ne serait découvert qu'après le dégel, qu'on disait lointain. Cela me donnait le temps d'aviser.

— Qui vous a aidé dans ce travail ?

— Personne. Je suis architecte. Il me fut aisé de bâtir cette pyramide.

— Et aussi d'avoir le temps de composer un quatrain, car vous êtes aussi poète ! L'écrire, le reporter sur une planche et le fixer !

— Je l'avais emprunté à un autre obélisque. Le peuple avait alors élevé de nombreux monuments en l'honneur des souverains.

— Bien. Et qui était cette femme que vous avez eu l'audace de me présenter comme étant la vôtre ?

— Une fille de peu dont la ressemblance avec mon épouse était surprenante et que j'avais stipendiée.

— Quelle était votre intention, ce faisant ?

— D'envelopper de brouillard toute cette affaire.

— Et pourquoi n'avoir pas de suite signalé cette affreuse tragédie ?

— J'ai craint qu'on m'accuse de meurtre.

— Monsieur, la situation n'a guère changé à cet égard.

Nicolas parla à l'oreille de Bourdeau, qui s'éclipsa et revint au bout d'un moment avec la Mazenard entravée.

— Madame, un effort. Connaissez-vous cet homme ?

Elle s'approcha de Le Bœuf dans un grand bruit de chaînes, le lorgnant presque sous le nez.

— Je ne le connais pas et ne l'ai jamais vu.

— Et vous, monsieur, savez-vous qui elle est ?

Le Bœuf secoua négativement la tête

Bourdeau fit sortir la devineresse et la remit au geôlier.

— Monsieur, dit Nicolas, il vous faut à l'instant cesser cette comédie. À qui ferez-vous croire le conte bleu que vous nous avez débité ? Sentez-vous comme il pue le faux et le forgé ? Comment voulez-vous qu'on accepte les incohérences de votre récit ? Je vous exhorte à nous dire toute la vérité.

Le Bœuf se tordait les mains.

— Hélas ! Je vois bien, Monsieur le Commissaire, que je dois m'y résoudre. La chose est délicate...

— Et la mort de votre femme définitive !

— Je vais tout vous raconter. D'abord, comprenez bien que tout ce drame débute comme une comédie. Je participe à des soirées avec des amis. À l'issue d'un médianoche au cours duquel les flacons de vin furent abondamment prodigués, la fête a dégénéré. Des filles étaient présentes. Des couples se sont formés. C'était un désastre, une folie... Nous avons tous beaucoup bu, moi le premier. Au cours de ces ébats, dans une semi-obscurité, un affreux accident est survenu, qui n'a été découvert qu'au petit matin. Une des femmes présentes était morte... Jeanne, mon épouse.

Nicolas estima qu'il devait intervenir, car ce nouveau récit s'engageait dans des méandres peu crédibles.

— Monsieur Le Bœuf, je suis sensible à votre venue et à votre désir de témoigner. Cependant votre sincérité serait plus convaincante si vous m'expliquiez pourquoi votre épouse était présente à cette partie qui lui fut, vous n'en disconviendrez pas, fatale.

Le Bœuf s'affaissait sur son siège.

— Il n'était pas dans mon intention de vous dissimuler la chose.

— Alors, monsieur, dans ces conditions, comment expliquez-vous qu'un honnête homme conduise sa femme dans de telles réunions ? Je ne veux pas être insultant, mais comment qualifier une telle attitude ?

— Je ne peux le dire.

— Sachez qu'en tout état de cause vous ne sortirez pas libre de ce lieu. Vous êtes d'ores et déjà arrêté comme soupçonné de meurtre. Votre destin va dépendre de la sincérité de vos déclarations. Quelles que soient les assurances que vous avez pu recevoir, elles sont ici nulles et non avenues. Prenons, je vous prie, les faits point par point. Je répète ma question : pourquoi votre épouse assistait-elle à ces parties ?

— Cela tenait à son extraordinaire ressemblance avec une personne que je n'ose nommer.

— Et cela servait sans doute à mettre un ragoût particulier à ces transports ? Répondez, Le Bœuf !

— Certains participants ne savaient pas qu'ils étaient en présence d'un sosie d'une illustre personne, qu'on pourrait ainsi aisément compromettre. Cela renforcerait les bruits infâmes qui circulaient.

— Et cela ne vous dérangeait pas ?

— Mes relations avec ma femme étaient celles que je vous ai décrites.

— Revenons à cette soirée. Comment a-t-on découvert le drame ?

Le Bœuf hésitait, jetant des coups d'œil à droite et à gauche, comme aux abois.

— J'ignore comment tout cela a pu arriver… Comprenez, monsieur, mon trouble. L'avouer, c'est redoubler mon horreur du drame. De fait… Je vous le répète, nous avions beaucoup bu et c'est moi, moi ! Moi, ivre mort, qu'on a trouvé couché sur ma femme sans vie.

— Comment cela ? Vous n'avez nul souvenir du déroulement de la soirée ?

— Rien ! Pas une image.

— Vous êtes bien conscient qu'il ne s'agissait pas d'un accident. Votre femme a bel et bien été assassinée.

— Hélas, monsieur, elle avait été cruellement mordue au cou. Comment aurais-je pu commettre une pareille abomination ?

Nicolas nota que Le Bœuf n'évoquait pas la blessure à la nuque causée par le morceau de porcelaine.

— Que s'est-il passé ensuite ?

— Rien, le jour allait poindre. Ce n'est que la nuit suivante que le corps a été dissimulé dans la pyramide du boulevard du Midi.

— Qui vous a aidé, car vous ne pouviez accomplir seul cette terrible besogne ?

— Je ne le dirai pas. C'est moi seul qui suis coupable.

— Soit, monsieur, comme il vous plaira, Je voudrais bien croire vos affirmations, mais je les dois recouper pour en assurer la véracité. Plus d'ouverture de votre part favoriserait la créance de votre parole. C'est pourquoi des précisions sont indispensables et je suis en droit de vous presser et d'exiger des réponses. Cette fatale soirée, quand, où et avec quels participants devait-elle être convenue ?

Le Bœuf demeurait silencieux. Il ne disait plus rien. Nicolas le présumait au bout du chemin et devant un obstacle qu'il ne franchirait pas. Revenaient à la mémoire de Nicolas les successives mises en garde de Le Noir, de Sartine et du roi lui-même. Insister serait passer outre et s'engager sur un terrain dangereux.

— Votre silence m'accable. Qui a eu l'idée de ce roman que vous nous avez débité au début de cet interrogatoire ? Et pourquoi avoir inventé ce faux-fuyant ? C'est un acte insensé à bien y réfléchir.

Le Bœuf ne répondait toujours pas.

— N'était-ce pas dans l'intention de déplacer le théâtre de la mort de votre femme dans un lieu moins compromettant que celui où elle est vraiment intervenue ?

— Pensez à cet égard ce que vous voulez.

— Ce que j'avance est très probable mais, quelle qu'en soit la raison, ce plan ne vous aurait été d'aucun avantage et ne modifiait en rien le fond de l'affaire, un mari qui assassine sa femme.

Cette tentative de piquer le prévenu demeura sans effet.

— Je n'ai pas tué ma femme, c'est un accident dont je ne m'explique pas l'occurrence.

— Reste que cette tentative de dévoiement des circonstances avait été dûment réfléchie et organisée. Elle mettait en jeu une intrigue qui tenait de la mécanique. Une devineresse, une servante, une revendeuse à la toilette. De quoi prendre le contrepied des magistrats en charge qui feraient buisson creux dans cet imbroglio !

Pour le coup, Le Bœuf manifesta un mouvement de stupéfaction.

— De quoi, monsieur, me parlez-vous ? Je n'entends rien à vos propos. Ils me sont incompréhensibles. Vous m'accusiez il y a peu de vous débiter un conte bleu. Comment puis-je qualifier le galimatias de vos extravagantes allusions, auxquelles je n'entends rien ? Ne suis-je pas venu de mon propre chef vous expliquer les raisons d'un drame dont les circonstances m'échappent !

Pour la première fois, Nicolas, et un coup d'œil à Bourdeau confirma qu'il éprouvait la même impression, subodora que Le Bœuf était sincère.

— Je crois, monsieur, que pour l'instant nous nous sommes tout dit. Le silence d'un cachot vous fera réfléchir et je serai à tout moment à votre disposition pour vous entendre et compléter vos déclarations. Cependant, encore un dernier point. Dans ces…, disons réunions, ne pouvait-on pas admirer des porcelaines au monogramme de la reine ?

— De cela, je ne peux parler.

La réponse était ambiguë et recélait bien des possibles.

Le Bœuf fut conduit à la prison. Nicolas et Bourdeau se retrouvèrent seuls.

— Pierre, qu'en penses-tu ?

— Primo je suis assuré que cet homme ne nous dit pas la moitié de ce qu'il sait. Et s'il ne parle pas, c'est qu'il redoute les conséquences de ses aveux. Plane sur tout cela l'ombre d'un prince de sang !

— Qui cependant, je te le rappelle, a conseillé à Le Bœuf de venir nous trouver.

— Poudre aux yeux ! Artificieuse façon de se défausser ! N'est-ce pas Restif qui t'avait confié l'existence de parties à Monceau ? C'est là sans doute, chez le duc de Chartres, que le drame s'est noué. Une idée me vient. Nos maîtres des ouvertures à la basse-geôle, Sanson et Semacgus…

— Ah, ah ! dit Semacgus qui venait d'entrer. On parle du loup ici et le voici qui apparaît. Mes bons amis, le bonjour. Le léger mieux du temps m'a sorti de ma retraite de Vaugirard. Je me languissais de vous et périssais d'ennui, et ma pauvre Awa, ne sachant plus que faire pour me distraire, m'engraissait de petits plats. En fait je nourrissais, je l'avoue, quelque curiosité sur les suites de l'affaire qui vous intéresse. Mais que disait l'ami Bourdeau ?

— Vous tombez à pic ! Vous allez m'apporter des éclaircissements nécessaires. Nous venons d'interroger Charles Le Bœuf, l'architecte. Le cadavre de la pyramide du boulevard du Midi est sa femme. Pourtant un mystère subsiste. Autant nous savons que la Gagère, sans conteste, a été étranglée, autant l'incertitude demeure sur les raisons exactes de la mort de Madame Le Bœuf. Selon vos constatations, ce n'est pas la morsure au cou qui en est la cause, mais le morceau de porcelaine qui l'aurait blessée à mort. Cet exposé des faits vous convient-il?

— J'y souscris sans réserve.

— Bon. Alors, poursuivit Bourdeau, approuvé par Nicolas, peut-on déterminer à coup sûr si la femme de Le Bœuf a pu, je dirais volontairement, être assassinée avec la porcelaine ou n'est-ce qu'un accident?

— Je serai aussi clair que l'est votre question. Après l'ouverture, et compte tenu de ce que nous avons pu relever, il est pertinent de ne pas conclure. Les deux hypothèses peuvent être retenues, accident ou crime. Je ne peux mieux vous répondre. Êtes-vous satisfait?

— Certes, je le suis de la parfaite honnêteté de votre avis, mais moins du fond qui entache de doute les données de notre enquête et son bon déroulement, dit Bourdeau en riant.

Nicolas qui, pensif, arpentait le bureau, leva les bras dans un mouvement d'impuissance.

— Le Bœuf ne nous a rien avoué. Il paraît lui-même peu au fait des circonstances. Il aurait été retrouvé ivre mort vautré sur le corps de sa femme. Il marque son horreur de la morsure au cou et se défend d'en être l'auteur.

— De fait, reprit Bourdeau, Le Bœuf nous a offert l'image d'un être incohérent. Pas au point cependant de dévoiler les aspects les plus intrigants de ce drame. Il gaze une partie du tableau. Or c'est sans doute dans cette zone d'ombre que résident et la lumière et la solution. Rien, mais absolument rien, ne garantit qu'il ait assassiné sa femme ou bien qu'elle ait été victime d'un malheureux accident.

— Nicolas, dit Bourdeau, dans cette obscurité que tu évoques avec tant de justesse, j'inscris les rôles de la Mazenard et de la servante du Palais-Royal. Sur cela, l'architecte demeure muet. Feint-il l'ignorance ? Et dans cette hypothèse, pourquoi accepter sans broncher cette réfutation d'événements prouvés dont nous avons par le menu démêlé les fils ? Ou alors il est sincère et n'a pas eu connaissance de ces faits et cela relance l'enquête dans des directions inconnues. Il est essentiel d'élucider ces mystères car ils sont, je le pressens, d'une certaine façon, susceptibles de procurer d'intéressantes lumières.

— Que proposes-tu ? demanda Nicolas qui avait suivi avec attention la démonstration de Bourdeau.

— Que nous organisions une confrontation entre Le Bœuf et Louison Ravet. Nous pouvons faire fond sur la sincérité de cette innocente enfant. Certes, celle menée avec La Mazenard ne nous a offert que mutisme sans que nous puissions en mesurer la bonne foi. Cet unique face à face de deux témoins ne suffit pas. Si Louison Ravet ne reconnaît pas Le Bœuf, émerge alors la certitude d'un ou plusieurs complices.

— C'est bien pensé. Qu'on la fasse chercher sur l'heure !

— Elle travaille au Palais-Royal...

— Ne m'as-tu pas dit que nous avions sur place des informateurs ? Il est temps de les faire agir.

Bourdeau sortit pour donner des ordres et revint aussitôt.

— Il y a autre chose, dit-il. Non seulement il s'avère nécessaire de perquisitionner chez Le Bœuf, mais aussi chez le président de Vainal. Il est tout aussi suspect et cet *homme maigre* entraperçu par Nicole Leguay ressemble furieusement à notre parlementaire ! Ne serait-ce pas lui qui aurait manigancé l'ensemble des fausses apparences forgées à partir de la Mazenard et de la revendeuse à la toilette ?

— Ce serait trop simple, dit Nicolas après un moment de réflexion pendant lequel il avait feuilleté d'une main négligente l'*Almanach royal* posé sur la table. Je crains que nous ne devions attendre. Trop de précipitation nuirait à nos progrès dans la recherche de la vérité. Sans compter que l'intéressé se mettra à crier à hue et à dia, et ameutera contre nous l'ensemble des chats-fourrés du Parlement. Si nous devons frapper, il importe que ce soit à coup sûr. Continuons à surveiller l'homme qui devrait s'inquiéter de l'arrestation de son ami Le Bœuf. Enfin, ami...

— Si je puis me permettre d'apporter mon concours à votre réflexion, interrompit Semacgus, je demeure intrigué par vos allusions à des épisodes de l'enquête que je ne connais pas encore.

Nicolas fit rapidement le récit des différentes étapes qui manquaient à Semacgus pour la compréhension de l'ensemble des recherches.

— Dans ces conditions, je discerne mieux les éléments, reprit le chirurgien de marine, et avec le regard d'un œil neuf, je dirais en particulier mon étonnement devant toute cette mise en scène ; il y a dans son principe quelque chose qui m'échappe. Madame Le Bœuf périt dans une soirée. Son corps est dissimulé sous un amas bâti de neige et de glace. Je note que cela efface toute tentative de préciser la date de son décès. En toute raison, il sera un jour forcément découvert et c'est effectivement ce qui s'est passé. Qu'avait-on besoin de toute cette pantomime et de ses complications extrêmes qui, loin d'écarter les charges contre Le Bœuf, ne peuvent que se retourner contre lui ? Quelqu'un aurait-il souhaité que Le Bœuf soit accusé, qu'il ne s'y serait pas pris autrement !

— Ce qui est étrange, dit Nicolas, et je rejoins Guillaume sur ce point, c'est l'impression que l'architecte a été incité dans sa défense par une autre volonté que la sienne. A-t-il agi de son propre chef ? N'a-t-il pas au début de son interrogatoire avancé une fausse vérité en prétextant avoir surpris sa femme en équivoque situation? Il paraissait du coup avouer son rôle dans un accident ou dans un meurtre qu'il aurait dû assurément taire!

Un long silence suivit cet échange.

— Nous voici derechef dans l'attente, reprit Nicolas. La patience impose d'être endurant et de ne rien entreprendre qu'un nouvel événement ne vienne justifier. C'est une nécessité bien pesante pour des hommes aussi impatients que nous le sommes d'atteindre la vérité.

— Les anciens, dit Semacgus, prétendaient que la patience est la principale vertu des juges. Et d'ailleurs, cher Nicolas, le médecin vous assure qu'elle épure le sang et calme l'esprit.

— Je dois être fait d'un autre bois! Et pourtant m'éveillant ce matin, je me croyais insensible à l'impatience. Peut-on se tromper sur soi-même!

— Patient, lui? murmura Bourdeau. Il est comme le lait sur le feu!

La journée s'écoula sans que rien n'en vînt rompre la monotonie et répondît à l'espoir des policiers de voir intervenir un fait nouveau. Vers six heures de relevée, Bourdeau, hésitant, fit une proposition:

— Que diriez-vous, mes amis, de venir chez moi souper en famille? Il faut vous signaler, si cela peut vous appéter, que Madame Bourdeau a préparé une quantité gigantesque de tripes à sa mode et que, par les temps que nous subissons, c'est le plat le plus *réconfortatif* qu'on puisse trouver.

L'invitation fut acceptée d'enthousiasme, même si Nicolas marqua plaisamment que le maigre du carême ne serait pas au rendez-vous et qu'il conviendrait ensuite de faire pénitence. Ils s'acheminèrent dans la voiture de Semacgus vers le logis de l'inspecteur.

Avant d'arriver rue des Fossés-Saint-Marcel, Bourdeau, un peu gêné, demanda à ses amis d'éviter de s'enquérir auprès de sa femme, de leur fils aîné. Le gaillard s'était amouraché d'une caillette qui avait jeté ses plombs sur lui. Il en était tellement emboisé qu'il ne voulait pas en démordre. C'était le grand chagrin de Mme Bourdeau.

Elle les accueillit avec surprise et un plaisir non dissimulé, tout en houspillant son époux de ne point l'avoir prévenue de cette invitation inopinée. En attendant que la table fût dressée, Bourdeau entraîna ses amis dans un petit cabinet dont il avait fait sa bibliothèque. Tout Rousseau y voisinait avec les œuvres des philosophes. Ce choix fut prétexte à commentaires et seul l'appel de Mme Bourdeau mit fin à la conversation. Chacun prit place.

— Alors, chère Jeanne. Vous m'autorisez à vous appeler ainsi?

Elle esquissa une révérence, rouge de confusion et sans doute de bonheur de cette marque d'amitié de la part d'un homme qui était le dieu de son mari et qu'elle avait eu à plusieurs reprises l'honneur de recevoir.

— Ces tripes, comment les traitez-vous? Ce sont des demoiselles délicates. Ce plat de haut goût vaut par la diversité et l'extrême qualité des éléments qui le composent.

— Monsieur Nicolas, il y faut de la variété dans le choix des abats : gras-double, feuillet, franche-mule et pieds de veau.

— Voilà qui est canonique! Pourtant je ne connais pas la franche-mule!

— C'est ainsi qu'on nomme la caillette, l'un des estomacs des bovins. Toute cette triperie est grattée, nettoyée et blanchie **avec** soin. Je tranche chaque pièce en morceaux assez gros car la cuisson rétrécit les viandes. J'use d'un pot de terre vernissée assez haut pour que les vapeurs s'y concentrent. J'y dépose d'abord les pieds fendus en long, puis j'y range une première couche des **trois** abats, je la couvre de rondelles d'oignons et de carottes.

— Vous disposez de carottes par ce temps! dit Semacgus.

— Hélas, par ce temps, y pensez-vous, monsieur! J'en garde dans un appentis, conservées dans du sable. Vient l'assaisonnement : sel, poivre, ail, girofle, laurier et thym et j'emplis mon pot de couches successives. Je couvre à hauteur de vin blanc flambé mêlé d'un quart d'eau.

— Du vin de mes vignes, indiqua Bourdeau avec orgueil.

— Grâces en soient rendues au seigneur du lieu, messire Bourdeau de l'Enclos!

— Moquez-vous, messire Semacgus de la Lancette!

— Paix, messieurs, **je** n'ai point achevé. J'ajoute un peu de sucre et, **pour** donner du plantureux, je couvre de gras de jambon blanc. C'est mon secret! Je colmate le pot avec de la pâte de farine pour que les parfums ne s'échappent pas, et sur le potager pour au moins six heures.

— Et vous servez?

— Non, car à la fin de la cuisson je jette sur le tout un peu d'eau-de-vie de chez nous qui renforce délicieusement les saveurs. Et vous aurez des pommes de terre au lard pour accompagner. Madame Catherine m'en a offert quelques plants qui ont permis à Pierre d'ensemencer notre potager.

Le plat fut apporté sur la table afin, expliqua-t-elle, de conserver le mets à la bonne chaleur tout au long du souper. D'enthousiasme, les convives se jetèrent sur les assiettes et pendant un moment le bruit des couverts domina seul avant qu'un concert d'éloges ne couvrît Mme Bourdeau de confusion.

— Tout l'agrément de ce plat, dit Semacgus, outre l'art avec lequel il a été traité, c'est la texture différente des abats, moelleux du pied de veau, charnu du gras-double, délicatesse du feuillet et de la caillette dont la nature recueille si bien la sauce. Et l'oignon a fondu tout en laissant le souvenir de sa présence. Heureusement que notre ami Noblecourt n'est pas des nôtres, car ce délice ne convient pas à ceux qui, comme lui, souffrent de la goutte !

— Et j'ajouterai, dit Bourdeau, la face illuminée par le vin, que c'est un plat de chez moi qu'a chanté notre grand Rabelais. Il raconte comment Gargamelle enfanta Gargantua après avoir mangé une plâtrée de gaudebillaux qui sont, écrit-il, « *Grasses tripes de coireaux, et que coireaux sont bœufs engraissés à la crèche et prés grimaux* ».

La soirée arrosée de nombreux flacons anima une conversation qui ne quitta qu'en de rares moments le domaine de la cuisine. Nicolas en éprouva une sorte de soulagement, préservé pour un moment heureux de l'obsession du policier en chasse. Comme pourlicheries[1], Mme Bourdeau servit des poires tapées accompagnées de rousseroles, ces pets-de-nonne frits et couverts de sucre et des confitures de sa façon.

Mardi 9 mars 1784

Ce n'est que fort tard après de chaleureux adieux que Semacgus raccompagna Nicolas rue Montmartre. Catherine ne dormait pas. Un émissaire était venu prévenir le commissaire que Tristan Benot avait été reconnu à la Porte Saint-Denis.

— Le messager t'a-t-il dit si ce Benot avait été arrêté ?

— Je ne zais rien d'autre, dit Catherine qui torturait en bâillant les nattes qui pendaient de chaque côté de sa tête.

— Va te recoucher. Préviens demain matin Noblecourt.

Il consulta sa montre.

— Ou plutôt à son réveil car je ne sais pas quand je reparaîtrai.

Il courut jusqu'à la porte cochère, sortit rue Montmartre et réussit à rattraper la voiture de Semacgus qui roulait lentement, l'attelage avançant au pas en raison du sol de nouveau gelé. Nicolas fit arrêter, Semacgus baissa la glace.

— Qu'arrive-t-il, Nicolas ? Noblecourt souffrant ?

— Non, grâce à Dieu, mais j'aurais besoin d'être conduit à la Porte Saint-Denis. L'ouvrier de la Manufacture y a été reconnu et j'ignore ce qui est advenu.

— Montez, Nicolas.

— Awa va s'inquiéter.

— Non, elle pensera qu'en raison du gel je suis resté à Paris. D'ailleurs je m'ennuyais déjà. Voilà qui est du dernier réjouissant ! Avez-vous eu des détails ?

— À vrai dire, l'homme ressemblerait à son signalement et j'espère qu'il a été retenu.

— Il est curieux qu'on l'ait intercepté à la Porte Saint-Denis. Il y a belle lurette que ce n'est plus une entrée de Paris, quelque somptueux que soit le monument.

— Vous avez raison. Ces portes ne sont plus que des ornements de la ville, des édifices à la gloire de nos rois. Elles possèdent pourtant des passages ouverts pour les piétons et les voitures. Et songez que ces lieux fréquentés sont pain bénit pour nos mouches qui morguent tous ceux qui les empruntent. Ceci explique que notre homme ait été identifié.

À cette heure de la nuit, la rue Saint-Denis fut parcourue sans encombre. À leur arrivée à la Porte, un petit attroupement signalait un incident particulier. Nicolas sauta à terre et, s'étant fait reconnaître de la patrouille du guet, il pénétra dans une des loges placées sous les deux grands obélisques qui flanquaient le monument. Deux mouches saluèrent le commissaire et lui désignèrent un homme jeune et de belle prestance qui, debout et entravé par les pieds, s'appuyait sur la muraille, éclairé par un fanal. Il regardait ceux qui le tenaient prisonnier avec un mépris mêlé de colère. Nicolas s'adressa à l'un des auxiliaires de police :

— Que s'est-il passé ?

— Nous étions en alerte, Monsieur le Commissaire, après le signalement que nous avions reçu. Cet homme s'est présenté monté sur un beau cheval. Son apparence correspondait. Nous lui avons intimé de mettre pied à terre et de bien vouloir attendre nos vérifications. Il a voulu résister et s'est montré fort arrogant, nous menaçant de représailles. Nous lui avons retiré son épée et avons envoyé chercher le guet.

— Autre chose ?

— Il était porteur d'un havresac neuf et fort lourd, que nous lui avons fait déposer.

Il désigna un coin de la loge. Nicolas se tourna vers l'homme.

— Quel est votre nom, monsieur ?

— Qui me pose la question ?

— Un commissaire de police.

— Et qu'ai-je à faire avec la police ?

— Rien pour le moment. Je vous demande uniquement votre nom.

— Je me nomme…

Nicolas perçut une brève hésitation.

— … Raoul Rosencrantz.

Nicolas sursauta. Ce nom lui rappelait quelque chose.

— Rosencrantz, tiens donc ! Et où allez-vous à cette heure tardive et par ce temps de chien ?

— Je vaquais à mes affaires, je suis commerçant en toile. Mon négoce m'appelle à Londres. Je comptais, partant à cette heure, prendre de l'avance pour gagner le premier relais à l'aube. C'est le moment le plus propice pour obtenir les meilleures montures. J'ignore les raisons pour lesquelles ces messieurs m'ont arrêté. Je proteste contre leur violence et je vous serais reconnaissant de me laisser reprendre la route.

Nicolas se méfiait toujours de ceux qui parlaient trop. Il continuait à réfléchir et tout-à-trac la lumière se fit ; il se mit à rire.

— Commerçant, monsieur, commerçant ? Hé oui, et courtisan également.

— Qu'est-ce à dire, monsieur ?

— Je dis et je prétends, monsieur, que vous êtes par trop habile mais que, pris au dépourvu, votre imagination n'est plus que d'un faible recours. C'est la mémoire qui y supplée, n'est-ce pas ? Oui, bien sûr, mais pauvrement.

— Je n'entends rien à votre propos.

— Je répète, monsieur, que votre imagination échoue *ex abrupto* à vous trouver un nom, un nom de rechange et que la capacité de votre esprit se hausse à vous en remettre à votre mémoire. Or elle est très bien ornée, cela je vous l'accorde! Vous n'êtes pas commerçant, pas plus que moi ouvrier à la Manufacture de Sèvres, monsieur le courtisan à la cour du Danemark[2]. Cela vous dit quelque chose? Un écho dans votre esprit? Monsieur Benot, Tristan Benot, *to be or not to be*... Hamlet. Cela ne vous dit rien? Lorsqu'on emprunte un nom à la littérature, il faut changer de tragédie. Coriolan, Jules César, Roméo, que sais-je? Le choix est grand. Et le nom de Coquiller ne vous dit rien non plus?

L'homme ne répondait pas, il avait mis la main à une épée qu'on lui avait ôtée.

— Pas de geste, il vous serait fatal. Ne vous agitez pas.

Nicolas, qui tenait son tricorne, en avait sorti un petit pistolet de poche, cadeau plusieurs fois renouvelé de Bourdeau, et le braquait sur Tristan Benot.

Il appela les hommes du guet et ordonna qu'on attachât aussi les mains du prévenu. Il se pencha sur le havresac.

— Monsieur, je vous interdis, dit Benot.

— Je crains, monsieur, que dans la situation où vous êtes, vous n'ayez plus rien à interdire. Y aurait-il dans votre bagage quelque méchant secret auquel je ne devrais pas avoir accès?

Il ouvrit le havresac et ce qu'il découvrit le fit le refermer à l'instant. Il l'emporta avec lui.

— Avez-vous une voiture? demanda-t-il à un sergent du guet.

— Oui, monsieur, nous en avions fait appeler une dans le cas où ce serait nécessaire de conduire l'homme...

— Eh bien, pour le coup, deuxième heureuse initiative! Vous le mènerez sur l'heure au Grand Châtelet où je me rends moi-même pour l'interroger.

À la lueur vacillante du fanal, la petite troupe sortit de la loge. Nicolas avait déjà rejoint Semacgus et Benot fut poussé dans celle du guet quand un coup de feu éclata qui le fit tournoyer sur lui-même puis s'effondrer sur le sol, foudroyé. Nicolas voulut se précipiter à l'extérieur mais Semacgus le retint par les épaules. Un autre coup de feu retentit qui fit éclater la glace de leur voiture. L'attelage se cabra, la caisse tangua ; ils furent précipités l'un sur l'autre. Le silence succéda aux coups de feu. Nicolas, en dépit des conseils de prudence de Semacgus, se releva et sortit de la voiture. Le cocher avait réussi à calmer l'attelage. Les sergents se relevaient prudemment et jetaient des regards inquiets dans la direction d'où, semblait-il, étaient partis les tirs. Le commissaire se précipita pour s'agenouiller près du corps inanimé de Tristan Benot. Le tireur ne l'avait pas raté : il l'avait frappé en plein front et déjà une mare de sang rougissait la neige glacée.

Les hommes du guet furent lancés vers une maison de la rue Saint-Denis, la seule placée de manière à permettre les tirs. Depuis la Porte on apercevait des fenêtres qui s'ouvraient les unes après les autres et des visages effrayés se pencher vers la rue. Nicolas remarqua au cinquième une croisée à laquelle personne ne se penchait. Il courut à la suite des hommes du guet, escaladant les étages jusqu'à une porte ouverte donnant sur un logement vide dans lequel planait encore de la fumée imprégnée de l'odeur de la poudre noire. L'homme qui s'y était tenu s'était évidemment échappé.

Dans l'angle de la pièce, Nicolas trouva un fusil appuyé contre la muraille. Il était encore chaud. Le guet fut rappelé après que la maison eut été fouillée de fond en comble et les occupants interrogés.

Nicolas voulait déterminer le *déroulé* de ce drame. À quelle heure exacte Tristan Benot avait-il été reconnu et combien de temps s'était-il écoulé entre son arrestation et l'attentat dont il venait d'être la victime ?

Il en résultait un horaire à peu près précis. Tristan Benot avait été reconnu dans la demie de minuit. La discussion avec les mouches avait duré un certain temps avant que le guet n'intervienne pour prendre les choses en main. Un émissaire avait été dépêché au Grand Châtelet environ un peu après une heure, puis s'était porté rue Montmartre vers deux heures moins le quart. Nicolas et Semacgus étaient arrivés chez Noblecourt alors que deux heures et demie sonnaient à Saint-Eustache. Le temps de rejoindre la Porte Saint-Denis, le drame avait éclaté à plus de trois heures trente du matin.

Dans la voiture, Nicolas commenta ces précisions à haute voix :

— Trois heures ! C'est beaucoup. Trois heures ! Il me paraît évident que Tristan Benot était suivi et surveillé. Le problème est de savoir si c'était uniquement pour cela ou pour se débarrasser de lui dans le cas où il serait arrêté en sortant de la ville.

— Voulez-vous dire, mon ami, qu'on craignait qu'il ne parlât ?

— Ou qu'on voulait s'assurer qu'il quittait bien Paris. Que penser d'autre ?

Nicolas se saisit du fusil et le tendit vers la glace de la portière pour profiter de la lumière du fanal. Il l'examina avec soin.

— Tiens, tiens ! Il y a là une marque que je connais bien. Cette arme vient de chez Le Page, maître arquebusier et fourbisseur, rue de Richelieu. Pierre, l'oncle, est mort l'an dernier... Cela donne à réfléchir.

Les yeux fermés, il sombra dans une sorte de mutisme que Semacgus ne souhaita pas troubler, pourtant curieux de savoir ce que Nicolas avait découvert dans le havresac du mort qu'il avait emporté avec lui.

— Guillaume, dit soudain Nicolas, vous qui aimez les chevaux, avez-vous remarqué la monture de Benot ?

— Certes, une bête de prix !

— Je vous entends penser. Vous trouvez cela étrange pour un ouvrier de Manufacture. Il est vrai que l'homme n'en avait guère l'apparence. Et d'ailleurs, où allait-il ?...

Nicolas replongea dans sa réflexion.

Au Grand Châtelet, le père Marie, grincheux d'être réveillé pour la seconde fois, apporta les clés pour ouvrir la basse-geôle. Avant d'y faire déposer le corps, Nicolas tint à fouiller les vêtements du mort. À part les objets personnels habituels, il ne trouva rien. Pourtant, ayant palpé le manteau, il fut intrigué par sa consistance. Poussant plus loin, il usa de son canif pour en découdre l'ourlet et en sortit un pli placé entre le tissu et la doublure. À peine avait-il jeté les yeux dessus, qu'en se cachant de Semacgus somnolent, il le plaça dans son pourpoint. Il donna ordre qu'on tînt secrète l'arrivée du cadavre et qu'on allât quérir l'inspecteur Bourdeau, faubourg Saint-Marcel. Semacgus, qui souhaitait suivre l'évolution de l'enquête, décida de rester. Ils s'installèrent tant bien que mal dans le bureau de permanence.

— Tout à l'heure, dit Nicolas au bout d'un moment, nous présenterons ce cadavre à Charles Le Bœuf. Nous verrons ce qu'il nous en dira.

Il s'aperçut alors que Semacgus s'était déjà assoupi. Peu après, il sombra lui aussi dans le sommeil. À son arrivée, ce furent deux *dormants* que Bourdeau découvrit.

XVI

DÉSABUSEMENT

> « Il n'est point de vérité absolue, et
> les hommes se trompent bien moins,
> faute d'entrevoir la vérité, que faute
> d'en apercevoir les limites. »
>
> *Sénac de Meilhan*

Sur le coup de six heures, le père Marie les éveilla tous les trois. Bourdeau, après avoir hésité à déranger ses deux amis, les avait bientôt rejoints dans le sommeil pour achever une nuit qu'il avait à peine commencée. L'huissier estima pouvoir leur apporter du café, généreusement amélioré de rasades de son cordial et accompagné d'oublies. Nicolas relata les événements de la nuit.

— Nul ne sait la raison de tout cela, conclut-il avec une moue dubitative qui en disait long. Nous allons montrer le corps à Le Bœuf. Dans sa situation, je doute qu'il continue à nous dissimuler ce qu'il connaît. Nous approcherons peut-être une bribe de nuit.

— Et que contenait ce havresac si lourd que transportait Tristan Benot ? demanda Semacgus dont la curiosité avait été aiguisée par l'évidente discrétion de Nicolas à la Porte Saint-Denis.

— Pour le coup, vous allez être étonnés, mes amis.

Avec peine, il posa le bagage sur la table et en sortit successivement une douzaine de rouleaux de papier et des paquets de formes diverses enveloppés dans des linges. Il ouvrit un rouleau et, à la lueur du feu que le père Marie venait de ranimer, étincelèrent une vingtaine de louis d'or qui s'en échappèrent. Il déballa les paquets qui contenaient des pièces de porcelaine.

— Saluez, messieurs ! Voici les exemplaires des services de la reine dérobés à Versailles. Tout concorde avec la liste en ma possession ; le plateau à trois pots pour les confitures, les deux gobelets à anses étrusques et d'autres, auxquels manque celui, brisé, dont un morceau a été retrouvé fiché dans la nuque de Madame Le Bœuf.

— Nous avons le lien qui nous manquait, dit Bourdeau. Cet homme a sans doute été au centre des événements criminels sur lesquels nous enquêtons. Et le trompe-l'œil qui nous a longtemps égarés va peut-être coïncider avec les plus vraisemblables conjectures.

— Ne prenons pas le mors aux dents. J'aurais aimé interroger Tristan Benot. Hélas, ce n'est plus possible. Nous ne sommes pas au bout de nos peines, même si des lueurs apparaissent.

Nicolas ordonna qu'on aille chercher Le Bœuf qui, après une première nuit de réclusion, portait les stigmates d'un profond abattement. Nicolas l'adjura d'aider la justice. La petite troupe descendit à la basse-geôle. À la lumière des flambeaux, elle approcha du cadavre. Semacgus leva le linge placé sur le haut de la tête pour dissimuler la blessure du front. Le Bœuf se mit à trembler à cette vue.

— Connaissez-vous cet homme ? demanda Nicolas.

— Mon Dieu, oui !

Ils regagnèrent aussitôt le bureau de permanence.

— Qu'avez-vous à nous révéler concernant l'homme que vous venez de reconnaître ? De qui s'agit-il ?

— De Tristan Benot, ouvrier à la Manufacture de Sèvres.

Il hésita un instant avant de reprendre, comme soucieux de vider son sac.

— C'est lui qui avait apporté des porcelaines de la reine afin de convaincre certains participants à nos soirées que c'était bien... Sa Majesté qui était présente. Et de surcroît...

Il soupira comme ayant peine à poursuivre.

— Allons, monsieur, nous vous écoutons.

— Non seulement Benot avait dérobé les porcelaines, mais il était l'un de ceux... Enfin avec d'autres valets à la figure agréable... L'homme était jeune... Une force de la nature... Doté d'un... Qui se substituait au bout de la nuit à ceux qui... défaillaient, comme le faisaient jadis les *mirebalais* des soupers du régent d'Orléans.

— Tout ceci est scandaleusement clair. Cependant ce qui l'est moins, c'est pourquoi Tristan Benot s'était réfugié dans une maison privée...

— Oui, dans..., commença Bourdeau qu'un regard de Nicolas arrêta.

— ... où il était considéré comme votre commis. Vous l'y avez rencontré à plusieurs reprises ! Qu'avez-vous à nous dire à ce sujet ?

— Monsieur, chacun était informé de l'enquête en cours. La police était venue chez le président de Vainal et chez moi. Il semblait que nous étions environnés d'espions. Et il ne faut pas oublier que le vol de Benot à Versailles recelait le risque de tout faire remonter jusqu'à nous.

— Qui, nous ?

— Ceux qui participaient aux soirées, et à celle où ma femme...

— Et pourquoi cette retraite au couvent de Belle-chasse ?

De surprise Bourdeau ouvrit grand les yeux.

— Je savais, monsieur le commissaire, que nous en viendrions là. Je puis vous assurer que Monseigneur le duc de Chartres n'est, ni de près ni de loin, impliqué dans cette affaire.

— Je veux bien vous croire, mais alors pourquoi hébergeait-il Tristan Benot ?

— Il projette des aménagements à Bellechasse, dont il m'a confié la charge.

— Cela n'explique pas la présence de Benot.

— C'est sur ma demande. J'ai fait passer l'homme pour un mien commis préposé à livrer des plans.

Une nouvelle fois, Bourdeau qui allait poser une question en fut dissuadé par un geste de Nicolas persuadé qu'elle intéresserait les relations entre le prince et l'ouvrier.

— Et ces soirées, monsieur, où donc se déroulaient-elles ?

— Dans une maison particulière, hors les boulevards.

— Vous serait-il possible d'en indiquer l'exact emplacement ?

— Ma foi, monsieur, je l'ignore moi-même. Des voitures aux glaces voilées partaient de la place

Louis XV, nous y menaient et nous reconduisaient au petit matin.

— Cela est par trop facile !

— C'est ainsi ! Qu'y puis-je ?

— Et vos relations avec Monsieur de Vainal ?

— Le président m'honore depuis des années de son amitié.

Nicolas jugea qu'il n'y avait plus pour le moment d'informations à tirer de Le Bœuf, qui fut aussitôt ramené dans son cachot.

— Messieurs, dit Nicolas, sérieux, il est inutile que je vous rappelle que ce que nous venons de recueillir doit...

— *Demeurer environné de ténèbres*, dit Bourdeau *sartinant* sous les rires de ses deux amis.

Nicolas sortit un papier de sa poche, qu'il remplit avec soin.

— Allons, ne perdons pas de temps. Rendons-nous sur le champ rue du Long-Pont, chez le président de Vainal. Je ne suis guère convaincu de ce que nous a prétendu Le Bœuf sur leurs relations.

— Bigre, un président à mortier ! Tu ne crains pas les conséquences ? dit Bourdeau avec un rien d'ironie.

— Nous passerons outre.

Dehors, le temps balançait entre une recrudescence du froid et de timides relancées du dégel. Le vent du nord favorisait la première. Le soleil faisait de brèves incursions, perçant avec peine les nuages. Un brouillard jaune, épaissi de fumées, se rabattait sur la ville, oppressait les respirations et brouillait le regard.

Rue du Long-Pont, ce fut le même valet qui avait accueilli Nicolas la première fois qui ouvrit la porte et s'enquit de savoir pourquoi on venait déranger son maître à une heure aussi matinale. Il prétendit hésiter à l'éveiller, ajoutant avec impertinence qu'il conseillait que ces messieurs se trouvassent bien de revenir plus tard. Impatienté, Bourdeau bouscula un peu l'impertinent et, l'agrippant par le col, le secoua d'importance, lui intimant d'obtempérer sous peine de savoir dans le cas contraire ce qu'il lui en cuirait. Nicolas remarqua que les travaux d'embellissement observés lors de sa première visite étaient d'évidence abandonnés ou suspendus. Devait-on en trouver les raisons dans les relations difficiles entre le parlementaire et l'entrepreneur Charles Le Bœuf? La situation avait évolué et l'enquête de la police se resserrait. Il se pouvait que Vainal, impliqué de près ou de loin dans le drame, se mêlât de conseiller Le Bœuf et que leurs avis divergeassent sur la marche à suivre. Encore une hypothèse à vérifier au plus près.

Le président de Vainal, en cheveux, enveloppé dans une robe de chambre de soie amarante, parut en majesté, l'air furieux. Le bruit l'avait attiré. Il se campa sur la troisième marche de l'escalier comme s'il souhaitait que sa mince silhouette pût dominer la scène.

— C'est encore vous, le policier, qui me dérangez à cette heure indue et m'entêtez de votre inquisition! Que justifie cette fois le désavantage de votre visite? Je ne suis pas en état d'en subir le désagrément. Serviteur, messieurs.

Il s'apprêtait à regagner ses appartements quand Nicolas fit un pas en avant.

— Il serait imprudent, monsieur, de tenter de vous opposer à la loi, et même de vous y soustraire, en vous dispensant de répondre à nos questions.

— Et moi, monsieur le policier, je méprise vos menaces, vous ordonne de ne pas poursuivre et de déguerpir sur-le-champ de ma demeure.

— Monsieur l'inspecteur, dit Nicolas se tournant vers Bourdeau, veuillez je vous prie faire votre office.

L'intéressé, trop heureux de l'occurrence, se précipita sur Vainal, repoussant d'abord d'une vigoureuse bourrade le valet qui tentait de s'interposer, et, après un bref corps-à-corps, mit les poucettes à Vainal, pourpre de rage. Nicolas s'approcha et plaça sous le regard de celui-ci, éructant, une lettre de cachet dûment remplie. Pour opposé que fût Breteuil, nouveau ministre de la Maison du Roi, à leur utilisation, Nicolas en conservait toujours quelques exemplaires pour les cas extraordinaires, et celui-ci en était un. Il lut à haute voix le document :

— *Monsieur Nicolas Le Floch, marquis de Ranreuil, chevalier de Saint-Louis, mon intention est que le nommé Philippe de Vainal soit conduit en ma prison du Châtelet, que vous ayez à le recevoir lorsqu'il y sera amené et à l'y garder et retenir jusqu'à nouvel ordre. La présente n'étant à d'autres fins, vous veillerez qu'il en soit ainsi. Fait à Versailles le neuvième de mars 1784, signé Louis.*

— Monsieur, je proteste. C'est irrégulier. Oubliez-vous que je suis président à mortier ? J'en appellerai au premier président d'Aligre.

— Devrait-il, monsieur, se compromettre pour vous complaire ? Jusqu'à outrager le roi par sa rébellion ? Y songez-vous ? Oubliez-vous à votre tour que c'est la justice du roi qui s'exprime par ma bouche ?

Vainal, écumant, fut traîné par deux exempts jusqu'à la voiture qui avait accompagné celle des policiers et conduit aussitôt au Grand Châtelet dans l'attente d'un interrogatoire en forme, avec ordre absolu de le garder au secret sans communication d'aucune sorte avec l'extérieur.

Le valet, maté par la direction que venaient de prendre les événements, se mit placidement à leur disposition et leur procura les clefs de la maison. Une perquisition en règle fut entreprise, sans succès. Quelques papiers furent cependant saisis, qui démontraient l'imbrication des affaires financières du président et de Le Bœuf, dans lesquelles apparaissait également le nom d'un certain M. de Mousseaux ou de Monceau, pseudonyme dans lequel il était aisé de reconnaître le duc de Chartres. Des exemplaires de l'écriture du président furent comparés au billet trouvé chez la Gagère et à la lettre dissimulée rue Plumet. Ni l'un ni l'autre ne conduisait à une certitude. Nicolas rageait de ne rien découvrir qui permît d'argumenter les interrogatoires ou les confrontations futures. Questionné sur Hermine Vallard, qui était absente et d'après lui rue Plumet, le valet ne fut pas long à déblatérer sur la dame, que d'évidence il ne portait pas dans son cœur. Elle n'était pas, comme on feignait de le faire croire, gouvernante et cuisinière, mais bien une servante-maîtresse qui menait la vie difficile à toute la maisonnée et, d'abord, à M. de Vainal.

— Elle est persuadée, dit-il, d'être trompée et que mon maître entretiendrait une autre relation. Cela depuis plusieurs mois refroidit leur entente. Elle le tympanise d'interrogations. Mon maître est excédé de ses scènes, au point que je ne serais pas surpris qu'une rupture consommât un lien aussi peu convenable pour un homme de sa condition.

Nicolas apprécia en ironie l'esprit conservateur que pouvait nourrir un domestique. Ceux de son état prenaient fait et cause pour leur maître, souvent plus soucieux de leur réputation que ces derniers, portant haut le nom de ceux qu'ils servaient, persuadés qu'un peu d'honneur en rejaillirait sur eux-mêmes. La livrée d'un maître les mettait à l'abri de toute insulte et le respect qu'on avait pour lui s'étendait par contrecoup jusqu'à ceux qui lui appartenaient.

L'appartement d'Hermine Vallard fut aussi perquisitionné. Rien de particulier n'y fut trouvé ; le luxe y était répandu tout autant que rue Plumet. La situation de la servante, les privilèges qui lui étaient prodigués expliquaient, outre l'amour qu'elle portait à son maître, sa volonté de demeurer en place. Cependant, son état était précaire et fragile, surtout si une nouvelle passion accaparait l'esprit de son amant. Une femme trompée pouvait, sous l'insulte, devenir dangereuse, plus encore si... L'esprit de Nicolas vagabonda vers des parages inquiétants.

Les policiers décidèrent de rejoindre le Grand Châtelet. L'inspecteur proposa bien de passer à l'hôtel de police afin d'informer Le Noir des aléas de l'enquête et, surtout, de l'arrestation du président de Vainal. Nicolas secoua la tête.

— J'ai trop d'expérience dans ce domaine pour me jeter dans ce piège-là. Imagine la scène, et entends notre bon Le Noir : « *Comment, vous avez arrêté un président à mortier ! Et qui, par Dieu, vous en a donné le droit ? Comment ? Le roi ! Comment, une lettre de cachet ! Ainsi vous en détenez encore, et vous en disposez à votre guise ! Peignez-vous l'irritation de Monsieur de Breteuil, si réticent à cet égard ! Le premier président d'Aligre va être saisi. À cette nouvelle, il se congestionnera de fureur, demandera son équipage, ira pleurer, que dis-je, plutôt grincer de belle manière, chez Breteuil, chez Vergennes. Les salons l'apprendront, et toute la coquetaille de la ville et de la cour en bruissera d'horreur et d'indignation. Et sur qui pensez-vous que tout cela retombera, je vous le demande ? Hein ?*

Hein ? Sur votre serviteur. Et, mon cher Nicolas, vous
serez contraint de libérer avec des excuses, oui, avec
des excuses, le malheureux Vainal enflé de rancune. Et
vous savez la suite ? Votre enquête n'aboutira pas, vous
serez exilé dans votre Bretagne. Oui, oui, je vous le pré-
dis. » Ainsi, point de Le Noir, il sera toujours temps.

Bourdeau se tenait les côtes, tant la comédie mimée
par Nicolas rejoignait la vérité. Son ton et sa mimique
étaient si véridiques qu'il semblait que le lieutenant
général de police se fût introduit dans leur voiture.

Au Grand Châtelet, M. de Vainal fut appelé à comparaître. Il s'était calmé, mais la tension apparente de
sa mâchoire en racontait long sur ses états d'âme. Il
refusa l'invitation de Nicolas à s'asseoir.

— Libre à vous, monsieur.

— De quoi suis-je accusé ?

— Vous n'êtes accusé de rien, mais vous m'avez
obligé d'user de formes contraignantes que je déplore.
Changez d'attitude et, le cas échéant, rien ne s'oppo-
sera à votre mise en liberté.

— J'imagine que votre ton marque qu'on s'est déjà
inquiété de mon sort.

— Nullement, et tout sera fait, tant que vous demeurerez dans ces murs, afin que nul n'en connaisse. Et
cette situation, soyez-en persuadé, peut durer longtemps. Vous êtes maître, monsieur, de votre immédiat destin.

— Que souhaitez-vous savoir ?

— D'abord l'état de vos relations avec Charles
Le Bœuf.

— Que vous dire ? Je le connais depuis longtemps.
Il est chargé des embellissements projetés dans ma
demeure de famille, rue du Long-Pont.

— Travaux arrêtés, ce me semble ?

— Le gel a pesé sur l'approvisionnement des matériaux.

— Bien. Cependant, j'ai trouvé dans votre appartement certains papiers...

— Vous avez eu l'audace de fouiller mon bureau !

— ... des papiers en anglais, langue que je pratique,
qui montrent d'évidence que des liaisons d'intérêt
vous rapprochent d'une maison de crédit de la place
de Londres.

— Est-il interdit dans le royaume de faire fructifier
son argent dans un pays avec lequel nous sommes
désormais en paix, et qui de plus est une place réputée
pour le commerce ?

— Pourriez-vous me préciser qui se dissimule derrière le nom de Mousseaux qui apparaît en tiers dans
nombre de démarches ?

— Je ne suis pas en mesure de vous dévoiler ce qui
appartient au secret de ces affaires.

— Vous moquez-vous, monsieur ? Au vrai, ce nom
ne peut correspondre qu'à une seule personne :
Monseigneur le duc de Chartres, propriétaire d'un
domaine à Monceau.

— Monseigneur le duc de Chartres n'est en rien
associé à ces questions.

User de ce terme d'*associé* n'était pas innocent, songea Nicolas. Vainal et Le Bœuf parlaient d'une manière
identique quand il s'agissait du prince. Devait-il
maintenant évoquer Tristan Benot ? Comment déterminer si le président était au fait de la mort de l'ouvrier de Sèvres ? Et pourtant l'homme se rendait bien
à Londres, et il y avait ce pli qui brûlait la poitrine de
Nicolas, et dont il n'avait pas pris connaissance ; et
pour cause, il ne le pouvait. Prendre Vainal sur le fait
et le convaincre de mensonge s'avéreraient difficiles.
Avait-il quelque chose à voir avec la surveillance de

Tristan Benot ? Qui s'était introduit dans une maison particulière de la rue Saint-Denis pour guetter ce qui se déroulait en contrebas et finalement abattre Benot une fois que son arrestation était évidente et sans remède. Et lui-même n'oubliait pas qu'il avait été pris pour cible. Et cependant Le Bœuf avait avoué leur commune inquiétude au sujet de l'enquête de police dont ils craignaient qu'elle ne remontât jusqu'à eux. Comment insinuer ces faits de telle manière que Vainal en vienne à se couper et les reconnaisse au bout du compte ? Fallait-il plaider le faux pour savoir le vrai ? Feindre de menacer Vainal d'une confrontation avec Tristan Benot ? La manœuvre était délicate, mais la rapidité dans l'action s'imposait. Le moment était favorable vis-à-vis d'un homme en état d'inquiétude. L'angoisse le pousserait peut-être à commettre de décisives erreurs.

Nicolas prit ses résolutions et décida de miser sur le fait que Vainal n'avait pas connaissance de la mort de Tristan Benot, le tout en jouant sur les aveux de Le Bœuf au sujet des soirées particulières où sa femme avait trépassé. Durant un moment, il feignit de consulter des papiers avant de lever la tête pour reprendre l'interrogatoire.

— Un point exige éclaircissement. Il est inutile que je vous demande si vous connaissez Tristan Benot, ouvrier à la Manufacture de Sèvres. Cela, nous le savons.

Vainal eut un mouvement instinctif de surprise qu'il maîtrisa aussitôt. Nicolas s'apprêta à lui assener l'argument principal.

— Aussi bien allons-nous conjuguer les témoignages en vous confrontant l'un à l'autre et successivement avec tous les témoins que nous avons pu rassembler. Nous sommes parfaitement au fait, monsieur, que

Le Bœuf et vous étiez, comment dire... compagnons de débauche dans des parties auxquelles participait Tristan Benot. Charles Le Bœuf nous les a décrites par le menu, détail qui comporte de bien fâcheuses évocations et peintures. Ces propos de fait s'apparentaient à une confession générale en forme. Les considérations qui ont accompagné l'aveu de ce drame affreux étaient précises et circonstanciées. Elles prouvaient sans conteste que vous étiez... comment dire ? En première ligne pour en connaître. Charles Le Bœuf nous a ouvert son cœur avec une sincérité louable. Qu'en dites-vous ?

Nicolas observait le curieux mouvement des lèvres de Vainal. Récitait-il une prière ou préparait-il les éléments de sa réponse ?

— Monsieur, puisque nous abordons ces rivages, je crois devoir tout vous avouer ou, plutôt, expliquer la triste situation dans laquelle je me suis trouvé vis-à-vis de mon ami Le Bœuf. Je vous prierai de tenir pour confidence sacrée ce que je vais vous dire...

Il jeta un regard inquiet sur Bourdeau.

— ... Un de nos plus lucides moralistes a écrit *qu'il ne faut regarder de ses amis que la seule vertu qui nous attache à eux, sans autre examen de leur bonne ou mauvaise fortune.*

— Monsieur de la Bruyère, dit Bourdeau à mi-voix.

— Aussi, quand je fus témoin de la scène au cours de laquelle les participants découvrirent, horrifiés, Charles Le Bœuf inconscient, vautré sur sa femme qui ne respirait plus, mon premier mouvement a été de penser à un fâcheux accident, mais aussitôt après Le Bœuf ranimé finit par s'épancher dans un affreux désespoir, tant la perte de son épouse lui était sensible et tant il craignait les conséquences terribles qui découleraient pour lui d'un acte criminel. Alors, j'ai cru devoir, par fidélité d'amitié et compassion d'âme, tout mettre en œuvre pour modérer les conséquences de cette affaire.

— Et vous lui avez prêté aide et appui.

— Certes, afin de faire accroire que le drame ne s'était pas déroulé au cours de cette soirée, mais qu'il avait surpris sa femme en galante compagnie. On pourrait ainsi espérer, ces circonstances aidant, qu'une cour serait indulgente envers un mari déshonoré par l'inconduite de sa femme.

— Quel meilleur conseil en effet qu'un président à mortier du parlement de Paris ! Et donc ?

— Nous avons fait le nécessaire pour... remettre à plus tard la découverte du corps.

— En dotant notre belle ville d'un nouveau modèle d'architecture.

— Cela nous offrait le loisir de peaufiner notre occultation des faits.

— Un détail me trouble, reprit Nicolas. Quels que soient le lieu et les conditions dans lesquels Madame Le Bœuf a été assassinée, son mari, dans l'une ou l'autre des circonstances évoquées, passerait en jugement.

— On pouvait espérer dans la seconde hypothèse que les juges seraient cléments et qu'une grâce appuyée auprès du roi...

— Tiens donc ! Et par qui ?

Vainal demeura coi.

— J'évoque le sort de Le Bœuf, mais le vôtre est également intéressant. Il y a évidence que vous êtes convaincu de complicité, recel et dissimulation de cadavre. Tous crimes punissables par la loi.

Vainal se redressa, toisant Nicolas avec arrogance.

— Monsieur le policier, si toutefois nous en arrivons jusque-là, ce dont je doute, je serai jugé par mes pairs au parlement. Vos accusations pèseraient peu devant eux.

— Mais qui vous parle de comparaître sur la sellette ? Moi, je peux vous prédire ce qui risque de vous arriver. Les débauches auxquelles vous vous livriez n'étaient pas innocentes, vous le savez parfaitement. Dois-je évoquer la porcelaine dérobée à Versailles, utilisée pour pimenter ces rencontres ? Agiterai-je le spectre d'une femme qui ressemblait étonnamment à une personne de haute dignité ? N'y a-t-il pas dans tout cela motif à accusation de crime de lèse-majesté ? Et ne savez-vous pas ce qu'il vous en coûterait ? Ne seriez-vous pas expédié dans quelque cul de basse-fosse où vous pourririez jusqu'à votre mort ? Il y a des exemples, monsieur.

Vainal haussa les épaules.

— Un détail encore. Quel était le motif de vos disputes avec Le Bœuf ? Nous détenons à cet égard un témoignage précis.

— Cette épreuve l'accablait et il voulait s'accuser à contretemps.

— Mais enfin, que pouviez-vous espérer ?

— Au mieux, que, le corps découvert, on supposerait un crime de voleur, autrement on s'en tiendrait à la femme adultère surprise.

— Il est en effet fréquent que les voleurs de notre bonne ville s'adonnent à des œuvres d'art. Monsieur, je vais vous dire ce que je crois, car rien ne tient dans vos explications. L'essentiel, je dirais le but de la manœuvre, consistait à dissimuler le lieu du crime, n'est-ce pas ? Une maison dont ni Charles Le Bœuf ni vous-même ne pouvez désigner l'emplacement. Enfin, pourquoi Hermine Vallard, votre maîtresse, nous a-t-elle affirmé que la pyramide de glace n'était pas encore édifiée quelques jours avant sa découverte ?

— C'était maladresse de sa part. Elle voulait brouiller et les dates et les pistes.

— C'est donc, monsieur, qu'elle était au fait de toute cette histoire.

Une pause suivit. Vainal fut conduit dans le couloir, exactement surveillé par deux exempts. Nicolas regarda Bourdeau qui approuvait en hochant la tête.

— Bigre ! Tu as bien mené ta poste. Il a fini par céder, et a confirmé en tous points ce que nous avait avoué Le Bœuf. C'est une affaire résolue et clôturée de main de maître !

— C'est selon. Tu n'as que trop tendance à t'arrêter dans l'infini des conséquences. Il y a encore des incertitudes. Tout est trop mesuré à la toise, et il y a des chevilles qui s'adaptent mal à la menuiserie du récit. Vérifions encore un fait. Je veux que la Mazenard vienne considérer Vainal sans qu'il la voie. Pour l'amadouer, je t'autorise à lui susurrer quelques promesses d'indulgence. Entre le pire et le moindre, il faut choisir. Si cette rencontre est éloquente, cela prouvera que notre président à mortier a bien été l'organisateur de la comédie de la fausse consultation d'une devineresse et aussi de la dispersion des vêtements de Madame Le Bœuf.

Aussitôt dit aussitôt fait, Bourdeau courut organiser la *montre* de Vainal, ramené dans le bureau de permanence. Un miroir astucieusement disposé par le père Marie permit à la Mazenard d'observer le suspect sans qu'il s'en aperçût. Elle finit par admettre que c'était bien le même homme qui l'avait stipendiée pour soutenir la thèse d'un meurtre par un mari jaloux dans son antre de sorcière.

Vainal fut reconduit dans le couloir et les policiers firent le point de la situation.

— Maintenant, dit Nicolas, nous allons relâcher le président.

— Comment ! dit Bourdeau, tout crêté d'indignation. Avec ce qu'il a avoué, il ferait beau voir !

— Réfléchis un peu. Il t'a lui-même dit ce qui se passerait si nous le gardions ici : fureur générale. Le président d'Aligre, ulcéré de voir bafoué le privilège d'un magistrat de si haut rang, finirait par obtenir, le duc de Chartres agissant en sous-main avec sa coterie du parlement, ce que nous allons faire de bonne volonté. Ne te méprends pas sur ma décision. Elle ne signifie nullement que j'oublie ses méfaits et qu'il ne doit pas payer pour ses fautes. Mais nous devons pouvoir accroître le poids de la preuve. Pour l'instant nous ne disposons que de l'écume des choses.

— Quelle idée te trotte-t-elle dans l'esprit ?

— Deux questions me tarabustent. La première : pourquoi Vainal décrit-il Le Bœuf accablé de chagrin après la découverte de la mort de sa femme ? Il peint un attachement qui n'existait plus dans le couple depuis longtemps. La deuxième, c'est que Vainal nous a confirmé un fait d'importance : Hermine Vallard était depuis le début au fait de la présence du cadavre dans la pyramide de glace et elle aurait souhaité, en le niant, selon les propres termes de son amant, *brouiller et les dates et les pistes*.

— Et la fortune découverte dans le havresac de Tristan Benot, dit Bourdeau après un moment de réflexion, d'où peut-elle provenir selon toi ?

— Il y a deux hypothèses qui pourraient se confondre : soit il a été grassement payé pour quitter le royaume en tant que témoin dangereux d'un fatal événement, soit il a exercé un chantage à l'égard d'un acteur de cette affaire.

Restait ce pli mystérieux, songeait Nicolas, dont il ne pouvait parler à aucun prix. En briser le sceau pouvait aider à éclairer le rôle de l'ouvrier de Sèvres. Mais cette boîte de Pandore ouverte, quelles terribles conséquences en découleraient-elles? S'ajoutait à cela, aux yeux de Nicolas, que l'attitude de Vainal lui paraissait plus trouble que l'incohérence accablée de Charles Le Bœuf. Quel mystère se dissimulait derrière la complexité des rapports entre ces deux personnages? C'était dans cette direction qu'il souhaitait à présent marcher.

— Cependant, reprit-il, avant que de laisser partir le président de Vainal, nous allons prendre notre temps et convoquer, ou plutôt faire arrêter la susnommée Hermine Vallard. Son amant n'aura pas le loisir de la catéchiser sur ce qu'elle aurait à nous lâcher dans un interrogatoire qu'il peut prévoir imminent. Qu'on aille la quérir, et dès qu'elle sera au Châtelet, tu me lâches Vainal.

— Il ne va pas manquer de s'agiter. Comment le faire patienter?

— Prends prétexte d'un procès-verbal à mettre au propre et qu'il devra signer. S'il refuse, peu importe, tu passes outre. L'important, c'est de le faire attendre! Si Le Noir, Sartine ou Breteuil me cherchent, je suis sorti.

Le commissaire, après avoir examiné une nouvelle fois l'arme trouvée dans l'immeuble de la rue Saint-Denis et en avoir noté les caractéristiques dans son petit carnet noir, s'enveloppa dans son manteau, enfonça son tricorne et, sans autre forme de procès, dévala quatre à quatre les degrés de la vieille forteresse.

Sa promenade le conduisit rue de Richelieu chez l'armurier Le Page. Il pénétra dans une boutique somptueuse, toute de boiseries et de marbre, dont les râteliers exposaient différents modèles de fusils et les vitrines des épées et des sabres. Un homme encore jeune se présenta à lui comme étant Jean Le Page, maître armurier et fourbisseur. Il s'enquit poliment de ce que désirait Nicolas.

— Monsieur, il s'agit d'une demande un peu particulière. J'ai souhaité connaître l'origine d'une arme que j'ai eue en main. Elle m'a semblé si belle et d'un venant si parfait par son poids et son équilibre que j'ai supposé qu'elle venait de chez vous. Un tiers m'a confirmé qu'il pourrait s'agir d'un chef-d'œuvre sorti de vos ateliers.

Le Page, flatté, s'inclina.

— C'est en effet bien possible. Monsieur disposerait-il de quelque détail qui pourrait me permettre de reconnaître l'exemplaire qu'il a manié ?

Nicolas tira son carnet et montra au marchand quelques détails crayonnés d'après l'arme dont il était question, que celui-ci considéra avec attention.

— Il n'y a guère à s'y tromper, monsieur. C'est une pièce de choix, sortie de cette maison. C'est mon oncle, hélas disparu, qui s'en était chargé. Une commande particulière. Mais, attendez un instant...

Il passa de l'autre côté du comptoir, se baissa pour reparaître aussitôt, un lourd registre relié de cuir à la main.

— Toutes nos commandes sont ici répertoriées et, avec vos notes, nous allons retrouver l'heureux commanditaire.

Il feuilleta le volume avec un évident respect.

— Voilà ! Oh ! Savez-vous que nous sommes fournisseurs de la maison d'Orléans ? Or il s'agit d'une arme commandée par Monseigneur le duc de Chartres. Vous avez sans doute eu l'honneur de participer à l'une de ses chasses ?

— C'est en effet à cette occasion que je l'ai admirée.

Ce compliment ravit Le Page, qui s'étendit en commentaires infinis sur la précision d'un tel fusil, puis sur son art en général et sur la diversité des merveilles qu'il produisait. Nicolas, pour écarter tout soupçon, lui promit de revenir passer commande d'une arme qu'il prétendit vouloir offrir, ce détail rendait encore plus véridique sa démarche, à son fils.

Il reprit sa déambulation. Il éprouvait un bouillonnement d'idées. De toute évidence, le fusil provenait du Palais-Royal. Pourquoi se retrouvait-il aux mains d'un assassin ? Et pourquoi une arme d'un tel prix et d'une telle qualité ? Son extrême précision ? On ne pouvait rater une cible avec elle. Pourquoi l'avait-il abandonnée ? La supposition selon laquelle il était plus aisé de s'enfuir sans attirer l'attention en portant une arme demeurait plausible, mais peut-être y avait-il une autre éventualité.

Nicolas arpentait la chaussée, tentant d'éviter les pièges de la gadoue. Il ne cessait de placer et de déplacer les arguments qui se bousculaient. Ainsi faisait-il des pièces du jeu d'échecs avant de choisir la case favorable. Où résidait la vérité ? Il y avait apparence qu'il y en eût malheureusement plusieurs. Il s'indigna intérieurement : comment le vrai réussissait-il à se dissimuler sous des formes aussi convaincantes les unes que les autres ? Chaque fois qu'il s'engageait dans une voie que la raison lui désignait, une autre possibilité naissait, prenait forme et grossissait jusqu'à bousculer la précédente. Alors, sa raison était mise en demeure de choisir. Allait-il se précipiter ainsi de dilemme en dilemme ? Toute adhésion faible, imprécise et ne reposant pas sur de fortes convictions laissait place au doute. Il espérait que l'interrogatoire d'Hermine Vallard apporterait du nouveau, qu'il susciterait chez lui l'étincelle de l'intuition, celle-là même qui toujours, au moment décisif, lui avait procuré la petite lumière de la vérité.

Hermine Vallard fut conduite devant Nicolas peu après le retour de celui-ci au Châtelet. Enveloppée frileusement dans une cape à col de zibeline, elle témoignait encore une fois de son goût pour les beaux vêtements. Son visage était ombré par une sorte de mantille de dentelle noire dont les barbes retombaient sur ses épaules. Elle tenait dans la main droite un gant dont elle ne cessait de frapper sa main gauche. Il émanait d'elle une image d'inquiétude et de colère rentrée.

— Monsieur, dit-elle en fixant Nicolas avec une hauteur qui détonnait avec la modestie de ses fonctions affichées, que me vaut cette intrusion chez le président de Vainal et ce brutal enlèvement ?

— Les formes les plus courtoises, rétorqua Bourdeau, ont entouré notre invitation à vous rendre au Grand Châtelet, et il serait injuste, pour ne pas dire mensonger, de soutenir le contraire.

— Madame, dit Nicolas, je suis, vous le savez, commissaire de police en charge d'une enquête criminelle. Je souhaitais compléter le témoignage que vous avez déjà apporté à celle-ci.

— Je n'ai fourni aucun témoignage. J'ai répondu à des questions sur une affaire dont j'ignore tout. Voilà pourquoi je suis indignée de comparaître devant vous.

— Soit, eh bien, nous nous répéterons ! Par exemple, quand avez-vous remarqué la pyramide de glace boulevard du Midi ? Vous avez prétendu que son édification datait de deux jours au plus.

Elle mordait maintenant le bout de son gant.

— C'est très confus dans ma mémoire. Il y avait des tas de neige un peu partout. J'ai pu me tromper.

— Soit. Pourtant, vous aviez été des plus précises. Autre chose, connaissez-vous Charles Le Bœuf?

— M. le président de Vainal l'emploie pour ses travaux rue du Long-Pont.

— Bien. Connaissez-vous un individu appelé Tristan Benot?

Il sembla à Nicolas qu'elle avait cillé en entendant prononcer ce nom. Elle eut un instant d'hésitation.

— Le devrais-je?

— Ce n'est pas la question. Le connaissez-vous?

— Pas du tout. Qu'ai-je à voir avec cet inconnu? Espérez-vous que toute la ville soit dans mon escarcelle?

— Mademoiselle, vos fonctions sont bien d'être cuisinière?

— En fait, dit-elle avec un mouvement hautain de la tête, je suis gouvernante du président de Vainal. Certes, ceux qui me haïssent veulent me rabaisser.

— M. Bouey?

Elle ne répondit pas. Nicolas décida de changer de sujet et d'attaquer de front.

— Vous disposez, mademoiselle, de bien beaux appartements, et des plus raffinés, tant rue Plumet que rue du Long-Pont. J'avais pourtant cru comprendre que vous demeuriez en permanence rue Plumet. N'avez-vous pas déclaré en substance...

Il feuilleta son carnet.

— ... que vous étiez à la disposition du président de Vainal lorsqu'il se rendait à sa folie pour y accueillir ses amis?

— Et en quoi tout cela est-il contradictoire?

— Je cherche simplement à préciser les choses, et je constate que vos fonctions auprès de Monsieur de Vainal ne sont pas celles que vous affichez.

— Encore des ragots d'office de ce vieux fou!

— Il n'y a point de médisance sans un fond de vérité. J'apprécierais que vous donniez la main à un peu plus de sincérité, sans rompre les chiens chaque fois que la question vous gêne. À qui ferez-vous croire en effet que vous n'êtes que ce que vous prétendez ? Chacun sait, et moi le premier, que dans les deux demeures du président de Vainal, vous n'êtes qu'une servante-maîtresse. Pour détestable que puisse vous sembler cette appellation, elle résume au mieux votre très particulière situation. Je dois vous dire, mais vous le savez sans doute déjà, que votre maître a été arrêté.

Avec cette étrillade et ce coup de souplesse, il espérait décontenancer la donzelle.

— Et que m'importe à moi les ennuis qu'il s'est attirés ?

Nicolas regarda Bourdeau. Ce qu'il lut dans les yeux de son ami correspondait à ce qu'il ressentait lui-même. La rapidité et la violence de l'échappée d'Hermine Vallard avaient le ton de la sincérité. Cela donnait à penser.

— Vous me semblez bien insouciante, pour une personne si attachée à votre maître. Rien ? Point de commentaire ? Bon, alors, autre chose. Si je vous interroge, c'est qu'une personne qui vous est proche et qui se trouve dans une situation difficile a beaucoup jasé, trop peut-être en ce qui vous concerne. Et ce qu'elle m'a confié risque fort de compromettre vos intérêts. C'est dire que cela devrait vous inciter à un peu de *convertissement* de votre attitude. Que vos réponses cessent de tenter de nous abuser par des balivernes et des ergoteries indignes de vous.

— S'il a parlé contre moi, je peux en dire bien d'autres !

— Voilà qui est du dernier intéressant. Et quoi donc, je vous prie ?

— Rien qui puisse vous intéresser.

Elle s'était refermée, après un mouvement que Nicolas avait espéré être suivi de révélations.

— Madame, comme vous persistez à ne point parler, nous allons être contraints de vous retenir ici. Il se peut que la méditation qu'entraîne la solitude d'un cachot vous incite à plus d'éloquence.

— Comme il vous plaira. Mais qui ose parler contre moi ?

— Je n'ai pas dit cela. Le craindriez-vous, par hasard, ce bavard ? J'ai seulement affirmé que cette personne avait beaucoup glosé sur vous.

— De qui s'agit-il, à la fin ?

— De Tristan Benot qui est dans ces murs et avec lequel vous serez bientôt confrontée.

Ce n'était d'évidence pas le nom qu'elle s'attendait à entendre. En éprouvait-elle de la crainte ou de la surprise ? Il aurait été difficile de le démêler. Nicolas avait lancé ce nom comme un pêcheur jette sa ligne à un endroit présumé poissonneux. Il ordonna qu'elle fût aussitôt conduite dans une cellule. Il se retrouva seul avec Bourdeau.

— Quel jeu joues-tu avec la demoiselle, en agitant ainsi des témoins trépassés ?

— Un jeu compliqué et incertain. J'entends qu'elle se sente menacée dans l'attente de cette confrontation, persuadée que Vainal, elle le croit prisonnier ici, ne pourra rien faire pour lui venir en aide. Cédera-t-elle à cette pression ? Je ne le garantirais pas, compte tenu du caractère de la dame ! Vois-tu, le pot est sur le feu et son contenu va bientôt bouillir. Quant à Vainal, il se croit libre et va s'agiter dans son coin. J'attends patiemment une imprudence de sa part.

Une idée frappa soudain l'esprit agité du commissaire. Sans une parole et à la surprise de Bourdeau, il quitta le bureau et gagna l'extérieur. Il héla un fiacre qui passait, y sauta et intima au cocher de gagner au plus vite la rue Plumet. Il éprouvait le besoin urgent de vérifier un point important. Il souhaita que le sieur Bouey n'ait pas encore quitté Paris pour sa Bourgogne natale.

Après une longue et difficile déambulation dans une ville que le dégel rendait semblable à un lac, il arriva à destination et demanda à son phaéton de l'attendre. Il se précipita dans le jardin de la folie Vainal et heurta l'huis avec frénésie. Des pas prudents se firent bientôt entendre et le visage ridé du majordome apparut, étonné de revoir le policier.

— Monsieur Bouey, je vous salue et suis heureux de vous trouver encore au logis.

— Oh, je suis prudent! Il ne manquerait plus qu'après mon départ on me cherche noise. Les conditions de celui-ci sont telles que je peux tout craindre. Aussi, j'attends que le président me donne quitus des comptes arrêtés que je lui ai soumis. Avec l'autre pimpesouée, tout, dans ce domaine, va à hue et à dia. Enfin, la chose tarde plus que je ne le souhaiterais. Mais je cause, je cause, et que puis-je pour vous?

— Monsieur Bouey, je sais, ou plutôt je pressens que vous apportez un soin extrême à des fonctions de majordome exercées depuis tant d'années. Je suis persuadé qu'un homme tel que vous veille à conserver le souvenir, ainsi que cela se fait dans les bonnes maisons, des événements ou des faits marquants de chaque jour. En quelque sorte, un livre de raison. En tenez-vous un?

Monsieur Bouey sourit et acquiesça.

— Comme tout cela est fortement exprimé, Monsieur! C'est vrai que depuis des décennies que je sers dans cette famille j'ai tout noté dans un registre, l'important comme le futile. Et cela s'est avéré d'autant plus utile qu'au fur et à mesure que l'âge venait, ma mémoire s'affaiblissait. Cependant, je ne saisis pas le rapport que cela peut avoir avec votre enquête.

— Vous verrez! Mais d'abord, le président est-il au logis?

— Non, il n'a point reparu depuis plusieurs jours. Il doit gîter rue du Long-Pont.

— Bien. Pourriez-vous me fournir un renseignement précis sur les événements du mois de février?

— Monsieur le commissaire, je ferai mon possible pour vous satisfaire.

— Savez-vous, par hasard, si Mlle Vallard était rue Plumet dans la nuit du vendredi 27 au samedi 28 février?

Bouey l'entraîna dans un petit réduit où il gardait ses livres de comptes. Ouvrant le tiroir d'une petite table, il en sortit un vieux registre relié en parchemin. Il s'assit, chaussa ses besicles, mouilla son doigt et feuilleta attentivement le volume

— Ah! Voici. Je puis vous assurer, Monsieur le Commissaire, qu'elle n'était pas au logis cette nuit-là. Je l'ai vue quitter la maison au début de l'après-midi…

Il se pencha sur le registre.

— … exactement vers deux heures de relevée, et elle n'a réapparu qu'au petit jour. Sur le coup de six heures du matin, en prenant des précautions pour ne pas faire de bruit, mais à mon âge on ne dort pas. Ensuite, elle a reposé fort longtemps.

— Je vous remercie, monsieur Bouey. Ce que vous me relatez est sans prix. Je voudrais revoir l'appartement de la dame.

— Faites ce que bon vous semble, ce n'est plus mon affaire.

Nicolas se précipita au premier étage, entra dans la chambre de la maîtresse de Vainal, se rua dans la garde-robe, en ouvrit le placard et s'empara d'une des paires de souliers qui y étaient rangées. C'était des sortes de bottines, montant assez haut sur la jambe, avec une bordure de fourrure. Il les emporta, redescendit, salua M. Bouey et reprit sa voiture. Dieu, songeait-il, il est bien malheureux que je ne puisse retourner au couvent de Bellechasse. Il ressentait l'espèce de tremblement du chasseur aux aguets qui, soudain, est sur le point de tirer son gibier.

XVII

DEMI-VÉRITÉS

> « Le premier trait de la corruption
> des mœurs, c'est le bannissement de
> la vérité. »
>
> *Montaigne*

Jeudi 11 mars 1784

La veille, Nicolas, de retour de la rue Plumet, ne revint pas au Châtelet, et n'erra pas non plus dans une ville où circuler devenait une gageure. Rue Montmartre, il réfléchit à haute voix devant M. de Noblecourt qui lui servit de *répliqueur* pour affiner ses raisonnements. Le vieux magistrat rejetait ou approuvait avec agilité les arguments qui lui étaient proposés. On aurait dit une partie de paume avec les balles rebondissant sur les murs. C'est donc assuré de sa démonstration qu'il se coucha, après une trop maigre collation qui avait enragé Catherine. Il lui affirma qu'un peu de diète éclaircissait l'entende-ment.

Arrivé le premier au Grand Châtelet, il ordonna d'aller chercher Hermine Vallard et le président de Vainal. Bourdeau survint, qui fut frappé de la déter-mination de son chef et ami et surpris de voir trôner sur la table une paire de chaussures de femme.

— Joues-tu les revendeuses, maintenant ?

— Tu constateras bien vite l'utilité de ces objets.

Bourdeau fit la moue. Des sentiments mêlés pas-saient sur son visage : excitation de voir une enquête en voie de se conclure et agacement, pour ne pas dire plus, de cette propension de Nicolas à taire ses der-nières réflexions, gardant secrètes ses méditations en solitaire et les explications qu'il allait donner. Fal-lait-il, grognait Bourdeau, que lui aussi fût partisan de ce goût de l'ultime secret, défaut, il le savait, ins-tillé par Sartine et ses onduleuses démarches ?

Hermine Vallard fut remontée de sa cellule. Le président de Vainal n'était pas au logis et l'on rap-porta à Nicolas que Gremillon le cherchait, soit rue Plumet, soit au parlement. Tout dans l'attitude de sa servante-maîtresse témoignait de son irritation que suscitait cette nouvelle comparution. Cet énervement visible satisfaisait Nicolas qui l'avait anticipé comme susceptible d'aider à désarçonner le témoin.

— Mademoiselle, vos protestations sont inutiles, et il nous faut poursuivre notre entretien.

Elle venait tout juste de découvrir la paire de bot-tines posée sur la table. Nicolas attendit un commen-taire qui ne vint pas.

— De nouveaux éléments m'imposent de vérifier vos dires à leur lumière. N'y voyez pas malice de ma part, mais votre aide m'est précieuse.

Elle sembla prendre pour argent comptant ce que le propos avait de rassurant.

— J'aurais souhaité, reprit Nicolas, que le président de Vainal soit présent. J'espère que nous ne tarderons pas à l'accueillir. Alors, poursuivit-il brutalement, ainsi Tristan Benot et vous êtes de mèche ?

— Comment, monsieur, je ne le connais pas ! Quel rapport pourrais-je avoir avec lui ?

— C'est ce que vous affirmez, et que, moi, je prétends être faux. Que faisiez-vous dans la nuit du vendredi 27 au samedi 28 février ? Où étiez-vous ?

— Elle était avec moi, en mon hôtel de la rue du Long-Pont.

C'était Vainal, vêtu de sa simarre, mortier en tête, qui venait de faire son entrée et de répondre à la question du commissaire.

— Quelle audace, monsieur, de me venir chercher en plein parlement. C'est un scandale ! Est-il besoin de vous prévenir que les conséquences en seront fâcheuses pour vous. On a porté la main sur un magistrat.

— Monsieur, il serait séant de se calmer et de prendre place. D'ailleurs, vous arrivez à point nommé pour préciser l'emploi du temps de mademoiselle et répondre à la question que vous avez entendue. Ainsi, monsieur, Hermine Vallard se tenait rue Plumet avec vous ?

— Non, je vous ai dit rue du Long-Pont. Êtes-vous sourd ? Faut-il vous chanter deux fois la messe ?

— Tout cela est bien fâcheux, car nous avons un témoin qui a vu votre servante rue Plumet cette nuit-là.

— Pas la nuit, c'est impossible, dit Hermine Vallard.

— Je suppose que cette exclamation signifie que vous persistez à soutenir que vous n'étiez pas rue Plumet cette nuit-là.

— Je n'y étais pas.

— Pourtant, moi, je suis assuré que vous avez quitté cette demeure cet après-midi et que vous y êtes rentrée avant l'aube.

— Il faisait nuit.

Elle se mordit les lèvres. Nicolas ouvrit l'*Almanach royal*.

— Le soleil ce jour-là ne se levait pas avant six heures quarante-cinq.

— Mais…

— Il faut être logique. Soit vous entérinez la vérité de ce que ce témoin a affirmé, ou vous ne rejetez pas sa parole et vous ne dites pas : « Impossible, il faisait nuit. »

Nicolas mesurait la faiblesse de son raisonnement. Mais qu'importait que la logique pût manquer à ce qu'il avançait ? L'essentiel était d'embrouiller les idées du témoin et de le forcer à se contredire.

— Que signifie tout cela ? demanda Vainal.

— Oh ! C'est une longue histoire dont je vais devoir vous imposer le récit. Apprenez, mademoiselle, et vous, Monsieur le Président, qu'au début de cette année, à une date imprécise, une soirée fut organisée dans une maison hors les murs. Cette soirée revêtait une particularité, une sorte de pantomime récréative et alléchante, si j'ose dire, compte tenu de la gravité de la chose. Les participants se divisaient en deux groupes, les organisateurs et les spectateurs. Pour donner plus de poids à la présence d'une femme, Madame Le Bœuf, sosie parfait de la reine, et pour convaincre les plus incrédules, on présentait des porcelaines de Sèvres dérobées à Versailles. Leur présence participait de ce théâtre et offrait un cachet de véridique aux spectateurs. Le tout dans l'intention évidente de nuire à la souveraine. Or, dans des conditions qu'il faudra préciser, un ouvrier à la Manufacture de Sèvres, Tristan Benot, a été l'agent de cette soustraction d'objets et, au vu de sa bonne mine, a été invité à proposer ses *avantages* aux participants de cette soirée. C'est ainsi que, dans le désordre d'une débauche effrénée, les vapeurs des vins fins et des alcools jouent leur rôle. Jeanne Le Bœuf est retrouvée morte, son époux inconscient vautré sur elle. Elle porte une morsure au cou, mais aussi un morceau de porcelaine brisée fiché au plus profond de sa nuque. Chacun croit que Le Bœuf est coupable, sauf le véritable criminel. On affole le pauvre homme, tout en lui faisant miroiter une perspective de salut. Le corps sera porté la nuit suivante boulevard du Midi, à quelques pas de la folie du président de Vainal.

— Monsieur, je vous interdis…

— Vous m'interdisez quoi? Puis-je le savoir? Vous ne répondez pas? Je reprends mon récit. Le corps est placé dans un tas de neige et de glace façonné en forme de pyramide. La chose est aisée, Monsieur Le Bœuf est architecte. Un panneau, soi-disant arraché à un autre monument, porte une inscription ambiguë dont un vers semble menacer la reine. Restent quelques détails de mise en scène à régler. On invente une comédie à partir des escroqueries d'une prétendue devineresse qui passe pour sorcière, le tout agencé pour justifier un meurtre accompli par un mari jaloux. On remet les vêtements du cadavre à une revendeuse à la toilette par l'intermédiaire d'une jeune et innocente servante du Palais-Royal.

— Qu'y a-t-il de nouveau, monsieur, dans ce prolixe mémoire? C'est moi-même qui vous en ai fourni la substance.

— Reste qu'au-delà de cette machination, le dégel survient, et le corps apparaît. Pourquoi le peuple est-il si vite informé de l'affaire ? Mystère. Vous dites à juste raison m'avoir donné la trame, et que vous fûtes le principal complice de votre ami Le Bœuf. Cependant, vos propos, apparemment sincères, peuvent dissimuler l'essentiel. Car ce que je souhaite comprendre, et que vous ne relevez pas, c'est pourquoi et par qui Jeanne Le Bœuf a été assassinée.

— Enfin ! Vous le savez bien. C'est Le Bœuf. Lui-même le reconnaît.

— Il répète à qui mieux mieux ce qu'on lui a insinué alors qu'il était ivre mort et inconscient.

— Vous niez l'évidence et bâtissez des chimères.

— Pas si chimères que cela, si vous le voulez bien. Car, monsieur le président de Vainal, c'est vous que j'accuse du meurtre de Jeanne Le Bœuf.

Vainal s'était levé, en proie à une fureur telle que Bourdeau dut le maîtriser en dépit de ses hurlements. Dans ce mouvement, le tissu de la simarre se déchira brutalement.

— Je vous conseille de vous tenir tranquille. Il y a apparence que vous aurez tout loisir pour présenter votre défense.

— Cela dépasse les bornes !

— J'en suis d'accord. Qu'un magistrat de votre rang puisse faire l'objet d'une telle accusation passe la mesure. Et je vais vous expliquer ce qui m'a conduit, non à cette hypothèse, mais à cette certitude. Plusieurs faits y ont concouru. Le premier, qui m'avait frappé lors de la découverte du cadavre, c'était sa dissimulation tout près de la rue Plumet. Un coupable ne s'était-il pas persuadé ne pouvoir attirer l'attention en ensevelissant sa victime à un tel endroit ? À bien y réfléchir, c'était fort habile de votre part. Qui irait dès lors vous soupçonner ?

— L'aberration venimeuse de vos propos dépasse l'entendement.

— Après les bornes, voici l'entendement ! Qu'allez-vous trouver encore ? Le second fait provient de votre affirmation et description de l'émotion de votre ami Le Bœuf devant le cadavre de son épouse. Qu'il fût inquiet de la situation périlleuse où cet événement le jetait, j'en veux bien convenir. Mais, accablé de chagrin, non, monsieur ! Vous étiez assez proche et familier pour savoir, à moins de manifester une grande perversité, qu'il n'avait plus d'affection pour elle, que le couple n'était qu'apparence et qu'il abandonnait sa femme aux bras des étrangers. Précipiter ensuite votre ami dans un conte où il était censé la tuer par jalousie n'était pas crédible. Le faisiez-vous à dessein, en sachant qu'au bout du compte, vous me l'avez avoué, il serait accusé de l'assassinat de sa femme ? Ainsi, avec des risques mineurs, vous vous tiendriez à l'écart de tout soupçon.

— Et peut-on discerner dans tout cela le moindre commencement d'indice, qui pourrait suggérer que je pourrais être l'assassin de Madame Le Bœuf ?

— Détrompez-vous, monsieur. J'affirme bien haut que vous étiez l'amant de Jeanne Le Bœuf, et même fou de passion pour cette femme.

— Laissez-moi rire. Je l'aurais aimée, et c'est pourquoi je l'aurais tuée ? Vous divaguez, monsieur le policier !

— C'est précisément parce que vous l'aimiez que vous l'avez tuée, dans un mouvement de fureur et de jalousie. Ce mouvement que vous imputez à Charles Le Bœuf.

Vainal le toisait.

— Et avez-vous une preuve de ce que vous dénoncez?

— Sans doute. Un papier découvert dans votre demeure de la rue Plumet.

Nicolas le sortit de sa poche et le lut. Un long silence suivit.

— Monsieur de Vainal, vous ne dites rien?

— Je n'ai rien à voir avec ce billet. Et d'ailleurs, où l'avez-vous découvert?

— Cela vous intrigue, n'est-ce pas? C'est en effet un indice bien intéressant. Pour tout vous dire, dans l'appartement d'Hermine Vallard. Permettez-moi au passage de vous féliciter du soin que vous apportez dans toutes vos demeures à loger votre domestique. Et donc, dans cet appartement, ce papier était dissimulé à l'arrière d'une pendule, placée sur un élégant secrétaire. Le reconnaissez-vous?

Vainal se pencha.

— Ce n'est pas mon écriture.

— Oh, monsieur, les écritures! Et celle-là est sans doute travestie. Et vous, mademoiselle, vous demeurez bien silencieuse.

— Je n'ai rien à dire.

— Donc je parlerai pour vous. Selon moi, ce papier est un billet doux adressé par le président de Vainal à Madame Le Bœuf.

— Ah! En voilà bien d'une autre! Si c'était le cas, que ferait-il chez moi? Les lettres s'en vont et ne reviennent pas! Je commence à être excédé de vos fariboles.

— Vous prenez cela tout à trac, bien trop à la légère. Ce billet doux était chez vous et, sans doute, vous avait-il été dérobé. Quand on le considère avec un peu d'attention, on s'aperçoit qu'avant d'être plié, il a été chiffonné. Est-ce une main de femme, excédée de vos assiduités, qui vous l'a renvoyé? Vous-même l'avez peut-être froissé, ulcéré de cette humiliante rebuffade, et jeté au panier. Assurément ce billet date d'avant la réunion que je vous décrivais il y a peu. Je présume que votre esprit tortueux a forgé cette mise en scène atroce. Mais qui était votre rival? Était-ce quelqu'un contre lequel vous ne pouviez rien faire, si bien que toute la rancœur et la haine que vous aviez ressentie allait s'exprimer contre une femme innocente. J'affirme à nouveau que c'est vous qui, au cours de cette soirée, l'avez assassinée, non comme on l'a cru au début par une morsure, qui appelait les hypothèses les plus sombres, mais au moyen d'un morceau de porcelaine brisée dans des conditions inconnues. Il est vraisemblable que votre forfait avait été observé par un tiers qui, par ses très particulières fonctions, gardait la tête froide. Qui nous dit d'ailleurs que ce n'est pas celui-là que vous préférait Madame Le Bœuf? Vous avez alors contraint son époux sous on ne sait quel prétexte à le faire admettre au couvent de Bellechasse, en attendant de le faire sortir du royaume. Ce Tristan Benot, car c'est de lui qu'il s'agit, a pu exercer sur vous un chantage qui explique qu'il était détenteur de rouleaux de louis pour une somme considérable. Voulez-vous qu'on l'appelle?

À ce moment, la porte du bureau de permanence s'ouvrit avec fracas, et deux personnages apparurent que le père Marie tentait vainement d'arrêter.

— Monsieur le Commissaire, dit le premier, je suis Pierre-Gilbert de Voisins, et voici mon confrère, Messire Anne-Louis Pinon, président à mortier à la cour du Parlement. Après le scandale de l'interpellation publique d'un confrère, le premier président d'Aligre en accord avec Monsieur le Lieutenant général de police vous ordonne...

Il lui tendit un pli cacheté que Nicolas ouvrit, sachant déjà ce qu'il y trouverait.

— ... d'avoir sur-le-champ à nous remettre messire Philippe de Vainal. Il appartiendra à Monsieur Joly de Fleury, procureur du roi, à en connaître, si besoin est.

Au moment où Vainal suivait ses sauveurs, il se retourna vers Hermine Vallard qui fit un geste suppliant vers son maître.

— Allons, allons, pressons, dit le président de Voisins.

— Ne peut-on emmener ma domestique ?

Le regard chargé de mépris fut la seule réponse du magistrat. Il accabla Vainal qui, tête baissée, se laissa entraîner par ses deux confrères. Nicolas s'interrogea : ce dernier mouvement exprimait-il un reste d'affection pour son ancienne maîtresse, ou marquait-il l'inquiétude qu'en dehors de sa présence elle se mît à parler ? Le policier espérait qu'il en fût ainsi et qu'abandonnée, elle se laisserait aller. Aussi importait-il de poursuivre l'interrogatoire au moment où toute voie de dérobade lui était coupée. Souhaitant s'entretenir avec Bourdeau, il ordonna qu'Hermine Vallard sorte de la pièce un moment.

— Tu avais visé juste, dit l'inspecteur. La comédie que tu m'avais si bellement jouée, nous en avons eu la représentation par chats-fourrés interposés. Hélas, ils ont surgi au moment crucial où tu allais confondre Vainal.

— J'ai bon espoir qu'il ne s'en tirera pas. Prends connaissance de la lettre que Le Noir m'a adressée. Je gage que ces messieurs du parlement n'en connaissent évidemment pas la substance.

Bourdeau la prit pour la parcourir.

Monsieur le commissaire,
Ce qui devait arriver et que j'avais prévu m'impose
de vous ordonner de laisser aller le sieur Vainal. Ras-
surez-vous, je fais en sorte avec le lieutenant crimi-
nel qu'il soit déféré devant la justice si vous parvenez
à le trouver coupable de... je ne sais. Encore que
Sartine, qui est auprès de moi, m'assure que vous
le confondrez et qu'il n'échappera à rien. L'émotion
de ces messieurs du parlement s'explique davantage
par la protection sourcilleuse de leurs privilèges que
par le souci d'appuyer un de leurs confrères, perdu
de réputation. Je tiens d'eux qu'il serait ruiné et qu'il
viendrait d'obtenir un prêt considérable. Il court déjà
sur la place que les prêteurs s'inquiéteraient du rem-
boursement. Soyez assuré que je veille à vos intérêts,
et vous prie de me croire votre très dévoué Le Noir.

— Ah le brave homme! Tiens, encore Sartine!
remarqua Bourdeau. Que sait-il, ce vieux renard?
Toujours avant les autres, et quelquefois avant nous.

— Tu sais bien qu'il est toujours dans la coulisse,
observant la scène. Il reste, et c'est l'essentiel, que
Le Noir nous couvre. Fais rentrer notre demoiselle.

Elle paraissait en proie à une sorte de désespoir,
tirant sur les barbes de sa mantille et les chiffonnant.

— Considérez combien les hommes sont ingrats,
dit Nicolas. Le président de Vainal nous échappe,
il vous abandonne et les siens le protègent. Vous
demeurez seule et démunie. Je suis convaincu que
vous avez beaucoup à nous confesser. Vous y résoudre
dès maintenant pourrait atténuer, peut-être, car il est
difficile de s'avancer, le châtiment que vous n'éviterez
pas. Croyez-moi, j'ai rencontré des situations compa-
rables à la vôtre tout au long de ma carrière. La
sincérité est la seule voie du salut.

— Philippe me sauvera, il ne peut pas faire autrement.

— Qu'est-ce à dire, mademoiselle? Le sort du président dépendrait-il peu ou prou de ce que vous pourrez dévoiler? L'aveu est de taille et m'incite à poursuivre encore plus ardemment. Suivez mon conseil, dissociez votre sort de celui qui vous a trahie et ménagez-vous une issue en vous en remettant à moi.

Allait-elle céder à cette voix insidieuse de la raison? Nicolas regretta qu'elle continuât à se murer dans ce silence et une totale dénégation.

— Vous m'obligez, mademoiselle, à vous mettre brutalement face à des faits que nous aurions pu examiner sereinement en tentant de les comprendre. Or, ce qui vous a conduit au crime...

Vindicative, elle se redressa en hurlant.

— Crime? Moi! Mensonge, mensonge!

— Voulez-vous dire que vous n'avez été que la complice?

— Ce n'est pas moi qui ai tué Madame Le Bœuf. Vous le savez bien, pour en avoir accusé Philippe. Vous essayez de m'entourlouper, mais vous ne m'aurez pas à ce jeu-là. Non, non!

— Qui vous parle de Madame Le Bœuf? C'est une affaire réglée, et le cadet de nos soucis. Vous avez vous-même entendu la sentence. Que l'intéressé le nie ne vaut rien face à la rectitude géométrique des faits. C'est autre chose que j'évoque. Un autre crime, accompagné d'ailleurs d'une tentative de meurtre. Considérez ces chaussures posées sur la table. Elles vous appartiennent, n'est-ce pas?

Elle regardait la paire avec une sorte de terreur.

— Non, elles ne sont pas à moi. Vous vous trompez.

— Alors, que faisaient-elles dans le placard de votre garde-robe, avec d'autres chaussures qui vous appartiennent? Les voulez-vous essayer, afin de vérifier si elles vous vont, et si les habituelles déformations du cuir correspondent aux formes de vos pieds. Le voulez-vous?

Elle ne répondait pas, tête baissée.

— Alors?

— Même si ces chaussures étaient à moi, qu'ai-je à en faire? Ces morceaux de cuir cousus sont-ils de quelque importance? Ont-ils le don de la parole?

— Dans un certain sens, ils sont par trop éloquents! Je vous répondrai que ce ne sont pas les chaussures qui m'importent, c'est ce qui les recouvre et, en particulier...

Il prit l'une des bottines et désigna la bordure de fourrure.

— ... Ce bourrelet qui déborde de l'intérieur. Le voyez-vous? Bien. Nous avons là des bottines, faites pour le temps rude de l'hiver que nous subissons. Il y a la neige, la boue, tout ce qui laisse des traces. Que ne les avez-vous nettoyées, ou plutôt est-ce Monsieur Bouey qui en était chargé et qui a omis de le faire? Cela me surprend de la part d'un homme si soucieux de bien faire, ou encore ne souhaitiez-vous pas les lui montrer.

— Et, dit-elle, animée d'une curiosité qu'elle ne pouvait plus dissimuler, qu'y trouvez-vous de particulier?

— Ah, certes, il faut être attentif, et posséder une bonne vue. Voyez ces taches blanches. Si vous les pressez entre vos doigts, il en sort comme une poudre. Pas de la poussière, une poudre. Une poudre minérale. Et pas de ces particules de fer et de charbon qui chargent à Paris l'air que l'on respire et souillent le sol que l'on foule. Non, il s'agit bien de vestiges de cette pierre qui, chauffée, nous procure le plâtre.

Cela s'appelle du gypse. Et où, selon vous, le trouve-t-on ? Vous ne répondez pas, et pour cause. Sur la colline de Montmartre, et plus exactement dans ses carrières où cette pierre est extraite. Que vous inspire cette remarque ?... Rien ?... Alors je dois poursuivre. Dans quel autre endroit, à votre avis, ai-je retrouvé sur des souliers, cette fois-ci ceux d'un homme, la même impalpable poussière ?

— Assurément pas sur ceux du président de Vainal.

— Oh, que voilà une réaction des plus fécondes. Pourquoi vous échappe-t-il que ce ne sont pas les souliers du président de Vainal qui ont ainsi été souillés ? C'est que vous savez parfaitement que ces autres souliers sont ceux de votre complice, et il n'est pas président à mortier.

— Que prétendez-vous me faire dire ?

— Hélas, je vous informe que, dans la chambre de Tristan Benot au couvent de Bellechasse, j'ai découvert dans un placard, encore ! une paire de souliers qui portaient des traces de gypse identiques à celles relevées sur vos bottines. Que dois-je en conclure ? Je constate que vous étiez absente de la rue Plumet depuis midi jusqu'au lendemain six heures, et que durant cette période, longue période, vous vous êtes rendue dans des carrières de gypse. Et pour une part en pleine nuit ! Le pourquoi de cette promenade, mademoiselle ?

— Je n'entends rien, monsieur, à ce que vous me déballez. Croyez-en Monsieur de Vainal qui vous a dit que, cette nuit-là, j'étais à ses côtés rue du Long-Pont.

— Vous dévidez des apparences de lampe magique ! Mais qui croyez-vous tromper ? J'ai longuement réfléchi à tout ce que vous avez pu ressentir quand vous avez découvert ce billet qui prouvait votre infortune. L'avenir s'est soudain présenté sous des auspices menaçants. Votre amant allait peu à peu se désintéresser de vous et, qui sait, vous chasser. Vous auriez été condamnée à une vie misérable, d'autant plus insupportable que vous vous étiez habituée au luxe et au confort des demeures du président. Tout concourait et justifiait que vous ayez voulu vous venger. Cependant les circonstances en ont décidé autrement.

— Je ne vois pas ce qui vous autorise à penser pour moi.

— J'imagine, mademoiselle, j'imagine, et ce que je crois, c'est que Tristan Benot, voleur et greluchon, et j'en passe, témoin du meurtre de Madame Le Bœuf par Vainal, a compris sur-le-champ tout ce qu'il pouvait tirer de la situation. Il n'a pas manqué d'esprit de suite et a fait chanter le président, contraint alors d'emprunter au denier le plus fort de quoi le payer. À qui pouvait-il se confier ? Surtout quand un deuxième témoin s'est manifesté. La Gagère, fille de peu, avait, elle aussi, dans l'obscurité infernale de cette soirée, contemplé une scène qu'elle n'avait pas oubliée et qui pouvait lui rapporter gros. Vainal ne sait plus vers qui se tourner. Et c'est vous qu'il charge d'apporter la rançon à Benot. Et vous, par passion, par amour, par fidélité, vous qui avez été trompée, mais qui espérez voir Vainal vous revenir après la mort de Madame Le Bœuf, vous acceptez de l'aider. Vous remettez donc l'argent à Benot, mais à une condition : qu'il vous aide à vous débarrasser de la Gagère. Elle est convoquée près de la chapelle de Notre-Dame de Lorette, nous avons retrouvé le message, sans doute de votre main, dans son galetas ; elle est assassinée. On simule ce qu'on croit être le geste commis sur Madame Le Bœuf et on dissimule à peine le corps dans la carrière, pour qu'on le retrouve au plus vite. Ainsi pourra être innocenté votre maître, si l'enquête finissait par porter les soupçons sur lui. À la carrière, on reste sur place, caché, pour surveiller que le plan fonctionne. La police survient. Un commissaire s'aventure trop près de l'endroit où vous êtes dissimulés. Il est agressé et poussé dans une fracture du rocher. Est-ce vous, mademoiselle, qui avez tenté de me tuer? Tristan Benot l'affirme, et je n'ai aucune raison de ne le point croire. Et d'ailleurs nous allons vous confronter à lui.

— Comment, il a osé! Il en a menti, c'est lui qui vous a poussé.

Ce cri était parti sans qu'elle pût le retenir. Elle s'effondra en sanglotant sur sa chaise.

D'évidence, elle ignorait que Tristan Benot avait été tué. Nicolas le supposait, compte tenu des circonstances dans lesquelles l'ouvrier avait été abattu et lui-même visé. Ce drame appartenait sans doute à un autre pan de l'enquête.

— Combien, mademoiselle, Vainal a-t-il offert à Benot pour prix de son silence?

Elle paraissait avoir perdu toute sa superbe.

— Cela n'a plus d'importance maintenant. Je lui ai remis douze rouleaux de louis que Philippe avait empruntés. Il était ruiné et envisageait de vendre la folie de la rue Plumet avec tout ce qu'elle contenait. C'est pourquoi il lui était impossible de payer aussi la Gagère, et qu'il fallait à tout prix s'en débarrasser.

Elle continuait à pleurer. Nicolas lui tendit un verre d'eau et son mouchoir. Il la plaignait. Voilà à quoi conduisait la passion amoureuse, lorsqu'elle s'imposait au-delà de toute raison. Il fit signe de la reconduire dans sa cellule. Bourdeau demeurait silencieux, frappé par l'intensité du moment.

— Que l'on dresse procès-verbal de cette séance.

— Y compris pour Vainal?

— Y compris pour Vainal. Et qu'on le fasse porter sans désemparer au lieutenant criminel. Nous nous lavons les mains de tout ce qui adviendra.

— Comment es-tu parvenu à tout reconstituer ?

— Il faut toujours regarder les poussières.

— Et Le Bœuf et la Mazenard ?

— Le lieutenant criminel en décidera aussi.

Bourdeau sentit que le dénouement tant attendu ne satisfaisait pas entièrement Nicolas. Il n'osa lui demander ce qui continuait à le tourmenter. Et de fait, le commissaire, dressant le bilan de cette longue marche de la vérité, pressentait bien qu'il n'était resté qu'à la *surface des choses*, comme aurait dit Sartine. Que faire de cette lettre cachetée, découverte dans la doublure de l'habit de Tristan Benot ? La confier à Le Noir, ou même à Breteuil ne lui convenait pas. Le premier éprouverait les mêmes scrupules que lui-même et, à coup sûr, en référerait à Breteuil. S'adresser directement au ministre de la Maison du Roi, c'était risquer de mettre aussitôt le feu aux poudres, tant Breteuil pouvait être imprévisible et emporté. Il savait que le sort de cette lettre pouvait avoir de funestes conséquences et de périlleuses retombées. À bien y réfléchir, Nicolas estima qu'elle devait être remise au roi, suprême justicier du royaume. Lui seul était légitime à l'ouvrir et agirait ensuite selon son bon plaisir et pour le plus grand bien de l'État. Cette solution dissipa le malaise de Nicolas. Le reste n'était que broutilles.

Il s'avérait en effet malaisé de pousser plus loin les investigations vers le Palais-Royal. Que le fusil appartînt aux collections du duc de Chartres ne suffisait pas à le désigner comme l'instigateur de l'attentat contre Tristan Benot. L'analyse qu'il faisait de l'événement le troublait. Certes, il était imaginable qu'on ait craint que Benot ne suive pas le chemin prévu mais, dans ce cas, il était périlleux de l'abattre alors même qu'il était porteur d'une lettre compromettante.

Avec ce souci qui conduisait sa vie depuis son enfance, Nicolas fit son examen de conscience. Il se rappela ce que lui avait seriné le chanoine Le Floch dont il entendait encore la douce voix : *Pour ton salut, créature de Dieu, recherche la justice, la piété, la foi, la charité, la constance et la mansuétude.* Il s'interrogea. Avait-il failli à tout cela au cours de cette enquête ? Il s'en remettait au jugement du Seigneur, trop conscient de ses manques et de ses défauts.

Dimanche 14 mars 1784

Grâce à l'entremise de M. de Ville d'Avray, premier valet de chambre du roi, Nicolas avait obtenu une audience pour la fin de la grand'messe du dimanche. Dans la galerie des Glaces, il s'était mêlé à la foule assemblée pour assister au passage de la famille royale se rendant à la chapelle. Outre son vieil ennemi l'abbé Georgel, secrétaire du cardinal de Rohan, grand aumônier de France, avec lequel il avait jadis croisé le fer à Vienne, il avait noté la présence de la comtesse de la Motte-Valois. Une altercation avait attiré son attention ; la dame jouant des coudes pour se placer au premier rang avait suscité les invectives d'un vieux gentilhomme. Elle avait regardé Nicolas, feignant ne le point reconnaître. Il avait ensuite assisté au service du dimanche de la passion.

Ville d'Avray était venu le tirer par la manche pour le conduire dans le cabinet de travail du roi. Un feu ardent crépitait dans la grande cheminée de marbre grenat. En attendant, il admira sur un médaillier deux vases de porcelaine de Sèvres enrichis de bronzes dorés et un candélabre de Thomire, qui avait fait événement, et qui rappelait le rôle du roi dans la guerre d'indépendance des colons anglais d'Amérique. Le roi parut assez vite qui, à son entrée dans le cabinet, considéra Nicolas de biais, à son habitude, et alla s'asseoir devant le bureau à cylindre où, jadis, Nicolas avait vu le feu roi. Comme toujours, un silence précéda la parole du roi et, comme toujours, celui-ci évoqua un sujet indifférent.

— J'espère que le gibier n'a pas trop souffert des grands froids, encore que je me soucie davantage des souffrances de mes peuples.

Il s'arrêta, cherchant ses mots.

— J'ai apprécié, Ranreuil, tout ce que vous m'avez montré. Comment se déroule le dégel à Paris ?

— Votre Majesté doit savoir qu'il inonde la ville.

— C'est détail en comparaison de ce que me rapportent mes intendants des inondations dans les provinces. Je vous écoute.

L'invite était brutale, à l'accoutumée.

— Sire, j'ai désir de vous rendre compte d'une affaire que vous connaissez et qui vient de trouver son dénouement.

— Je me suis laissé dire que vous aviez une nouvelle fois dominé de main de maître une intrigue fort embrouillée. J'en souhaiterais connaître le détail.

Nicolas raconta avec brio, et sans s'appesantir, le déroulement de son enquête. Le roi l'écoutait, attentif, caressant les bronzes de son bureau du bout d'une plume. Parfois, il levait la tête et fronçait les sourcils.

À la fin de son récit, le commissaire sortit de sa poche le pli que transportait Tristan Benot. Il le tendit au roi qui s'en saisit avec une grimace de répugnance. Il hésita un moment à en rompre le cachet, déplia la lettre et la lut. Il en médita les termes, les yeux fermés, se leva, marcha vers la cheminée et la jeta dans les flammes. En un instant elle se consuma, répandant dans la pièce la forte et résineuse odeur de la cire.

— Savez-vous, Ranreuil, de qui était ce pli ?

— Sire, il eût été difficile d'ignorer les armes du cachet.

— Pour quelle raison ne l'avez-vous pas ouverte ?

— J'ai estimé que seule Votre Majesté avait autorité de justice de pénétrer la correspondance de son cousin le duc de Chartres.

— Et vous en avez sagement agi.

Il parut réfléchir un instant.

— Il est malheureux pour le royaume qu'un prince du sang s'abandonne à des malversations qui en font le client, pour ne pas dire plus, de ceux qui sont nos pires ennemis et se livre ainsi, poings et mains liés... Mais que faire ? Le remède serait pire que le mal. Merci, Ranreuil.

Nicolas s'inclina et sortit à reculons, tandis que le roi, perdu dans ses pensées qui, au vu de l'expression de son visage, n'étaient pas plaisantes, tisonnait rageusement le feu.

Place d'Armes, Nicolas chercha une voiture de cour qui pût le ramener à Paris. Il bénéficiait de ce privilège, ayant participé aux chasses du roi en tant que marquis de Ranreuil. Soudain, une voix connue l'appela d'une voiture. Il reconnut aussitôt les armoiries sur la portière. La figure souriante de M. de Sartine apparut.

— Aurai-je l'heur de vous reconduire à Paris, mon cher Nicolas ? Nous en profiterons pour causer un peu.

Que voilà une invitation intéressée, se dit Nicolas en montant dans la caisse. Nul doute que l'ancien lieutenant général de police ne se trouve pas là par hasard, et qu'il sait déjà que j'ai été reçu en audience par le roi. Il va tenter de me tirer les vers du nez pour en savoir plus long. Avec un peu de chance, il me fournira quelques explications complémentaires dans ce qui demeure le plus obscur de cette affaire.

— Vous m'avez un peu délaissé, mon ami. Il a fallu que j'aille à la pêche chez Le Noir pour apprendre la parfaite réussite de votre dernière enquête. Quelle promptitude, quelle perspicacité, quelle habileté ! On devine bien à ce succès qui vous a jadis enseigné la manœuvre !

Nicolas ne se laissait pas séduire par un compliment qui dissimulait une sorte d'amertume diffuse.

— Ne me faites pas accroire, Monseigneur, que vos agents ne vous ont pas mis au courant du dénouement de l'affaire.

— Ah ! goguenarda Sartine. On ne peut décidément plus vous en conter. Toutefois, je crois détenir en réserve quelques ficelles à vous dévoiler. Les trames de cette espèce sont toujours d'un dessin compliqué.

— Précisez ! D'un dessin, ou d'un dessein-projet ?

— C'est très plaisant ! Je replacerai cette équivoque. Elle est excellente.

Il redevint sérieux.

— Vous sortiez de chez le roi.

— J'imagine que cela n'est pas une question, et que vous le savez déjà.

— C'est parfait, vous progressez ! Vous ne me sous-estimez plus. C'est en effet une affirmation, et je vous saurais gré de m'informer de ce qui a été dit car, pour le coup, je n'avais point en cette occurrence, comment avez-vous dit ?

— D'agent.

— C'est cela. Aucun agent dans le cabinet de travail du roi, et c'est pourquoi il m'importe de savoir ce qui y a été dit.

— Suis-je censé vous dévoiler la teneur d'un entretien avec le roi ? Que ne vous adressez-vous à lui ? Il vous apprécie, et vous répondra sans aucun doute.

— Certes. Mais pour parler clair, c'est de votre bouche, celle d'un fidèle ami, que je veux l'entendre.

S'acheminaient-ils vers le risque d'une rupture ? Il y en avait eu tant au cours de leur passé commun. La lisière jamais franchie avait été souvent tutoyée. Cependant Nicolas, au cours des années, avait reconquis son indépendance, s'affranchissant de la tutelle que l'ancien ministre entendait maintenir sur lui.

— Alors, Monseigneur, comme je suis intimement convaincu que vous savez tout, nous pourrions convenir d'un accord. Une sorte de réciprocité. Vous répondrez à mes questions, et je répondrai aux vôtres, car il n'y a rien de dissimulé que vous ne parveniez à démêler.

Sartine parut ravi et de la proposition et du compliment.

— Ne nous emballons pas. Nous sommes tous deux des coursiers trop fougueux.

Nicolas sourit intérieurement. Pour Sartine, Il aurait parié plutôt sur le renard.

— Que voulez-vous savoir, Nicolas ?

— Je ne commenterai pas un dénouement que vous connaissez déjà et, pour parler franchement, j'estime que nous sommes en position égale. Vous désirez savoir ce que Tristan Benot transportait, et moi je veux savoir qui l'a fait abattre.

— Ainsi les choses sont clairement exprimées. Je vous écoute.

— Et qui me dit ensuite que vous tiendrez parole ?

— Oh! L'affreux soupçon! Vous me peinez. S'il y a une personne à qui je peux tout dire, c'est bien vous.

— En effet, le passé l'a éloquemment démontré.

— Le passé, c'est le passé, n'y revenons pas.

— Soit. J'ai remis au roi la lettre que portait Tristan Benot à Londres.

— Je ne vous demande pas de qui elle était.

— Vous le savez peut-être?

— Du duc de Chartres. Et que disait-elle, cette lettre?

— En vérité, je n'en sais rien. Le roi en a pris connaissance, a déploré l'attitude de son cousin et l'a jetée au feu.

— Je ne vous crois pas.

— Devrai-je vous donner ma parole d'honneur? Vous m'offensez, Monseigneur. Et si telle est votre intention, voici que nous approchons de Fausses-Reposes, vous savez que j'y ai des amis, ordonnez que l'on arrête et brisons là.

— Allons, allons, toujours trop de flamme! Ne prenez pas la mouche, mon ami. Je vous crois, je vous crois.

— Bien. Donc, j'écoute la contrepartie.

— Vous connaissant, je crains qu'elle ne vous déplaise. Il y a des moments où il faut décider et, comme le disait l'ancêtre de notre ami Richelieu, savoir se damner quand il s'agit des affaires publiques et du salut de l'État. Que de décisions dures s'imposent à l'honnête homme au-delà des règles! Bien au-delà des règles.

— Qu'est-ce à dire, Monseigneur? Et comment cela s'applique-t-il à l'affaire qui nous intéresse?

— Considérons les circonstances, car elles seules justifient l'action. Tristan Benot était l'émissaire du duc de Chartres pour des affaires de finances qui le liaient depuis des années, enfin espérons-le depuis la paix, avec des maisons de crédit de Londres. Ce faisant, il s'est placé délibérément entre les mains des Anglais car, dans ce genre d'échanges, la contre-partie est d'obligation. Nous, les serviteurs de l'État, nous avions le devoir d'y mettre un coup d'arrêt. C'est pourquoi Benot devait être arrêté à la sortie de la ville, enlevé et fouillé. Par malheur, il a été arrêté Porte Saint-Denis, par votre faute, Nicolas, par votre faute.

— Non, par la faute de celui qui ne m'a pas prévenu, moi, le responsable d'une enquête criminelle.

— Je vous le concède.

— Et donc c'est vous qui donnez ordre d'abattre Benot ?

— Vous allez trop vite. L'homme était suivi. Mon agent constate son arrestation. Grâce à Dieu, tout traîne en longueur, et je puis envoyer...

— Un tueur, avec un fusil du duc de Chartres.

— Oui, nous avions pris nos précautions. Bien joué, n'est-ce pas ?

— Et, j'insiste, l'homme est assassiné sur vos ordres.

— Disons, exécuté pour le bien de l'État et la sûreté du royaume.

— Et dans le même élan, on essaie de me tuer.

Sartine se mit à rire.

— Trop d'honneur pour vous, Monsieur le marquis de Ranreuil. Cela m'assurait la certitude que vous auriez la bonté de m'exclure, sachant qu'on avait tiré sur vous. On a visé à côté. C'était simplement une diversion.

— Simplement ? La vie d'un homme !

— Non, celle d'un ami.

— Monseigneur, puis-je vous demander les raisons profondes de ce drame.

— Vous êtes un bon policier, Nicolas, mais vous avez conservé une incoercible candeur pour tout ce qui touche les rouages du pouvoir. Voyez où nous en sommes. Une monarchie, vieille machine accablée qui avance cahin-caha, menacée de toutes parts. Il faut veiller au danger, et pour cela il faut des hommes qui ne reculent devant rien pour réparer les brèches et repousser les assauts. Depuis qu'on s'est privé des services de Choiseul, tout va à vau-l'eau dans le royaume. Le déficit menace l'équilibre de la société. Tout est périls. Il faudrait un souverain plein d'autorité, sachant vouloir et décider, et qu'avons-nous ? Oh, je sais que je vais vous blesser, offenser votre fidélité, mais le roi n'est pas toujours à la hauteur. À ma façon, je lui suis fidèle autant que vous l'êtes, sauf que moi je prends les moyens de faire front contre ce qui m'inquiète et qui surviendra un jour ou l'autre si nous n'y prenons garde. Alors, que pèse un Tristan Benot face à ces grands intérêts ? Rien, Nicolas, poussière, néant. En quoi sa misérable existence peut-elle faire balance à la sauvegarde de ce vieux pays ? Croyez-vous qu'il soit agréable pour moi de faire ce que je fais ? Dans les conditions actuelles, il faut savoir se sacrifier.

— Mais le but immédiat de cette mort ?

— Ah, je vois que vous ne parlez plus de meurtre. Vous progressez, Nicolas, vous progressez. Il s'agit d'un coup d'arrêt à Chartres, une mise en demeure. Il doit se douter que la lettre est entre nos mains, et n'imagine pas que le roi l'a détruite. C'est, hélas, un homme intelligent, mais de basses manœuvres. C'est un danger pour le trône.

— Et pourtant il appartient à une compagnie que, dit-on, vous fréquentez.

— Sachez, Nicolas, que dans les loges il y a ceux qui travaillent au progrès de l'humanité et ceux qui œuvrent pour eux-mêmes.

— Et Monsieur de Vainal, que va-t-il devenir?

— Vous l'avez habilement confondu, et les présomptions étaient telles qu'il n'aurait pu échapper au châtiment.

— N'aurait pu échapper? Se serait-il enfui?

— En quelque sorte, Nicolas. Le président de Vainal s'est pendu hier, dans son hôtel de la rue du Long-Pont.

— Comment? Est-ce possible?

— Et ne vous imaginez pas que l'on vous abandonnera sa dépouille pour l'une de ces macabres ouvertures auxquelles vous vous complaisez avec vos médicastres. Vous connaissez les préjugés qui subsistent, même si les pratiques anciennes sont abandonnées en ce qui concerne les suicidés. Son corps a déjà été transporté en province et inhumé sur-le-champ. Cela est bien ainsi. Le parlement est suffisamment hostile au roi sans qu'on lui offre encore un prétexte à s'opposer par le procès scandaleux d'un magistrat.

— Et, Monseigneur, rassurez-moi, la pendaison est-elle flagrante?

— Hé, hé! dit Sartine, qui peut le dire?

ÉPILOGUE

« Maintenant arrêtons nos conjectures
et nos pensées sur ce temps de la nuit. »

Shakespeare

Mercredi 11 août 1784

Les jours les plus longs de l'été marquaient chaque année pour Nicolas une présence plus régulière à Versailles. Pour efficace que fût la réglementation des accès au parc et aux jardins, la foule s'y pressait jusqu'à une heure avancée de la nuit pour profiter de la fraîcheur des ombrages et des pièces d'eau.

Il avait soupé avec M. de Ville d'Avray qui, nommé intendant du garde-meuble et des joyaux de la couronne, allait s'installer dans ses appartements neufs place Louis XV à Paris. Il avait souhaité inviter Nicolas pour un dernier souper dans son appartement au cœur du château, donnant sur la cour des Cerfs. Le premier valet de chambre du roi l'avait mis au fait des dernières rumeurs de la cour, puis ils avaient évoqué leurs souvenirs communs du temps du feu roi.

Nicolas s'était ensuite porté dans les galeries et l'enfilade des Grands Appartements pour vérifier que les mesures de sûreté étaient bien observées. Il s'était un moment entretenu avec le lieutenant en quartier des gardes du corps, puis avait poussé jusqu'au perron donnant sur le parterre du Midi. Là, il s'était arrêté près d'un des deux groupes représentant des enfants chevauchant des sphinx et avait médité un moment. La nuit était oppressante, chaude, lourde, sans lune ni étoiles visibles. Devant lui, à droite, le parterre d'eau miroitait faiblement, renvoyant les lumières émanant du château. Plus loin se discernaient à peine les arbres, grandes ombres immobiles. Il fut saisi par l'odeur d'herbe coupée et les remugles d'eau croupissante.

C'est ainsi qu'il avait croisé la reine, qui, entourée de quelques femmes et de courtisans, prenait le frais sur la terrasse. Elle avait aussitôt remarqué Nicolas, l'avait appelé auprès d'elle d'un geste gracieux de la main

— Il est écrit, Monsieur le Marquis, que j'aurai toujours une dette envers le *cavalier de Compiègne* !

— Je suis, répondit Nicolas s'inclinant, le serviteur de Votre Majesté.

— Un serviteur zélé, dit la reine en riant, qui pousse le dévouement jusqu'à réassortir mes services. Je n'avais pas eu l'heur de vous en exprimer ma satisfaction et ma reconnaissance.

— Je suis au désespoir, Madame, qu'une pièce ait pu manquer à cette restitution.

— Ma chère Manufacture de Sèvres va me la procurer. Avez-vous des nouvelles du vicomte de Tréhiguier ?

— Je remercie Votre Majesté de cette attention, il poursuit son apprentissage d'officier du roi.

— Et d'écuyer d'élite, me dit mon frère Provence, qui est colonel, enfin, en titre, de son régiment.

— Je ferai part à mon fils de l'intérêt bienveillant que Sa Majesté daigne lui porter.

Elle lui avait tendu sa main à baiser et, radieuse apparition, s'était éloignée au milieu de ses gens. Nicolas était demeuré immobile, songeant avec amertume et tristesse à la dernière tentative avortée : l'ignominie de vouloir user d'une ressemblance pour déshonorer la reine, offrant ainsi des arguments aux pamphlets et libelles qui, depuis quatorze ans, n'avaient cessé de la salir et d'exciter contre elle une vindicte aussi irresponsable que haineuse.

L'affaire qui avait marqué le début de l'année avait trouvé ses logiques conclusions. Cependant, M. de Vainal mort, rien n'avait transpiré au dehors du châtiment des coupables. Charles Le Bœuf, banni, avait discrètement quitté le royaume. Hermine Vallard avait échappé à la pendaison et demeurait enfermée à vie dans le secret d'une prison de province. L'exécution que son crime méritait eût été trop publique et par conséquent trop éloquente. Quant à la Mazenard après une exposition au pilori, elle avait été flétrie de la marque des voleurs mais, sur la recommandation de Nicolas fidèle à sa promesse, chassée du royaume. Comme toujours, un sombre accablement le submergeait, que la raison d'État l'ait, encore une fois, emporté au détriment de la justice et que la naissance ait épargné le vrai responsable de ce drame.

La nuit avançait. Il consulta sa montre qui sonna minuit. Il était temps qu'il se retire, impatient de rejoindre Aimée en l'hôtel d'Arranet à

Fausses-Reposes. Il sortit du château, traversa la cour de Marbre, en franchit la grille et gagna la cour d'arrivée où l'attendait sa voiture. Au moment d'y remonter, il observa un petit groupe qui s'approchait d'un carrosse de cour. Un homme y pénétra, suivi d'une femme qui se retourna pour rassembler d'une main ses falbalas avant d'y grimper, offrant ainsi son visage à la lumière de la lanterne. Effaré, Nicolas contempla cette face maquillée, cette coiffe en calèche de gaze blanche et cette robe *à l'enfant* qui lui rappela celle portée par Marie-Antoinette dans un portrait de Mme Vigée-Lebrun exposé au dernier Salon. Il fixa l'apparition. Ce visage, c'était celui de la reine! Or ne venait-il pas de la croiser? La portière claqua et la voiture s'ébranla. Quel était ce mystère? Ou alors...

La Bretesche, Quiberon, Ivry,
Octobre 2013-juin 2014

NOTES

I.

1. Voltaire.
2. Cachalots, baleines.
3. *L'Affaire Nicolas Le Floch.*
4. *Dons de Comus* par François Marin (1739).
5. Cf. *L'Énigme des Blancs-Manteaux.*
6. Cf. *Le Sang des farines.*
7. Impôts qui se levaient ordinairement sur les vins et autres boissons.

II.

1. *Échenets* : gouttières sous le toit, chéneaux.
2. *La Reynie*, lieutenant général de police sous Louis XIV.
3. *Palinodiser* : répéter comme un refrain.
4. Cf. *L'Honneur de Sartine.*
5. *Mettre en cruelle* : se mettre en peine.
6. *Pousse* : mot populaire pour la police.

III.

1. Cf. *Le Sang des farines*.
2. Régions qui connurent en mars les inondations les pires du siècle.
3. *Butiner* : faire du butin, piller.
4. Cri de Tirepot dans son négoce : *Chacun sait ce qu'il a à faire*.

IV.

1. *Épices* : droit alloué aux juges pour tout procès par écrit.
2. Au sens de chevalier d'industrie, escroc.
3. Domaine de Montreuil, de fait situé à Versailles.
4. *Guerluchonage* : liaison avec un greluchon.

V.

1. Gilles de Rais, baron de Retz, compagnon de Jeanne d'Arc.
2. Cf. *Le Fantôme de la rue Royale*.
3. *Judiciaire* : jugement.

VI.

1. *Peccata* : rustre, brutal.
2. Prison des Madelonnettes, près du Temple.
3. Être exécuté place de Grève.
4. *Matagot* : singe apprivoisé.
5. *Épouffer* : s'esquiver.
6. *Boucaner* : fréquenter les mauvais lieux.
7. Cf. *L'Année du volcan*.
8. Cf. *Le Sang des farines*.
9. *Ibid.*
10. Le cardinal était administrateur de l'hospice des Quinze-Vingt dont la situation financière était compromise.
11. *Sellette* : où s'asseyait l'accusé au tribunal.

VII.

1. Bataille de la guerre de Sept Ans gagnée en Wesphalie en 1757.
2. *Marcheuse* : intrigante.
3. *Pavillon de Hanovre* : résidence parisienne de Richelieu.
4. Louis XIV.
5. Cette pratique perdure dans nos ambassades. Quand une pièce de Sèvres est brisée, il est obligatoire d'en renvoyer les morceaux en France.
6. Cf. *Le Fantôme de la rue Royale*.
7. Montmartre.

VIII.

1. *Greuze* : peintre spécialiste des sujets attendrissants.
2. *Panne* : étoffe grossière.

X.

1. *Pastiqueries* : malices.
2. Cf. *Le Crime de l'hôtel de Saint-Florentin*.
3. *Pouacre* : vilain.
4. *Mandille* : mantelet court.
5. Du *Barbier de Séville*, bien sûr !
6. Cf. *Le Cadavre anglais*.
7. *Sarabande* : danse lente et grave.
8. *Parolis* : obligation de doubler la mise.

XI.

1. *Huile de talc* : huile imaginaire des alchimistes.
2. Cf. *Le Sang des farines*.
3. Toutes mesures qui furent prises en Conseil le 14 mars 1784.
4. Cf. *Le Noyé du Grand Canal*.

XII.

1. « Ce n'est pas ma faute, mais celle des circonstances. » (Cicéron)

2. Merci à Didier Binet qui a imaginé le blason des Ranreuil et sa devise.

3. Il s'agit de Louis-Philippe, futur roi des Français.

4. Cf. *L'Enquête russe.*

XIII.

1. Cf. *L'Affaire Nicolas Le Floch.*

2. *Pagode* : petite statue de porcelaine à tête mobile.

3. Ces sentences sont authentiques.

4. Les galères n'existent plus depuis Louis XV. Les bagnes de Toulon et de Brest les remplacent.

5. *Exorable* : qui peut être fléchie par des prières.

6. *Embobeliner* : séduire, tromper.

XIV.

1. Nicole Leguay, plus connue sous le nom de baronne d'Oliva, l'un des personnages de l'affaire du collier.

2. La majorité pour les femmes était fixée à vingt-cinq ans. Mais que mes lectrices se rassurent, il en était de même pour les hommes.

3. *Chaise de propreté* : bidet.

XV.

1. *Pourlicheries* : desserts.

2. *Rosencrantz* : courtisan à la cour du Danemark dans la pièce de *Hamlet.*

REMERCIEMENTS

Pour le douzième volume de la série, Isabelle Tujague, qui fait surgir d'une écriture illisible le premier texte, a droit à ma gratitude et à ma reconnaissance.

À Monique Constant, conservateur général honoraire du patrimoine, pour ses conseils et ses encouragements sans faille.

À Pascale Arizmendi et Miquèl Ruquet pour leur sourcilleuse relecture et leur tâche considérable d'animation du site www.nicolaslefloch.fr.

À mon éditeur, à ses collaborateurs et à mes lecteurs, toujours si enthousiastes.

À tous merci!

TABLE

Composition Datamatics

Impression réalisée par
CPI BRODARD ET TAUPIN
La Flèche
en septembre 2014

PAPIER À BASE DE
FIBRES CERTIFIÉES

JC Lattès s'engage pour
l'environnement en réduisant
l'empreinte carbone de ses livres.
Celle de cet exemplaire est de :
865 g éq. CO_2
Rendez-vous sur
www.jclattes-durable.fr

Dépôt légal : octobre 2014
N° d'édition : 01. – N° d'impression : 3006984
Imprimé en France